Johanna Lindsey est l'une des plus célèbres auteures américaines de romance historique. Elle a vendu plus de soixante millions de livres dans le monde. Traduits en douze langues, ses romans figurent toujours en tête de liste des best-sellers du *New York Times*. Sa série la plus connue est *Les frères Malory*, publiée aux Éditions J'ai lu. Née en Allemagne, elle a passé sa jeunesse à voyager, avant de s'installer à Hawaii en 1964. Elle réside aujourd'hui au New Hampshire avec sa famille.

Les feux du désir

Johanna LINDSEY

Les feux du désir

*Traduit de l'anglais (États-Unis)
par Laure Terilli*

J'AI LU

Titres originaux
SECRET FIRE

Avon Books

© Johanna Lindsey, 1987

Pour la traduction française
© Éditions J'ai lu, 1991

1
Londres, 1844

Une nouvelle giboulée menaçait, mais Katherine St. John ne se souciait nullement des lourds nuages gris qui s'amoncelaient au-dessus de sa tête. L'air absent, elle cueillait des roses dans le petit jardin. Elle voulait faire deux bouquets : un rouge pour son boudoir et un rose pour celui de sa sœur Élisabeth. Warren était absent, probablement en train de s'amuser avec une bande de jeunes fous de son âge. Son frère n'avait pas besoin de fleurs pour une chambre où il dormait rarement. Quant à son père, Georges, il n'aimait pas les roses.

— Apporte-moi des lis, des iris ou des marguerites sauvages, mais pas de roses.

Katherine se pliait, sans broncher, à cette exigence. Et, tous les matins, un valet était chargé de rapporter des marguerites sauvages pour le comte de Strafford – une fleur difficile à trouver quand on habitait en ville.

— Tu es merveilleuse, ma Katherine chérie, se plaisait à répéter son père.

Elle acceptait le compliment comme un dû, sans toutefois courir après les louanges. Loin de là. Ce qu'elle faisait, elle le faisait avant tout pour

7

sa satisfaction personnelle. Elle aimait être indispensable et l'était bel et bien. Si Georges St. John était le chef de famille, c'était sa fille aînée qui tenait la maison. Pour tout, il s'en remettait à elle, qu'il s'agisse de Holden House, leur demeure londonienne, située sur Cavendish Square, ou de Brockley Hall, leur propriété à la campagne. Elle s'improvisait tour à tour hôtesse, ménagère et régisseur, réglait les problèmes domestiques et de métayage, de sorte que le comte, dégagé de tout souci, pouvait consacrer tout son temps à la politique, qui était sa passion.

— Bonjour, Kit, on prend notre petit déjeuner ensemble ?

Katherine releva la tête et aperçut Élisabeth appuyée à la fenêtre de sa chambre.

— Je l'ai déjà pris, depuis longtemps, cria-t-elle.

— Juste un café alors ? insista Élisabeth. Je t'en prie, il faut que je te parle.

Katherine acquiesça d'un sourire et, son panier de roses sous le bras, regagna la maison. Elle avait attendu patiemment le réveil de sa sœur : elle voulait, elle aussi, lui parler. Sans doute avaient-elles toutes deux les mêmes préoccupations à l'esprit car la veille au soir, le comte les avait convoquées dans son bureau, à tour de rôle, pour la même raison : lord William Seymour.

L'innocente Élisabeth avait eu le coup de foudre pour lord Seymour, un jeune homme fougueux et de belle prestance. Ils s'étaient rencontrés au début de la saison des bals ; Beth débutait dans le monde, et, depuis, la jeune fille ne regardait plus aucun autre garçon. Follement épris l'un de l'autre, ils étaient sous l'empire de cette émotion universelle qui fait des personnes les plus sensées les pires imbéciles. Pour Katherine ce genre de sentiment était tout simplement ridicule et illusoire. Mais elle était pourtant heureuse pour sa jeune sœur, ou du moins, l'avait été jusqu'à la veille au soir.

Dans le hall, plusieurs domestiques se précipitèrent pour prendre ses ordres : il fallait monter le plateau du petit déjeuner chez lady Élisabeth, déposer le courrier dans son bureau, rappeler au comte son rendez-vous avec lord Seldon, envoyer deux femmes de chambre ranger le bureau du comte, qui était comme d'habitude dans un désordre épouvantable, et monter deux vases au premier étage. Elle ferait les bouquets en bavardant avec sa sœur.

Si Katherine avait eu une moindre conscience de ses devoirs, elle aurait fui Élisabeth comme la peste. Toutefois, éviter cet entretien lui semblait impossible. Bien sûr, elle ignorait encore ce qu'elle allait dire à sa sœur, mais elle tenait à ne pas décevoir son père, qui lui avait demandé de la raisonner.

— Elle n'écoutera que toi, Kate, lui avait-il dit la veille au soir. Tâche de lui faire comprendre que je ne parle pas à la légère. Il est hors de question que le nom des Strafford soit associé à ce goujat.

Il lui avait exposé les faits, soucieux de justifier devant sa fille aînée la décision qu'il prenait.

— Tu sais qu'il n'est pas dans mes habitudes de me montrer autoritaire. Je te laisse généralement ce soin, Kate.

Ils eurent un sourire entendu. Elle savait, en effet, faire preuve d'autorité lorsque les circonstances l'exigeaient, ce qui était heureusement rare.

Georges St. John poursuivit :

— Je n'ai nullement l'intention de vous dicter votre conduite. Vous faites ce que vous voulez mais je veux, moi, que mes filles soient heureuses.

— Tu es très compréhensif.

— J'aime à le croire.

C'était vrai. Il ne s'immisçait pas dans la vie de ses enfants, ce qui ne signifiait pas pour autant qu'il s'en désintéressait. Loin de là. Mais si l'un d'eux avait des ennuis – ou pour être plus précis, quand Warren avait eu des ennuis – il laissait à Katherine le soin de régler la situation. Tous comptaient sur elle pour aplanir les difficultés.

— Je te le demande, Kate, que puis-je faire d'autre ? Je sais bien que Beth s'imagine être amoureuse de cet individu. Et sans doute l'est-elle. Mais cela ne fait aucune différence. Je sais de source sûre que Seymour n'est pas ce qu'il prétend être. La prison pour dette le guette. Et que répond Beth ? « Peu importe, s'il le faut, je m'enfuirai avec William. » Quelle stupidité !

Il ajouta d'un ton plus calme mais où perçait de l'inquiétude :

— Tu ne la crois pas capable d'une bêtise, n'est-ce pas, Kate ?

— Bien sûr que non, père. Elle est bouleversée. C'est simplement un moyen d'apaiser son chagrin et sa déception.

Élisabeth était allée se coucher en larmes. Sa peine avait attristé Katherine mais elle était trop sensée pour donner à tout cela des proportions tragiques. Bien sûr, elle avait sa propre part de responsabilité dans cette affaire. C'était elle qui servait de chaperon à sa sœur. N'avait-elle pas encouragé le sentiment qui unissait les deux jeunes gens ? Enfin, les regrets ne servaient à rien. Désormais, tout était simple. Beth ne pouvait pas épouser lord Seymour. Il fallait le lui faire comprendre et qu'elle l'accepte.

Après un léger coup à la porte, elle entra chez sa sœur. En chemise de nuit de lin blanc et en peignoir de soie rose, la jeune fille était assise à sa coiffeuse, abandonnant sa longue chevelure blonde aux mains de sa femme de chambre. Elle était ravissante, malgré la tristesse qui assombrissait ses traits. Rien ne pouvait porter atteinte à la beauté d'Élisabeth St. John.

Les deux sœurs ne se ressemblaient guère mais leurs yeux avaient la même couleur étonnante, où se mêlaient le bleu et le vert. Chez tous les St. John, on retrouvait ce turquoise cerné d'un anneau vert foncé. Les domestiques prétendaient que le regard de Katherine s'allumait d'une lueur impie quand elle se laissait aller à la mauvaise humeur. C'était faux. Mais l'éclat de ses grands yeux clairs – où résidait l'essentiel de sa beauté – devenait alors presque insoutenable.

Chez Élisabeth, le turquoise des yeux s'alliait parfaitement au blond clair des cheveux, à l'or sombre des sourcils, aux lignes douces du visage. Elle avait hérité de la beauté classique de sa mère. Quant à Warren et Katherine, ils ressemblaient à leur père : cheveux bruns, nez fier et noble, menton altier, pommettes saillantes et aristocratiques, lèvres charnues et généreuses. Chez Warren, ces caractéristiques lui conféraient une certaine beauté ; chez sa sœur, elles n'étaient guère en rapport avec sa petite taille – à peine plus d'un mètre cinquante. Le visage de Katherine semblait toujours trop sévère, et la qualifier de passablement jolie aurait été un compliment des plus généreux.

La personnalité de Katherine suppléait cependant à ses imperfections physiques. Elle était intelligente, chaleureuse et d'une grande générosité.

Warren aimait la taquiner en lui disant que ses nombreux talents auraient été mieux employés si elle s'était destinée au théâtre. Sa remarquable faculté d'adaptation lui permettait d'affronter toutes les situations, qu'il s'agisse de diriger ou d'obéir. Ce n'étaient pas là des qualités innées. Elle avait été dame de compagnie de la reine Victoria et s'il y a un enseignement à tirer de la vie à la cour, il se résume en deux mots : opportunisme et diplomatie.

Ce bref passage à Buckingham avait eu lieu deux ans auparavant, après sa première saison – un échec retentissant. Elle avait vingt et un ans, bientôt vingt-deux, et appartenait désormais à la catégorie des « laissées-pour-compté ». Un terme aussi déplaisant que celui de vieille fille. C'est ce qu'on chuchotait à son sujet et n'était-ce pas ainsi qu'elle se considérait ? Elle avait pourtant bel et bien l'intention de se marier un jour. Elle avait cessé d'attendre le prince charmant dont rêve toute débutante mais espérait rencontrer un homme mûr et pondéré, auquel elle pourrait accorder toute sa confiance et qui de surcroît ne serait pas non plus d'une laideur repoussante. Son entourage s'accordait à reconnaître qu'elle ferait une parfaite épouse. Cependant, elle ne se sentait pas encore prête. Son père avait besoin d'elle, sa sœur également, ainsi que son frère qui, pour l'instant, préférait se décharger sur elle des responsabilités que le statut d'héritier du comte de Strafford faisait peser sur lui.

Croisant le regard de sa sœur dans le miroir de sa coiffeuse, Élisabeth renvoya d'un geste la femme de chambre.

— Eh bien, Kit, père t'a-t-il parlé ?

Les yeux emplis de larmes, Élisabeth paraissait au comble du désarroi. Un désarroi auquel Katherine compatissait mais qui lui demeurait étranger car l'amour lui semblait une inclination bien ridicule.

— Je sais, ma chérie. Maintenant que tu as pleuré un bon coup, il faut te ressaisir. Plus de larmes, s'il te plaît.

Elle ne voulait pas se montrer sans cœur et aurait réellement voulu réconforter Beth. Mais son pragmatisme n'arrangeait rien. Il lui semblait que lorsqu'on avait épuisé toutes ses ressources en vain, il ne restait plus qu'à renoncer et à prendre les choses du bon côté. Inutile de se cogner la tête contre les murs...

Beth pivota sur son petit tabouret de velours et deux grosses larmes coulèrent sur ses joues rondes.

— Facile à dire, Kit. Ce n'est pas ton fiancé que père a éconduit.

— Ton fiancé ?

— William m'a demandé de l'épouser avant de venir trouver père et j'ai dit oui.

— Je vois.

— Oh, je t'en prie, ne prends pas ce ton avec moi. Ne me traite pas comme une domestique qui vient de te déplaire.

La violence de cette réaction déconcerta Katherine. Mon Dieu, elle n'avait pas eu l'impression de se montrer condescendante à l'égard de sa sœur.

— Pardonne-moi, Beth, dit-elle avec sincérité. Je ne me suis jamais trouvée confrontée à ce genre de situation et j'ai du mal à comprendre...

— N'as-tu jamais été amoureuse ? s'enquit Beth avec espoir.

Seule Katherine pouvait persuader son père de changer d'avis, mais si elle ne saisissait pas l'enjeu...

— En toute honnêteté, Beth, je ne crois pas à... Enfin, je veux dire...

Le visage suppliant de sa sœur rendait la tâche de Katherine bien malaisée. L'arrivée de la femme de chambre avec le plateau du petit déjeuner l'interrompit à temps pour lui éviter de blesser la sensibilité de Beth. Elle était sur le point de déclarer que pour sa part, elle s'estimait heureuse d'être une des rares femmes de son époque à avoir les idées claires à propos de l'amour. À ses yeux, il s'agissait d'un sentiment sot et inutile, qui vous fait vainement passer de l'exaltation aux affres du désespoir. Et la preuve qu'elle avait raison, c'était bien l'état d'Élisabeth ce matin ! Ce n'était pas là le genre de discours que Beth souhaitait entendre. Elle voulait qu'on compatisse à sa peine, non qu'on la ridiculise.

Katherine prit la tasse de café que la domestique lui tendait et s'éloigna vers la fenêtre. Elle attendit que la porte se soit refermée sur la femme de chambre pour se retourner vers sa sœur. Beth n'avait pas fait un geste vers le plateau.

— Il y a eu un jeune homme qui me plaisait, dit-elle, non sans maladresse.

— T'aimait-il ?

— Il ne se rendait même pas compte que j'existais, répondit-elle avec un soupçon d'amertume, en se remémorant le jeune lord dont la beauté l'avait émue. Nous nous sommes vus pendant une saison entière mais les rares fois où il m'a adressé la parole, son regard me traversait comme si je n'étais pas là. Il dansait avec les plus jolies filles.

— Tu étais malheureuse alors ?

— Non, vraiment, non, ma chérie. Vois-tu, j'étais réaliste. Ce jeune homme était beaucoup trop beau pour s'intéresser à moi, en dépit du fait qu'il

14

n'était guère fortuné et que, sur le plan financier, entendons-nous, je représentais un excellent parti. Je savais que je n'avais aucune chance de me l'attacher, et cela m'importait donc peu.

— Alors, tu n'étais pas vraiment amoureuse de lui.

Katherine hésita, puis secoua la tête.

— L'amour, Beth, est un sentiment qui naît et disparaît avec une remarquable régularité. Regarde donc ton amie Marie. Combien de fois est-elle tombée amoureuse depuis que tu la connais ? Une demi-douzaine au moins.

— Il ne s'agit pas d'amour mais de toquades ! Marie n'est pas assez vieille pour savoir ce qu'est le véritable amour.

— Et toi, à dix-huit ans, tu l'es ?

— Oui ! Oh, Kit, pourquoi ne veux-tu pas comprendre ? J'aime William.

Cette fois Katherine ne pouvait plus reculer. Elle devait assener à sa sœur la terrible vérité. De toute évidence, Beth n'avait pas compris le sermon de son père.

— Lord Seymour est un chasseur de dot. Il a perdu son héritage au jeu et hypothéqué ses domaines. Pour se remettre à flot, il lui faut trouver un beau parti et ce beau parti, c'est toi.

— Je n'en crois rien. Je ne le croirai jamais.

— Père ne mentirait pas sur un sujet pareil. Si lord Seymour se défend de ses véritables intentions, c'est lui qui ment.

— Peu importe. Je l'épouserai.

— Je ne te le permettrai pas, répliqua Katherine avec fermeté. Père est sérieux. Il te déshéritera. William et toi n'aurez pas un sou. Je ne te laisserai pas gâcher ta vie à cause de ce vaurien.

— Oh, pourquoi ai-je cru que tu pourrais m'aider ? s'écria Beth. Tu ne comprends rien. Et comment le pourrais-tu ? Tu n'es qu'un vieux pruneau desséché !

Les deux sœurs retinrent une exclamation de surprise.

— Non, Kit, ce n'est pas ce que je voulais dire !

Trop tard. Le mal était fait.

— Je sais, Beth.

Katherine s'efforça de sourire. En vain.

Une domestique entra avec les deux vases qu'elle avait réclamés.

— Portez-les dans ma chambre, dit Katherine en se levant pour prendre son panier de roses.

Sur le seuil de la porte, elle s'arrêta.

— Je crois préférable de ne plus évoquer ce sujet entre nous pendant quelque temps. Je ne veux que ton bien, mais tu refuses de le voir.

Consternée, Élisabeth la suivit. Elle n'avait jamais vu une expression aussi douloureuse sur le visage de sa sœur. Il lui fallait réparer cette méchanceté involontaire. Il n'était plus question de William pour l'instant. Elle entra dans la grande pièce dont les sièges de style Chippendale étaient recouverts d'une délicate tapisserie brodée par Katherine. Ignorant la présence de sa sœur, celle-ci arrangeait les fleurs dans les vases de porcelaine chinoise.

— Tu n'es pas desséchée, s'écria enfin Beth. Et tu es loin d'être vieille.

Katherine lui adressa un rapide coup d'œil.

— Mais je suis toujours un laideron ?

— Non, tu es simplement « comme il faut », ce que tu dois être.

Katherine sourit.

— Je suis devenue ainsi quand il m'a fallu recevoir ces vieux diplomates allemands et espagnols à la cour. Ensuite, j'ai appris à parler couramment ces deux langues, de sorte que l'on n'a jamais décliné mes invitations.

— Quel ennui, tous ces dîners ! dit Beth, compatissante.

— Pas du tout ! J'y ai appris une quantité de choses sur l'Allemagne, l'Espagne et d'autres pays où je n'ai jamais pu aller puisque père ne me laisse pas voyager.

— N'as-tu jamais reçu de Français ? Tu parles cette langue à la perfection.

— Comme tout le monde.

— Bien sûr, acquiesça Beth sans cesser d'aller et venir dans la pièce.

Cela ne suffisait pas. Kit avait souri, certes, mais d'un air douloureux, meurtri. Comme elle s'en voulait d'avoir prononcé ces mots horribles ! Si seulement elle avait le sang-froid de Kit ! Kit ne disait jamais des choses qu'elle ne pensait pas.

Elle jeta un coup d'œil par la fenêtre. La voiture qui s'immobilisait devant la maison lui était familière.

— Père attend lord Seldon ?

— Oui. Il vient d'arriver ?

Beth hocha la tête.

— Ce vieux grigou pontifiant ne m'a jamais plu. Tu te souviens, quand nous étions petites, du jour où tu lui avais versé un broc d'eau sur la tête ? J'ai tellement ri...

Beth s'interrompit. Une lueur espiègle éclairait soudain le regard de sa sœur. Depuis des années, elle ne lui avait plus vu tant d'intrépidité.

— Attends un peu !

Katherine se dirigea vers la fenêtre, un broc à la main. Un laquais en livrée aidait lord Seldon à descendre de voiture.

— Kit, non... dit Beth, un sourire jusqu'aux oreilles. Père était dans une colère noire la dernière fois. Nous avons reçu une fessée mémorable, rappelle-toi.

En silence, Katherine attendait son moment. L'innocent lord Seldon se trouvait devant la porte d'entrée, juste sous la fenêtre de la chambre. D'un mouvement preste, elle renversa le contenu du broc sur lui, puis recula vivement.

— Mon Dieu, as-tu vu sa tête ? fit-elle en éclatant de rire. On aurait dit un poisson mort.

Beth riait tellement qu'elle était incapable de répondre. Elle se jeta dans les bras de sa sœur.

— Que vas-tu dire à père ? Il va être furieux.

— Indubitablement. Mais ne t'inquiète pas, je lui promettrai de renvoyer la servante responsable de cette déplorable maladresse.

— Il ne te croira pas.

— Bien sûr que si ! Il ne s'occupe pas des domestiques. Maintenant, il faut que je descende accueillir lord Seldon. Je ne peux pas le laisser s'égoutter dans le hall. Prie pour que je parvienne à garder mon sérieux devant lui, ma chérie.

Lady Katherine St. John quitta la pièce toutes voiles dehors, ayant réintégré le rôle dont elle s'acquittait le mieux, celui de la maîtresse de maison accomplie qu'elle était. Elle avait également réussi à apaiser la tension entre sa sœur et elle.

2

— Grand-mère, le voilà !

La jeune femme vêtue de soie et de dentelle blanches entra en courant dans la pièce. Sans un regard pour sa grand-mère, elle se précipita vers la fenêtre : une procession de voitures élégantes remontait rapidement la longue allée. Une minuscule goutte de sang perla sur sa lèvre inférieure qu'elle mordait sauvagement. Ses mains s'agrippaient au rebord de la fenêtre et dans ses yeux bruns écarquillés se lisait de la frayeur.

— Mon Dieu, que vais-je faire ? s'écria-t-elle. Il va me battre, j'en suis sûre.

Lénore Cudworth, la duchesse douairière d'Albemarle, ferma les yeux en soupirant. Elle était trop âgée pour prendre au sérieux ce genre de crise d'hystérie. Cela ne rimait à rien. Sa petite-fille aurait dû réfléchir aux conséquences de ses actes avant de se couvrir de honte.

— Calme-toi, Anastasia, dit-elle, impassible. Si ton frère te bat, ce dont je doute fort, tu n'auras rien de plus que ce que tu mérites. Il faudra bien que tu finisses par l'admettre.

La princesse Anastasia se tourna vers la vieille dame, en se tordant convulsivement les mains.

— Mais il me tuera ! Vous ne le connaissez pas. Vous ne l'avez jamais vu en colère. Il ne sait plus ce qu'il fait. Et même s'il n'a pas l'intention de me tuer, je ne survivrai pas au sort qu'il me réserve.

Lénore hésita. La dernière fois qu'elle avait vu Dimitri Alexandrov, quatre ans plus tôt, c'était un géant à la musculature impressionnante. Il avait alors vingt-quatre ans et servait dans l'armée russe. Certes, il était fort, suffisamment pour tuer à mains nues. Mais tuer sa sœur ? Jamais, quel que fût son méfait.

Lénore secoua la tête avec fermeté.

— Ton frère sera peut-être furieux, rien de plus normal après tout, mais pas au point de perdre la tête.

— Oh, grand-mère, pourquoi refusez-vous de m'écouter ? Vous ne connaissez pas Dimitri comme moi. Vous ne l'avez guère vu qu'une demi-douzaine de fois et jamais très longtemps. Moi, je vis avec lui. C'est mon tuteur désormais. Je le connais mieux que quiconque.

— Tu vis chez moi depuis un an, lui rappela Lénore, et tu ne lui as pas écrit une seule ligne pendant tout ce temps.

— Que voulez-vous dire ? Qu'il aurait changé en l'espace d'une seule année ? Non, les hommes comme Dimitri ne changent pas. Il est russe…

— À demi anglais.

— Il a grandi en Russie.

— Il voyage énormément. Il ne passe pas plus de six mois par an en Russie, parfois moins.

— Seulement depuis qu'il a quitté l'armée.

Leur avis différait toujours quand il s'agissait de Dimitri. Sa sœur le décrivait comme un tyran, à l'image du tsar Nicolas. Lénore réfutait cette vision

simpliste. Sa fille, Anne, s'était occupée de l'éducation de son fils, et son influence avait heureusement
contrebalancé celle de son mari, Petr Alexandrov.

— Je te conseille de te calmer, dit-elle. À mon
avis, il n'appréciera pas plus que moi ta petite
comédie.

Anastasia jeta un coup d'œil par la fenêtre. La
première voiture venait de s'immobiliser devant
l'entrée de l'énorme manoir campagnard. Étouffant
une exclamation, elle se jeta aux pieds de sa grand-
mère.

— Je vous en prie, grand-mère, je vous en prie !
Vous devez lui parler. Il faut lui parler en ma faveur.
Il se moque pas mal de ce que j'ai pu faire. Ce n'est
pas un hypocrite. Mais il a dû changer ses plans
pour venir me chercher. Il a toujours des projets,
vous comprenez, il organise son emploi du temps à
l'avance. Il peut vous dire où il sera, au jour près,
l'année prochaine. Mais si l'on se met en travers de
son chemin, il entre dans une rage folle. Vous lui
avez demandé de venir et tout ce qu'il avait prévu
est tombé à l'eau. Il faut m'aider.

Lénore comprit enfin à quoi rimait toute cette
comédie.

« Elle attend le dernier moment pour me mettre
au pied du mur. »

C'était ingénieux. Naturellement Anastasia
Petrova Alexandrov était intelligente. Gâtée, choyée
et terriblement frivole, mais intelligente.

Il lui fallait donc apaiser la colère de l'ogre ? Et
comment ? En passant sous silence les incartades
de la jeune femme qui lui avait désobéi, ne voulait
en faire qu'à sa tête, au mépris de toute convention.
Anastasia avait même refusé de rentrer en Russie,
après que le dernier scandale en date eut éclaté.

C'était d'ailleurs pour cette raison-là que Lénore avait écrit à Dimitri.

Elle regardait le ravissant visage si plein d'anxiété de sa petite-fille. Sa fille Anne était adorable, elle aussi, et les Alexandrov très beaux. Elle n'était allée en Russie qu'une fois, à la mort de son gendre, Petr Alexandrov, pour aider sa fille. Elle avait alors fait la connaissance des trois enfants issus du premier mariage de Petr et de ses nombreux enfants illégitimes, tous d'une grande beauté. Bien sûr, c'étaient Anastasia et Dimitri, ses uniques petits-enfants, qu'elle entourait de tendresse. Son fils, l'actuel duc d'Albemarle, avait perdu son épouse avant qu'elle enfantât, et il ne s'était pas remarié. Dimitri était en fait son héritier désigné.

Lénore soupira. Décidément, Anastasia la menait par le bout du nez. Il fallait qu'elle quitte l'Angleterre en attendant que ses frasques les plus récentes fussent oubliées. Ensuite, elle pourrait revenir. Lénore adorait la compagnie de la jeune femme. La vie avec elle était parfois trop animée, mais du moins cela préservait de l'ennui !

— Va à ta chambre, mon enfant, je lui parlerai. Mais attention, je ne te promets rien.

Anastasia se releva d'un bond et se pendit au cou de sa grand-mère.

— Merci, grand-mère ! Et pardon pour tout le mal que je vous ai donné...

— Si ton frère est aussi difficile à vivre que tu le prétends, il vaut mieux sans doute que ce soit à moi que tu donnes du mal ! Laisse-moi maintenant, il va arriver d'un instant à l'autre.

La princesse sortit vivement. Il était temps. Une minute plus tard, le maître d'hôtel ouvrait la porte du salon, suivi de près par le prince Dimitri Petrovitch

Alexandrov qui, se souciant peu du protocole, entra au moment où le domestique l'annonçait.

Sa prestance laissa Lénore interdite. Il était encore plus beau que dans son souvenir. Elle reconnut les cheveux blond doré, les yeux noirs frangés de longs cils sombres. Mais à vingt-quatre ans, il y avait encore quelque chose de juvénile en lui, alors que maintenant, c'était un homme accompli. Sa beauté surpassait celle de son père qui avait été le plus bel homme qu'elle eût jamais vu.

Il traversa le salon d'une longue foulée, pour venir s'incliner devant sa grand-mère. Ses manières avaient gagné en courtoisie. Mais quel air impérieux ! Était-ce bien là son petit-fils ?

Avec un large sourire, il la saisit par les épaules et la souleva littéralement de son siège pour appliquer deux baisers sonores sur ses joues.

— Lâche-moi, espèce de drôle, dit la duchesse en grimaçant. Un peu de respect pour mon âge, s'il te plaît !

Elle était offusquée. Quelle force ! Anastasia n'avait pas tort de craindre son frère. S'il décidait de lui donner une correction, ce qu'elle méritait...

— J'en suis au regret, répondit-il en français.

— Épargne-moi ces sottises. Tu parles fort bien l'anglais, je te prierai donc de t'exprimer dans cette langue tant que tu es sous mon toit.

Dimitri renversa sa tête léonine en arrière et éclata d'un rire chaleureux et profond.

— Je disais que j'étais désolé, Babushka, mais vous ne m'avez pas laissé poursuivre, dit-il en laissant la duchesse se rasseoir. Vous êtes toujours aussi querelleuse. Vous m'avez manqué. Vous devriez venir vivre en Russie.

— Mes pauvres os ne supporteraient pas un seul de vos hivers, tu le sais bien.

— Dans ce cas, il faudra que je vienne plus souvent. Cela fait trop longtemps que nous ne nous sommes vus, Babushka.

— Assieds-toi, Dimitri. J'ai mal à la nuque à force de lever la tête pour te regarder. Tu es en retard.

Quelque peu piquée, elle ne pouvait résister au plaisir de l'attaquer à son tour.

— Votre lettre a dû attendre le dégel de la Neva avant que je la reçoive, répondit-il en approchant un siège pour prendre place à côté de la duchesse.

— Je sais. Je sais également que ton bateau est resté à quai pendant trois jours à Londres. Nous t'attendions hier.

— Après des semaines en mer, j'avais besoin d'un jour pour récupérer.

— Mon Dieu ! je n'ai jamais entendu d'expression plus aimable pour expliquer qu'on a envie de prendre du bon temps. Était-elle jolie ?

— Infiniment.

Si elle avait espéré le désarmer par sa franchise, elle faisait long feu. Ni rougeur, ni excuses, mais un simple sourire nonchalant. Elle aurait dû s'y attendre. Selon sa tante Sonya qui correspondait régulièrement avec Lénore, Dimitri n'était jamais à court de conquêtes féminines – des femmes mariées pour la plupart. Anastasia avait raison. La semoncer pour son inconduite aurait été pure hypocrisie de sa part, alors que ses frasques à lui se comptaient par centaines.

— Qu'as-tu l'intention de faire au sujet de ta sœur ? s'enquit Lénore, profitant de sa bonne humeur.

— Où est-elle ?

— Dans sa chambre. Elle n'était guère contente de te savoir ici. Elle semble craindre que tu ne lui en veuilles particulièrement d'avoir été obligé de venir la chercher.

Il haussa les épaules.

— J'avoue que votre lettre m'a irrité. Ce n'était pas le moment de quitter la Russie. J'avais beaucoup à faire.

— Je suis navrée, Dimitri. Je ne t'aurais pas appelé à mon secours si cette femme n'avait fait une scène épouvantable en trouvant Anastasia au lit avec son mari. Il y avait une centaine d'invités à cette réception et la moitié s'est précipitée au secours de la malheureuse en l'entendant pousser des hurlements hystériques. Cette sotte d'Anastasia n'a pas eu le réflexe de se cacher sous les draps pour qu'on ne la reconnaisse pas. Au contraire, elle a fait face à l'épouse outragée.

— Je déplore en effet qu'Anastasia n'ait pas été plus discrète, mais, voyez-vous, Babushka, les Alexandrov n'ont pas l'habitude de tenir compte de l'opinion publique. Mais ma sœur a eu tort de vous désobéir.

— C'est une enfant têtue. Elle a simplement assumé ce qu'elle avait fait, un autre trait que vous, les Alexandrov, avez en commun.

— Vous la défendez trop.

— Rassure-moi : tu n'as pas l'intention de la battre, j'espère ?

Dimitri parut stupéfait, puis il éclata de rire.

— Qu'a-t-elle donc raconté à mon sujet ?

Les joues de Lénore s'empourprèrent.

— Manifestement, des sottises, fit-elle d'un ton désagréable.

Il continuait de rire.

— Elle n'a plus l'âge des fessées, mais j'ai envisagé un instant cette éventualité. Non, je vais simplement la ramener à la maison et lui trouver un mari. Il lui faut quelqu'un qui la surveille de près, ce que je ne puis faire.

— Je ne pense pas que ce projet lui fasse plaisir, mon garçon. Elle prétend n'être pas faite pour le mariage et que c'est toi, d'ailleurs, qui l'en a convaincue.

— Eh bien, peut-être changera-t-elle d'avis en apprenant que j'ai l'intention de me marier d'ici à la fin de l'année.

— Es-tu sérieux, Dimitri ? demanda Lénore, surprise.

— Parfaitement. Ce voyage en Angleterre m'a contraint à interrompre la cour que je fais à ma fiancée.

3

Katherine appliqua une autre compresse froide sur son front et se rallongea sur sa méridienne. Après avoir donné ses ordres aux domestiques, elle s'était retirée dans sa chambre, en espérant qu'un peu de repos atténuerait sa migraine. Sans doute avait-elle bu trop de champagne la veille au soir au bal. Cela ne lui ressemblait pas. Elle n'avait guère l'habitude de boire de l'alcool et refusait généralement les coupes qu'on lui présentait – plus encore lorsque c'était elle l'hôtesse.

Lucie, sa femme de chambre, rangeait les vêtements que Katherine avait éparpillés en se déshabillant, la veille. Le plateau du petit déjeuner était resté intact. La seule idée de manger donnait la nausée à Katherine.

Elle poussa un long soupir. Par chance, le bal avait été un succès. Warren lui-même avait daigné y faire une apparition. Non, la soirée n'était pas à incriminer. La cause de sa migraine était Élisabeth et le message que sa bonne avait transmis au moment où les invités commençaient à arriver : puisque William n'était pas convié, elle restait dans sa chambre.

Incroyable ! Une semaine s'était écoulée depuis leur conversation sans que Beth laissât échapper

27

un mot de protestation, un soupir, une larme. Katherine avait cru en toute sincérité que Beth acceptait la décision de leur père. Elle était même fière de la dignité dont faisait preuve sa sœur dans cette déplorable affaire. Mais ce message inattendu montrait trop bien que Beth n'avait nullement oublié William, même si, en apparence, elle ne le pleurait plus. Katherine ne savait plus que penser de cette nouvelle attitude.

Inutile de chercher à comprendre quoi que ce soit dans l'immédiat. Sa tête lui faisait trop mal.

Un coup frappé à la porte la fit grimacer de douleur. Elisabeth entra, vêtue d'une ravissante robe de soie couleur vert mousse. Elle tenait par les rubans un petit chapeau de soie et portait une ombrelle de dentelle. Beth sortait ?

— Martha m'a dit que tu ne te sentais pas bien, Kit.

Elle ne s'excusait nullement de son absence au bal et, dans son regard, ne se lisait aucune trace de culpabilité. Après tout le mal que Katherine s'était donné pour inviter les meilleurs partis de la haute société, dans l'espoir que l'un d'entre eux plairait à Beth ! Enfin, l'organisation de ce bal ne lui avait guère coûté d'effort. Elle avait l'habitude de recevoir deux cents personnes. Il suffisait de garder la tête sur les épaules.

— J'ai sans doute un peu trop bu hier soir, ma chérie, répondit Katherine. Rien de bien grave. Je serai rétablie cet après-midi.

— Tant mieux.

Beth semblait distraite. Pourquoi ? Et où allait-elle ?

Katherine n'était pas en état de remettre sur le tapis le sujet délicat que constituait lord Seymour, mais il lui fallait savoir où sa sœur se rendait. Une sourde prémonition l'assaillait.

— Tu sors ?

— Oui.

— Demande à John de te conduire. Henry est malade depuis hier.

— C'est... C'est inutile, Kit. Je vais marcher un peu.

— Marcher ? répéta Katherine, interdite.

— Il fait très doux ce matin... un temps idéal pour se promener.

— Je n'avais pas remarqué. Je fais rarement attention au temps.

Une promenade à pied ! Beth ne marchait jamais, elle était bien trop délicate. Et à quoi rimaient cette hésitation, ces balbutiements ?

— Vers quelle heure reviens-tu ?

— Oh, je ne sais, fit Beth, évasive. Il se peut que j'aille jusqu'à Regent Street, histoire de faire les magasins avant la foule de l'après-midi. C'est tellement déplaisant entre deux heures et quatre heures.

Katherine resta sans voix. Beth en profita pour s'esquiver et la porte se referma sur elle. Soudain, le regard de Katherine flamboya. Une horrible pensée venait de lui traverser l'esprit, chassant instantanément sa migraine. Beth avait-elle à ce point perdu la tête ? Tout tendait à le prouver : son comportement inhabituel, ce besoin subit de sortir « marcher » – quelle excuse maladroite ! – et de « faire peut-être les magasins » sans une voiture pour porter les paquets... c'était encore plus absurde ! Elle allait donc retrouver William. Ils avaient décidé de s'enfuir ! Ils avaient eu tout le temps nécessaire pour se procurer une licence de mariage. Et la ville ne manquait pas d'églises...

— Lucie !

La femme de chambre aux cheveux roux surgit instantanément sur le seuil.

— Lady Katherine ?

— Vite, rappelle ma sœur !

Alarmée par la tension qu'elle avait perçue dans la voix de sa maîtresse, Lucie se précipita et rattrapa lady Élisabeth au milieu de l'escalier. Elles regagnèrent toutes deux la chambre de Katherine.

— Oui, Kit ?

Cette fois Katherine en était sûre : il y avait quelque chose d'étrange dans l'attitude de Beth, dont le regard la fuyait obstinément. Mon Dieu, comment l'empêcher de commettre l'irréparable ?

— Sois gentille, Beth, veux-tu bien t'occuper du menu de ce soir avec Cook ? Je ne me sens vraiment pas capable de prendre une décision.

Beth sourit, de toute évidence soulagée.

— Bien sûr, Kit.

Elle referma la porte derrière elle. Étonnée, Lucie se tourna vers sa maîtresse.

— Ne venez-vous pas déjà... ?

Katherine se leva d'un bond.

— Oui, oui, mais descendre à l'office la retardera de quelques minutes, ce qui me donne le temps de me changer. J'espère que Cook ne répondra pas qu'on a déjà décidé du menu du dîner, sinon mes efforts tombent à l'eau.

— Je ne comprends pas, lady Katherine.

— Naturellement. Comment pourrais-tu deviner ? Il faut à tout prix que j'empêche cette tragédie. Ma sœur a l'intention de s'enfuir pour épouser lord Seymour.

La bouche de Lucie s'ouvrit toute grande. Les bavardages du personnel colportaient une histoire à propos de lady Elisabeth et du jeune lord Seymour,

et les domestiques avaient entendu le comte mena-
cer de déshériter sa fille, mais Lucie ne se doutait
pas que la situation était si grave.

— Ne devriez-vous pas l'empêcher de sortir, my
lady ?

— Ne sois pas stupide. Je ne peux l'empêcher
de sortir si je n'ai pas la preuve qu'elle a l'intention de s'enfuir avec lord Seymour, répliqua
Katherine avec impatience. Beth remettrait sa fuite
à un autre jour. Quoi de plus facile que de saisir
une autre occasion pour se glisser, comme si de
rien n'était, hors de la maison ? Je ne peux tout
de même pas l'enfermer à clé nuit et jour dans sa
chambre. Non, je vais les suivre jusqu'à l'église et
m'interposer avant que le pasteur ne les marie. Vite,
passe-moi ta robe, Lucie. Je t'en prie, dépêche-toi !
Je vais l'emmener à Brockley Hall où il me sera
plus facile de la surveiller.

Lucie ôta rapidement son uniforme de coton
noir. Elle ne comprenait rien de ce que disait sa
maîtresse.

— Mais pourquoi avez-vous besoin... ?

— Aide-moi à l'enfiler. Tu n'auras qu'à mettre ma
robe en attendant. C'est pour ne pas être reconnue,
expliqua-t-elle. Si Beth s'aperçoit que je la suis, elle
n'ira pas rejoindre lord Seymour. Je n'aurai donc
pas la preuve qu'ils veulent se marier en dépit du
refus de mon père et je ne pourrai rien faire pour
empêcher Beth de commettre une bêtise. Tu comprends ?

— Oui... non... oh, lady Katherine, vous n'allez
tout de même pas sortir habillée comme une servante ! s'écria Lucie en boutonnant l'uniforme de
drap épais.

— Je ne vois pas d'autre solution. Si Beth se retourne pour s'assurer que son départ n'a éveillé aucun soupçon, elle ne me reconnaîtra pas, dit Katherine en tirant sur la robe pour la mettre en place.

En vain. Les dessous volumineux de Katherine faisaient remonter la jupe noire.

— Ça ne va pas. Il faut que j'enlève ces frou-frous. Ah, voilà qui est mieux.

Katherine retira ses quatre jupons volantés. L'uniforme était un peu trop long car Lucie avait quelques centimètres de plus que sa maîtresse, mais il était impossible de remédier à ce problème dans l'immédiat.

— Tu ne sors jamais avec ce tablier, n'est-ce pas, Lucie ?

— Non.

— C'est ce qu'il me semblait mais je n'en étais pas sûre. Pourquoi ne fait-on jamais attention à ces détails ? L'ombrelle ?

— Non, my lady, je ne prends que cette bourse dans ma poche...

— Ça ?

Katherine prit le petit sac en poil de chameau serré par une longue cordelière que lui tendait Lucie.

— Parfait. Je peux l'emprunter ? Mon Dieu, j'allais oublier mes bagues, ajouta-t-elle en ôtant un gros rubis rouge et plusieurs perles fines. Maintenant, le chapeau, vite. Une capeline de préférence, le bord dissimulera mon visage.

Piétinant les jupons, la domestique se précipita vers l'armoire et revint avec le plus vieux chapeau de Katherine.

— Il est beaucoup trop joli, my lady.

Katherine le saisit et en arracha prestement les ornements.

— Et maintenant ?

— Parfait, my lady. Vous n'avez plus l'air d'une...

Lucie se tut, incapable d'achever sa phrase. Katherine sourit devant l'embarras de la femme de chambre.

— D'une lady ? Tant mieux. C'est le but recherché.

— Oh, my lady, toute cette histoire m'inquiète. Les hommes peuvent être de tels mufles dans la rue ! Faites-vous escorter de plusieurs valets...

— Certainement pas, Beth les reconnaîtrait tous.

— Mais...

— Non, tout ira bien. Ne t'inquiète pas.

— Mais...

— Je dois y aller.

Elle claqua la porte, laissant Lucie désemparée. Lady Katherine n'avait jamais fait une chose pareille. Que faisait-elle d'ailleurs au juste ? Et puis la semaine dernière, une véritable brute avait accosté Lucie, à quelques pas de la demeure du comte, et ce jour-là, elle portait précisément cette robe noire. Heureusement, un gentilhomme qui passait s'était porté à son secours. Sans quoi elle ne savait ce qu'il serait advenu d'elle. Ce n'était pas la première fois qu'on lui faisait des propositions malhonnêtes. Une jeune servante n'avait aucun recours. Et voilà que lady Katherine s'aventurait seule dans les rues, habillée en servante...

Ce n'était pas tout à fait vrai. En apparence peut-être, mais seulement en apparence. Malgré son accoutrement, Katherine gardait une allure aristocratique. Quoi qu'elle fasse, elle n'avait pas l'air d'une domestique. C'était d'ailleurs sans importance. Il fallait seulement qu'elle puisse se fondre dans la foule anonyme si Beth se retournait. Et en effet, cette dernière se retourna à plusieurs reprises, ce qui confirma les soupçons de Katherine : Beth craignait d'être suivie. Katherine dut tourner la tête plusieurs fois pour éviter que sa sœur ne la reconnaisse.

Elles marchèrent jusqu'à Oxford Street. Là, Beth prit une rue à gauche. Katherine lui emboîta le pas, veillant à garder ses distances. La robe de soie verte était facile à repérer parmi les passants.

Beth se dirigeait bel et bien vers Regent Street, ce qui n'était pas suffisant pour calmer les soupçons de Katherine. Elle pouvait très bien y avoir rendez-vous avec William Seymour. À cette heure matinale, Regent Street était certes moins encombrée que dans l'après-midi. Cependant c'était un déferlement continuel d'employés de bureau qui se hâtaient à leur travail, de domestiques qui effectuaient des achats pour leurs maîtres, de fourgons de livraison, de calèches, de fiacres et de voitures de publicité, ces effroyables véhicules responsables de tant d'embouteillages.

Katherine perdit Beth de vue pendant un instant. Elle courut jusqu'à l'angle de la rue et s'immobilisa aussitôt. À quelques pas de là, Beth s'était arrêtée pour regarder une vitrine. N'osant trop s'approcher, Katherine décida d'attendre où elle était. Elle tapait du pied avec impatience, sans tenir compte des passants qui la regardaient. C'était un coin particulièrement animé.

— Salut, chérie !

Elle ne broncha pas. À vrai dire, il ne lui était pas venu à l'idée qu'on pût lui adresser ainsi la parole en pleine rue.

— Ne fais pas ta pimbêche.

L'inconnu l'attrapa par le bras pour attirer son attention.

— Je vous demande pardon ? fit-elle, en se reculant pour toiser son interlocuteur – ce qui n'était guère aisé car l'individu en question avait une bonne demi-tête de plus qu'elle.

Il ne la lâcha pas pour autant.

— Pas commode, hein ? C'est pas pour me déplaire.

Malgré son costume et sa canne, ses manières laissaient à désirer. Il était plutôt beau garçon, mais cela n'entrait pas en ligne de compte pour Katherine. Jamais dans sa vie un inconnu n'avait porté la main sur elle. Un rempart de valets et de laquais l'avait toujours protégée de ce genre d'incidents. Comment se débarrasser de ce malotru ? Déconcertée, elle voulut se dégager de son étreinte. En vain.

— Allez-vous-en, monsieur, et cessez de m'importuner !

— Inutile de te donner de grands airs, ma mignonne. Je te vois ici au milieu du trottoir, j'en déduis que tu n'as rien de mieux à faire. On peut prendre un peu de bon temps ensemble. Il n'y a pas de mal à ça.

L'effroi saisit Katherine. Fallait-il répliquer ? Apparemment non. Ne lui avait-elle pas déjà dit clairement sa façon de penser ? Alors, de la main qui tenait le réticule de Lucie, elle fit le geste de le frapper. Il lui lâcha le bras et recula précipitamment afin d'éviter le coup, heurtant un passant qui attendait de pouvoir traverser la rue. Ce dernier le repoussa violemment avec un torrent d'injures qui firent frémir Katherine. L'importun retrouva son équilibre et lui adressa un regard noir.

— Garce ! Tu n'avais qu'à dire non tout simplement.

Katherine fulminait mais elle était trop bien élevée pour se permettre le moindre écart de langage. Elle se contenta donc de lui tourner le dos et une exclamation de dépit lui échappa : Élisabeth, qui avait poursuivi son chemin, était déjà à plusieurs centaines de mètres.

4

Anastasia était furieuse. Leur voiture était immobilisée depuis plus d'une demi-heure. Impossible de traverser le carrefour tant la circulation sur Regent Street était dense. La demeure de leur oncle n'était qu'à quelques pas de là. À pied, elle y serait déjà.

— Je déteste cette ville ! s'écria-t-elle. Les rues sont étroites par rapport à St. Petersbourg et toujours encombrées. Et les gens ne sont jamais pressés.

Dimitri ne jugea pas nécessaire de lui rappeler que c'était elle précisément qui avait voulu rester à Londres. Il garda le silence, regardant par la vitre le spectacle de la rue. Qu'espérait-elle ? C'est à peine s'il lui avait adressé la parole tandis qu'ils regagnaient la capitale. Bien sûr, avant de quitter la propriété de la duchesse, il n'avait pas mâché ses mots.

Anastasia frémit en se remémorant la colère de son frère. Il ne l'avait pas frappée, mais elle aurait presque souhaité qu'il le fasse, pour ne pas avoir à endurer son mépris.

— Ce que tu fais au lit et avec qui tu couches, cela ne me regarde pas, avait-il dit après l'avoir traitée d'irresponsable. Tu es aussi libre que moi. Si je suis venu, ce n'est pas à cause de ton inconduite, tu le sais, n'est-ce pas, Nastya ? Je suis venu parce que tu as eu l'audace de t'opposer à la volonté de grand-mère.

— Mais n'était-ce pas absurde de me renvoyer en Russie pour une pareille vétille ?

— Tais-toi ! Ce qui est une vétille à tes yeux ne l'est pas pour les Anglais. Nous ne sommes pas en Russie.

— En effet ! En Russie, tante Sonya surveille mes moindres faits et gestes. Je n'ai aucune liberté là-bas.

— Dans ce cas, je ferais bien de te confier aux bons soins d'un mari qui sera peut-être plus clément à ton égard.

— Dimitri, non !

Il n'avait pas daigné en dire davantage, mais sa décision était prise. Pourtant, cette menace ne l'inquiéta guère. Elle s'attendait à un châtiment bien pire pour l'avoir dérangé. Il lui assena le coup de grâce juste avant de la quitter.

— Tu ferais mieux d'espérer que ce voyage inutile jusqu'en Angleterre n'ait pas gâché mes propres projets de mariage ! s'écria-t-il. Sinon, tu peux être sûre que le mari que je te trouverai sera loin de te plaire.

Les quatre jours suivants, chez la duchesse, il avait été d'une humeur charmante. Cependant, Anastasia ne parvenait pas à oublier le ton implacable de son frère. Impossible de se rassurer en décrétant que Dimitri s'était laissé emporter par la colère. Un mari, ce n'était pas trop grave, tant qu'il lui laissait sa liberté et fermait les yeux sur ses incartades. Elle pourrait même ainsi échapper enfin à l'autorité vigilante de tante Sonya. Mais épouser un homme qui exigerait fidélité et obéissance, et n'hésiterait pas à la battre ou à la faire espionner par les domestiques, bref à user de cruauté pour la soumettre à sa loi, cette perspective la terrorisait. Et c'était exactement ce à quoi son frère avait fait allusion.

Elle n'avait jamais jusqu'alors eu à subir les effets de la colère de Dimitri. Elle l'avait vu s'emporter contre les autres, mais avec elle, il avait toujours été indulgent et affectueux. Ce qui montrait à quel point elle l'avait exaspéré. Sa fureur était prévisible : elle savait qu'elle avait dépassé les bornes en désobéissant à la duchesse. Le silence glacial de Dimitri pendant le voyage signifiait qu'il ne lui avait pas pardonné.

Ce silence était d'autant plus insupportable qu'ils étaient seuls dans la voiture. La douzaine de domestiques qui accompagnaient toujours le prince ou Anastasia dans leurs déplacements voyageaient dans d'autres voitures. Huit cosaques escortaient également le prince dans chacun de ses déplacements hors des frontières russes. Les longues moustaches, les uniformes, les toques de fourrure et les armes de ces gardes du corps éveillaient une certaine curiosité chez les Anglais mais leur aspect redoutable décourageait les importuns.

Oh, si seulement la voiture avançait ! Puisqu'il fallait rentrer en Russie, autant que ce soit le plus vite possible.

— Ne peux-tu ordonner à tes cavaliers de nous ouvrir un chemin à travers cette cohue, Mytia ? s'enquit-elle. Une demi-heure pour traverser un carrefour, quelle idiotie !

— Rien ne presse, répondit-il sans la regarder. Nous n'appareillons que demain et ce soir nous restons en ville. En outre, le tsar qui rend visite à la reine d'Angleterre cet été n'apprécierait guère ce genre d'esclandre.

Cet avertissement indirect accrut son énervement. Quelle guigne que le tsar Nicolas soit en Angleterre ! Elle qui avait pensé sortir ce soir et profiter de sa dernière soirée de liberté...

— Mais Mytia, on étouffe dans cette voiture ! On n'a pas bougé depuis...

— Même pas cinq minutes, interrompit-il avec sévérité. Cesse de te plaindre, je te prie.

Elle lui jeta un regard noir. Il se mit à rire soudain de ce qu'il voyait par la vitre. L'indifférence de son frère exaspéra Anastasia.

— Je suis heureuse de voir que tu parviens à tromper ton ennui, lança-t-elle, sarcastique.

Comme il ne répondait pas, elle ajouta :

— Qu'y a-t-il de si amusant ?

— Une fille qui remet vertement à sa place un admirateur trop entreprenant. Elle a du caractère.

L'incident intriguait Dimitri sans qu'il sût pourquoi. L'inconnue avait une silhouette agréable, mais sans plus, une poitrine ronde soulignée par son corsage trop serré, une taille menue, des hanches étroites, le tout emballé dans une vilaine robe noire. Un bref instant – et de trop loin car elle se tenait sur le trottoir opposé – il aperçut son visage. Dépourvu de beauté, il avait cependant du caractère, avec ses grands yeux et un petit menton résolu.

Si elle n'avait pas tenté de frapper son agresseur de sa bourse, il ne l'aurait pas remarquée. Ce n'était pas le genre de femmes qui attiraient son attention en général. Trop menue, trop « enfant » en quelque sorte, si elle n'avait eu une poitrine aussi opulente. Mais elle l'amusait. Une telle détermination chez une si petite personne ! Depuis quand une femme l'avait-elle amusé ?

Cédant à son impulsion, il se pencha à la portière et appela Vladimir, son factotum. L'indispensable Vladimir veillait au confort de son maître en toute situation, ne posait pas de questions, ne portait aucun jugement et obéissait au pied de la lettre à la moindre exigence de Dimitri.

Quelques mots chuchotés à l'oreille et Vladimir s'éloigna. La voiture s'ébranla enfin.

— Mais je rêve ? dit Anastasia qui avait deviné de quelle mission était chargé Vladimir. Tu vas chercher des prostituées dans la rue maintenant ? Elle doit être particulièrement jolie.

— Non, pas vraiment, répondit Dimitri, sans se formaliser du ton sardonique de sa sœur. C'est plutôt une question de vanité. Disons que j'aime réussir là où les autres échouent.

— Mais une fille de la rue, Mytia ? Elle peut être malade.

— C'est ce que tu me souhaites, n'est-ce pas, très chère ? releva-t-il sèchement.

— En ce moment précis, oui.

Sa rancœur n'arracha à Dimitri qu'un sourire indifférent.

Pendant ce temps, Vladimir tentait de se procurer une voiture, tout en gardant un œil sur la jeune femme en noir qui remontait maintenant Regent Street. Il n'y avait aucun fiacre en vue, son anglais n'était pas des meilleurs et son français si maladroit qu'on le comprenait à peine. Cependant l'argent résolvait bien des choses. Après plusieurs tentatives infructueuses, il parvint à convaincre le cocher d'une petite voiture privée de faire faux bond à son maître après lui avoir proposé l'équivalent d'une année de gages. Le cocher prit sans hésitation le risque de perdre son emploi.

Maintenant, la fille. Impossible de la dépasser car la voie était trop encombrée. Vladimir ordonna donc au cocher de le suivre aussi vite que possible. Ce dernier s'exécuta tout en se moquant intérieurement des excentricités des riches. Car ce type qui louait une voiture pour marcher à pied était vraisemblablement un riche excentrique. Mais refuser ses services alors qu'on lui offrait une énorme liasse de billets eût été stupide.

Vladimir rattrapa la fille presque au bout de la rue. Elle venait de s'arrêter sans raison apparente et se tenait au milieu du trottoir, regardant droit devant elle.

— Mademoiselle ?

— Oui ? fit-elle d'un air distrait, en regardant à peine son interlocuteur.

Parfait. Au moins, elle parlait français.

— Écoutez-moi un instant, mademoiselle. Mon maître, le prince Alexandrov, souhaite votre compagnie pour la soirée.

D'ordinaire, à la simple mention du titre de Dimitri, ce genre de marché se concluait aussitôt. Mais, cette fois, Vladimir n'obtint pour toute réponse qu'un regard ulcéré. De plus, la jeune femme ne correspondait pas du tout aux critères habituels de Dimitri, le prince avait-il perdu la raison pour vouloir mettre dans son lit cette fille insignifiante ?

Katherine était furieuse : à nouveau un inconnu l'abordait et qui plus est, cette fois-ci, pour lui proposer un emploi. Sans doute avait-on besoin de domestiques supplémentaires pour une réception quelconque. On recrutait dans la rue maintenant ?

Elle n'avait jamais entendu une chose pareille. Enfin, l'inconnu était étranger. Il n'était sans doute pas au courant des usages...

Il fallait se débarrasser de lui mais éviter l'erreur qu'elle avait commise avec l'autre passant. Quand on s'habillait en servante, il fallait au moins s'efforcer de jouer convenablement son rôle. Son indignation, quelques minutes auparavant, avait failli provoquer un scandale en pleine rue. Il fallait éviter d'attirer l'attention sur elle si elle ne voulait pas être reconnue.

Que faire dans une situation aussi délicate ? Quelle idée aussi de se déguiser en domestique ! Cette mascarade était ridicule. Si elle n'avait pas eu une telle migraine, elle aurait sans doute imaginé un meilleur stratagème. Enfin, il était trop tard maintenant. L'inconnu attendait sa réponse.

À en juger par son costume taillé dans un drap d'excellente qualité, c'était un domestique très bien payé. Grand, la quarantaine, avec des yeux bleu clair et des cheveux bruns, il faisait un certain effet. Qu'aurait répondu Lucie dans de telles circonstances ? Sans doute aurait-elle minaudé quelques instants pour rendre son refus plus acceptable. Non, Katherine ne pouvait pas aller jusque-là.

— Je suis désolée, monsieur, mais je ne cherche pas d'emploi, dit-elle sans quitter des yeux Élisabeth qui venait de traverser la rue.

— Si c'est une question d'argent, le prince est extrêmement généreux.

— Je n'ai pas besoin d'argent.

Vladimir commençait à s'inquiéter. Le titre de prince l'avait laissée parfaitement indifférente comme si elle ne se rendait pas compte de l'honneur qui lui était fait. Et voilà qu'elle refusait d'être payée. C'était à peine croyable !

— Dix livres.

Katherine le dévisagea, incrédule. Avait-il perdu la raison pour offrir une somme pareille ? Ignorait-il à quel taux se louait le personnel à Londres ? Ou alors, il agissait sous l'effet du désespoir. Elle comprenait, non sans embarras, qu'aucune domestique dans toute l'Angleterre n'aurait hésité. Pourtant, il n'était pas question d'accepter.

— Je suis navrée…

— Vingt livres.

— C'est absurde ! s'écria-t-elle, soudain méfiante à l'égard de son interlocuteur. Vous pouvez embaucher une légion de domestiques pour moins que ça. Maintenant, veuillez m'excuser.

Elle lui tourna le dos, priant en son for intérieur pour qu'il s'en aille.

Vladimir soupira. Du temps perdu en marchandage inutile puisqu'il y avait eu méprise. Une domestique ? Certainement pas.

— Mademoiselle, pardonnez-moi de ne pas avoir été d'emblée plus clair. Mon maître ne désire pas une domestique. Il vous a aperçue et souhaite passer la soirée en votre compagnie, une soirée pour laquelle vous serez généreusement payée. Dois-je être plus explicite… ?

Katherine se retourna, les joues en feu.

— Non ! Je… je comprends parfaitement.

Seigneur, comment faire à présent ? Son éducation lui commandait de gifler l'impudent qui l'avait ainsi insultée. Mais Lucie ne se serait pas formalisée, bien au contraire.

— Vous me flattez, mais votre proposition ne m'intéresse pas.

— Trente livres.

— Non ! À aucun prix. Laissez-moi tranquille, je vous prie.

— Je suis prêt, m'sieur, si vous voulez monter, fit soudain une autre voix d'homme.

Vladimir jeta un rapide coup d'œil derrière lui. La voiture se trouvait à quelques pas, le long du trottoir.

Appliquant une main énergique sur la bouche de la jeune femme, il traîna Katherine jusque-là.

— Une servante qui s'est échappée, expliqua-t-il au cocher qui assistait à la scène, bouche bée. Faites le tour de ce pâté de maisons. Je vous dirai quand vous arrêter.

— Échappée ? Mais, m'sieur, si elle ne veut pas travailler pour vous, c'est son affaire. Vous ne pouvez pas l'obliger...

Quelques billets de banque glissés à nouveau dans sa main modifièrent son attitude.

— À votre service !

Le cri de Katherine mourut dans sa gorge. Vladimir l'avait plaquée contre le siège et l'immobilisait douloureusement. D'un geste prompt, il lui lia les mains derrière le dos, tandis que la voiture s'ébranlait. Tout s'était passé si vite que personne n'avait remarqué l'enlèvement.

Katherine se débattait toujours, ivre de rage. Vladimir lui arracha son chapeau et la bâillonna d'un mouchoir, l'obligeant à rester prostrée sur la banquette. Elle pouvait à peine bouger les jambes et de toute façon, encore sous le coup de la surprise, elle ne parvenait pas à imaginer le moyen de se dégager.

Les vitres des portières ! Il faisait sombre dans la voiture fermée mais si un passant s'en approchait, il verrait aisément ce qui se passait à l'intérieur. Vladimir jeta son manteau sur Katherine.

À moitié étouffée, cette dernière fulminait. Cet individu devait être fou. Traiter lady Katherine St. John comme une vulgaire marchandise ? Quel toupet ! Lorsqu'elle lui révélerait sa véritable identité, il serait bien obligé de lui rendre sa liberté. Il ne pouvait pas la séquestrer indéfiniment !

La voix de l'inconnu lui parvint, assourdie, à travers l'épais tissu du manteau.

— Navré, ma mignonne, mais vous ne m'avez pas laissé le choix. Je dois obéir aux ordres du prince. Il n'a pas imaginé un seul instant que vous refuseriez sa proposition. Les plus belles femmes de Russie se battent pour gagner ses faveurs. Vous comprendrez pourquoi quand vous le verrez.

Katherine aurait eu plaisir à lui rétorquer que peu lui importait ce genre d'honneur. Et cela lui était bien égal que le prince soit le plus bel homme au monde. Elle ne changerait pas d'avis pour autant. À entendre cet individu, elle devait lui être reconnaissante de l'avoir enlevée.

La voiture s'arrêta. C'était le moment d'échapper à ce fou. Maintenant ou jamais. Elle tenta de rouler sur elle-même. En vain. Le manteau l'enveloppait comme un sac, empêchant tout mouvement. L'homme la souleva dans ses bras, sans effort, et sortit de la voiture. Où pouvaient-ils bien être à présent ? Le manteau recouvrait son visage : elle ne voyait rien.

Quelques instants plus tard, une odeur de nourriture lui chatouilla les narines. Une cuisine ? Ils avaient sans doute emprunté une entrée de service. Tant mieux. Cela signifiait qu'il n'était guère fier de sa conduite et qu'il préférait que son maître n'en apprît rien. N'avait-il pas dit que ce prince

Dimitri n'avait pas envisagé qu'elle refuserait sa proposition ? Un prince n'aurait jamais recours à de telles bassesses pour posséder une femme. Réflexion faite, il était inutile d'expliquer au domestique qui elle était. Elle parlerait au prince qui la ferait relâcher aussitôt.

Maintenant ils montaient un escalier interminable. À chaque marche, le genou de son ravisseur lui heurtait les reins. Où était-elle ? Ils avaient roulé quelques minutes à peine, le temps qu'il fallait pour rentrer chez elle. Mon Dieu, se trouvait-elle près de Cavendish Square ? Quelle ironie du sort ! Mais non, il n'y avait pas de prince dans le voisinage. À moins que ce « prince » n'existe pas ? Peut-être était-elle aux mains d'un bandit qui enlevait des femmes en inventant des histoires mirobolantes pour mieux les séduire ?

Elle entendit soudain l'étranger dire quelques mots dans une langue inconnue. La plupart des langues d'Europe lui étaient pourtant familières. Une femme lui répondit... Russe, ils parlaient russe ! N'avait-il pas mentionné la Russie ? C'étaient donc des Russes, des barbares du Nord. Voilà pourquoi l'inconnu avait parlé d'un prince. Toute l'aristocratie russe portait des titres ronflants.

Une porte s'ouvrit. Quelques marches encore et on la posa à terre. L'inconnu retira le manteau qui enveloppait Katherine et la libéra de ses liens. Ivre de rage, elle s'apprêtait à donner libre cours à son indignation. Tout près d'elle, l'étranger la dévisageait avec une curieuse attention. Quelque peu déconcertée, elle refréna sa fureur.

« Calme-toi, Katherine, ce ne sont que des barbares. Sans doute n'ont-ils même pas conscience du crime qu'ils viennent de commettre en t'enlevant. »

— Nous ne sommes pas des barbares, dit-il en français.

— Vous parlez l'anglais ?

— Un peu. Je connais le mot barbare. Vous autres, les Anglais, m'avez déjà appelé ainsi. Qu'avez-vous dit d'autre ?

— Peu importe. Je me parlais à moi-même. Ce n'est pas à vous que je m'adressais.

— Vous êtes plus jolie avec les cheveux longs. Le prince sera content.

C'est donc pour cette raison qu'il la regardait avec cette insistance déplacée ! Son chignon s'était en partie défait quand il l'avait bâillonnée et ses cheveux, bien que toujours relevés sur les côtés, retombaient en boucles libres, encadrant son visage.

— Gardez vos compliments pour vous. J'ai horreur des flatteries.

— Pardon.

Il s'inclina légèrement, avec déférence, et regretta aussitôt son geste. Plutôt hautaine pour une domestique ! Enfin, c'était une Anglaise...

— Je m'appelle Vladimir Kirov. Il faut que nous parlions.

— Non ! Je n'ai rien à vous dire, monsieur Kirov. Ayez la bonté de prévenir votre maître que je suis ici. C'est moi qui ai à lui parler.

— Il ne sera pas ici avant ce soir.

— Allez le chercher ! cria-t-elle soudain, à bout de nerfs.

Il secoua la tête.

— Je vais bientôt perdre patience, monsieur Kirov, reprit-elle d'un ton qui lui parut remarquablement courtois et modéré, compte tenu des circonstances. Vous m'avez insultée, fait violence et, comme vous pouvez le constater, je conserve mon calme. Je ne suis pas une mauviette qui s'effondre au premier coup dur, mais j'ai atteint les limites de ce que je peux supporter. Sachez que je ne suis pas à vendre ! Et la rançon d'un roi n'y changerait rien. Maintenant cela suffit, rendez-moi ma liberté.

— Vous êtes têtue mais c'est sans importance. Vous resterez ici. Et je vous déconseille de crier, sinon les deux gardes en faction devant la porte viendront vous faire taire. Ce serait déplaisant pour vous et tout à fait inutile. Je vous donne quelques heures pour réfléchir.

Pour appuyer ses dires, il ouvrit la porte et Katherine aperçut deux soldats en uniforme qui montaient la garde, l'air menaçant, armés chacun d'un long sabre.

C'était incroyable ! Tous les habitants de cette maison étaient-ils donc complices de ce crime ? Il ne lui restait plus qu'un seul espoir : le prince.

5

— Que faire, Marusia ? demanda Vladimir à sa femme. Elle refuse d'entendre raison. C'est la première fois que je vois cela.

— Trouve-lui une autre fille, répondit-elle comme s'il n'y avait rien de plus simple. Tu sais ce qui se passera s'il n'a pas ce qu'il veut ce soir. Il sera d'une humeur massacrante pendant tout le voyage. Si sa grand-mère ne lui avait pas reproché de passer son temps à courir le jupon, ce serait moins grave, mais elle l'a mis en garde et, comme il la respecte, il lui obéit. Depuis notre départ, il a été d'une chasteté de moine, cela doit commencer à lui peser. Il lui faut une fille ce soir avant qu'on appareille, sinon nous allons faire les frais de sa mauvaise humeur. Ce sera pire qu'à l'aller, après que cette idiote de comtesse eut décidé, au dernier moment, de ne pas l'accompagner en Angleterre.

Vladimir ne le savait que trop. Outre le fait qu'il n'avait encore jamais échoué dans les missions dont le chargeait le prince, la perspective de devoir subir pendant plusieurs semaines l'irascibilité de son maître le terrifiait. Si le prince était mécontent, tout le monde en pâtirait.

50

Vladimir se versa un autre verre de vodka et l'avala d'un trait pendant que Marusia farcissait une oie pour le dîner. Pour elle, l'affaire était réglée. Vladimir lui avait simplement dit que la fille qu'il avait ramenée refusait de passer la soirée avec leur maître.

— Marusia, pourquoi une domestique, une simple paysanne, ne serait pas contente d'être remarquée par le prince ?

— Elle devrait se sentir flattée, même si elle ne veut pas coucher avec lui. Montre-lui un portrait du prince. Ça la fera peut-être changer d'avis.

— Je crains que cette fois-ci, cela ne soit pas d'une grande utilité. Non seulement elle n'a pas paru flattée, mais j'ai eu l'impression qu'elle était offensée, et je ne comprends pas pourquoi. Aucune femme n'a jamais repoussé les avances du prince : célibataires ou mariées, paysannes ou comtesses, même une reine…

— Quelle reine ? Tu ne me l'as jamais dit !

— Peu importe. Cela ne te regarde pas, ma chère. Avec toi, tout est prétexte à commérages.

— Eh bien, ça ne fait pas de mal à un homme d'essuyer un refus une fois dans sa vie.

— Marusia !

Elle se mit à rire, amusée.

— Hormis notre prince, bien sûr ! Je plaisantais. Cesse donc de t'inquiéter et trouve-lui une autre fille.

Vladimir contempla, accablé, son verre vide et le remplit de nouveau.

— Impossible. Il ne m'a pas chargé de lui trouver quelqu'un pour la nuit, il m'a montré cette fille dans la rue et m'a dit : « Je la veux. Ramène-la-moi. » Elle n'est même pas jolie, enfin… elle a de beaux yeux. Je pourrais lui trouver une douzaine de filles à son goût pour ce soir. L'ennui, c'est que c'est celle-là qu'il veut.

— Elle doit être amoureuse, suggéra Marusia d'un ton pensif. C'est la seule raison pour laquelle une femme du peuple refuserait un tel honneur. En Russie, pas une paysanne...

— Nous sommes en Angleterre, rappela-t-il. Ils pensent peut-être différemment.

— Ce n'est pas la première fois que nous venons ici, Vladimir, et tu n'as jamais eu ce problème. Crois-moi, elle est amoureuse. Il faut peut-être la droguer ?

— Il croira qu'elle a bu, répliqua Vladimir, sévère. Cela ne lui plaira pas du tout.

— Du moins, elle sera à lui.

— Et si ça ne marchait pas ? Si elle refusait quand même de lui céder ?

Marusia fronça les sourcils.

— Tu as raison, il serait furieux. Il n'a pas envie de prendre une femme de force. D'ailleurs, il n'en a pas besoin. Elles se battraient plutôt pour l'avoir. Il n'a qu'à choisir.

— Toujours est-il que son choix s'est porté sur la seule qui ne veut pas de lui.

Marusia lui adressa un regard contrarié.

— Tu commences à m'inquiéter. Veux-tu que je parle à cette fille, histoire de savoir pourquoi elle le refuse ?

— Pourquoi pas ? dit-il, prêt à tout pour se sortir de cette impasse.

Elle hocha la tête.

— Pendant ce temps, va voir Boulavine. La semaine dernière, il se vantait de pouvoir mettre toutes les femmes à ses pieds. Peut-être utilise-t-il un philtre d'amour ?

— Ne dis pas de sottises.

— On ne sait jamais. Les cosaques ont toujours cohabité avec les Turcs et il paraît que les sultans n'ont pas de problèmes avec les femmes de leurs harems, qui sont pourtant, pour la plupart, d'innocentes captives.

Le regard sombre, il écarta cette suggestion d'un geste. Pourtant, au fond de lui, il savait qu'il parlerait à Boulavine. La situation était trop désespérée pour ne pas tout tenter.

Incapable de rester en place, Katherine tournait en rond dans la pièce, jetant des regards furieux sur l'énorme armoire que les deux gardes avaient poussée devant l'unique fenêtre. Pendant une demi-heure, elle avait essayé de la déplacer. En vain, bien que l'armoire fût vide.

On l'avait enfermée dans une chambre à coucher spacieuse, de toute évidence inhabitée : même le bureau était vide. Un papier rose et vert tapissait les murs. Le mobilier en acajou verni était orné de bronze. Un coûteux tissu de satin vert recouvrait le lit. Le luxe de Cavendish Square, aucun doute là-dessus. Si seulement elle pouvait s'échapper, elle serait chez elle en un rien de temps. Le seul ennui c'est qu'Élisabeth, qu'elle avait laissée à l'angle de Regent Street, aurait eu tout le temps de rejoindre William et serait mariée d'ici là.

Ce déguisement stupide, cette effroyable mésaventure, tout cela pour rien ! Élisabeth mariée à un vulgaire chasseur de dot... À cette pensée, Katherine étouffait de rage. Que ces Russes aillent au diable ! À cause de ce barbare, de ce triple imbécile qui l'avait enlevée, la vie de Beth serait ruinée. Enfin, bien sûr, il n'avait fait que suivre des ordres. C'était son maître le responsable. Charger son domestique de l'acheter ! Pour qui donc se prenait-il ? Quelle arrogance !

Elle lui dirait ses quatre vérités et le ferait jeter en prison. Elle avait retenu son nom : Dimitri Alexandrov ou Alexandrov Dimitri. Cela n'avait pas d'importance. Il n'y avait pas tant de princes russes à Londres en ce moment. Il serait facile de le retrouver.

Non, elle n'irait pas jusque-là. Il fallait éviter le scandale. Il était hors de question que le nom des St. John soit traîné dans la boue. À moins que...

« Si Beth n'est pas à la maison quand je rentre et si elle a épousé lord Seymour, je le poursuivrai en justice », songea-t-elle.

Elle conservait un mince espoir qu'Élisabeth n'ait eu qu'un simple rendez-vous avec William, pour mettre au point leur fuite. Il fallait s'accrocher à cette idée. Tout ne serait pas perdu dans ce cas et cet après-midi de cauchemar ne serait qu'un fâcheux souvenir qu'elle s'efforcerait d'oublier au plus vite.

— Votre déjeuner, mademoiselle, et une autre lampe. La chambre est si sombre avec cette armoire devant la fenêtre... Vous parlez français, oui ? Je le parle bien car c'est la langue qu'emploient généralement les aristocrates chez nous. Certains ne parlent même pas le russe.

La femme qui venait de faire ce petit discours était entrée sans frapper. Un garde avait ouvert et refermé la porte. Plus grande que Katherine, elle avait la quarantaine, des cheveux châtains serrés en un petit chignon sur la nuque, des yeux bleus, un regard gentil. Elle posa un lourd plateau sur une table basse installée devant deux sièges.

— *Katushki*, expliqua-t-elle en découvrant une assiette de boulettes de poisson accommodées d'une sauce au vin blanc. Je suis la cuisinière, j'espère que ce repas vous plaira. Je m'appelle Marusia.

Plutôt mince, elle ne ressemblait en rien à l'idée qu'on se fait en général d'une cuisinière. À côté des *katushki*, il y avait une petite miche de pain de seigle, une salade de chicorée et de fruits, une part de gâteau et une bouteille de vin. Un déjeuner des plus appétissants. Le délicieux fumet des *katushki* chatouilla agréablement les narines de Katherine. Mais elle était trop têtue pour faire honneur à ce petit festin improvisé.

— Merci, Marusia, vous pouvez remporter ce plateau. Je n'accepte rien de cette maison, y compris la nourriture.

— Ce n'est pas bien de ne pas manger. Vous êtes si menue.

— Je suis menue... parce que c'est ma nature, répliqua Katherine avec raideur. Cela n'a rien à voir avec l'alimentation.

— Mais le prince, lui, est grand. Vous voyez ?

Marusia lui mit sous le nez une miniature encadrée d'argent. Impossible de ne pas la regarder. Katherine repoussa la main de la domestique.

— Très amusant. Cette petite ruse est-elle censée me faire changer d'avis ? Même si ce portrait est réellement celui du prince Alexandrov, ma réponse sera toujours non.

— Êtes-vous mariée ?

— Non.

— Vous avez un amoureux dont vous êtes très éprise, alors ?

— L'amour est bon pour les sots. Je ne suis pas une sotte.

Marusia se rembrunit.

— Dites-moi, je vous en prie, pourquoi vous refusez de tenir compagnie au prince. C'est vraiment le prince Dimitri. Pourquoi vous mentirais-je alors que vous le verrez ce soir ? En tout cas, cette peinture ne lui rend pas justice. C'est un homme plein d'entrain, d'énergie et de charme et, malgré sa taille, il est très doux avec les femmes.

— Taisez-vous ! s'écria Katherine, perdant patience. Mon Dieu, mais c'est incroyable. D'abord, cette brute de Kirov qui tente de me persuader d'accepter un ignoble marché, et maintenant vous ? Votre prince ne peut-il pas chercher tout seul ses compagnes de plaisir ? N'avez-vous pas honte de marchander à sa place ? Je ne suis pas à vendre, entendez-vous, et on ne m'achètera à aucun prix.

— Si c'est le fait d'être payée qui vous offusque, pensez simplement qu'un homme et une femme peuvent se donner du bon temps. D'ordinaire, mon maître prend le temps de courtiser les femmes qui lui plaisent mais, aujourd'hui, il n'a pas le temps. En ce moment même, il est au port pour s'assurer que le bateau est bien en état de reprendre la mer. Nous appareillons demain pour la Russie.

— Ravie de l'apprendre, déclara Katherine d'un ton coupant. Mais ce n'est pas cela qui me fera changer d'avis.

Vladimir avait raison. Cette fille était horriblement têtue. Hautaine comme une princesse et sotte comme le plus idiot des serfs. Aucune femme sensée ne songerait à refuser de passer la nuit avec Dimitri Alexandrov. Certaines auraient même payé pour jouir de ce privilège.

— Vous ne m'avez toujours pas expliqué pourquoi vous refusiez la proposition de mon maître, insista Marusia.

— Vous vous êtes trompée en ce qui me concerne. Je ne suis pas le genre de femme à envisager, fût-ce une seconde, de passer la nuit avec un inconnu. Cela ne m'intéresse pas, un point c'est tout.

Dépitée, Marusia laissa échapper quelques mots, en russe, et sortit. Vladimir l'attendait dans le couloir, plein d'espoir. Elle secoua la tête : tant pis si elle le décevait. Elle n'avait pas le choix.

— Inutile, Vladimir. Soit elle a peur des hommes, soit elle ne les aime pas, mais elle ne changera pas d'avis, j'en suis convaincue. Laisse-la partir et préviens le prince Dimitri. Il prendra d'autres dispositions pour sa soirée.

— Non, il aura cette fille, dit Vladimir en lui tendant une petite bourse fermée à l'aide d'une ficelle. Mets-en dans sa nourriture.

— Qu'est-ce que c'est ?

— Le philtre d'amour de Boulavine. À l'en croire, le prince sera comblé.

6

Plus tard dans l'après-midi – ou était-ce en début de soirée ? – on lui prépara un bain. Elle n'avait aucune idée de l'heure car il n'y avait pas de pendule dans la chambre et sa petite montre était restée dans la poche de sa robe qu'elle avait échangée plusieurs heures auparavant contre celle de Lucie.

Circonspecte, elle observa les allées et venues d'un trio de domestiques qui transportèrent dans la pièce un tub et le remplirent d'eau chaude parfumée à l'essence de rose. Personne ne lui avait demandé si elle désirait prendre un bain. Elle n'en avait aucune envie en tout cas. On ne lui ferait pas enlever ses vêtements dans cette maison inconnue.

Kirov entra, vérifia la température de l'eau, sourit. Assise avec raideur dans un fauteuil, ses doigts tapotant nerveusement les accoudoirs, Katherine fit de son mieux pour lui opposer une franche indifférence. Il s'approcha.

— Vous allez prendre un bain, dit-il avec une autorité que renforçait sa stature.

Elle releva lentement la tête, puis la détourna avant de déclarer sur un ton des plus condescendants :

— Vous auriez mieux fait de me demander mon avis avant de vous donner tout ce mal. Je regrette mais je ne prends pas de bain chez des inconnus.

Vladimir en avait assez de son arrogance.

— Je ne vous le demande pas, je vous l'ordonne. Et vous allez obéir, sinon les gardes en faction devant votre porte se feront un plaisir de vous y aider, ce qui, j'en suis sûr, ne serait guère à votre goût.

Il fut soulagé de la voir réagir aussitôt. Ses grands yeux s'écarquillèrent sous l'effet de la colère. C'était de loin son principal atout. Leur éclat particulier faisait oublier l'insignifiance de son visage et lui conférait un air d'étrange innocence. Était-ce ce qui avait plu au prince ? Pourtant, il n'avait rien pu remarquer d'aussi loin.

Pour sa soirée avec lui, il fallait lui enlever cette vilaine robe noire qui lui allait si mal et lui donnait mauvaise mine. Autrement, elle avait un joli grain de peau, un teint doux et translucide qu'un peu de maquillage, cependant, aviverait. Enfin, comme elle ne se laisserait pas faire, mieux valait ne pas y penser. Il ne fallait pas que son corps porte la moindre trace de violence : le prince serait furieux. Tant pis. La lumière tamisée et les draps de satin vert seraient ses seuls ornements. Vladimir était satisfait, il avait la situation en main. Après le bain parfumé, on monterait à la fille le dîner où l'on aurait versé l'aphrodisiaque. Droguée, nue et vulnérable, elle ne pourrait rien refuser au prince.

— N'attendez pas que le bain refroidisse, reprit Vladimir avec fermeté. Je vous envoie une femme de chambre pour vous aider. On va également vous apporter un repas, et cette fois-ci, vous mangerez, dussé-je employer la force ! Nous n'avons pas l'intention de vous laisser mourir de faim tant que vous êtes sous notre toit.

— Combien de temps encore va-t-on me retenir ici ? fit-elle entre ses dents.

— Lorsque le prince vous renverra, je vous ferai déposer où vous le désirez. Le prince ne passera guère plus de quelques heures avec vous. Le contraire serait étonnant.

« Pour ma part, quelques minutes me suffiront pour moucher ce libertin », songea-t-elle, furieuse. Après, elle pourrait partir.

— Quand vient-il ?

Vladimir haussa les épaules.

— Dans la soirée, quand il sera prêt.

Elle baissa les yeux, les joues empourprées. Elle avait entendu parler d'amour plus en un seul jour qu'en vingt et une années de sa vie, et avec un naturel, un sans-gêne déconcertants. Le personnel de cet Alexandrov n'était manifestement arrêté par aucun scrupule dans, ce domaine. Ils ne voyaient pas le moindre inconvénient à enlever une innocente jeune fille en pleine rue pour l'offrir à la concupiscence de leur maître. Sans doute était-ce monnaie courante chez eux.

— Vous vous rendez compte, n'est-ce pas, que votre conduite est criminelle ? dit-elle.

— N'exagérons rien. Le délit est mineur et vous serez largement dédommagée.

Un tel aplomb la laissa sans voix. Kirov en profita pour s'éclipser. Ces barbares s'imaginaient donc être au-dessus de la loi ? Non, c'était plutôt qu'ils la prenaient pour une fille du peuple. En Russie, l'aristocratie avait tous les droits. Par conséquent, à leurs yeux, il n'y avait rien de criminel à lui faire violence. Que pourrait une domestique contre un prince ? Mais elle ne leur avait pas encore révélé sa véritable identité. Enlever la fille d'un comte n'était pas une bagatelle en Angleterre. Elle regrettait de ne pas avoir commencé par là, mais il était embarrassant d'avoir à avouer qu'elle s'était déguisée en servante. D'ailleurs, à quoi bon se lancer dans ces justifications ? Lorsque Alexandrov verrait qu'elle n'était pas décidée à se prêter à ses caprices, il lui rendrait sa liberté.

Une jeune domestique vint l'aider à se déshabiller. Katherine voulut la renvoyer. En vain. La jeune fille ne comprenait manifestement que le russe. Indifférente aux protestations de Katherine, elle monologua tout en pliant les vêtements que cette dernière avait laissés tomber par terre, dans sa hâte d'en finir avec cette épreuve. Katherine entra dans l'eau. La bonne quitta la pièce, emportant vêtements et chaussures.

Décidément, ils pensaient à tout ! Elle se retrouvait nue, avec juste les draps du lit pour se couvrir. C'était le comble ! Elle s'était efforcée de garder son calme, de prendre ces odieux affronts pour de simples erreurs, et c'est avec courtoisie qu'elle aurait expliqué au prince l'énorme bévue dont son domestique, par trop zélé, s'était rendu responsable. Mais là, c'en était trop. Il allait voir à qui il avait affaire !

Absorbée par ses plans de vengeance, elle se frotta énergiquement jusqu'à ce que sa peau devienne cramoisie. Sur ces entrefaites, Marusia apporta le dîner.

— Je veux mes vêtements ! cria Katherine dès que la porte s'ouvrit.

— On vous les rendra en temps voulu.

— Je les veux maintenant.

— Je vous conseille de ne pas élever la voix, ma petite. Les gardes ont reçu des ordres...

— Le diable les emporte et vous aussi ! Oh, à quoi bon chercher à vous faire entendre raison ?

Au comble de la fureur, elle sortit du tub, s'enveloppa dans une serviette et alla vers le lit au cas où ils auraient eu dans l'idée d'enlever la literie. Jugeant le couvre-pieds de brocart trop lourd et trop volumineux, elle l'écarta, tira le drap et le jeta sur ses épaules comme une cape. Le tissu absorba rapidement l'humidité de sa peau.

Marusia la contemplait, médusée. Si petite et si farouche... Les yeux étincelaient de colère, les joues étaient empourprées, et le corps... ravissant : la vilaine robe noire cachait des formes et des proportions parfaites. Le prince serait content.

— Maintenant, il faut manger. Et peut-être avez-vous le temps de faire un petit somme avant...

— Taisez-vous ! interrompit Katherine. Laissez-moi. Je ne parlerai qu'à Alexandrov.

Marusia eut la sagesse de sortir. Il n'y avait plus qu'à attendre et à espérer que les vantardises de Boulavine aient quelque fondement.

La perspective d'être contrainte par des gardes grossiers à manger de force poussa Katherine à s'installer à table. Elle n'avait pas réellement faim, cependant, il lui fallut reconnaître que la nourriture était délicieuse : du poulet nappé d'une sauce à la crème, des pommes de terre et des carottes bouillies, des petits gâteaux au miel. Le vin blanc était également excellent. La jeune servante revint avec un plateau où étaient posés une carafe d'eau, un flacon de cognac et deux verres, et plaça le tout au chevet du lit.

Ainsi le prince n'allait pas tarder à faire son apparition ? Eh bien, qu'il vienne, c'était le moment, sa rage était à son comble ! Mais il ne parut pas. Le temps continua à se traîner comme tout l'après-midi.

Son repas terminé, Katherine se mit à arpenter la pièce. Après avoir fait le tour de la chambre une douzaine de fois, s'attendant à tout instant que la porte s'ouvre sur ce prince invisible, elle sentit sa peau la picoter là où le drap de satin l'effleurait. Ses nerfs lâchaient.

Elle s'arrêta à côté du plateau et se versa un verre de cognac qu'elle avala d'un trait. Ce n'était guère prudent mais elle avait besoin de se calmer et de retrouver son sang-froid habituel, pour affronter le prince. Il fallait absolument qu'elle se détende. Elle se sentait si énervée qu'elle était capable de faire une bêtise. Elle s'assit, cherchant à maîtriser son impatience. En vain. Elle se sentait au bord de la crise de nerfs.

Elle bondit sur ses pieds et se versa un autre cognac qu'elle prit, cette fois, le temps de siroter. Allons, ce n'était pas le moment de s'enivrer. Elle se remit à marcher en long et en large. À présent, le contact du drap de satin – ce maudit satin – lui irritait les jambes. Chaque mouvement devenait pénible, mais que faire ? Il fallait bien couvrir sa nudité.

Elle s'arrêta au milieu de la pièce, s'efforçant d'observer une immobilité parfaite. Mais chaque muscle de son corps, tendu à l'extrême, la poussait à marcher, à s'agiter. Impossible de rester immobile.

Elle s'étira et reprit sa déambulation. Elle avait l'impression de sentir le sang pulser dans ses veines. Une sensation étrange et plaisante la gagnait peu à peu.

La porte s'ouvrit. Ce n'était que la jeune domestique qui venait reprendre le plateau du dîner. Inutile de chercher à lui parler puisqu'elle ne comprenait que le russe. Mon Dieu, il lui fallait un autre cognac. Au moment où elle allait se resservir, la domestique sortie, elle s'arrêta, effrayée soudain. L'alcool commençait à lui monter à la tête et il fallait garder son sang-froid.

Elle s'assit sur le lit. Un léger gémissement lui échappa. Que lui arrivait-il ? Le drap devenait insupportable. Il fallait l'enlever, ne serait-ce que quelques instants.

Elle l'écarta et frissonna tandis que le satin glissait le long de son buste, la dénudant jusqu'à la taille. Instinctivement, elle croisa les bras sur sa poitrine. Ce simple mouvement lui procura une sensation de plaisir étrange, qu'elle n'avait encore jamais éprouvée.

Elle baissa les yeux et regarda son corps : sa peau était rouge, la pointe de ses seins tendue et brûlante. Elle se frotta les bras, puis gémit de nouveau. Décidément, il y avait quelque chose d'anormal. Ce qu'elle ressentait n'était pas une véritable douleur, plutôt des ondes de chaleur qui parcouraient tout son corps pour aboutir au niveau de l'aine.

Elle se laissa tomber sur le lit, en proie à un trouble grandissant. Elle était malade. Ce qu'elle avait mangé peut-être... Oui, on avait dû mettre quelque chose dans la nourriture.

« Ô mon Dieu, que m'ont-ils fait ? »

Cette hypothèse était pourtant absurde. Ils n'avaient aucun motif pour l'empoisonner. C'était probablement une mauvaise réaction à une drogue quelconque qu'ils lui avaient fait avaler sans qu'elle s'en rende compte, car ils n'avaient certainement pas voulu la consumer ainsi de fièvre.

L'épouvante la submergea et elle se pelotonna sur le lit. Le drap était frais sur sa peau brûlante ; elle parvint à se détendre quelques instants. Une agréable lassitude l'envahit et elle commença à espérer que la crise était passée. Mais ce répit fut de courte durée. À nouveau, une sensation de chaleur l'envahissait, accompagnée d'élancements au creux des reins.

Elle roula sur le dos, les bras en croix. Le sang bouillonnait à ses tempes, sa respiration se faisait de plus en plus haletante. Secouée de convulsions, elle avait cessé de s'appartenir. La notion du temps lui échappait. Sa nudité et l'étrangeté de la situation, tout cela était emporté par le feu qui la dévorait.

Vingt minutes plus tard, lorsque le prince Alexandrov entra dans la pièce, Katherine avait perdu toute conscience. Emportée par son délire, elle le laissa s'approcher jusqu'au lit et il la contempla en silence, fasciné par le spectacle qui s'offrait à lui.

La chambre était plongée dans l'obscurité mais le feu, dans la cheminée, projetait ses lueurs sur le splendide corps féminin, entièrement nu, qui ondulait voluptueusement et se cambrait avec impudeur devant Dimitri. Les spasmes, il les reconnaissait pour les avoir provoqués chez ses maîtresses les plus ardentes, mais c'était la première fois qu'il lui était donné d'en être simple spectateur.

La scène eut un effet immédiat sur lui. Il sentit la poussée du désir sous l'ample peignoir dont il était vêtu. À quels fantasmes avait-elle bien pu s'abandonner pour se mettre dans un tel état d'excitation ?

Cette jolie fleur d'Angleterre était vraiment étonnante.

Toute la soirée, il avait regretté d'avoir envoyé Vladimir requérir sa compagnie, se disant qu'elle n'avait rien pour lui plaire. À présent, il commençait à comprendre que son intuition première ne l'avait pas trompé.

Lorsque Katherine s'aperçut enfin de sa présence, il se tenait appuyé avec désinvolture contre le baldaquin. Cette vision, Adonis en chair et en os, devait être le fruit de son imagination. N'était-elle pas la proie du délire le plus total ?

— Aidez-moi... Il me faut... Il...

Sa gorge était tellement sèche qu'elle avait du mal à parler. Elle passa lentement le bout de sa langue sur ses lèvres pour les humecter.

— Un docteur...

Le sourire de Dimitri s'effaça. Il avait reçu un choc lorsque, enfin, il était parvenu à capturer son regard. Cette couleur stupéfiante, cette passion... Il était persuadé que c'était lui dont elle avait besoin, qu'elle appelait. Et voilà qu'elle demandait un docteur !

— Êtes-vous malade ?

— Oui... la fièvre... j'ai si chaud...

Il se renfrogna. Malade ! Il ne manquait plus que cela. Maintenant qu'elle avait mis le feu à ses sens. La colère le gagnait. Vladimir allait devoir s'expliquer.

Il se dirigeait vers la porte quand la voix de Katherine l'arrêta.

— Je vous en prie... de l'eau...

Elle avait l'air si pitoyable qu'il fut saisi de compassion. D'ordinaire, il aurait sonné la femme de chambre, mais il était là, à ses côtés, il pouvait bien lui apporter à boire. Cela ne prenait que quelques instants. Après tout, ce n'était pas sa faute si elle était malade. Vladimir aurait dû le prévenir. Elle avait réellement besoin d'un médecin.

Il versa de l'eau dans un verre et passa délicatement sa main sous la nuque de la malheureuse pour la faire boire. Elle absorba quelques gorgées, puis frotta sa joue contre le poignet de Dimitri pour trouver un peu de fraîcheur. Il s'écarta. Elle gémit de nouveau.

— Non, restez… J'ai si chaud…

Elle frissonnait. Il posa la main sur son front : pas de température. Et pourtant, tout portait à croire qu'elle avait la fièvre. De quelle sorte de mal souffrait-elle donc ?

La colère le reprit et il sortit en claquant la porte. Vladimir arriva sur-le-champ.

— Vous m'avez appelé ?

Dimitri n'avait jamais frappé un domestique. C'eût été à ses yeux une lâcheté impardonnable : ses serviteurs lui appartenaient ; ils n'auraient pu ni se venger, ni le quitter, ni même se défendre. Mais son exaspération était telle qu'il faillit en oublier ses principes.

— Espèce d'imbécile ! Cette fille est malade. Tu aurais dû t'en apercevoir.

Vladimir avait prévu la réaction de son maître. Il savait qu'il ne pouvait éviter les explications. Il avait attendu le plus tard possible pour avouer son échec mais, maintenant, il était au pied du mur.

— Elle n'est pas malade, s'empressa-t-il de répondre. J'ai fait mettre de la poudre de cantharide dans son repas.

Dimitri se figea, stupéfait. Comment n'avait-il pas lui-même diagnostiqué le mal dont souffrait cette femme ? Pourtant, quand il était en garnison dans le Caucase, il avait eu l'occasion d'observer l'action de ce puissant aphrodisiaque sur une femme. Une demi-douzaine de soldats n'avait pas suffi à la satisfaire. Elle en demandait toujours davantage et l'effet s'était prolongé pendant plus de quatre heures.

Dimitri était écœuré. Il savait parfaitement que seul, il ne pourrait jamais parvenir à satisfaire Katherine, qu'il devrait probablement faire appel à ses gardes afin de soulager le désir insatiable de cette malheureuse. Il n'avait aucun penchant pour ce genre d'orgies.

Cependant, malgré son dégoût, il sentit le désir monter en lui. Elle n'était donc pas malade. Il serait simplement plus difficile de la satisfaire. Il la prendrait et elle en demanderait encore. Une situation imprévue qui déjà enflammait ses sens.

— Mais pourquoi, Vladimir ? Je voulais passer une soirée agréable, pas faire un marathon sexuel.

La crise était passée. Vladimir constatait que le prince se faisait à cette idée en dépit de ses protestations, même si ce n'était pas ce qu'il avait souhaité au départ.

— Elle était difficile à convaincre, monseigneur. Elle ne voulait pas d'argent, ni coucher avec un inconnu.

Dimitri n'avait pas envisagé cette hypothèse. Il sourit, incrédule.

— Dois-je comprendre qu'elle ne voulait pas de moi ? Ne lui as-tu pas dit qui j'étais ?

— Bien sûr que si. Mais ces paysans anglais sont très fiers. Je crois qu'elle aurait aimé que vous lui fassiez la cour. Je lui ai expliqué que vous n'aviez pas le temps. Pardonnez-moi, mais je n'ai pas trouvé d'autre solution.

— Quelle dose lui as-tu administrée ?

— Je n'étais pas sûr de l'efficacité du produit...

— Cela peut donc durer des heures, voire toute la nuit ?

— Aussi longtemps que Son Altesse voudra en profiter.

En maugréant, Dimitri congédia Vladimir. De retour dans la chambre, il fut surpris de constater combien Katherine le troublait. Elle se tordait toujours sur le lit, en proie à des spasmes de plus en plus violents, et gémissait sans trêve. Elle s'interrompit un instant, tandis qu'il s'asseyait près d'elle, mais sans parvenir à maîtriser totalement les mouvements convulsifs qui agitaient ses jambes et son bassin.

— Le docteur est-il là ?

— Non, petite colombe. J'ai bien peur qu'un médecin ne puisse rien pour vous.

— Vais-je donc mourir ?

Il lui sourit gentiment. Elle ne comprenait visiblement rien à ce qui lui arrivait, et ne semblait pas savoir qu'il y avait un moyen bien simple pour la soulager. Il se ferait un plaisir de le lui montrer.

Il se pencha et posa délicatement ses lèvres sur les siennes. Un étrange sentiment de surprise mêlé de réprobation apparut dans les yeux de la jeune femme. Il ne put réprimer un sourire. Tant d'innocence se cachait sous une sensualité aussi provocante ? Elle était vraiment délicieuse.

— Vous n'aimez pas cela ?

— Non, je... Oh, mais que se passe-t-il ?

— Mon majordome a pris l'initiative de vaincre votre timidité par un aphrodisiaque. Savez-vous ce que c'est ?

— Non. Tout ce que je sais, c'est que ça me rend malade.

— Pas malade, petite fille. Cela produit exactement l'effet escompté : porter le désir sexuel à son paroxysme.

Il fallut plusieurs secondes à Katherine pour se convaincre qu'elle ne s'était pas méprise sur le sens de ces paroles.

— Non, pour l'amour du ciel ! s'écria-t-elle.

— Calmez-vous, murmura Dimitri en lui caressant la joue. Je n'ai donné aucun ordre de ce genre mais maintenant que le mal est fait, je peux vous aider, si vous le permettez.

— Et comment ?

Elle était sur ses gardes. Il pouvait lire de l'animosité dans son regard. Vladimir avait raison. Elle n'éprouvait aucune attirance pour lui. Sans la drogue, il se serait heurté à un refus catégorique, comme ce voyou dans la rue. Étrange... Il avait l'impression que même en usant de son charme, il ne serait pas parvenu à la séduire. Ce défi aurait été intéressant à relever. Si seulement il avait disposé d'un peu plus de temps...

Mais la poudre de cantharide anéantissait une résistance contre laquelle, probablement, ses efforts se seraient brisés. Il avait toute latitude pour la posséder. Sa vanité était suffisamment piquée pour qu'il n'ait aucun scrupule à profiter de la situation.

Dimitri ne répondit pas à la question. Il continua de lui caresser la joue qui, comme le reste de son corps, avait pris un ton incarnat.

— Comment vous appelez-vous ?

— Katherine.

— Un prénom impérial, dit-il en souriant. Avez-vous entendu parler de notre grande Catherine, impératrice de toutes les Russies ?

— Oui.

— Et votre nom ?

Elle détourna la tête. Il eut un petit rire.

— C'est un secret ? Ah, petite Katya, je savais que vous m'amuseriez. Peu importent les noms, après tout. Nous allons bientôt être trop intimes pour cela.

Pendant qu'il disait ces mots, sa main libre s'était posée sur les seins de Katherine. Elle poussa un cri aigu.

— Trop sensible, mon ange ? Vous avez besoin d'apaisement, n'est-ce pas ?

Il fit glisser sa main vers le sombre triangle au duvet soyeux et lui entrouvrit doucement les cuisses.

— Non... je vous en prie... vous n'avez pas le droit.

Mais elle avait beau protester, son corps entier s'offrait aux caresses du prince.

— C'est le seul moyen, Katya.

Elle frémissait tandis que le rythme s'accélérait. En dépit de son esprit qui s'insurgeait, elle n'avait pas la force de résister. Il lui fallait la fraîcheur de ces mains sur son corps. Il lui fallait plus encore...

— Ô mon Dieu ! s'écria-t-elle, chavirant dans l'océan de plaisir qui déferlait par vagues en elle et submergeait ses sens.

Elle flottait sur une mer de volupté, dans un paisible engourdissement, enfin assouvie.

La voix de Dimitri rompit la douce sérénité du moment.

— Vous voyez, Katya, vous n'aviez pas le choix.

Ses paupières alourdies se soulevèrent. Elle avait complètement oublié la présence du prince. C'était pourtant bien lui qui venait de la délivrer de ce feu qui la dévorait. Juste ciel, que lui avait-elle laissé faire ? Il était assis tranquillement sur le lit, et elle, nue devant lui.

Elle se redressa à moitié, cherchant désespérément le drap qui depuis longtemps déjà avait glissé à terre, hors de portée. Elle tendit la main pour essayer d'attraper l'édredon posé au pied du lit. Il devina son intention et, d'un geste, l'en empêcha.

— Vous dépensez vos forces inutilement. Vous n'avez que quelques minutes de répit. Ce n'est pas terminé.

— Vous mentez, fit-elle, horrifiée. C'est impossible que ça recommence. Par pitié, laissez-moi partir. Vous n'avez pas le droit de me retenir ici.

— Vous êtes libre de vous en aller, dit-il, magnanime, sachant qu'elle ne pourrait pas se lever. Personne ne vous en empêche.

— Si, justement. Ce barbare de Kirov m'a enlevée et m'a séquestrée dans cette chambre toute la journée.

En colère aussi, elle était exquise. Le désir irrésistible de l'embrasser et de l'étreindre s'empara soudain de Dimitri. Elle était stupéfiante, cette petite... et il brûlait de la posséder maintenant qu'il l'avait vue s'abandonner au plaisir.

Mais il devait se montrer patient. Pourquoi prendre de force ce que de toute façon elle n'allait pas tarder à lui offrir ?

— Je suis désolé, Katya. Pour me plaire, mes gens outrepassent parfois leurs devoirs. Que puis-je faire pour réparer mes torts ?

— Vous pourriez... Oh, non, non... pas encore...

La fièvre la reprenait. De nouveau, elle sentit le sang bouillonner dans ses veines. Au supplice, elle le regarda un instant, puis, pudiquement, détourna la tête. Le feu était revenu si vite. Il n'avait pas menti. Et à présent, elle savait ce qu'il lui fallait, ce que son corps, de toutes ses forces, réclamait. La morale, la pudeur, l'honneur, tout cela fondait comme neige au soleil.

— S'il vous plaît, implora-t-elle en cherchant le regard de velours noir du prince. Aidez-moi.

— Mais comment, Katya ?

— Comme tout à l'heure, fit-elle dans un souffle.

— Je ne peux pas.

— Je vous en supplie.

Il saisit son visage entre ses mains pour qu'elle lui fît face.

— Écoutez-moi. Vous savez maintenant ce qui doit arriver.

— Je ne comprends pas. Vous avez promis de m'aider. Pourquoi refusez-vous ?

Comment pouvait-elle être aussi naïve ?

— Je veux bien vous satisfaire, mais moi aussi, j'ai besoin de l'être. Regardez.

Il ouvrit son peignoir. Dessous, il était nu et Katherine retint sa respiration en voyant l'ardeur de sa virilité. Elle comprit alors de quoi il parlait et ses joues s'empourprèrent violemment.

— Non, vous n'avez pas le droit, chuchota-t-elle d'une voix entrecoupée.

— Il le faut. C'est ce dont vous avez vraiment besoin, Katya, que je vous prenne.

Dimitri n'avait jamais fait preuve d'une telle humilité avec une femme. Il ne se souvenait pas d'avoir jamais eu, à ce point, envie d'une femme. Enfin, il était inutile de chercher à la convaincre. Elle ne lui résisterait pas longtemps. La drogue ferait son office jusqu'au bout.

Il la regarda donc en silence lutter contre le besoin que faisait naître en elle l'aphrodisiaque.

La regarder se tordre en s'interdisant le moindre geste était aussi douloureux pour lui. Il lui suffisait de demander et il mettrait un terme à son supplice. Pourtant, elle résistait à la drogue et à la cure. Par fierté ? Était-elle aussi insensée ?

Il était sur le point de passer à l'acte – qu'elle aille au diable avec ses protestations ! – quand elle se tourna vers lui pour l'implorer du regard. Dieu qu'elle était belle et sensuelle avec ses lèvres entrouvertes, ses cheveux en désordre, ses yeux brillants, les frissons qui la parcouraient !

— Je n'en puis plus, Alexandrov, faites ce que vous voulez, s'il vous plaît, maintenant.

Il sourit, stupéfait. Elle avait réussi à transformer sa requête en ordre. Un ordre auquel il était trop heureux d'obéir.

Ôtant son peignoir, il s'allongea à côté d'elle et l'étreignit. Elle laissa échapper un soupir d'aise au contact de sa peau fraîche, un soupir cependant qui ne tarda pas à se muer en un gémissement violent. Elle avait trop attendu. Sa peau était trop sensible de nouveau, en particulier ses seins. S'il voulait caresser à loisir ce corps ravissant avant de le posséder, il devrait patienter.

— La prochaine fois, Katya, n'attendez pas aussi longtemps, dit-il, une nuance d'exaspération dans la voix.

— La prochaine fois ?

— L'effet de la drogue va durer plusieurs heures encore. Il est inutile de le subir comme vous faites. Vous comprenez ? Ne me repoussez plus.

— Non, je... mais, s'il vous plaît, Alexandrov, vite...

Il sourit. Aucune femme, du moins au lit, ne l'avait encore appelé Alexandrov.

— Dimitri, corrigea-t-il en riant, ou Votre Grandeur. Bien, mon petit. Calmez-vous. Détendez-vous.

Lui-même ne pouvait plus se contenir. Elle le heurtait violemment de ses hanches, excitant son désir au plus haut degré. Il s'étendit sur elle et se pencha pour goûter la douceur de ses lèvres entrouvertes. Les mouvements désordonnés de son corps lui rappelèrent qu'il devait agir. Il saisit son visage entre ses mains car il voulait contempler son regard au moment où elle se perdrait dans le plaisir. Il la pénétra et elle poussa un cri. Elle avait perdu sa virginité.

— Seigneur ! Pourquoi ne m'avoir rien dit ? s'écria-t-il.

Elle ne répondit pas. Elle avait les yeux fermés. Une larme roula sur sa joue. Dimitri se maudissait intérieurement. Une vierge ! Pourquoi donc l'était-elle encore ? Les domestiques en général n'y attachaient pas une si grande importance. C'était la noblesse qui l'utilisait comme garantie pour conclure un mariage.

— Quel âge avez-vous ? demanda-t-il doucement, séchant les larmes de ses yeux.

— Vingt et un ans, chuchota-t-elle.

— Et vous aviez réussi à rester vierge ? C'est incroyable. Vous devez travailler dans une maison où les hommes sont rares.

— Mmmm.

Il éclata de rire. Elle ne l'écoutait plus mais cédait au plaisir de le sentir en elle, ondulant sous lui avec une sensualité provocante, l'entraînant plus loin encore. Il gémit et serra les dents, désireux de se soumettre à tant d'ardeur, de prolonger la sienne, mais il était difficile de résister davantage. Quand elle atteignit sa jouissance, il la rejoignit jusqu'à ce qu'elle crie de plaisir.

Son cœur battant à grands coups dans sa poitrine, il se redressa et se versa un verre de cognac. Il en offrit un à Katherine : elle fit « non » de la tête sans le regarder. Il se rallongea. Elle continuait de l'ignorer. Il effleura le bout de son sein du verre froid et rit du regard courroucé qu'elle lui adressa.

— Il faudra me satisfaire, Katya. J'aime jouer avec mes femmes.

— Je ne suis pas une de vos femmes.

La rancœur qui sous-tendait ces paroles le délecta.

— Vous l'êtes, ce soir.

Il se pencha et joua du bout de sa langue avec le bout de son autre sein. Elle sursauta, puis gémit quand il le prit dans sa bouche. Elle voulut le repousser mais il referma doucement les dents sur le téton pour venir à bout de sa résistance. Elle finit par lui céder.

Dimitri alla chercher un linge de toilette pour la laver. Il le plongea dans l'eau froide avant de le lui appliquer sur le corps, puis versa dessus l'eau glacée de la carafe avant de l'appliquer entre ses jambes. Le froid atténuait les vagues de chaleur qui la parcouraient tout en stimulant son désir, lui procurant une satisfaction immédiate.

Il alla se laver à son tour et revint s'étendre auprès d'elle. Il se mit à lui caresser les seins. Elle ne protesta pas. Elle avait besoin de lui et il lui en avait fait la démonstration. S'il insistait pour « jouer » avec elle entre chaque crise, c'était sa croix à porter. Mais elle en tirait du plaisir également, par conséquent, de quoi pouvait-elle se plaindre ?

Cela dura ainsi toute la nuit. Et il tint sa promesse. Elle ne souffrit plus car il était là pour l'apaiser, la soulager et lui procurer chaque fois une plus grande extase. Tout ce qu'il lui demandait en retour, c'était d'accepter ses caresses. Il avait désormais une connaissance intime du corps de Katherine, mais elle n'en éprouvait plus de honte. Cette nuit n'était pas réelle. Les événements dont elle était victime n'avaient aucune réalité. Le matin venu, tout s'effacerait, comme s'effacerait l'effet de la drogue, jusqu'à l'oubli.

7

— Vladimir, réveille-toi. Il est l'heure. Lida l'a entendu aller et venir. Il faudrait renvoyer cette pauvre fille chez elle.

— Cette pauvre fille ? Après tout ce qu'elle m'a fait voir ?

— Peut-être mais nous ne l'avons pas ménagée non plus. Regarde, c'est l'aube.

En effet, le ciel s'éclaircissait, prenant une teinte violette. Vladimir se leva, rejetant le léger édredon dont l'avait couvert Marusia avant de descendre à la cuisine allumer le feu. Il était encore habillé car il était resté debout la plus grande partie de la nuit, attendant que le prince se retire dans ses appartements. Il s'était allongé sur le lit pour prendre quelques instants de repos et s'était endormi profondément.

— Il a dû se lever tôt, dit Vladimir. Il n'a pas besoin de beaucoup de sommeil. Il n'a certainement pas passé toute la nuit auprès de cette Anglaise.

— Peu importe. Lida dit qu'il est réveillé. Mieux vaut faire partir cette femme de la maison au plus vite. Tu sais qu'il n'aime pas revoir les femmes avec qui il a passé la nuit.

Vladimir jeta à Marusia un regard agacé avant de quitter la pièce, les vêtements de Katherine sous le bras, et de gagner le troisième étage. Le couloir était vide. Vladimir avait renvoyé les gardes, la veille au soir, avant l'arrivée de Dimitri, car il était impératif que le prince ne soupçonne pas que la femme n'était pas venue de sa propre volonté. Si elle en avait profité pour s'enfuir, peu lui importait désormais, même s'il lui en voulait pour les ennuis qu'elle lui avait causés.

Il ouvrit prudemment la porte. Lida s'était-elle trompée en croyant le prince levé ? Peut-être était-ce simplement son valet ? Mais non, il serait bien étonnant que le prince s'attarde auprès de la jeune femme. En effet, il n'était pas dans la chambre. En revanche, la femme dormait profondément.

Vladimir posa les vêtements sur une chaise et alla secouer Katherine.

— Assez, gémit-elle dans son sommeil.

Il eût un élan de pitié. Elle semblait épuisée. Une odeur lourde imprégnait la pièce. Il fallait aérer la chambre.

Il déplaça, non sans effort, la lourde armoire qui obstruait la fenêtre. La brise du petit matin s'infiltra.

— Merci, Vladimir, dit le prince derrière lui. Je me demandais comment tirer ce meuble encombrant.

— Monseigneur ! fit Vladimir en se retournant vivement. Pardonnez-moi. J'allais la réveiller…

— Laisse-la.

— Mais…

— Laisse-la dormir. Elle en a besoin. Et puis, j'ai bien envie de voir à quoi elle ressemble quand elle est dans son état normal.

— Je vous le déconseille. Elle n'est guère aimable.

— Ah ? C'est d'autant plus étrange qu'elle a été particulièrement agréable durant toute la nuit. Je ne me souviens pas d'avoir passé de tels moments.

Vladimir se détendit. Il n'y avait nulle ironie dans le ton du prince, qui semblait réellement satisfait. Ses efforts étaient donc récompensés. Maintenant, tout ce qu'il espérait, c'était appareiller sans qu'aucun problème vienne entamer la bonne humeur de son maître. Quant à la femme... Dimitri l'avait de toute évidence séduite. Elle ne serait donc pas trop déplaisante ce matin.

Dimitri se retourna vers le lit. On ne distinguait sur l'oreiller qu'un bras mince et une joue blanche. Tout le reste du visage de la jeune femme était enfoui sous ses abondantes boucles brunes. Depuis son lever, Dimitri avait ressenti le besoin irrésistible de retourner auprès d'elle. Il voulait se laver et dormir quelques heures avant le départ. Il avait pris son bain mais avait été incapable de chasser la jeune femme de son esprit.

C'était vrai. Il n'avait pas passé de meilleure soirée depuis longtemps. Il aurait dû être aussi épuisé qu'elle, mais il avait pris son temps, retenu son plaisir et ménagé ses forces tout en la satisfaisant par d'autres moyens. L'idée de recourir à ses gardes pour satisfaire la jeune femme l'écœurait. Et puis, il n'avait pas voulu partager son trésor.

Il avait même éprouvé une certaine déception lorsqu'elle avait fini par s'endormir. Il se sentait encore plein de vigueur.

— Savais-tu qu'elle était vierge, Vladimir ?

— Non, monseigneur. Est-ce ennuyeux ?

— Je crois que pour elle, ça l'est. Combien avais-tu l'intention de la payer ?

Tenant compte de cette nouvelle information, Vladimir doubla le chiffre qu'il avait en tête.

— Une centaine de livres sterling.

— Donne-lui mille, non deux mille livres. Je veux qu'elle puisse s'acheter de jolies toilettes. Cette robe qu'elle portait était hideuse. N'avons-nous rien de plus seyant à lui proposer à son réveil ?

La générosité du prince étant légendaire, Vladimir n'aurait pas dû sourciller, mais cette femme n'était qu'une simple domestique.

— Les malles du personnel sont à bord depuis hier, monseigneur.

— Et je suppose qu'Anastasia refuserait de se défaire de l'une de ses robes. Elle a boudé toute la soirée parce que je n'ai pas voulu la laisser sortir. Et elle est trop rancunière pour accepter de me rendre ce petit service.

Vladimir hésita à mentionner les malles de la comtesse Rothkovna, qui avaient été embarquées au départ de Russie. Après tout, si le prince souhaitait parer cette paysanne de soie et de dentelle, libre à lui ! En outre, Dimitri serait peut-être ravi de se débarrasser de ces affaires, histoire de se venger de l'affront de la comtesse. Pourtant, il y avait quelque chose d'inconvenant, aux yeux de Vladimir, à ce qu'une simple servante hérite de toilettes aussi coûteuses. Lui offrir une jolie robe, c'était une chose, mais la doter de la garde-robe de la comtesse, c'en était une autre.

— On ira lui acheter quelque chose dès que les magasins seront ouverts, proposa-t-il. Si elle reste encore longtemps, se permit-il d'ajouter.

— Inutile. C'était juste pour le plaisir de jeter ce haillon au feu. Je t'appellerai quand elle sera prête à partir.

Il restait donc avec elle ? L'inconnue avait-elle à ce point suscité son intérêt ? De nouveau, Vladimir hésita. Il n'avait jamais pris la liberté de s'opposer à son maître, comme il venait de le faire, mais son impertinence ne déclencha aucun mouvement de colère. Dimitri demeurait de bonne humeur. Vladimir ne se sentait aucune sympathie pour cette Anglaise, dont l'obstination lui avait causé trop d'ennuis même si elle avait fini par plaire à Dimitri. À son avis, on lui accordait trop d'attention. S'il n'en avait tenu qu'à lui, elle n'aurait rien reçu, en dehors de l'argent promis.

— Comme vous voulez, monseigneur.

Vladimir sortit, refermant doucement la porte derrière lui, et s'en fut rapporter à Marusia la dernière excentricité du prince. Elle en rirait probablement et lui rappellerait que le père du prince avait été également fasciné par une jeune Anglaise, à tel point qu'il l'avait épousée. Dieu merci, celle-là du moins n'était pas de sang royal, comme lady Anne.

Dans la chambre, Dimitri baissa les lampes et revint s'étendre sur le lit. Katherine, couchée sur le ventre, le visage tourné vers lui, dormait. Il écarta quelques mèches de cheveux de sa joue. Elle ne bougea pas. Ses traits détendus conféraient à son visage une surprenante douceur.

La nuit qu'ils avaient passée était inoubliable. Naturellement, Dimitri avait conscience que c'était la drogue, et non lui seul, qui avait éveillé chez la jeune femme une telle passion. C'était d'ailleurs pour cette raison qu'il désirait la prendre une fois encore, maintenant qu'elle n'était plus sous l'empire de l'aphrodisiaque. Répondrait-elle avec la même ardeur ? C'était une sorte de défi qu'il se lançait à lui-même. En même temps, il éprouvait le besoin de se démontrer qu'elle n'était pas aussi sensuelle et désirable que sous l'effet de la poudre de cantharide.

Toutefois, elle avait besoin de quelques heures de sommeil pour retrouver ses forces. La patience n'était pas la principale qualité de Dimitri mais il n'avait rien d'autre à faire ce matin-là, avant d'appareiller.

8

Une activité fébrile s'empara de la maison dès le lever du soleil : le prince tenait à laisser la demeure que le duc d'Albermarle lui avait prêtée dans un état impeccable. Le personnel du duc – que le prince n'avait pas voulu garder à son service car il préférait être entouré de ses propres domestiques – ne trouverait rien à redire. Cependant, rien ne bougeait dans la chambre du troisième étage.

Vladimir, qui attendait patiemment au bout du couloir que son maître l'appelle, en conclut que Dimitri s'était rendormi. Il avait passé plus de trois heures auprès de cette Anglaise. Oui, il s'était probablement assoupi. Peu importait d'ailleurs, il le réveillerait au moment de partir.

Dimitri ne dormait pas. Il s'étonnait lui-même de sa patience car le temps s'écoulait avec lenteur tandis qu'il contemplait Katherine endormie, sans la toucher. Enfin, il la prit dans ses bras et la caressa doucement.

— Plus tard, Lucy, laisse-moi ! murmura-t-elle.

Il sourit. Qui était Lucy ? Il ne s'en souciait pas vraiment. La nuit dernière, comme il lui avait adressé la parole en français, elle lui avait répondu dans la même langue, qu'elle parlait d'ailleurs fort bien. Mais l'anglais lui convenait mieux et le ton de commandement dont elle usait ne manquait pas de saveur. Cependant, l'anglais n'étant pas la langue qu'il préférait, il décida de continuer à s'exprimer en français.

— Venez, Katya, dit-il, en laissant ses doigts courir sur la peau satinée de ses épaules. Je m'ennuie trop à attendre que vous vous réveilliez.

Elle ouvrit les yeux et aperçut le visage du prince tout contre le sien. Elle battit des paupières et tenta d'accommoder son regard. Elle ne paraissait ni surprise ni affolée. Le reconnaissait-elle ? Dimitri se sentit déconcerté. Lentement elle s'écarta de lui, sans cesser de l'inspecter de la tête aux pieds, comme si elle ne parvenait pas à croire à ce qu'elle voyait : cet Adonis qui l'avait hantée toute la nuit, ce prince charmant de contes de fées, était-il bien réel ? Elle avait du mal à le croire.

— Disparaissez-vous au premier coup de minuit ?

Ravi, Dimitri éclata de rire.

— Si vous m'avez oublié si vite, ma douce, je suis prêt à vous rafraîchir la mémoire.

Elle rougit au souvenir de la nuit précédente et, prise d'une soudaine pudeur, agrippa le dessus-de-lit pour cacher ses seins nus et s'assit.

— Ô mon Dieu ! gémit-elle. Que faites-vous ici ? Vous pourriez au moins avoir la décence de me laisser seule avec ma honte

— Pourquoi avoir honte ? Vous n'avez rien fait de mal.

— Je ne le sais que trop. Vous m'avez réduite à l'impuissance et je n'ai été que votre victime... oh, si seulement vous pouviez disparaître !

Elle se couvrit le visage des mains et, en proie au désespoir, se détourna, donnant ainsi à Dimitri l'occasion de contempler son dos et sa ravissante chute de reins.

— Vous pleurez ? demanda-t-il, avec une nuance d'inquiétude.

Elle s'immobilisa.

— Je ne pleure pas, fit-elle d'une voix assourdie. Pourquoi ne partez-vous pas ?

— Est-ce la raison pour laquelle vous vous cachez ? Vous attendez que je m'en aille ? N'y comptez pas.

Elle abaissa ses mains lentement. Ses yeux étincelaient de colère.

— Dans ce cas, c'est moi qui m'en vais !

Elle se leva, cherchant à entraîner avec elle le couvre-lit, sur lequel Dimitri était allongé. Il demeurait impassible.

— Levez-vous ! s'écria-t-elle.

— Certainement pas.

Il croisa les mains derrière sa nuque dans une attitude désinvolte.

— La récréation est terminée, Alexandrov. Où voulez-vous en venir ?

— Katya, je vous en prie. Je croyais que nous en avions terminé avec les formalités, reprocha-t-il gentiment.

— Dois-je vous rappeler que nous n'avons pas été présentés ?

— Les convenances avant tout ? Fort bien. Dimitri Petrovitch Alexandrov.

— Vous oubliez votre titre, ricana-t-elle dédaigneusement. Prince, c'est bien ça ?

Il releva les sourcils d'un air interrogateur.

— Cela vous déplaît ?

— Je m'en fiche éperdument. Maintenant, j'apprécierai un peu d'intimité afin de pouvoir m'habiller et quitter cette maison, si vous n'y voyez pas d'inconvénient.

— Rien ne presse, n'est-ce pas ? J'ai tout mon temps...

— Moi non ! On m'a retenue ici toute la nuit. Mon père doit être malade d'inquiétude.

— Voilà qui est facile à régler. Donnez-moi l'adresse et j'envoie quelqu'un le rassurer sur votre sort.

— C'est hors de question. Je ne vous donnerai pas mon adresse pour que vous puissiez me retrouver quand bon vous chantera. Je vais partir d'ici et vous ne me reverrez plus jamais.

Si seulement elle n'avait pas prononcé cette phrase ! Un sentiment de regret étreignit Dimitri. Il comprit alors que s'il avait eu un peu plus de temps, il aurait eu plaisir à faire davantage connaissance avec cette jeune Anglaise, la première femme qu'il ait jamais rencontrée qui demeurait insensible à son titre, à sa richesse, à son charme. Il se savait irrésistible pour la plupart des femmes. Et cette petite Anglaise n'avait qu'une idée en tête : le quitter...

— Aimeriez-vous aller en Russie ? demanda-t-il soudain.

Elle fit la moue.

— Je ne prends pas la peine de répondre à une telle ineptie.

— Katya, je vais commencer à croire que je vous déplais.

— Je ne vous connais pas.

— Vous plaisantez ?

— Connaître votre corps n'est pas vous connaître. Je ne sais que deux choses à votre sujet : votre nom et que vous quittez l'Angleterre aujourd'hui. Ah, j'oubliais : je sais également que vos domestiques n'hésitent pas à commettre des actes odieux pour votre bon plaisir.

— Ah ! Nous y sommes. Voilà ce qui vous tracasse : la manière dont nous nous sommes rencontrés. C'est normal. On ne vous a pas laissé le choix. Mais, à vrai dire, moi non plus, je n'ai pas eu le choix. Enfin, ce n'est pas tout à fait vrai. J'aurais pu vous laisser sans recours, en proie aux tortures de l'aphrodisiaque.

Elle lui adressa un regard noir.

— Si vous attendez un remerciement de ma part pour votre assistance, je crains de vous décevoir. Je ne suis pas idiote. Je sais pourquoi on m'a droguée. C'était pour vous permettre de me plier à votre volonté. Mais nous n'en resterons pas là ; votre homme de main va devoir répondre de ses actes devant un tribunal. Il ne se sortira pas comme cela de cette affaire. Ce serait trop facile !

— Voyons, quel mal vous a-t-on fait ? Aucun. D'accord, vous n'êtes plus vierge, mais cela n'a rien de terrible. Au contraire.

Si la situation n'avait pas été aussi horrible, Katherine aurait éclaté de rire devant une telle absurdité. Il n'y avait aucun doute : il était sincère. Il traitait cette scandaleuse histoire comme s'il s'agissait d'une bagatelle. Décidément, ce n'était qu'un libertin. Inutile de chercher à le convaince. Inutile non plus de le traiter avec mépris, il ne comprendrait pas puisqu'il la prenait pour une simple servante ! Elle avait également l'impression qu'il ne réagirait pas différemment si elle lui révélait sa véritable identité. Il valait mieux qu'elle essaie de maîtriser sa colère.

— Vous ne tenez pas compte du fait que j'ai été enlevée en pleine rue, jetée de force dans une voiture, bâillonnée et séquestrée dans cette chambre toute la journée d'hier. On m'a insultée, menacée...

— Menacée ? releva-t-il, les sourcils froncés.

— Oui, menacée. J'ai voulu appeler au secours et on m'a dit que les gardes postés devant la porte n'hésiteraient pas à recourir à la force pour me faire taire. On a utilisé la même menace pour m'obliger à prendre un bain et à manger.

— Des sottises... On ne vous a pas brutalisée ?

— Peu importe ! Kirov n'avait pas le droit de m'amener ici et de m'y retenir contre ma volonté.

— À quoi bon revenir sans cesse sur le fait qu'on vous a séquestrée alors que vous avez fini par prendre du bon temps ? Laissez tomber cette histoire. Cela ne vous rapportera rien d'aller devant la justice. Vladimir a l'ordre de se montrer généreux envers vous.

— De l'argent encore ? s'enquit-elle d'un ton trompeusement suave.

— Bien sûr. Je paie mon plaisir.

— Mon Dieu ! s'écria-t-elle, furieuse. Combien de temps vais-je devoir le répéter ? Je ne suis pas à vendre ! Je ne l'ai jamais été et ne le serai jamais.

— Vous refuseriez deux mille livres ?

S'il pensait que l'énoncé de ce chiffre suffirait à calmer la jeune femme, il eut la preuve du contraire.

— Non seulement je refuse cet argent, mais je serai heureuse de vous dire ce que vous pouvez en faire.

— Je vous en prie, épargnez-moi, dit-il d'un air ennuyé.

— Et vous ne pouvez pas non plus acheter mon silence. Aussi, inutile de continuer à m'insulter.

— Votre silence ?

— Seigneur, ne m'avez-vous pas écoutée ?

— Mais si, chaque mot, assura-t-il en souriant. Maintenant, arrêtez, voulez-vous ? Venez, Katya.

Elle se recula, soudain alarmée.

— Non, s'il vous plaît.

Le ton implorant de ces paroles l'exaspéra. Quelle humiliation de devoir faire appel à la bonté du prince ! Mais s'il la touchait, elle ne répondait pas d'elle-même. Elle n'avait jamais rencontré un homme aussi séduisant que lui. Sa beauté la fascinait. Qu'il l'ait désirée et aimée toute la nuit ne cessait de l'étonner. Il lui fallait faire un sérieux effort sur elle-même pour se défendre contre lui, brandir une colère légitime et ne pas se perdre dans une contemplation émerveillée.

Cette réaction amusa Dimitri. Il connaissait trop bien les femmes pour ne pas être conscient du dilemme qui agitait Katherine. Il lui suffisait de se montrer plus pressant... Il hésita. Il la désirait, certes, mais il la sentait trop agitée, trop inquiète. Avec un soupir, il laissa retomber sa main.

— Très bien, mon cœur. J'avais espéré... peu importe. (Il s'assit sur le lit, puis la regarda par-dessus son épaule, avec un sourire séducteur.) Vous êtes sûre ?

Katherine fulminait intérieurement. Comme elle aurait aimé ne pas comprendre ce à quoi il faisait allusion ! Mais impossible de se méprendre sur son sourire. Comment, après les excès de la nuit, pouvait-il avoir encore envie de lui faire l'amour ?

— Tout à fait sûre, répondit-elle.

Si seulement il partait maintenant !

Il se leva, fit quelques pas vers le fauteuil où Vladimir avait posé ses vêtements et les lui tendit.

— Vous devriez accepter l'argent, Katya, que cela vous plaise ou non.

Elle regardait avec horreur la robe noire. Il remarqua les jupons et se dit qu'elle avait meilleur goût dans ses choix de lingerie.

— Si je vous ai offensée en vous offrant une trop grosse somme d'argent, ajouta-t-il gentiment, c'est bien malgré moi. Je voulais simplement que vous puissiez vous acheter des toilettes plus seyantes. Un cadeau en quelque sorte, rien de plus.

Elle leva les yeux vers lui. Il était très grand. Elle ne se souvenait pas de s'en être aperçue la veille au soir.

— Les cadeaux non plus, je ne peux pas les accepter de votre part.

— Pourquoi ?

— Je ne peux pas. C'est tout.

Ce refus systématique finit par irriter le prince. Pour qui se prenait-elle ?

— Vous allez accepter et je ne veux plus entendre un seul mot à ce sujet, déclara-t-il, impérieux. Une femme de chambre va venir vous aider à vous habiller. Ensuite, Vladimir vous fera déposer...

— Ne m'envoyez pas cette brute, l'interrompit-elle sèchement. Vous ne m'avez vraiment pas écoutée. Je vous ai dit que j'allais faire arrêter Kirov.

— Je regrette mais je ne peux vous permettre cette petite vengeance personnelle, même pour apaiser la blessure infligée à votre amour-propre. Je ne me sépare pas de mon domestique.

— Vous n'aurez pas le choix, de même que je ne l'ai pas eu.

Avec quel plaisir elle prononça cette phrase !

Il eut un sourire condescendant.

— Vous oubliez que mon bateau appareille aujourd'hui.

— Votre bateau peut être retenu.

Il serra les lèvres, soudain ulcéré.

— Et vous aussi jusqu'à ce que vous ne puissiez plus me poser de problèmes !

— Ne vous gênez pas ! Mais croire que j'en resterai là, c'est me sous-estimer.

À quoi bon poursuivre cette conversation ? songea Dimitri, à bout de patience. Que pouvait-elle faire après tout ? Les autorités anglaises n'oseraient jamais le retenir sur la déposition d'une simple domestique. C'était grotesque.

Avec un bref mouvement de tête, il quitta la pièce, mais dans le couloir, il s'arrêta. Il oubliait qu'il n'était pas en Russie. Les lois en Russie garantissaient les privilèges de l'aristocratie alors qu'en Angleterre la justice pouvait être saisie par une simple roturière et l'on tenait davantage compte du peuple. Cette fille pouvait fort bien créer un esclandre qui parviendrait aux oreilles de la reine.

La visite du tsar attendue pour bientôt, Dimitri ne pouvait se permettre un scandale. L'opinion publique était déjà fortement anti-russe. Le tsar Alexandre, qui avait su tenir en échec Napoléon Bonaparte, avait joui d'un grand prestige en Angleterre, mais son successeur, Nicolas, était considéré comme un intrigant aux visées politiques contestables. Dimitri de surcroît n'était-il pas venu en Angleterre pour empêcher que la conduite débridée de sa sœur ne nuise à l'empereur ?

— Part-elle maintenant, monseigneur ?

Dimitri sursauta. Il n'avait pas entendu Vladimir s'approcher.

— Comment ? Non. Tu avais raison. Elle a un caractère épouvantable. Elle refuse d'entendre raison. C'est bien ennuyeux.

Il éclata soudain de rire.

— Elle veut te voir moisir en prison.

L'indifférence de Vladimir à cette nouvelle témoignait de l'étendue du pouvoir de Dimitri quand il s'agissait de protéger ses domestiques.

— Où est le problème ?

— Je crains qu'elle n'ait pas l'intention de renoncer à sa vengeance, même lorsque nous serons partis.

— Mais la visite du tsar...

— Justement. Cela n'aurait aucune importance si le tsar n'était pas attendu à Londres. Qu'en penses-tu, Vladimir ? As-tu une suggestion ?

Vladimir en avait une mais des plus irrévocables : jamais le prince ne donnerait l'ordre de la faire disparaître.

— Ne peut-on la persuader de... ?

Comme Dimitri fronçait les sourcils, il reprit :

— Dans ce cas, nous ne pouvons pas la relâcher.

— C'est ce qu'il me semble, répondit Dimitri.

Un sourire inquiétant se dessina soudain sur ses lèvres. La solution qu'il envisageait le séduisait visiblement.

— Je crains que nous ne soyons obligés de la séquestrer, pendant quelques mois du moins. Nous la renverrons dans son pays avant que la Neva ne gèle.

Le visage de Vladimir se crispa. La perspective de subir les récriminations de cette harpie pendant des mois ne l'enchantait guère. On aurait pu la séquestrer sur place. Mais si Dimitri envisageait de l'emmener en Russie, c'est qu'il n'en avait pas fini avec elle. Que diable lui trouvait-il de si excitant ?

— Mais nous risquons des ennuis à la frontière. Les autorités anglaises voudront savoir qui elle est. Cela peut être dangereux.

Il ne pouvait plus se permettre de commettre d'erreurs.

— Nous dirons que c'est une servante. Je ne vois aucune raison de ne pas profiter de ses talents, quels qu'ils soient. Il sera toujours temps d'y revenir plus tard. Pour l'instant, embarque-la à bord avec la plus grande discrétion. Cache-la dans une de mes malles : elle est menue. Et prévois-lui des vêtements pour le voyage.

Vladimir aquiesça d'un vigoureux hochement de tête, soulagé que le prince maintienne la fille dans un statut de domestique. La situation était ainsi plus acceptable.

— Ce sera tout ?

— Non, répondit Dimitri d'un ton coupant. Il ne faut pas la brutaliser. Je ne veux pas qu'elle ait le plus léger hématome. Fais attention à elle et traite-la avec ménagements.

Comment la faire entrer dans une malle sans user de la force ? se demanda Vladimir tandis que le prince s'éloignait. La mauvaise humeur le gagnait. Une servante ! Le prince était exaspéré par cette fille mais, au fond, elle le subjuguait.

9

Vladimir ouvrit la porte de la cabine pour laisser passer les deux valets qui portaient la malle du prince.

— Attention. Posez-la doucement. Très bien. Vous pouvez partir.

Il fit quelques pas vers la malle verrouillée. La clé était dans sa poche mais il ne se sentait pas prêt à prendre le risque de libérer maintenant la fille. Le bateau n'appareillait que dans une heure. Mieux valait être prudent et la laisser enfermée jusqu'à ce qu'ils aient pris la mer. Alors, elle ne pourrait plus s'échapper.

Des coups sourds retentirent de l'intérieur de la malle. Des coups de pied sans doute. Loin de compatir, il sourit. Elle manquait de confort ? Tant pis pour elle. Cette arrogante ne méritait pas d'autre traitement.

Katherine n'aurait sans doute pas été d'accord avec ce raisonnement. Elle avait désormais un grief de plus contre ces Russes. Être ainsi ligotée et enfermée dans une malle était absolument intolérable. Mais à quoi s'attendre d'autre ? Elle avait été assez sotte pour prévenir le prince de ses intentions.

Elle avait toutefois une excuse. Comment garder les idées claires, nue devant le prince, qui la contemplait avec un désir si manifeste ?

Pas de doute, c'était lui le responsable de ce dernier affront. Katherine finissait de s'habiller, après le départ du prince, lorsque Kirov avait pénétré dans la chambre, accompagné d'un autre individu en livrée noir et or, tout aussi imposant. Sans un mot et avant qu'elle ait eu le temps d'esquisser le moindre geste de défense, le laquais l'avait bâillonnée et lui avait lié poignets et chevilles. Puis, la soulevant dans ses bras comme si elle ne pesait rien, il avait rapidement descendu les escaliers. Elle pensait qu'ils allaient sortir de la maison. Mais non. Il entra dans une pièce du second étage et la déposa dans une malle dont il ferma prestement le couvercle. Elle tenta d'appeler à l'aide. Sa position était des plus inconfortables, la taille pliée, les genoux contre la poitrine et les mains écrasées par son propre poids. Le bâillon étouffait ses cris. Alors, elle essaya de donner des coups de pied contre la paroi de la malle mais elle se trouvait si comprimée que ses efforts furent vains. Il ne lui restait plus qu'à se résigner. De toute évidence, on ne la délivrerait pas tant qu'ils n'auraient pas quitté la maison.

Où était-elle maintenant ? Une voiture l'avait emmenée en cahotant vers une destination inconnue. Puis, la malle avait été transportée et posée sur le sol. Aucun son ne lui parvenait plus. Elle n'entendait que son propre souffle haletant. L'air commençait à manquer. Elle avait de plus en plus de difficulté à respirer. Si on ne la délivrait pas rapidement, elle finirait par étouffer. Allons, il fallait essayer de ne pas céder à la panique. Si elle réussissait à garder son calme, le peu d'oxygène qui s'infiltrait par les fentes du couvercle pourrait suffire à la maintenir en vie.

L'attente se prolongeait interminablement et Katherine dut admettre que ses ravisseurs avaient peut-être décidé de l'oublier là afin d'en finir définitivement avec elle. Une façon comme une autre de l'empêcher de mettre ses menaces à exécution. S'ils redoutaient sa vengeance, ils ne pouvaient lui rendre sa liberté. Cette malle serait donc son cercueil ? Le prince Dimitri agirait ainsi après... après... ? Non, c'était impossible. Mais ce monstre de Kirov, lui, était tout à fait capable d'une telle infamie.

À l'office, Vladimir avançait une main vers un *piroshki*, ces petites tourtes à la viande que sa femme cuisinait à la perfection. D'une légère tape sur le poignet, Marusia interrompit son geste à quelques centimètres de l'objet de sa convoitise.

— Ce plat est pour le prince et la princesse, gronda-t-elle. Si tu veux des *piroshki*, il faudra me demander de t'en préparer.

À côté de Vladimir, le cuisinier du bateau s'esclaffa.

— Tu devras te contenter de ma cuisine pour ce soir, comme les autres.

Il ajouta tout bas :

— Que se passe-t-il ? Elle est en colère contre toi ? Elle n'a pas l'air commode, ta bonne femme.

Vladimir jeta un regard noir au cuisinier qui retourna à ses casseroles. En effet, Marusia semblait de méchante humeur. Quand il lui avait dit que le prince avait décidé d'emmener la jeune Anglaise en Russie, elle avait froncé les sourcils et décrété que c'était mal de traiter une femme de la sorte. Et comme il faisait remarquer que l'idée de la malle était de Dimitri, elle avait répliqué que la dureté du prince à l'égard de cette pauvre créature ne s'expliquait pas. Mais c'était contre lui, Vladimir, qu'elle était fâchée.

— Dort-il encore ? demanda Marusia.

— Oui. Rien ne presse pour le dîner.

— Inutile de t'inquiéter. Tout sera prêt en temps voulu. Qu'as-tu fait de l'Anglaise ? demanda-t-elle avec une brusque inquiétude.

— Sa malle est avec les autres dans la cabine, répliqua-t-il d'un ton sec avec toute la rancœur dont il était capable. Il faudra que je lui installe un hamac.

— Qu'a-t-elle dit ?

— Il m'a semblé préférable d'attendre qu'on ait quitté Londres pour la libérer.

— Alors ?

— Je ne m'en suis pas encore occupé.

— Tu as fait des trous d'aération au moins dans cette malle ? Tu sais que les bagages du prince sont particulièrement étanches.

Vladimir blêmit. Des trous d'aération ? Cela ne lui était pas venu à l'idée. Normal, il n'avait encore jamais enfermé quelqu'un dans une malle.

Marusia interpréta justement sa pâleur soudaine.

— Es-tu fou ? s'écria-t-elle. Dépêche-toi et prie pour qu'il ne soit pas trop tard. Vite !

Il quitta la cuisine sans attendre la fin de sa phrase. Les ordres du prince lui revenaient à l'esprit. Pas de brutalités, pas la moindre meurtrissure. S'il était menacé de l'enfer pour un malheureux bleu, quel ne serait pas son châtiment s'il avait stupidement provoqué la mort de la jeune femme ? Mieux valait n'y pas songer.

Marusia courut sur ses talons. Ils dévalèrent dans la coursive avec une telle hâte qu'au moment où ils passèrent devant la cabine du prince, cinq domestiques et plusieurs membres de l'équipage leur avaient emboîté le pas, par curiosité.

Dimitri, qui venait de se réveiller, envoya Maksim, son valet, voir quelle était la cause de ce tapage. En sortant dans le couloir, ce dernier aperçut le petit groupe qui se précipitait dans une cabine, quelques portes plus loin.

— Ils sont dans la réserve aux bagages, Votre Grandeur.

Le prince voyageant avec de nombreuses malles, sa literie et sa vaisselle, il lui fallait une cabine supplémentaire pour loger ses effets personnels. Sans doute une malle s'était-elle renversée.

— Je vais voir, ajouta le valet.

— Attends ! ordonna Dimitri, comprenant soudain que Katherine était probablement responsable de cette agitation. Ce doit être l'Anglaise. Amène-la-moi.

Maksim acquiesça de la tête. L'idée de demander qui était cette mystérieuse Anglaise ne lui traversa pas l'esprit. Il n'était pas dans le secret des aventures amoureuses du prince, et devait attendre que Marusia – qui était incapable de tenir sa langue – les lui raconte. Il ne lui serait jamais venu à l'idée d'interroger Dimitri en personne. On ne posait pas de questions au prince.

Vladimir avait déverrouillé la malle et soulevé le couvercle, trop bouleversé pour remarquer l'attroupement qui s'était formé.

Katherine avait les yeux clos. Elle demeura immobile, sans la moindre réaction à l'irruption soudaine de la lumière. Vladimir sentit la panique le gagner. Puis il vit la poitrine de la jeune femme se soulever tandis qu'elle emplissait profondément ses poumons d'air frais.

Elle n'était pas morte. Vladimir sentit un profond sentiment de reconnaissance l'envahir pendant quelques instants. Puis il aperçut la lueur meurtrière qui assombrissait les yeux turquoise de la jeune femme. Il eut envie de refermer le couvercle de la malle mais Marusia, d'un coup de coude dans les côtes, le rappela à l'ordre. Avec un grognement, il se pencha pour sortir Katherine de la malle. Il la mit debout mais elle s'effondra aussitôt contre lui.

— Voilà ce qui arrive quand on ne réfléchit pas ! Elle doit être complètement engourdie.

Marusia rabattit le couvercle de la malle.

— Assieds-la ici et aide-moi à enlever ces cordes.

Tous les membres de Katherine étaient endoloris et ses genoux s'entrechoquaient. Elle se laissa asseoir sans protester, incapable d'opposer la moindre résistance. À demi consciente, elle percevait dans une sorte de brume ses bourreaux qui s'agitaient autour d'elle.

Vladimir délia ses poignets tandis que Marusia libérait ses chevilles. Elle était pieds nus. Elle n'avait pas encore mis ses chaussures quand Vladimir était entré dans la chambre. Elle n'avait pas eu le temps de se coiffer non plus et ses cheveux tombaient en désordre sur ses épaules. Mais le plus gênant, c'était sa robe en partie déboutonnée, révélant le corsage de dentelle blanche qui contrastait avec le noir de la robe. Sous le regard scrutateur des inconnus qui se pressaient sur le seuil de la cabine, ses joues s'empourprèrent. On ne l'avait jamais jusqu'à présent surprise dans une tenue aussi négligée. Six personnes se trouvaient avec elle dans cette pièce minuscule.

Qui étaient ces gens ? Et où était-elle ? Elle perçut alors le roulis du bateau. Elle l'avait déjà senti dans la malle mais elle avait espéré se tromper. Des bribes de mots lui parvinrent – du russe. Elle comprit qu'elle était sur un navire russe.

Avec un gémissement, elle ramena ses bras libérés devant elle, remua prudemment les épaules et plia les coudes. Vladimir tentait de dénouer le bâillon. Elle le sentit hésiter : cet imbécile savait parfaitement ce qui l'attendait lorsqu'elle pourrait parler. Elle lui assènerait quelques vérités bien senties ; il ne perdait rien pour attendre. Il hésitait toujours mais Katherine n'avait pas encore récupéré suffisamment d'agilité dans les doigts pour enlever elle-même le bâillon.

Quelques mots russes dispersèrent les domestiques, qui étaient restés attroupés à la porte. Le bâillon tomba mais Katherine avait la bouche tellement sèche, qu'elle ne put que péniblement articuler :

— De l'eau...

Marusia alla en chercher et Vladimir se mit à masser les chevilles de Katherine. Elle l'aurait volontiers envoyé promener d'un coup de pied mais ses jambes lui semblaient de plomb.

— Je vous dois des excuses, lâcha Vladimir de mauvaise grâce, sans la regarder. J'aurais dû faire des trous d'aération dans la malle, mais cela ne m'est pas venu à l'idée.

Katherine n'en croyait pas ses oreilles. Et le fait de l'avoir bouclée dans une malle comme un tas de chiffons ? C'était normal, cela ?

— Ce n'est pas votre seule erreur, vous... vous...

Elle renonça à achever sa phrase. Parler était trop difficile et, de toute façon, il ne voulait rien

comprendre. Le sang se remettait lentement à circuler dans ses membres engourdis. Tout son corps
était douloureux. Elle serra les dents. Seigneur !
Quelle épouvantable souffrance ! Elle n'avait jamais
rien ressenti de comparable.

Marusia revint avec de l'eau et Katherine but
avidement, renversant une partie du contenu de la
tasse sur elle-même. Elle ne se souciait guère, en
ce moment, de ce que la bonne éducation imposait. Sa soif, au moins, était soulagée. En revanche,
des milliers d'aiguilles déchiraient ses jambes et
ses mains. La douleur devenait insupportable. Une
plainte s'échappa de ses lèvres.

— Tapez des pieds, ma petite, ça vous aidera.

Elle prononça ces mots avec douceur mais
Katherine n'avait cure de sa compassion.

— Je... oh, soyez maudit, Kirov ! On n'écartèle
plus les gens de nos jours mais je veillerai à ce que
ce supplice soit rétabli.

Vladimir accueillit cet éclat de colère avec une
totale indifférence mais Marusia, qui lui massait
les mains, se mit à rire.

— Eh bien ! elle a l'esprit toujours aussi vif !

— On joue de malchance, grommela Vladimir.

Ils s'étaient exprimés en russe, ce qui ulcéra
Katherine. Une grossièreté de plus !

— Je parle cinq langues, mais pas le russe. Je vous
prie de parler au moins le français en ma présence.
Et je tiens à vous dire que la Royal Navy poursuivra
ce bateau jusqu'en Russie si c'est nécessaire.

— Cessez vos bêtises, répliqua Vladimir avec un
mépris évident. Bientôt, vous allez nous apprendre
que vous avez l'oreille de la reine.

— Vous ne croyez pas si bien dire, repartit-elle.
J'ai également son amitié car j'ai été pendant un an

l'une de ses dames de compagnie. D'ailleurs, quand bien même je n'aurais pas son appui, l'influence du comte de Strafford suffirait à ce que l'on me rende justice.

— Votre employeur ?

— Ne dis pas de sottises, Marusia, intervint Vladimir. Un comte anglais ne se soucie pas d'une domestique. Elle ne lui appartient pas comme nous appartenons à notre maître.

Le dédain avec lequel il avait prononcé ces mots sidéra Katherine. Ce primitif était fier d'être considéré comme un objet ! C'était incroyable... Mais le pire, c'était qu'il ne croyait pas un traître mot de ce qu'elle venait de dire.

— Vous avez commis l'erreur de me prendre pour une domestique et je n'ai pas voulu vous détromper, car je ne tenais pas à révéler mon identité. Mais cela suffit maintenant. Vous avez dépassé les bornes. Le comte de Strafford est mon père, pas mon employeur. Je suis Katherine St. John, lady Katherine St. John.

Vladimir et Marusia échangèrent un rapide coup d'œil. L'expression de la femme échappa à Katherine. Marusia semblait dire : « Tu vois ? Tout s'explique maintenant, son arrogance, ses allures hautaines, son ton impérieux... » Vladimir, en revanche, resta de marbre.

— Qui que vous soyez, vous perdez votre temps à vous mettre en colère contre moi, dit-il avec le plus grand calme. Je n'ai pas agi sur ma propre initiative, cette fois. Je n'ai fait qu'obéir à un ordre en vous enfermant dans cette malle. Mon seul tort consiste à ne pas avoir pratiqué de trous d'aération dans le couvercle. Car il ne fallait pas vous maltraiter. Et peut-être aurais-je dû vous libérer plus tôt...

— Peut-être ? interrompit Katherine, au comble de l'exaspération.

Elle ne put en dire davantage. La douleur qu'elle ressentait dans les jambes devenait trop insupportable pour la laisser poursuivre. Elle réglerait ses comptes plus tard. Elle souleva ses jupons pour se masser, dénudant ses jambes jusqu'en haut des cuisses, au grand ébahissement de Maksim qui observait la scène sur le pas de la porte.

— Le prince veut voir la jeune femme anglaise, dit-il enfin, remplissant la mission dont on l'avait chargé.

Vladimir jeta un regard inquiet par-dessus son épaule, saisi de crainte à l'idée de devoir affronter son maître.

— Elle n'est pas en état de...

— Il a dit maintenant, Vladimir.

10

Dimitri se carra dans son fauteuil à large dossier et posa ses pieds nus sur le tabouret. C'était un fauteuil confortable, spécialement conçu pour lui. Il en avait acheté huit exemplaires identiques, dont un le suivait dans tous ses déplacements. Les sept autres avaient été envoyés dans les diverses propriétés qu'il possédait à travers l'Europe. Dimitri ne se privait de rien. Lorsqu'une chose lui plaisait, il l'achetait. C'était simple et il en avait toujours été ainsi. Tout ce qui lui avait plu avait toujours fini par lui appartenir.

La princesse Tatiana faisait partie des objets de sa convoitise. Elle lui conviendrait parfaitement. De toutes les beautés merveilleuses de St. Pétersbourg, c'était le joyau le plus rare. Et s'il devait se marier, pourquoi pas avec la plus belle des femmes ?

Il n'avait pas pensé à Tatiana depuis qu'il avait annoncé à sa grand-mère qu'il lui faisait la cour et il n'y aurait pas pensé sans ce rêve déplaisant : il poursuivait Tatiana de ses assiduités mais elle le tenait à distance et il ne parvenait pas à ses fins.

Non qu'il voulût se marier à tout prix. À quoi bon ? Il ne manquait jamais de compagnie féminine.

Une épouse ne serait pour lui qu'une charge supplémentaire, alourdissant le poids de ses nombreuses responsabilités. De fait, ce mariage n'aurait pas été nécessaire si son frère aîné, Mikhail, n'avait pas commis la sottise de redemander du service dans le Caucase. Enchanté de combattre les Turcs, il y était resté jusqu'à ce que la chance l'abandonne. Il était tombé derrière les lignes ennemies au début de l'année précédente. On n'avait pas retrouvé son corps mais un trop grand nombre de ses camarades affirmaient l'avoir vu s'effondrer sous les balles ennemies pour qu'on pût conserver l'espoir de le revoir vivant.

Le jour où Dimitri apprit cette nouvelle fut particulièrement sombre. Non qu'il éprouvât beaucoup d'affection à l'égard de ce demi-frère, né d'un premier mariage de son père. Enfants, sans doute, ils avaient été plus proches l'un de l'autre, en dépit des sept années qui les séparaient et qui justifiaient leur absence d'intérêts communs. Les Alexandrov étaient, du vivant de leur père, une famille unie. Mais l'armée avait toujours ébloui Mikhail et, dès qu'il eut l'âge de s'engager, plus rien d'autre ne sembla compter. Dimitri l'avait rarement revu depuis, en dehors de l'année où il était allé servir, lui aussi, dans le Caucase.

Les tueries dont il avait alors été témoin l'avaient dégoûté du métier de soldat. Dimitri n'était pas fasciné par le danger que semblait goûter si fort son frère. Si l'aventure le séduisait, comme la plupart de ses amis de la garde impériale, il en avait eu son compte et, au bout d'un an, il démissionna. La promotion qu'on lui offrait dans la garde impériale ne parvint pas à le retenir. Il n'était, certes, que le cadet de la famille, mais ses revenus étaient largement suffisants pour lui éviter de devoir faire carrière. Et il estimait avoir mieux à faire que de risquer sa vie inutilement.

Si seulement Mikhail avait tenu le même raisonnement... Si seulement il avait trouvé le temps de se marier et de laisser un héritier avant de mourir ! Alors, Dimitri n'aurait pas eu à charge de perpétuer le nom des Alexandrov. Il avait bien cinq autres demi-frères mais tous bâtards. Sa tante Sonya, la sœur de son père, lui avait clairement fait comprendre qu'il était de son devoir de se marier et d'avoir un héritier avant qu'un tragique accident ne vienne également mettre fin à ses jours. C'était quelque peu excessif, dans la mesure où son existence n'était pas particulièrement menacée, mais tante Sonya, bouleversée par la disparition de Mikhail, se montra intraitable.

Jusqu'à présent, Dimitri avait mené une vie insouciante. C'était à Mikhail que revenaient les décisions importantes depuis la mort de leur père, emporté par le choléra durant l'épidémie de 1830. Dimitri, lui, n'avait en charge que la gestion du patrimoine familial. Les manipulations financières l'enchantaient. C'était une façon confortable de prendre des risques et il s'y révéla d'une grande habileté. La défection de Mikhail avait fait retomber sur ses épaules toutes les responsabilités, y compris celle de la demi-douzaine de bâtards qu'il avait semés à l'exemple de leur père.

Mille fois il avait maudit son frère qui lui laissait le soin de tout régler. Maintenant qu'il était mort, tout était encore plus lourd. Si Mikhail avait été là, c'est à lui qu'aurait incombé la charge de punir Anastasia de son inconduite. C'est à lui que la duchesse aurait fait appel. Naturellement il en aurait parlé à Dimitri, mais alors ce dernier n'aurait pas été en train de faire sa cour à la princesse Tatiana et il aurait été ravi de se rendre en Angleterre. Il adorait voyager. Une autre chose dont il devrait apprendre à se passer désormais.

Du moins, s'il mariait sa sœur, il ne serait plus tenu pour responsable de ses écarts de conduite. Mais en se mariant lui-même, il endossait de nouvelles charges, de nouveaux devoirs. Il n'en avait nulle envie. S'il avait pu supporter de renoncer au but qu'il s'était proposé d'atteindre, il aurait bien volontiers envoyé la belle Tatiana au diable.

Tatiana Ivanova s'était montrée étonnamment difficile à conquérir. La courtiser coûtait un temps et une énergie considérables, plus qu'il n'en avait jamais accordé à aucune femme. Et il lui avait fallu, plus d'une fois, maîtriser son caractère emporté pour supporter les caprices de la jeune fille. Sans doute était-elle flattée de l'attention qu'il lui portait mais elle avait trop conscience de son pouvoir de séduction pour s'en émouvoir. Tous les hommes étaient à ses pieds. Elle ne paraissait nullement pressée de choisir parmi les prétendants qui l'entouraient.

Les avances de Dimitri étaient longtemps restées sans effet. Et c'est précisément lorsque sa cour semblait aboutir, au moment où la princesse, habituellement distante et froide, commençait à s'émouvoir, que la lettre de sa grand-mère était arrivée. Quelle malchance ! Ce n'était pas la crainte que Tatiana se tourne vers un autre prétendant qui l'irritait, mais cette contrariété imposée à son désir, à ses plans. À son retour, il lui faudrait reconquérir le terrain perdu en son absence : sans doute devrait-il recommencer sa cour depuis le début, alors qu'il aurait voulu régler cette affaire au plus vite afin de pouvoir se consacrer à d'autres choses.

On frappa à la porte. Cette intrusion était bienvenue. Cela le distrairait de ses soucis. Tant qu'il n'était pas en Russie, il ne pouvait rien faire pour activer son mariage. Il préférait donc éviter d'y penser.

Maksim ouvrit la porte pour laisser passer Vladimir, portant Katherine dans ses bras. Il la crut d'abord endormie. Puis, il remarqua ses dents blanches qui mordaient sa lèvre inférieure, le cerne sous ses yeux, ses mains crispées sur le tissu de sa robe.

Il bondit sur ses pieds. Les deux domestiques se figèrent sur place, alarmés.

— Que lui est-il arrivé ?

— Rien, Votre Altesse, je vous assure, s'empressa de répondre Vladimir. Elle a simplement les membres engourdis et comme le sang se remet à circuler... Je l'ai laissée dans la malle, par précaution, en attendant que nous ayons gagné la mer. Sur le fleuve, elle aurait pu tenter de gagner la rive à la nage. Il m'a semblé préférable de ne pas prendre de risque inutile, vu l'importance...

— Nous n'avons toujours pas quitté la Tamise et je te signale qu'il existe d'autres moyens pour l'empêcher de s'échapper. Dois-je donc comprendre que tu viens à peine de la libérer ?

Vladimir hocha la tête d'un air coupable.

— En vérité, j'avais oublié combien de temps il faut pour atteindre l'estuaire et dans la confusion du départ, j'ai oublié cette fille... C'est Marusia qui m'y a fait penser.

Ces demi-vérités parurent apaiser la colère de Dimitri. Son visage se détendit légèrement.

Vladimir savait que le prince ne tolérait pas l'incompétence. Or, depuis qu'il avait cette Anglaise à sa charge, il n'avait jamais commis autant d'impairs. Dimitri, toutefois, n'avait rien d'un tyran. Il savait se contrôler et ne châtiait pas ses domestiques à tout propos.

— Je la place sous ta responsabilité, Vladimir. Tâche de faire attention à l'avenir.

Vladimir se renfrogna. Devoir s'occuper de cette fille était une punition en soi.

— Bien, monseigneur.

— Bon, pose-la.

Dimitri fit quelques pas de côté, indiquant le fauteuil qu'il venait de quitter. Vladimir se débarrassa de son fardeau et recula rapidement, priant en son for intérieur pour que la jeune femme se tienne tranquille. Il n'eut pas cette chance.

À peine assise, Katherine s'affaissa en avant avec un cri de douleur. Ses cheveux tombèrent jusqu'à ses pieds et sa chemise de dentelle s'ouvrit, révélant des rondeurs enivrantes.

— C'est un simple malaise, cela va passer, dit précipitamment Vladimir, en voyant le prince se rembrunir.

Dimitri se rua vers Katherine, qu'il saisit par les épaules, doucement, pour la redresser. Il resta un instant penché sur elle, tandis qu'elle le fusillait du regard. Elle tenta de l'écarter d'un coup de genou, mais elle était encore incapable de cet effort. Les douloureux picotements s'atténuaient, comme l'avait prévu Vladimir, et devenaient progressivement supportables. Elle calcula rapidement son geste, rivant ses yeux étincelants de rage sur ceux de Dimitri et une gifle retentissante s'abattit sur la joue du prince.

110

Dimitri se figea. Maksim blêmit, horrifié. Vladimir se mit à bredouiller sans réfléchir :

— Elle prétend être noble, Votre Altesse, la fille d'un comte.

Un profond silence régnait dans la pièce. Vladimir n'était pas sûr que le prince l'ait entendu, ni que cela ait de l'importance. Pourquoi avait-il tenté de justifier cet affront fait à son maître en invoquant ce qui était probablement un mensonge ? Il l'ignorait. S'il s'était tu, le prince aurait sans doute envoyé la fille par-dessus bord.

Dimitri, abasourdi, resta un instant sans réaction. Il se rendait compte que la gifle contenait quelque chose de plus qu'un simple rappel à l'ordre. Katherine semblait mue par une fureur légitime.

— Vous vous croyez tout permis, Alexandrov ! Que vous ayez osé… que vous ayez donné l'ordre de…

Tremblante d'indignation, elle serra les poings pour garder, tant bien que mal, un semblant de calme face à cet odieux individu qui restait là, médusé, stupéfait !

— Vous allez me ramener à Londres immédiatement ! Je ne vous le demande pas, je l'exige.

Lentement il se redressa, obligeant Katherine à lever la tête pour le regarder, et passa pensivement le bout de ses doigts sur sa joue. Soudain, une lueur amusée éclaira ses yeux noirs.

— Elle exige, Vladimir, dit-il sans détourner la tête.

— Oui, monseigneur, répondit ce dernier, soulagé de percevoir une note d'humour dans la remarque de son maître.

Dimitri lui jeta un coup d'œil.

— La fille d'un comte, tu dis ?

— C'est ce qu'elle prétend.

Le prince se tourna à nouveau vers Katherine et l'insistance de ses yeux de velours noir sur son corsage ouvert, puis sur ses jambes fines, la fit rougir. Elle avait oublié l'indécence de sa tenue.

Exaspérée, elle couvrit ses genoux et entreprit de reboutonner sa robe. Cette soudaine pudeur lui valut un gloussement narquois de la part du prince.

— Espèce de brute, siffla-t-elle, en achevant de se rajuster. Vous avez des manières de gueux ! Cela n'a rien d'étonnant d'ailleurs puisque vous n'avez aucune moralité.

Vladimir leva les yeux au plafond et Maksim, qui ne s'était toujours pas remis du choc que lui avait causé la gifle, se troubla davantage. Seul Dimitri semblait s'amuser.

— Je dois avouer, Katya, que vous avez un talent remarquable, dit-il enfin.

Cette remarque la déconcerta.

— Un talent ?

— Oui. Dites-moi, avez-vous préparé cette petite scène ou cela vous vient-il spontanément ?

Le regard de Katherine se rétrécit, soupçonneux.

— Si vous insinuez…

— Je n'insinue rien, interrompit Dimitri avec un sourire, j'applaudis. Vous imitez vos supérieurs à la perfection. Est-ce un rôle que vous avez joué sur scène ? Cela expliquerait…

— Taisez-vous ! s'écria Katherine en se levant d'un bond, le visage empourpré.

Malheureusement la position debout ne lui procurait aucun avantage. Elle arrivait à peine aux épaules de Dimitri et elle se sentit ridicule.

Elle pivota précipitamment sur elle-même, tandis que sa chevelure formait un gracieux arc de cercle, et recula de quelques pas pour récupérer sa dignité.

Elle jeta au prince un regard dédaigneux. Sa colère s'était cependant quelque peu atténuée. Il ne plaisantait pas. Il était sincère quand il parlait de son talent de comédienne et cela l'effrayait.

L'idée qu'il ne la croirait pas ne l'avait pas effleurée une seule seconde. Elle s'était imaginé qu'en apprenant sa véritable identité, il se confondrait en excuses. Mais il semblait convaincu qu'elle jouait un rôle et cela l'amusait. Il la prenait maintenant pour une comédienne. Il ne manquait plus que cela !

— Renvoyez vos laquais, Alexandrov. Prince Alexandrov, corrigea-t-elle, se rendant compte qu'il était déraisonnable d'afficher une trop grande hostilité à son égard, dans la mesure où il avait toutes les cartes en main.

Cela lui en coûtait, mais elle était capable, au besoin, de faire preuve d'une certaine souplesse.

Il ne lui vint pas à l'esprit qu'elle avait donné un ordre, mais Dimitri le remarqua. Il fronça les sourcils, puis se radoucit, intrigué.

D'un geste de la main, il congédia les deux domestiques et attendit que la porte se referme sur eux pour parler

— Alors, ma chère ?

— Lady Katherine St. John.

— Ah !... fit-il, pensivement. Je me souviens d'avoir fait la connaissance d'un St. John lors d'un séjour en Angleterre il y a quelques années. Le comte de... de... Stafford ? Non, Strafford. Oui, le comte de Strafford, un réformateur, un homme très populaire.

L'insolence contenue dans ces derniers mots n'échappa pas à Katherine qui s'interdit cependant de répliquer vertement, comme il le méritait.

Il avait donc rencontré son père ? Elle entrevoyait là un espoir.

— En quelle occasion avez-vous rencontré le comte ? Je puis sans aucun doute décrire le lieu aussi bien que vous, si ce n'est mieux. Je connais tous les amis de mon père et leurs demeures.

Un sourire indulgent se dessina sur les lèvres du prince.

— Alors, décrivez-moi le château du duc d'Albemarle.

Elle pâlit. Il venait de nommer une des rares personnes qu'elle n'ait jamais rencontrées.

— Je ne connais pas le duc, mais j'ai entendu dire...

— Naturellement, vous avez entendu dire ! C'est également un homme d'une certaine notoriété.

— Je vous dis la vérité, s'écria-t-elle, à bout de patience. Pourquoi ne me croyez-vous pas ? Ai-je mis en doute que vous étiez prince ? Ce qui ne m'impressionne nullement d'ailleurs : je sais de quoi est faite l'aristocratie russe !

Cette remarque le fit rire. Il l'avait déjà senti auparavant, mais elle venait de le formuler clairement : il était trop peu pour elle. Il ne s'en vexa pas car cela faisait partie du rôle qu'elle jouait. D'emblée, il avait su qu'elle l'amuserait mais il n'avait pas pensé qu'elle serait aussi surprenante.

— Dites-moi donc ce que vous en savez, Katya.

Elle savait qu'il se moquait, néanmoins elle ne se laissa pas intimider.

— Tous les aristocrates russes portent le même titre. Les nobles s'arrogent des distinctions sans aucun rapport avec l'ancienneté de leur famille. Très démocratique, en effet. Mais la vérité, c'est que le titre de prince en Russie correspond simplement à celui de duc, de comte ou de marquis en Angleterre.

— Je ne suis pas sûr d'apprécier le *simplement*, mais où voulez-vous en venir ?

— Nous sommes égaux, lança-t-elle avec force.

Il sourit.

— Égaux ? Oui, sur un certain plan...

Son regard glissa sur le corps de Katherine pour ne laisser aucune ambiguïté sur ce qu'il venait de dire.

Elle serra les poings, désespérée. Cette allusion à ce qui s'était passé entre eux au cours de la nuit précédente la désarmait. C'était l'arrogance, la condescendance dont il faisait preuve qui la faisaient enrager mais pas l'homme qui se tenait en face d'elle et dont la présence physique, lorsqu'elle en prenait conscience, lui ôtait tous ses moyens.

Elle s'aperçut brusquement qu'il ne portait qu'une courte robe de chambre de velours émeraude sur un large pantalon blanc. Il était pieds nus. L'échancrure de sa robe de chambre laissait entrevoir son torse puissant. Les boucles blondes de ses cheveux étaient emmêlées comme s'il venait de se réveiller.

Katherine regarda autour d'elle et réalisa qu'elle se trouvait dans la chambre à coucher du prince. Elle en oublia de relever l'insolence de sa dernière réflexion. Depuis que Vladimir l'avait assise sur cette chaise, elle n'avait prêté attention qu'à Dimitri. La peur d'apercevoir un lit l'empêcha de poursuivre son inventaire de la pièce. Il avait donné l'ordre qu'on l'amène dans sa chambre et, comme une idiote, elle avait exigé le renvoi des domestiques !

Toutes ses revendications passèrent au second plan. S'il avait voulu qu'on l'amène dans sa chambre à coucher, c'était pour une seule raison. Il s'était gentiment moqué d'elle, sans user d'autre chose que de son charme et de son pouvoir de persuasion. Mais il ne tarderait pas à avoir recours à la violence : elle n'aurait aucune chance de s'en tirer. À la seule vue de la haute stature de Dimitri, elle se sentait faible et vulnérable.

Katherine négligeait un fait d'importance : ils étaient sur un bateau et la cabine de Dimitri pouvait aussi bien servir de chambre que de bureau ou de salon.

À ce moment, la porte s'ouvrit sur un tourbillon de taffetas fuchsia et une grande et belle jeune femme aux cheveux blonds entra.

— Mitya, j'attends depuis des heures que tu daignes te réveiller et j'en... ai... assez...

Cette soudaine irruption apaisa l'angoisse de Katherine : l'attention de Dimitri se reporta aussitôt sur l'intruse, ce qui permit à la jeune femme de récupérer son calme.

La nouvelle venue s'immobilisa en constatant que le prince n'était pas seul. Elle n'accorda qu'un vague coup d'œil à Katherine mais, devant l'agacement de Dimitri, elle entreprit de s'excuser.

— Je suis désolée de te déranger. J'ignorais que tu étais occupé.

— Peu importe, répliqua Dimitri sèchement. Je ne m'étonne pas que la duchesse n'ait plus voulu de toi, Anastasia, si l'indélicatesse dont tu viens de faire preuve figure parmi tes nouveaux défauts.

Humiliée d'être ainsi réprimandée devant une inconnue, Anastasia tenta de se défendre.

— Si ce n'était pas important, je ne te...

— Le bateau peut être en feu, je m'en fiche éperdument ! À l'avenir, tu attendras avant de me déranger, quelle que soit l'heure ou la raison.

Cette démonstration d'autorité amusa Katherine. Le prince, qui était resté impassible lorsqu'elle l'avait giflé, éclatait soudain pour une vétille ! Bien sûr, elle avait rencontré des Russes à la cour et entendu l'ambassadeur d'Angleterre en Russie, un ami proche de son père, raconter d'innombrables anecdotes sur le caractère russe, son irascibilité et ses incompréhensibles sautes d'humeur.

Le prince n'avait, jusqu'à présent, montré aucune de ces dispositions. Cet éclat était cependant réconfortant pour Katherine. Désormais, elle savait à quoi s'en tenir.

Évaluant rapidement ses chances de réussite, elle décida de risquer le tout pour le tout, et intervint dans leur discussion – qui promettait d'être houleuse, à en juger par l'expression d'Anastasia.

— Monseigneur, dit-elle avec une douceur surprenante, recevez cette dame, j'attendrai dehors, cela m'est égal...

— Restez où vous êtes, Katherine, lança-t-il. Anastasia s'en va.

Deux ordres qu'aucune des deux jeunes femmes n'avait l'intention d'exécuter.

— Il n'en est pas question, Mitya, répliqua Anastasia en tapant du pied. J'ai un problème important, il faut que tu t'en occupes. Il me manque une femme de chambre. Cette gourde s'est enfuie.

Sans laisser à Dimitri le temps de répondre, Katherine esquissa lentement mais sûrement quelques pas vers la porte :

— Je peux attendre, monseigneur. Si quelqu'un est passé par-dessus bord...

— Pas du tout ! interrompit Anastasia. Elle s'est enfuie avant que nous appareillions. Elle avait très mal supporté le voyage à l'aller, comme ma Zora, et elle n'a pas voulu reprendre la mer. Mais il n'est pas question que j'y renonce. Elle m'appartient. Je veux qu'on la retrouve.

— Tu espères que j'ordonne qu'on fasse demi-tour ? J'ai offert à nos serfs de reprendre leur liberté quand ils le veulent. Ne sois pas ridicule, Anastasia. Tu la remplaceras facilement.

— Oui, mais en attendant, elle me manque. Zora est malade. Je ne peux pas rester sans femme de chambre.

— Tu te contenteras d'un de mes domestiques, entendu ?

Dimitri estimait la question réglée et Anastasia le savait. Il ne changerait pas d'avis. De fait, elle n'avait nulle intention d'arrêter le bateau. Elle avait simplement saisi ce prétexte pour donner libre cours à sa colère et tenter d'éveiller chez son frère un peu de compassion puisqu'on la renvoyait contre son gré en Russie.

— Tu es cruel, Mitya. Tes domestiques n'ont aucune idée de ce qu'une lady attend d'eux. Ils sont habitués à te servir mais ne sauront pas s'occuper de mes affaires.

Comme ils ne lui prêtaient plus attention, Katherine en profita pour se diriger vers la porte. Elle ne jugea pas utile de répéter qu'elle patienterait dehors jusqu'à ce que le prince ait réglé ce problème. Elle se faufila sans bruit dans le couloir.

11

L'étroit corridor était faiblement éclairé, à une extrémité, par une lanterne. De l'autre côté, vers l'escalier, la lumière du jour parvenait par une porte vitrée, donnant sur le pont. Il n'y avait personne, ce qui procura à Katherine un instant de répit. Rien de plus facile. Elle n'avait qu'à gravir les marches et sauter du pont par-dessus bord. Elle resta sans bouger, retenant son souffle, et plusieurs secondes s'écoulèrent.

Après avoir joué de malchance pendant deux jours entiers, elle hésitait à saisir une occasion aussi inespérée. Son cœur se mit à battre à tout rompre dans sa poitrine. Tout danger n'était pas écarté. Tant qu'elle ne serait pas sur le sol anglais, tant qu'elle n'aurait pas vu ce bateau s'éloigner jusqu'à ce qu'il ne soit plus qu'un minuscule point sombre sur l'eau et un mauvais souvenir, elle ne se sentirait pas en sécurité.

« Vas-y, Katherine, avant qu'il ne s'aperçoive de ta fuite. »

Elle avait un instant cru pouvoir le convaincre de retourner en Angleterre, mais le refus catégorique qu'il avait opposé à la belle Anastasia qui lui demandait la même chose avait anéanti tous ses espoirs. S'il ne le faisait pas pour une personne de son entourage, il ne le ferait pas pour elle. Il ne fallait pas oublier qu'il voulait l'emmener en Russie. Pourquoi ? Pourquoi ?

« Tu réfléchiras plus tard, Katherine, quand tu seras loin de cet individu. »

Elle n'entendait pas distinctement ce qui se disait à l'intérieur de la cabine mais le ton montait. À tout moment, Dimitri risquait de s'apercevoir de sa disparition. Il n'y avait pas une minute à perdre. C'était une chance que l'occasion de fuir se présente avant qu'ils aient atteint l'estuaire de la Tamise et que la côte d'Angleterre soit loin derrière eux.

Soudain elle prit son élan et monta l'escalier en courant, trébuchant, dans sa hâte, sur les deux dernières marches. Au moment où elle allait atteindre le pont un membre de l'équipage passa sans la voir. Elle avait oublié les marins, il fallait être prudente. Elle ignorait l'heure. Si seulement la nuit commençait à tomber, cela lui permettrait de passer inaperçue... Mais plus tard, le bateau aurait atteint l'estuaire et sa chance de gagner à la nage la rive serait perdue. C'était donc maintenant ou jamais. Tant pis si on la voyait.

Lentement elle gravit les dernières marches tandis que les battements de son cœur s'accéléraient. Il fallait rester naturelle, comme s'il s'agissait d'une simple promenade sur le pont.

Mais elle ignorait s'il était naturel, dans son cas, de faire une simple promenade sur le pont. Si on la considérait comme une prisonnière, ce qu'elle soupçonnait fortement, elle n'était sans doute pas censée prendre l'air. Que savait l'équipage à son sujet ? Le personnel de Dimitri avait ordre de la surveiller, mais les marins, le capitaine ? Comment le prince pouvait-il justifier l'enlèvement d'une jeune femme auprès du capitaine ? C'était impossible. Il avait sans doute pensé garder sa présence secrète pendant tout le voyage, chose relativement aisée compte tenu du zèle de ses domestiques.

Elle aperçut la jeune bonne qui lui avait servi son dîner la veille au soir, en compagnie d'un marin, en train de plaisanter – et en français, je vous prie ! Alors qu'en présence de Katherine elle avait fait semblant de ne parler que le russe, pour éviter de répondre à ses questions. Quelle sale gamine ! Enfin, peu importait désormais. Katherine attendit quelques instants sur le seuil de la porte. Par chance, la bonne ne jeta pas un seul coup d'œil dans sa direction, tant elle était occupée à minauder.

Une intense activité régnait sur le pont. On criait, on riait, on chantait même. Personne ne parut remarquer Katherine quand elle se dirigea d'un pas nonchalant vers le bastingage. Elle ne pensait plus qu'à une chose : la liberté était là, toute proche. Mais son cœur se serra quand elle agrippa la rambarde et regarda par-dessus bord. On apercevait à peine la rive. Ils avaient atteint l'estuaire et se trouvaient au milieu de cet énorme bras d'eau qui ne cesse de s'élargir avant de se perdre dans la mer. Elle avait cru n'avoir que quelques mètres à nager. Or, des kilomètres la séparaient de la berge. Pourtant, avait-elle le choix ? Il était hors de question de se résigner à aller en Russie alors que l'Angleterre était encore en vue.

Elle ferma les yeux, murmura une rapide prière pour trouver la force nécessaire d'effectuer ce long parcours à la nage et tenta de chasser de son esprit la peur qui la gagnait. De toute évidence, elle risquait de se noyer. Mais c'était un risque à courir.

Enfermée dans la malle, elle s'était dit que la mort était la seule issue. C'était d'ailleurs probablement le sort que lui réservait le prince. Il fallait donc choisir. Deux solutions s'offraient à elle : fuir ou se laisser assassiner.

Sa cage thoracique lui faisait mal tant son cœur battait fort. Elle n'avait jamais connu une telle peur. Pourtant elle releva bravement jupe et jupons pour enjamber la rambarde. Au moment où son pied nu trouvait appui sur la barre médiane, un bras la saisit par la taille et une main s'abattit sur le genou qu'elle levait.

Être arrêtée à la dernière seconde ! C'était trop injuste ! Pourtant, elle n'en éprouva aucune colère. Au contraire, un immense soulagement l'envahit. On la sauvait, on décidait à sa place et c'était très bien ainsi. La peur l'abandonna et son cœur retrouva progressivement son rythme normal.

Ce soulagement paradoxal ne dura que quelques secondes. Posant les yeux sur le bras qui lui encerclait la taille comme un étau de fer, elle reconnut le velours vert. Et si ce n'était pas là une indication suffisante, il était impossible de se tromper quant à la main qui agrippait maintenant sa cuisse avec fermeté.

Cette main, elle l'avait baisée un nombre incalculable de fois au cours de la nuit précédente, suppliante ou éperdue de gratitude. Ces souvenirs lui faisaient honte. Cependant, le simple contact de cette paume, de ces doigts, suffisait à lui faire perdre contenance. Elle le savait. Ne s'était-elle pas efforcée depuis de garder ses distances ? Il était trop tôt, le souvenir de cette nuit d'amour était trop présent dans son esprit pour qu'elle ait eu le temps de trouver les moyens de se défendre contre la séduction qu'il exerçait sur elle. C'était comme si elle était encore sous l'effet de l'aphrodisiaque, comme si la drogue agissait encore sur elle, à son insu. Peut-être était-ce, en effet, ce qui se passait.

Il ne fallait pas penser à lui, mais le chasser de son esprit. Et pourtant, la vision de son corps de statue grecque, digne de figurer dans un musée s'imposait à elle.

Katherine avait beau s'efforcer de rester impassible, il n'y avait rien à faire. Lorsque le bras du prince remonta jusqu'à sa poitrine, elle sentit le bout de ses seins se durcir. Pourtant, il ne les touchait pas, il ne faisait que les presser de son bras.

Dimitri avait du mal à résister à la tentation de poser les mains sur les douces rondeurs de la jeune femme, qui remplissaient ses paumes à la perfection. Mais ils n'étaient pas seuls. On les observait sans doute avec curiosité. Néanmoins, il ne parvenait pas à se résigner à la lâcher. C'était si bon de la sentir contre lui. Des images lui traversaient l'esprit : les yeux de braise, les lèvres douces et entrouvertes sur un cri de plaisir, le mouvement de ses hanches.

Une vague de chaleur l'envahit, plus dévastatrice encore que celle qu'il avait sentie dans la cabine, lorsque son corsage dégrafé lui avait révélé cette chair laiteuse et émouvante. Si ce spectacle ne l'avait pas subjugué, il ne se serait pas emporté contre Anastasia, cette intrusion inopinée ne l'aurait pas agacé à ce point et il aurait remarqué plus tôt que sa petite colombe s'était envolée – ou du moins il aurait compris ce qu'elle mijotait.

Plusieurs minutes s'écoulèrent sans qu'ils ne profèrent un son, insensibles aux regards étonnés et vaguement scandalisés qui se posaient sur eux. Lida n'en revenait pas de voir le prince sur le pont, pieds nus et en robe de chambre, et pour comble, si préoccupé de cette Anglaise insignifiante. Elle n'avait même pas remarqué sa présence, avant que le prince ne surgisse. Que pouvait-il bien lui trouver ?

Les marins étaient d'un tout autre avis. Les longs cheveux de Katherine flottant au vent, sa silhouette menue mais aux formes aguichantes, sa taille fine, ses splendides yeux turquoise, ils trouvaient tout cela remarquable. Et lorsque le prince la rejoignit, trahissant une incontestable intimité, des sourires entendus fendirent les visages burinés. Le tableau qu'ils offraient, ainsi enlacés, était des plus érotiques. Les jupons de la fille, relevés au-dessus du genou, révélaient une cuisse mince et ferme que le prince caressait, ou du moins semblait caresser, d'un geste audacieux. Il la serrait contre lui et appuyait son menton sur la tête de la jeune femme.

Si Katherine s'était vue à ce moment précis, ou, pire encore, si elle avait deviné quelle confusion sa présence semait parmi l'équipage, elle serait morte de honte. Ses manières irréprochables, sa distinction naturelle, la chasteté et la pudeur dont témoignaient ses toilettes avaient su gagner le respect de tous les hommes de son entourage. Chez elle, ce même respect se teintait d'une légère crainte car elle pouvait faire montre d'une autorité que lui aurait enviée un général. Ordinairement, rien ni personne ne résistait à Katherine. D'un seul coup d'œil hautain, elle remettait les plus téméraires à leur place. Mais elle pouvait se montrer aussi délicieuse et sa compagnie était parfois exquise, comme en témoignaient tous ceux qui la connaissaient bien. Jusqu'à sa rencontre avec Dimitri, elle avait toujours su comment se comporter, quelles que soient les circonstances, et elle n'avait jamais eu à se confronter avec le désir d'un homme.

Cette situation était nouvelle pour elle. Ce qui s'était passé avec le prince était à mettre au compte de la drogue qu'on lui avait fait prendre. Cette nuit ne lui avait pas paru réelle, même si elle en gardait un souvenir précis. Non, elle n'avait rien à se reprocher. Pourquoi alors était-elle si troublée par la proximité de cet homme ? Son émoi l'empêchait de deviner celui du prince.

Dimitri se ressaisit le premier. Il se pencha vers elle et sa voix résonna comme une douce caresse à l'oreille de Katherine.

— Vous rentrez avec moi ou dois-je vous porter ?

Il regretta presque ces paroles. Il aurait dû interpréter le silence et l'immobilité de la jeune femme. Il se méprit sur ce calme, croyant qu'il s'agissait d'une ruse comme lorsque, dans la cabine, elle lui avait donné du « monseigneur ».

Dommage qu'il n'ait pas pu voir son visage pendant qu'il la tenait dans ses bras, car ainsi il aurait compris quelle était la véritable cause de sa docilité et aurait été heureusement surpris de constater qu'il ne lui était pas aussi indifférent qu'elle le prétendait. En la sentant se raidir au son de sa voix, il crut qu'elle méditait quelque nouveau subterfuge pour lui échapper.

— Si je n'avais pas été distrait, je me serais tout de suite méfié de ces suaves « monseigneur » que vous m'avez servis dans la cabine. Maintenant, je ne suis plus distrait, ma chère, inutile de chercher à m'abuser.

Sa voix n'était plus voilée, mais elle demeurait profondément caressante.

Katherine essaya une fois de plus de se dégager de son étreinte. En vain.

— Lâchez-moi !

À nouveau, elle lui intimait un ordre. Il sourit sans desserrer son étreinte. Le rôle de lady outragée qu'elle s'était mis en tête de jouer l'amusait. Il était même ravi qu'elle n'y ait pas renoncé.

— Vous n'avez pas répondu à ma question, dit-il.

— Je préfère rester ici.

— Ce n'est pas le choix qui vous a été proposé.

— Alors, je demande à voir le capitaine.

Il se mit à rire et, inconsciemment, la serra plus étroitement entre ses bras.

— Vous exigez toujours, ma belle ? Qu'est-ce qui vous fait croire que cette fois-ci vous réussira mieux que les précédentes ?

— Vous avez peur qu'il ne me voie, n'est-ce pas ? Je pourrais crier, vous savez. Je sais bien que cela manque de dignité, mais c'est parfois utile.

— Je vous en prie, Katya, n'en faites rien, dit-il en riant franchement. J'abandonne. Ne serait-ce que pour vous éviter la peine de chercher un moyen de le contacter plus tard.

Elle n'en crut pas un mot, même lorsqu'il appela un des marins les plus proches. Ce dernier disparut aussitôt pour s'acquitter de sa mission. Soudain, elle vit un officier venir du gaillard d'arrière et se diriger vers eux. Elle retint une exclamation exaspérée, brusquement consciente de l'inconvenance de leur attitude. Sa jupe toujours relevée dévoilait la dentelle froissée de ses dessous.

— Allez-vous me lâcher ? lança-t-elle entre ses dents.

Il avait oublié sa main sur la jambe de la jeune femme et, en obéissant, prit la liberté de laisser glisser ses doigts jusqu'à sa cuisse. Il perçut la crispation rageuse que cette caresse provoquait en Katherine. Elle se retourna et le foudroya du regard.

L'officier s'inclina devant eux et, avec un air parfaitement innocent, Dimitri fit rapidement les présentations. Serguei Mironov était un homme de taille moyenne, solide, d'environ quarante-cinq ans. Sa barbe bien coupée était semée de quelques poils blancs. Des rides profondes entouraient ses yeux bruns, où ne se lisait pas la plus légère trace d'irritation pour avoir été ainsi dérangé. Il portait un uniforme bleu et blanc impeccable. Il n'y avait aucun doute, c'était bien le capitaine, mais Katherine fut désagréablement impressionnée par la déférence dont il faisait montre à l'égard de Dimitri.

— Capitaine Mironov, euh… comment dire ?

Elle s'interrompit, gênée, comprenant soudain à quel point il était absurde de se plaindre des torts que lui avait causés le prince devant ce capitaine russe.

— Il y a une erreur. Je… il se trouve que je ne peux pas quitter l'Angleterre maintenant.

— Moins vite, Katya. Serguei comprend le français mais il faut parler moins vite.

— Vous me comprenez, capitaine, n'est-ce pas ? s'enquit-elle, ignorant délibérément la remarque de Dimitri.

Ce dernier acquiesça de la tête.

— Une erreur, vous dites ?

Elle sourit.

— Exactement. Par conséquent, vous seriez très aimable de me ramener sur la terre ferme, si cela ne crée pas de problème, bien sûr.

— Aucun problème, dit-il, courtois. Votre Altesse ?

— Maintenez votre cap, Serguei.

— À vos ordres, Votre Altesse.

Il s'éloigna. Katherine resta un instant bouche bée, puis se tourna vers Dimitri.

— Espèce de mufle !

— Je vous ai prévenue, mon petit, dit-il gentiment. Ce bateau et ce qu'il contient m'appartient, y compris le capitaine et son équipage.

— C'est barbare.

— Je suis d'accord, répliqua-t-il avec un haussement d'épaules, mais c'est ainsi. La liberté n'existe pas pour le peuple russe et je ne pense pas que le tsar puisse se permettre de se mettre à dos la majorité des nobles en abolissant le servage.

Katherine se mordit les lèvres. Elle ne pouvait guère lui faire de reproche sur ce sujet. Elle l'avait entendu dire à la belle Anastasia qu'il avait offert la liberté à ses propres serfs. S'il était contre le servage, ils finiraient par tomber d'accord, mais elle n'était pas d'humeur à s'accorder sur quoi que ce soit avec lui. Elle choisit un autre angle d'attaque.

— Il y a au moins une personne sur ce bateau qui ne vous appartient pas, Alexandrov.

Le sourire de Dimitri était facile à interpréter : elle n'avait pas tort sur le principe, néanmoins elle demeurait à sa merci. Que Katherine apprécie ou non la subtilité de ce message, elle devait se rendre à l'évidence.

— Venez, Katya, nous poursuivrons cette conversation en dînant dans ma cabine.

Elle écarta la main qu'il cherchait à lui prendre.

— Il est inutile de discuter. Ou vous me ramenez à terre ou je saute par-dessus bord.

— Lorsque vous vous adressez à moi, vous me donnez des ordres, alors que vous demandez gentiment ce que vous voulez à Serguei. Peut-être devriez-vous changer de méthode ?

— Laissez-moi tranquille !

Elle s'éloigna d'un pas vif. Mais où aller ? Elle n'avait pas de cabine, aucun endroit sur ce bateau, son bateau, où se cacher. Le temps passait, les côtes de l'Angleterre s'estompaient.

Elle hésita devant l'escalier qui menait aux cabines et se retourna brusquement vers le pont, se heurtant au prince qui l'avait suivie. Déséquilibrée, elle s'accrocha instinctivement à lui, au moment où il tendait les bras pour la retenir. La chute aurait pu être dangereuse, l'escalier était raide. À nouveau il la tenait contre lui, et cette fois ils se faisaient face. Rien ne pouvait l'émouvoir davantage.

Elle était prête à ravaler sa fierté, à faire des concessions. Une fois de plus, le trouble qu'elle ressentait dans ses bras la paralysait.

— Vous avez quelque chose à ajouter, Katya ? murmura-t-il contre sa tempe, avant de la relâcher.

— Pardon ? Oui, je…

Elle avait du mal à retrouver le fil de ses pensées.

Les yeux noirs du prince étaient aussi dévastateurs que son étreinte. Elle baissa la tête.

— Je vous fais mes excuses, prince Alexandrov. Je n'ai pas d'ordinaire aussi mauvais caractère, mais dans les circonstances actuelles… Bref. Écoutez, je veux bien être raisonnable. Si vous me ramenez à terre, j'oublierai que nous nous sommes rencontrés. Je ne déposerai aucune plainte contre vous. Je ne raconterai même pas à mon père ce qui s'est passé. Je veux simplement rentrer chez moi.

— Je suis désolé, Katya. Croyez-moi, je suis sincère. Si le tsar Nicolas ne rendait pas visite à votre reine cet été, je ne vous aurais pas enlevée. Mais vos journaux saisiraient cette occasion pour attaquer Nicolas Pavlovitch et je ne veux, en aucun cas, leur fournir ce prétexte.

— Je vous jure...

— Je ne peux pas prendre ce risque. C'est impossible.

Katherine le foudroya du regard.

— Écoutez, ce matin, j'étais bouleversée. J'ai dit beaucoup de choses que je ne pensais pas. Maintenant vous savez qui je suis. Vous comprenez que je ne peux me permettre d'exiger des réparations. Je ne veux pas mêler ma famille à un horrible scandale.

— Je vous suivrais sur ce point si vous étiez bel et bien une St. John.

Un cri d'exaspération lui échappa.

— Vous ne pouvez pas me retenir de force ! Ma famille ignore où je suis, c'est une terrible épreuve pour elle. Je vous en supplie, Alexandrov !

Il avait mauvaise conscience, elle le vit bien, néanmoins il restait inébranlable.

— Je suis désolé. Ne le prenez pas si mal, mon petit. Je vous ramènerai en Angleterre dès que le tsar sera revenu en Russie.

— Vous refusez de changer d'avis ?

— Je ne peux pas.

À bout d'arguments, elle lui envoya un coup de pied dans les tibias, oubliant qu'elle ne portait pas de chaussures. Ce fut elle qui se fit le plus de mal et, furieuse, elle descendit l'escalier en boitillant. Elle l'entendit hurler après Vladimir, mais poursuivit son chemin. Elle passa devant la cabine du prince et ouvrit la porte de la réserve. Il n'y avait plus rien à faire. Désemparée, elle s'assit sur la malle où on l'avait enfermée et se mit à attendre. Quoi exactement ? Elle l'ignorait.

12

— Mon Dieu ! Mais qu'est-ce qu'il y a ? s'écria Vladimir. Je t'ai simplement demandé de lui apporter ces vêtements et de lui dire que le prince l'invitait à dîner. Et tu me regardes comme si je te demandais de commettre un assassinat.

Avec une expression butée, Marusia se mit à hacher les épinards qu'elle préparait pour le soir. La force qu'elle y déployait avait quelque chose d'inquiétant.

— Pourquoi est-ce moi qui doit y aller ? Il l'a placée sous ta responsabilité. Ce n'est pas parce que je suis ta femme que je partage cette charge.

— Marusia...

— Non, ne compte pas sur moi. Inutile de revenir là-dessus. Cette pauvre fille en a eu assez comme ça.

— Cette pauvre fille, comme tu dis, est aussi féroce qu'un loup.

— Ah ! Enfin tu l'avoues. Tu as peur de l'affronter après tout le mal que tu lui as fait.

Vladimir s'assit pesamment en face de Marusia. Le cuisinier leur tournait ostensiblement le dos. Dans un coin, ses deux aides pelaient des pommes de terre avec un air de parfaite indifférence. En réalité, personne ne perdait un mot de leur dispute et le lendemain tout le monde à bord serait au courant.

— Pourquoi ne serait-elle pas contente de dîner avec le prince ? reprit-il, plus doucement.

— Tu sais fort bien qu'elle n'acceptera ni les vêtements ni l'invitation. Tu as reçu des ordres ? Eh bien, exécute-les. Je ne veux plus me mêler de tout cela.

Baissant la voix, elle ajouta d'un ton écœuré :

— J'en ai déjà assez fait.

Il écarquilla les yeux.

— Mais qu'est-ce que tu racontes ? De quoi te sens-tu coupable ?

Elle releva la tête : toute agressivité l'avait quittée.

— Tout est de ma faute. C'est moi qui ai suggéré qu'on la drogue. Je n'aurais pas dû.

— Ne sois pas ridicule, moi aussi j'ai entendu les vantardises de Boulavine. J'y aurais pensé même si tu ne m'en avais pas parlé.

— Il n'empêche que j'ai mal agi. Je ne me suis pas souciée d'elle. Pour moi, elle n'existait pas. Ce n'était qu'une fille de plus parmi toutes ces femmes anonymes qu'il fréquente entre deux conquêtes plus importantes. J'ai bien vu qu'elle n'était pas comme les autres, mais je n'ai pensé qu'au plaisir du prince.

— Ce qui est ton devoir.

— Je sais, mais cela ne change rien. Elle était vierge.

— Et alors ?

— Et alors ? Elle n'était pas consentante. Est-ce que tu me prendrais si je n'étais pas consentante ? Non, tu me respecterais. Elle, personne n'a tenu compte de ce qu'elle voulait ou ne voulait pas, depuis que tu l'as enlevée dans la rue. Aucun de nous.

— Il ne l'a pas forcée, Marusia.

— Il n'en a pas eu besoin, le philtre d'amour suffisait, et c'est nous qui lui avons donné cette drogue.

Vladimir fronça les sourcils.

— Elle ne s'en est pas plainte en tout cas. C'est une enquiquineuse. Tout ce qu'elle sait faire, c'est crier, taper du pied et exiger. Tu oublies qu'elle va recevoir de l'argent en compensation. Quand elle retournera en Angleterre, elle sera très riche.

— Oui, mais en attendant, on l'oblige à quitter son pays.

— On ne peut pas faire autrement, tu le sais.

Marusia soupira.

— Je sais, mais ça n'excuse rien.

— Tu aurais dû avoir des enfants, dit-il tendrement après un silence. C'est ton instinct maternel qui te fait parler comme cela. Je suis désolé…

Elle lui prit la main.

— Tais-toi. Je t'aime. Je n'ai jamais regretté mon choix. Mais je t'en prie, sois gentil avec elle. Vous, les hommes, vous ne vous souciez jamais des sentiments des femmes. Respecte un peu les siens.

Vladimir, contrit, hocha la tête.

Il hésita avant de frapper à la porte. Derrière lui, se tenait Lida, l'air penaud, les bras chargés de vêtements. Il l'avait semoncée pour avoir rapporté à Marusia – et sans doute à qui voulait bien l'entendre – l'histoire des draps tachés. Si l'Anglaise n'avait pas été vierge, sa femme n'aurait pas éprouvé la même compassion à son égard, du moins lui semblait-il. Marusia avait réussi à lui communiquer sa mauvaise conscience. En dépit des difficultés que la fille lui avait posées, il avait honte de sa conduite. Sa pitié, cependant, s'évanouit quand la porte s'ouvrit.

Katherine se tenait sur le seuil, dans une attitude de défi, et le toisait avec mépris. Elle ne semblait pas avoir l'intention de le laisser entrer.

— Que voulez-vous ?

Son ton était si impérieux que, par réflexe, il faillit s'incliner. Il se reprit à temps, vexé. Aucun serf des Alexandrov n'aurait osé afficher cette suffisance, même ceux qui occupaient des postes importants. Danseurs, chanteurs d'opéra, capitaines de vaisseau comme Serguei, architectes, acteurs – même ceux qui se produisaient à la cour impériale –, tous connaissaient leur place. Sauf cette petite Anglaise qui, apparemment, pensait être au-dessus de tout le monde.

C'était le knout qu'il lui aurait fallu, et Vladimir se serait fait un plaisir de la remettre dans le droit chemin. Il parvint néanmoins à garder son sang-froid, en se remémorant l'exhortation de Marusia. Comment sa femme pouvait-elle s'apitoyer sur le sort d'une fille aussi insolente ?

— Je vous apporte quelques effets dont vous aurez besoin au cours du voyage.

Il fit un pas en avant, obligeant Katherine à s'écarter pour laisser passer Lida.

— Là-dessus, ajouta-t-il à l'adresse de la domestique, en indiquant une malle.

L'idée que les vêtements allaient faire plaisir à l'Anglaise l'agaçait. Il aurait dû se charger lui-même de ces achats, mais il fallait qu'il surveille les quatre femmes de chambre pendant qu'elles rangeaient la maison du duc d'Albemarle. De plus, cette marque d'attention à l'égard d'une créature aussi désagréable l'agaçait. Aussi avait-il envoyé à sa place Boris, le valet qui avait porté Katherine pour l'enfermer dans la malle, avec le secret espoir qu'il reviendrait les mains vides et qu'il serait trop tard pour prendre d'autres dispositions.

Mais Boris était plus futé que ne le pensait Vladimir. De peur de commettre une erreur, il avait demandé à Zora, la bonne d'Anastasia, de l'accompagner. Zora, malheureusement, avait l'habitude de faire des emplettes pour la princesse, de sorte qu'ils avaient acheté des vêtements d'une meilleure qualité que ce que Vladimir avait prévu. Katherine allait donc hériter d'une garde-robe beaucoup trop luxueuse pour une simple domestique.

— Il y a une robe terminée qui semble être à votre taille. Les autres robes ne sont pas prêtes, d'après la couturière, mais Lida vous aidera si vous ne savez pas coudre. C'est déjà une chance d'avoir trouvé des vêtements dans un délai aussi bref. Enfin, il y a encore des choses que l'argent peut acheter si on y met le prix. Vous devriez avoir tout ce qu'il faut. Je pense que la femme de chambre de la princesse n'a rien oublié. S'il vous manque quelque chose, adressez-vous à moi.

— Vous avez pensé à tout, n'est-ce pas, m'avez-vous acheté une malle également ?

— Vous pouvez utiliser celle qui est vide.

Il lui indiqua d'un mouvement de tête la malle dans laquelle on l'avait transportée.

— Comment avez-vous deviné que j'étais une sentimentale ?

Ce sarcasme arracha un sourire à Vladimir. Sa mission était accomplie, il se sentait soulagé.

Il ne restait plus qu'à lui faire part de l'invitation du prince.

— Lida va vous aider à vous changer car nous sommes pressés. Le prince n'aime pas qu'on le fasse attendre.

Elle se retourna, le visage dénué d'expression.

— Le prince ?

— Il vous invite à dîner.

— Il n'en est pas question.

— Je vous demande pardon ?

— Vous m'avez parfaitement entendue, Kirov. Vous n'êtes pas sourd. Si cela vous fait plaisir, transmettez-lui mes regrets de ne pouvoir honorer son invitation. Formulez mon refus à votre guise, mais je ne dînerai pas avec lui.

— Impossible... commença-t-il.

Mais il eut soudain l'impression que Marusia lui envoyait un coup de coude dans les côtes et se reprit.

— Je vous propose un compromis : vous vous changez et vous allez lui dire en personne que vous refusez son invitation.

Elle secoua la tête avec détermination.

— Vous m'avez mal comprise. Il n'est pas question que je me trouve en présence de cet individu.

Un sourire satisfait se dessina sur les lèvres de Vladimir. C'est avec la conscience tranquille qu'il assurerait à Marusia d'avoir fait tout ce qui était en son pouvoir pour éviter l'emploi de la force.

13

Rasé de frais et vêtu d'un de ses costumes les plus élégants, Dimitri renvoya Maksim qui lui apportait une cravate blanche à ruchés.

— Non. Elle croirait que j'essaie de l'impressionner.

Le valet hocha la tête en jetant un coup d'œil sur la table éclairée aux chandelles, où un couvert pour deux était dressé : porcelaine bordée d'un filet d'or et verres de cristal étincelants. Le champagne attendait dans un seau à glace. Le prince ne cherchait pas à l'impressionner ? Possible. Si elle était la fille d'un comte – ce que Maksim était enclin à croire –, cet étalage de luxe ne la surprendrait pas.

Quant au prince, il était sur son trente et un et semblait au mieux de sa forme. Maksim l'avait rarement vu ainsi. Sans doute le défi que lui lançait cette femme, la tension sexuelle et quelque chose d'indéfinissable qui l'intriguait. Une certaine nervosité peut-être, mêlée d'une légère exubérance. Ses yeux noirs étincelaient d'un plaisir secret comme jamais auparavant.

Elle avait de la chance, cette Anglaise ! Si elle restait indifférente à l'atmosphère raffinée de la cabine, elle ne résisterait pas au charme du prince.

Pourtant, quand elle arriva quelques minutes plus tard, il déchanta et saisit tout de suite ce que Dimitri mettait davantage de temps à comprendre : il ne fallait jamais croire la partie gagnée avec cette femme.

Vladimir ne l'escortait pas, il la livrait comme un colis qu'il avait ficelé et jeté sur son épaule. Avec un regard d'excuse à l'intention de Dimitri, il la mit sur ses jambes et lui délia les poignets. Elle arracha elle-même le chiffon qui la bâillonnait – ce qui expliquait que Dimitri n'ait pas été averti de cette surprenante arrivée –, le jeta sur Vladimir et fustigea du regard le prince.

— C'est intolérable, vous entendez ? s'écria-t-elle. Vous allez ordonner à cette brute de ne plus poser les mains sur moi, sinon, je vous jure... je vous jure que...

Sa phrase resta inachevée. Elle parcourait la pièce des yeux et Dimitri eut l'intuition que ce qu'elle cherchait, c'était une arme. Les yeux de Katherine s'éclairèrent en se posant sur le couvert dressé. Dimitri fit un bond en avant. Cette porcelaine de Sèvres et ce cristal de Bohême lui avaient coûté une petite fortune. Il n'était pas prêt à les sacrifier, ni à risquer des blessures inutiles, tant du moins qu'il ignorait la cause de cet accès de colère.

Il arrêta l'élan de Katherine en la prenant dans ses bras, entravant tout mouvement de sa part.

— Allons, allons, lui dit-il à l'oreille. Calmez-vous. Nous allons débrouiller ce petit incident.

— À ma satisfaction, siffla-t-elle.

— Si vous insistez. Vladimir ? interrogea-t-il, en se tournant vers le présumé coupable.

— Elle refusait de se changer et de venir dîner avec vous, monseigneur. Boris et moi l'avons aidée...

138

Dimitri sentit le corps menu de Katherine frémir d'indignation.

— Ils ont déchiré ma robe pour me déshabiller.

— Vous voulez qu'ils reçoivent le fouet ?

Elle s'immobilisa complètement, le regard posé sur Vladimir à quelques pas d'elle. Il demeura impassible. C'était un homme fier. Cependant, elle le vit retenir sa respiration tandis qu'il attendait sa réponse. Il avait peur, il n'y avait aucun doute, et elle prit le temps de savourer le pouvoir que le prince lui donnait contre toute attente. La vision de Vladimir, attaché à un poteau, veste et chemise déchirées, son dos nu offert au fouet qu'elle brandissait, lui traversa l'esprit. Elle ne lui en voulait pas uniquement pour l'avoir habillée comme une enfant incapable de se débrouiller seule, en lui enfilant de force une robe, des bas neufs et des souliers. Ni pour l'avoir bâillonnée et ligotée une fois de plus, pendant qu'on lui brossait les cheveux et qu'on appliquait une touche de parfum derrière ses oreilles. Non, elle le châtiait dans son imagination pour tout le mal qu'il lui avait fait et pour lequel chaque coup vengeur était mérité.

Elle se délectait de la scène, tout en sachant qu'elle n'ordonnerait pas cette punition, malgré la haine que cet homme lui inspirait. Que le prince envisage de donner un ordre pareil, toutefois, la troubla.

— N'en parlons plus, Alexandrov, dit-elle calmement sans quitter le domestique des yeux. Vous pouvez me lâcher maintenant. Je maîtrise de nouveau mon odieux caractère.

L'hésitation du prince ne la surprit pas. Il n'était pas dans ses habitudes de se donner ainsi en spectacle, mais elle n'en éprouvait aucune honte.

Sa patience avait des limites. Ils l'avaient poussée jusque dans ses derniers retranchements.

— Est-ce la coutume chez vous de fouetter vos domestiques ? s'enquit-elle, faisant face à Dimitri qui se rendait à son souhait.

— Encore une condamnation des mœurs russes ?

Comme il se rembrunissait, elle mentit, avec diplomatie. Elle se méfiait de ses accès d'humeur.

— Pas du tout. Simple curiosité.

— Non, je n'ai jamais fait fouetter personne. Ce qui ne signifie pas que je ne puisse faire d'entorse à cette règle.

— Pour moi ? Pourquoi ?

Il haussa les épaules.

— Compte tenu de la situation, il me semble que c'est le moins que je puisse faire pour vous.

— Certes, et vous pouvez même faire davantage, mais je n'exigerais pas un acte de violence.

— Fort bien. À l'avenir, dit-il en se tournant vers Vladimir, si ses désirs diffèrent des miens, ne discute pas. Viens me voir.

— Qu'est-ce que cela change ? demanda-t-elle. Si ce n'est pas lui, c'est vous qui me contraindrez.

— Pas nécessairement. Vladimir a l'habitude d'exécuter mes ordres sans discuter, comme vous avez pu le constater. Mais de mon côté, je peux écouter vos doléances et changer au besoin d'avis. Je ne suis pas dépourvu de raison.

— Vous trouvez ? Je crains de ne pas m'en être aperçue jusqu'à présent.

Il sourit.

— Mais nous anticipons. Je vous ai invitée à dîner pour discuter de votre statut à bord de ce navire, avec l'espoir d'aboutir à un arrangement satisfaisant de part et d'autre. Vous n'aurez plus à livrer bataille, Katya.

Si seulement il disait vrai, songea-t-elle.

Ayant deviné la raison de cette invitation, elle avait refusé de s'y rendre de peur d'entendre la vérité. Plutôt rester dans l'incertitude que de voir ses pires craintes confirmées. Maintenant, il fallait affronter la réalité.

— Suis-je donc prisonnière ou votre invitée malgré moi ? demanda-t-elle sans détour.

Sa franchise était plaisante mais contrariait les projets de Dimitri pour la soirée.

— Asseyez-vous, Katya, je vous propose de nous restaurer d'abord, puis...

— Alexandrov ! commença-t-elle sur un ton de menace.

Il l'interrompit d'un sourire désarmant.

— J'y tiens. Champagne ?

D'un geste de la main, il renvoya les domestiques et se dirigea vers la table. Katherine l'observait avec un sentiment d'irréalité. Et dire qu'il se jugeait raisonnable ! Quelle plaisanterie ! Il remplit deux verres de champagne sans attendre sa réponse.

Fort bien, elle allait se plier à ce qu'il demandait. Après tout, elle n'avait rien mangé de toute la journée et la veille déjà, elle n'avait fait qu'un seul repas.

Elle n'était pas de ces femmes qui prétendent n'avoir aucun appétit et se bornent à grignoter au nom des bonnes manières et surtout à cause de leurs corsets trop serrés qui les empêchent de manger à leur faim. Katherine ne serrait son corset que modérément, pour n'être pas trop comprimée. Sa taille menue ne le nécessitait pas. Et puis, elle savait faire honneur à un bon repas. L'ennui, c'est qu'elle aurait du mal à apprécier ce dîner, qu'elle devinait savoureux, en compagnie d'un homme aussi troublant, alors que son futur immédiat était en question.

« Attention ! Il a l'intention de te faire boire jusqu'à ce que tu perdes le contrôle de toi-même. Garde la tête froide. Évite de le regarder et tout ira bien. »

Elle s'assit le plus loin possible du prince. Un siège de velours épais, confortable. Une ravissante nappe de dentelle. La douce lumière des bougies. La cabine était grande, luxueuse. Elle venait à peine de le remarquer. Un énorme tapis de fourrure blanche. Un mur entier recouvert de livres. Le lit.

« Ne le regarde pas, Katherine. »

Un joli sofa et des fauteuils recouverts d'un tissu blanc damassé. Le gros siège où Vladimir l'avait fait asseoir était placé devant un poêle décoré. Un peu plus loin, il y avait un bureau ancien, joliment sculpté, et quelques meubles de rangement. Les proportions de la pièce étaient vastes. Ce bateau appartenait au prince et peut-être avait-il lui-même dessiné le plan de ses appartements.

Il prit place en face d'elle. Dieu merci, la table avait bien deux mètres de large. Elle évitait de le regarder mais elle sentait que les yeux de Dimitri ne la quittaient pas.

— Goûtez ce champagne, Katya.

Elle saisit son verre, puis se ravisa.

— Non, merci.

— Vous préférez autre chose ?

— Non, je...

— Ne craignez rien, il n'y a cette fois aucune drogue.

Une lueur s'alluma dans le regard de Katherine. Naturellement ! Elle aurait dû y penser !

Elle bondit sur ses pieds. Dimitri, plus rapide, lui saisit le poignet, démontrant par la même occasion que la largeur de la table ne constituait pas une protection suffisante.

— Rasseyez-vous, Katya, ordonna-t-il d'une voix ferme. Si cela peut vous rassurer, je serai votre goûteur ce soir. Il faut manger. Vous n'allez pas refuser de vous alimenter pendant tout le voyage, sous prétexte que j'ai peut-être fait mettre quelque chose dans la nourriture. Je vous garantis que vous n'avez rien à craindre.

Elle obéit avec raideur.

— Je n'ai pas pensé que... mais il est vrai que Kirov n'en fait qu'à sa tête...

— Il a été dûment réprimandé pour cette déplorable initiative. Je vous assure que cela ne se reproduira plus. Faites-moi confiance, ajouta-t-il, plus doucement.

Si seulement elle ne l'avait pas regardé... Maintenant, impossible de détourner la tête. Elle était comme hypnotisée. La désinvolture avec laquelle il avait laissé ouvert le col de sa chemise blanche contrastait avec l'élégance de son habit de soirée. Ses épaules étaient si larges, ses bras si puissants... Ce prince de contes de fées était des plus virils.

Malgré ses efforts pour rester indifférente, Katherine se sentait irrésistiblement attirée par lui. Et sans la colère que sa conduite inqualifiable suscitait, elle eût été sans défense contre cet homme.

L'arrivée de Lida, qui apportait les premiers plats, sauva Katherine. Elle se concentra sur le festin qu'on lui servait et mangea d'un appétit féroce le repas. C'est à peine si elle l'entendait lui parler de la Russie, lui rapporter des anecdotes au sujet de la vie de cour et d'un certain Vassili, apparemment un ami proche. Malgré le peu d'intérêt qu'elle portait à ce qu'il racontait, elle parvint à lui donner la réplique. Il bavardait sans cesse et elle devinait que tous ces efforts de conversation visaient à la mettre à l'aise. C'était gentil de sa part mais vain. Il lui était tout simplement impossible d'être à l'aise en sa présence.

— Vous n'écoutez pas, n'est-ce, pas ?

Il avait soudain élevé le ton et elle releva la tête, surprise. Le visage du prince montrait un mélange d'irritation et d'amusement. Sans doute n'avait-il pas l'habitude d'être ainsi délibérément ignoré.

— Je suis désolée, je... je... J'étais affamée.

— Et préoccupée ?

— Oui, enfin, dans les circonstances actuelles...

Il jeta sa serviette et remplit son verre. Il avait à lui seul presque vidé la bouteille de champagne. Elle n'avait pas encore touché à son premier verre.

— Asseyons-nous sur le sofa.

— Je préfère rester à table.

La main du prince se crispa sur son verre. Par bonheur, ce geste échappa à la jeune femme.

— Alors, parlons de vous. Une fois ce problème réglé, vous serez plus détendue et nous pourrons passer une soirée agréable.

Elle prit trop tard conscience de son agacement. Et que diable signifiaient ces paroles ? Elle n'avait pas l'intention de s'attarder davantage en sa compagnie. Elle ne pouvait se sentir détendue qu'en dehors de sa présence et elle doutait fort qu'il respecte son besoin de solitude.

Enfin, chaque chose en son temps.

— Voulez-vous bien répondre à ma première question ? J'ai l'impression d'être prisonnière sur ce bateau et vous m'invitez à dîner comme si j'étais votre invitée. Que dois-je penser ?

— Vous n'êtes nullement prisonnière, du moins au sens strict du mot. Il n'y a aucune raison pour que vous restiez enfermée dans votre cabine pendant le voyage. En mer, il n'est guère possible de s'échapper. Mais j'ai l'impression que vous supportez mal l'oisiveté et, de plus, c'est un mauvais exemple pour mon personnel. Il faut donc que vous vous trouviez une occupation.

Katherine croisa les mains sur les genoux. Il avait raison. Elle n'avait osé espérer autant de compréhension de la part de son ravisseur. Jusqu'alors, ses journées étaient toujours remplies. Il y avait certes la bibliothèque du prince, mais, en dépit de son goût pour la lecture, elle ne se voyait pas en train de lire du matin au soir, pour passer le temps. Elle avait besoin d'activité, elle aimait projeter, organiser, trouver des solutions, être utile.

S'il avait une suggestion à lui faire, elle lui en serait reconnaissante, surtout maintenant qu'il lui avait assuré qu'elle ne serait pas, pendant tout le voyage, enfermée dans une cabine.

— Que me proposez-vous ?

Sa bonne volonté était manifeste. Dimitri la considéra un instant, surpris. Il s'attendait à ce qu'elle repousse cette offre, offusquée par l'idée de travailler, et envisageait de lui proposer alors d'être sa maîtresse. Elle aurait pu ainsi continuer à jouer ce rôle de lady qui semblait lui tenir à cœur. Peut-être s'était-elle méprise sur son intention ? Il n'avait encore jamais rencontré de femme qui préfère une existence besogneuse à une vie confortable et oisive.

— Les possibilités sont limitées à bord d'un navire.

— Je sais bien.

— En fait, je n'ai que deux propositions à vous faire. Je vous laisse libre d'opter pour celle qui vous convient, mais il faut choisir impérativement entre les deux.

— Vous êtes très clair, Alexandrov, fit-elle, impatiente. Poursuivez, je vous en prie.

Trouvait-il sa franchise plaisante ?

— Vous vous souvenez d'avoir rencontré Anastasia, n'est-ce pas ? interrogea-t-il d'un ton tendu.

— Oui, bien sûr. Votre épouse ?

— Vous me croyez marié ?

— Je ne crois rien du tout. Je suppose.

Il se rembrunit. Il aurait aimé qu'elle fût davantage curieuse à son égard. Sa question lui rappelait l'existence de Tatiana. Il se promit intérieurement de ne jamais voyager en sa compagnie. Si la soirée s'avérait difficile avec Katya puisqu'il lui avait fallu faire les frais de la conversation, il redoutait davantage les tête-à-tête avec Tatiana dont le bavardage incessant tournait autour d'un seul sujet : elle-même. Tatiana n'était guère intéressante alors que cette petite Katya, en dépit de son agaçante franchise, de son indifférence dédaigneuse et surtout de son caractère imprévisible, l'excitait terriblement.

Elle n'avait pas cette beauté éblouissante qui conduisait tous les hommes à se jeter aux pieds de Tatiana, mais elle ne manquait pas de charme. Son regard étrange qu'il trouvait troublant, sa bouche sensuelle, son menton têtu, tous les traits de son visage trahissaient une force de caractère peu commune. Il ne parvenait pas à détacher son regard d'elle, depuis qu'elle était entrée dans la cabine.

La nouvelle robe qu'elle portait lui allait à ravir. Elle était en organdi brodé de motifs bleus, avec des manches serrées et un décolleté profond qui mettait en valeur les épaules de la jeune femme. Seigneur, comme il avait envie d'elle ! Malheureusement, son humeur depuis le matin ne s'était pas améliorée. Et pourtant, comment oublier la sensualité dont elle avait fait preuve durant la nuit précédente ?

Il la voulait dans son lit. Peu lui importait comment il l'y amènerait. L'essentiel était de ne pas recourir à la force physique. Son plan lui semblait parfait, mais sa ruse ne pourrait fonctionner que si elle persistait dans son rôle de lady outragée. La franchise déconcertante dont elle faisait montre à présent l'agaçait.

— La princesse Anastasia est ma sœur.

Elle ne broncha pas, malgré le léger sentiment de… – de quoi ? – de soulagement qui l'envahissait. Non, c'était absurde. Ce n'était qu'un mouvement d'étonnement. Elle l'avait d'abord prise pour sa maîtresse, puis pour sa femme.

— Et alors ?

— Si vous vous souvenez d'elle, vous vous souvenez également qu'elle s'est plainte de manquer d'une femme de chambre.

— Venez-en au fait.

— J'y suis.

Son visage se figea en une expression d'incrédulité, où se mêlaient stupéfaction et colère, pendant que le prince l'observait avec attention.

« Calme-toi, Katherine. Ne prends pas la mouche. Pas tout de suite du moins. Il mijote quelque chose. Il ne peut pas ignorer ta réaction à une telle suggestion. Pourtant, il l'a faite. Pourquoi ? »

— Vous avez mentionné deux propositions, Alexandrov. La seconde est-elle aussi ingénieuse ?

Le ton sarcastique de ses paroles trahit son irritation. Dimitri la perçut et s'en délecta. Il se détendit, sûr de sa victoire. Elle refusait sa première proposition, il ne lui restait plus que la seconde.

Il se leva et s'approcha d'elle. Katherine ne releva pas la tête, même lorsqu'il la prit par les bras, l'obligeant à se lever également. Elle sentit sa gorge se nouer au point qu'il lui était difficile de respirer. Il lui enserra la taille d'une main et de l'autre lui releva le menton. Elle gardait les yeux obstinément baissés.

— Je vous veux.

« Mon Dieu, tu n'as rien entendu, il n'a rien dit. »

— Regardez-moi, Katherine. Nous ne sommes plus des étrangers l'un pour l'autre. Vous me connaissez intimement. Pourquoi ne pas partager mon lit, ma cabine ? Je vous traiterai comme une reine. Je vous aimerai tant que vous ne verrez pas les semaines passer. Regardez-moi.

Elle ferma les paupières. La passion du prince lui ôtait toute réaction. Il allait l'embrasser. Ce serait comme mourir.

— Allez-vous me répondre ? Nous savons tous deux que vous avez éprouvé du plaisir dans mes bras. Laissez-moi vous aimer encore, mon petit.

« Ce n'est pas réel, Katherine. C'est juste un rêve, à peine un peu plus vrai que les autres, mais un rêve tout de même. Quel mal y a-t-il donc à jouer le jeu ? Si tu ne réagis pas rapidement, tu es perdue. »

— Et s'il y avait un enfant ?

Ce n'était pas la réponse que Dimitri attendait, mais cela ne lui déplut pas. Ainsi, elle était prudente. Qu'elle le reste aussi longtemps n'avait pas d'importance, l'essentiel était qu'elle finisse par dire oui. Jamais auparavant une femme ne s'était inquiétée d'une telle éventualité. En Russie, on estimait normal qu'un père entretienne ses enfants illégitimes. C'était une perspective qu'il n'avait jamais envisagée. À l'inverse de son père et de son frère, il ne voulait pas mettre au monde de bâtards. Cependant, la veille, dans les bras de Katherine, il avait oublié toute prudence. Il veillerait à ce que cela ne se reproduise plus.

— S'il y a un enfant, il ne manquera de rien. Je subviendrai à vos besoins à tous deux jusqu'à la fin de votre vie. Ou si vous préférez, je prendrai l'enfant pour l'élever moi-même. Je me plierai à votre volonté, Katya.

— Je suppose que vous témoignez là d'une grande générosité, mais pourquoi ne pas parler de mariage ? D'ailleurs, vous ne m'avez toujours pas dit si vous étiez marié ou non.

— En quoi cela importe-t-il ?

La sécheresse soudaine de cette phrase brisa le rêve.

— Vous oubliez qui je suis.

— Oui, j'oublie qui vous prétendez être. On demande en mariage une jeune femme de la haute société, en effet. Mais, ma chère, cela, c'est impossible. Donnez-moi votre réponse maintenant.

Il l'insultait à nouveau et la colère de Katherine se déversa en un flot douloureux.

— Non, non et non ! s'écria-t-elle en s'écartant de lui de façon à interposer de nouveau la table entre eux. Non à tout ! Mon Dieu, je savais bien qu'il y avait une manigance, que votre première proposition en cachait une autre, plus odieuse. Et dire que je vous ai cru sincère lorsque vous m'avez parlé de votre désir de me soumettre un arrangement honorable...

Dimitri sentit toute patience l'abandonner. Il sentait son corps trembler de désir pour elle et voilà qu'elle inventait une nouvelle histoire pour lui échapper. Qu'elle aille au diable après tout !

— Je vous ai fait part de mes propositions. Choisissez-en une. Peu m'importe laquelle. Alors ?

Katherine se redressa fièrement en agrippant le rebord de la table. Ses yeux démentaient le calme apparent qu'elle affichait.

— Vous êtes détestable, Alexandrov. Être la femme de chambre de votre sœur, alors que depuis des années j'ai la charge non seulement des maisons de mon père mais de ses affaires ? Je l'aide à rédiger ses discours, à recevoir ses amis, y compris dans les milieux politiques, à gérer ses investissements. J'ai étudié la philosophie, le droit, les mathématiques et je parle cinq langues.

Elle se tut un instant et décida de risquer le tout pour le tout.

— Toutefois, bien que votre sœur n'ait pas reçu la moitié de mon éducation, j'accepte votre absurde proposition.

— En Russie, on ne croit pas qu'il soit nécessaire de transformer les femmes en bas-bleus, comme les Anglais le font, à ce que vous dites, ricana-t-il. Enfin, ce que vous prétendez, vous ne pouvez le prouver, n'est-ce pas ?

— Je n'ai rien à prouver. Je sais qui je suis. Réfléchissez bien avant de prendre une décision, Alexandrov. Le jour viendra où vous verrez que je dis la vérité. Pour l'instant, vous croyez pouvoir faire impunément ce que bon vous semble, mais vous vous en repentirez. Je vous le promets.

Elle sursauta, tandis que le poing de Dimitri s'abattait sur la table. La flamme des bougies vacilla et le verre de Katherine se renversa, tachant de champagne la ravissante nappe brodée.

— Vos menaces ne m'impressionnent pas et cette discussion commence à me fatiguer. Décidez-vous ou je choisis à votre place.

— Vous m'obligeriez à entrer dans votre lit ?

— Non, mais je veillerai à ce que vos talents ne soient pas gâchés inutilement. Ma sœur a besoin de vous. Vous la servirez.

— Et si je refuse, me ferez-vous fouetter ?

— Ce ne sera pas nécessaire. Quelques jours enfermée dans votre cabine et vous serez heureuse d'entrer au service de ma sœur.

— N'y comptez pas, Alexandrov.

— Au pain sec et à l'eau ?

Elle se raidit mais répliqua avec un mépris cinglant.

— Si tel est votre bon plaisir.

Elle avait réponse à tout ! Mais il allait venir à bout de son obstination et de ses bravades. Le prince perdait patience. La colère eut raison de lui.

— Vous l'aurez voulu. Vladimir ! Emmène-la, ordonna-t-il, tandis que la porte s'ouvrait.

14

Pendant qu'elle dînait avec Dimitri, on avait arrangé sa cabine. Les nombreuses malles y étaient toujours mais on les avait poussées contre les murs. On avait apporté un meuble de toilette, trouvé un tapis et accroché un hamac. Il y avait une malle en guise d'armoire, une autre en guise de chaise, une autre encore servait de table. En résumé, c'était une cellule des plus inconfortables.

Si Katherine ne prit pas d'emblée cette prison en grippe, elle ne tarda pas à entrer en conflit avec le hamac. La première nuit fut un désastre. Après quatre tentatives infructueuses, elle finit par s'avouer vaincue et s'endormit à même le sol, là où elle était tombée. La seconde nuit, pleine de courbatures, elle se risqua de nouveau à apprivoiser le monstre. Après deux nouvelles chutes, elle parvint non seulement à y rester, mais à se détendre un peu. Bercée par un léger balancement, elle s'endormit jusqu'à ce qu'au beau milieu de la nuit elle soit de nouveau projetée sur le plancher. Couverte de bleus mais poussée par une irritation grandissante, elle persista dans ses tentatives. La quatrième nuit, elle réussit à rester dans son hamac jusqu'au matin.

C'étaient là les frustrations de la nuit. Ses journées se déroulaient sur un autre mode.

Katherine avait toujours rêvé de voyages depuis qu'à l'âge de dix ans elle était allée en Écosse avec sa famille pour assister au mariage d'un cousin. Une expérience inoubliable qui lui avait permis de découvrir qu'elle adorait la mer et les bateaux. À l'inverse de sa mère et de sa sœur, elle n'était jamais malade, même par gros temps. Plus tard, elle avait été trop absorbée par les études que son père lui avait fait entreprendre pour voyager comme elle l'aurait désiré. Elle rêvait devant les cartes de géographie : tant de pays à visiter...

Sa passion des voyages l'avait même conduite à considérer avec sérieux des propositions de mariage de la part de plusieurs dignitaires étrangers qu'elle avait rencontrés à la cour. Mais il lui aurait fallu quitter l'Angleterre pour toujours et elle n'était pas assez hardie pour prendre cette décision.

C'étaient là les uniques demandes en mariage qu'elle avait reçues. Elle n'avait pas l'habitude d'encourager les éventuels prétendants. Katherine était un beau parti mais les Anglais la trouvaient inquiétante. Trop intelligente, trop compétente. Les jeunes gens n'osaient pas l'affronter.

Bien sûr, elle se marierait un jour ou l'autre. Mais le moment n'était pas encore venu. Après sa première saison, elle était entrée au service de la reine et, au bout d'un an, elle avait quitté ses fonctions de dame de compagnie pour remplacer à la maison sa mère, qui venait de mourir. C'était désormais vers Katherine que chaque personne de la famille, y compris son père, se tournait quand un problème se présentait. Cependant, elle n'avait pas pour autant renoncé au mariage. Tant pis si la maison s'écroulait sans elle ! Mais d'abord, il fallait que Beth trouve un époux convenable et que Warren se décide à assumer les responsabilités qui lui incombaient.

Ayant perdu sa virginité, il lui faudrait désormais se contenter d'un coureur de dot. Ce n'était pas si grave. S'acheter un mari était courant. Si elle avait rêvé d'un mariage d'amour, elle aurait été au comble du désespoir. Heureusement elle était trop réaliste pour nourrir un espoir aussi insensé.

Enfin, du moins son rêve d'enfant se réalisait-il. Ce qu'elle n'avait jamais eu le temps d'entreprendre lui était imposé. Elle voyageait, à bord d'un navire qui faisait voile vers une terre étrangère. En dépit de sa situation, elle éprouvait une certaine excitation. La Russie n'avait jusqu'à présent pas fait partie de son itinéraire imaginaire, mais elle n'aurait pas non plus choisi un statut de prisonnière pour voyager.

À la réflexion, sa situation n'avait rien de dramatique. Elle n'avait pas choisi d'aller en Russie mais elle n'y pouvait rien changer. Il fallait donc en prendre son parti et tirer profit de cette expérience. C'était dans sa nature d'agir ainsi. L'ennui, c'étaient ces émotions absurdes qui lui faisaient perdre son contrôle habituel.

Le pire, c'était sa fierté, qu'elle sentait sans cesse blessée. En second lieu, venait cet entêtement déraisonnable dont elle ne se serait jamais crue capable. L'injustice dont elle était victime la rendait inflexible. Mais se mettre en colère ne servait qu'à l'humilier. Après tout, céder à la requête du prince ne lui coûtait guère. On ne l'obligeait pas à se montrer aimable. C'était ce qu'on appelait plier sous la contrainte. Les gens le faisaient tout le temps.

Mais pourquoi lui imposer une situation aussi désagréable ? Pourquoi avait-il fallu que le prince choisisse à sa place, écartant la seule solution à laquelle elle aurait été heureuse, en définitive, de se soumettre ? Pourquoi se refusait-elle à lui ? Il y avait des femmes qui prenaient des amants. Une affaire de cœur, ça s'appelait. Il aurait été plus juste de dire une affaire de corps. La luxure, dans un bel emballage. Quoi qu'il en soit, le prince l'attirait à tel point qu'elle en perdait toute faculté de penser en sa présence.

Et il la voulait. Quel délire incroyable ! Ce prince, beau comme un dieu, la voulait, elle. Voilà qui défiait toute raison. Un véritable conte de fées. Et elle se refusait ! Quelle gourde !

« Mais tu sais pourquoi il fallait refuser. C'est mal, c'est un péché et, en outre, tu n'as pas à être reléguée au rang de maîtresse. Tu as été élevée dans le respect de certains principes. Or, il ne t'a pas soumis une proposition respectable. »

Toutes ces bonnes raisons ne rimaient pas à grand-chose. Et pourtant, si le prince lui reposait la même question, elle devrait à nouveau refuser. N'était-elle pas, après tout, lady Katherine St. John ? Et lady Katherine St. John n'avait pas le droit de prendre d'amant en dépit de son désir le plus secret.

Ces pensées qui l'absorbaient au fil des jours ne faisaient qu'accroître son désarroi. Mais elle savait comment y mettre fin. Il lui suffisait d'accepter de servir de femme de chambre auprès de la belle princesse. Ainsi, elle aurait la liberté d'aller et de venir à sa guise sur le bateau, de scruter l'horizon afin d'apercevoir les côtes étrangères, de voir le soleil se lever et se coucher au-dessus de l'eau, en un mot, d'apprécier le voyage.

Bien que l'idée de servir lui parût méprisable, elle savait qu'elle finirait par s'en accommoder. Le prince s'était montré astucieux. Rester en tête à tête avec soi-même sans avoir rien à faire était insupportable. Même la couture dont on l'avait chargée lui avait été enlevée. Elle n'avait rien à faire et elle s'ennuyait à mourir.

Pas encore au point de grimper aux murs, cependant. En outre, grâce à Marusia, son régime de pain sec et d'eau s'était adouci. La cuisinière lui apportait des fruits, du fromage et quelques-uns de ses pâtés à la viande, dès que les deux gardes placés en faction devant la porte de la cabine avaient le dos tourné. Mais si Katherine s'obstinait dans son attitude, c'était surtout parce que le personnel de Dimitri la suppliait de céder. À les entendre, le prince ne supportait guère mieux sa réclusion, ce qui la poussait à rester sur ses positions plus longtemps peut-être qu'elle ne l'aurait voulu.

C'est à la suite des réflexions de Lida que Katherine comprit que le prince cherchait à créer en elle des remords. Du moins, c'est ce qu'il lui sembla, en entendant la jeune femme de chambre jurer que si elle se montrait raisonnable et lui obéissait, le prince retrouverait sa bonne humeur. Lida ignorait de quoi il s'agissait, mais d'après elle, il n'y avait rien de terrible dans ce qu'il demandait. Lida cherchait surtout à convaincre Katherine parce que lorsque le prince était en colère, tout le monde en pâtissait.

Katherine se garda bien de répondre à ces récriminations. Elle n'avait envie ni de justifier sa conduite, ni de présenter ses excuses. Elle ne se moqua pas non plus. Dès le premier jour de sa réclusion, le silence inhabituel qui régnait sur le bateau la frappa. Quelque chose clochait. C'était inquiétant. Enfermée dans sa cabine, elle avait l'impression d'être seule à bord. Pourtant, il lui suffisait d'ouvrir la porte de sa cabine pour apercevoir les deux gardes assis dans le couloir, bien vivants mais inexorablement muets.

Ce jour-là, Marusia se montra plus explicite.

— Je ne vous demande pas ce que vous avez fait pour contrarier à ce point le prince. Enfin, c'était inévitable...

Cette réflexion éveilla sa curiosité.

— Pourquoi ?

— Il n'a jamais rencontré de femme comme vous. Vous avez un caractère aussi emporté que le sien, ce qui n'est pas une mauvaise chose, à mon avis. En général, très vite, il se désintéresse des femmes, mais avec vous, c'est différent.

— Pour qu'il se désintéresse de moi, il me suffit donc d'être gentille avec lui et de lui céder ?

Marusia sourit.

— Est-ce là ce que vous voulez ? Non, ne répondez pas, je ne vous croirais pas.

Katherine prit la mouche.

— Je vous remercie pour la nourriture que vous m'apportez en cachette, Marusia, néanmoins, je ne tiens pas à parler de tout cela.

— Le contraire m'aurait étonnée, mais nous subissons nous aussi les conséquences de votre attitude.

— C'est absurde.

— Vous trouvez ? Nous avons tous compris que vous étiez la cause de la colère de notre maître. D'ordinaire, quand il est de mauvaise humeur, nous ne nous inquiétons guère. Il va à ses clubs, à des soirées. Il boit, joue, se bat et finit par se calmer.

Mais sur ce bateau, il n'y a aucun exutoire. On n'ose plus parler à voix haute et sa mauvaise humeur affecte tout le monde.

— Pourquoi le craindre à ce point ? Ce n'est qu'un homme après tout.

— Pour vous, bien sûr. Mais pour nous, c'est différent. Nous savons, au fond, qu'il n'y a rien à craindre. Il est bon et nous l'aimons. Mais des siècles de servage ne s'oublient pas si facilement. Les maîtres ont tous les pouvoirs chez nous et ça ne s'oublie pas si facilement. Dimitri n'est pas cruel. Cependant, il reste notre maître. S'il n'est pas heureux, comment pourrions-nous l'être ?

À chacune de ses visites, Marusia se plaignait et Katherine s'amusait à contre-attaquer – une façon comme une autre de tromper son ennui. Elle ne tenait pas à endosser la responsabilité de ce qui se passait à l'extérieur de sa cabine. Si le prince détournait sa fureur sur ses domestiques, qu'y pouvait-elle ? Elle défendait ses droits, son intégrité, en toute légitimité. Si ce prince tout-puissant en perdait le sommeil, tant mieux. D'ailleurs, n'était-ce pas odieux de sa part de terroriser ses serviteurs au point que ceux-ci viennent la supplier de se réconcilier avec lui ? Au nom de quoi aurait-elle dû renoncer à ses principes, pour faire plaisir à des étrangers ?

Le troisième jour, Vladimir réussit à convaincre Katherine de réviser sa position. S'il était capable de s'abaisser, bien qu'à contrecœur, à plaider sa cause, comment pouvait-elle persister dans son amour-propre avec un tel égoïsme ! De fait, il lui fournit l'excuse dont elle avait besoin pour trouver un compromis.

— Il a eu tort, mademoiselle. Il le sait. C'est pour cette raison qu'il est en colère contre lui-même et que cette colère ne fait que croître au lieu de s'atténuer. Il n'a jamais eu l'intention de vous maltraiter. Il a sans doute supposé que la menace de la réclusion suffirait à vous faire plier, mais c'était sous-estimer votre force de caractère. C'est une question de fierté, vous comprenez. Il est plus difficile pour un homme que pour une femme de se laisser fléchir et de revenir sur sa décision.

— Pour certaines femmes.

— Peut-être. Mais qu'est-ce que cela vous coûte de servir la princesse ? Personne de votre entourage ne vous verra.

— Vous écoutiez à la porte, n'est-ce pas ?

Il ne chercha pas à nier.

— Mon travail consiste à prévenir les besoins et les désirs de mon maître avant même qu'il ne m'en fasse part.

— Est-ce lui qui vous envoie ?

Vladimir secoua la tête.

— Il ne m'a pas dit deux mots depuis qu'il a donné l'ordre de vous mettre au pain sec et à l'eau.

— Dans ce cas, comment savez-vous qu'il regrette sa conduite ?

— De jour en jour, son irritation grandit. Voulez-vous bien réfléchir de nouveau à sa proposition ? Je vous en prie.

Ce « Je vous en prie », surtout venant de Vladimir, était plutôt inattendu. Néanmoins, Katherine n'était pas encore décidée à le satisfaire.

— Pourquoi ne reconsidère-t-il pas, lui, sa proposition ? Pourquoi est-ce moi qui dois me soumettre à sa volonté ?

— Il est le prince, se contenta-t-il de répondre, mais déjà il avait perdu patience. Si j'avais su que vous le bouleverseriez à ce point, j'aurais pris le risque de lui désobéir à Londres, en lui trouvant une autre femme pour lui tenir compagnie. Par malchance, c'est sur vous qu'il a jeté son dévolu. En lui obéissant scrupuleusement, je ne voulais qu'éviter le genre de situation que nous vivons. Je me suis trompé et j'en suis sincèrement désolé. Mais ce qui est fait est fait. Ne voyez-vous pas qu'il est dans votre intérêt de vous montrer un peu plus coopérative ? À moins que vous ne craigniez de ne pouvoir satisfaire la princesse Anastasia ?

— Vous plaisantez ? Ce que la princesse exige d'une domestique ne doit guère différer de ce que j'exige des miens.

— Où est le problème alors ? N'avez-vous pas dit avoir servi la reine d'Angleterre ?

— C'était un honneur.

— C'est également un honneur de servir la princesse Anastasia.

— Vous vous moquez ! Je suis son égale.

Une colère soudaine empourpra le visage de Vladimir.

— Dans ce cas, la deuxième proposition du prince vous convient peut-être mieux.

15

— Je veux voir M. Kirov.

Katherine regarda tour à tour les deux gardes. La même expression interdite se lisait sur leur visage.

Tous les jours, deux nouveaux gardes se tenaient devant la porte de sa cabine, qui n'était pas fermée à clé. Aujourd'hui, c'étaient deux cosaques qui, manifestement, ne comprenaient pas un mot de français. Elle répéta sa phrase en allemand, en hollandais, en anglais et enfin, désespérée, en espagnol, sans obtenir de réaction. Ils se contentèrent de la dévisager, impassibles, sans bouger de leurs tabourets.

Fallait-il insister ? Après une nuit de tergiversations, elle avait pris la décision de remplacer la femme de chambre d'Anastasia. Ce n'était guère que son quatrième jour de réclusion. Elle pouvait tenir plus longtemps, même sans la nourriture que Marusia lui apportait en cachette. Mais n'était-ce pas pour le bien des autres qu'elle cédait et non pour son propre confort ? C'était du moins l'excuse à laquelle elle s'accrochait.

« Menteuse, tu veux sortir de cette cabine, c'est tout simple. »

Elle fit une nouvelle tentative avant que sa fierté ne reprenne le dessus.

— Kirov, dit-elle en le décrivant, gestes à l'appui. Vous savez ? Grand, gros, l'homme d'Alexandrov.

Les deux gardes s'animèrent quelque peu en entendant le nom du prince. Un large sourire fendit leur visage. L'un d'eux se leva si promptement qu'il renversa son tabouret et faillit tomber dans sa précipitation pour se diriger vers la cabine de Dimitri.

Katherine céda à la panique.

— Mais non, espèce d'imbécile, ce n'est pas à lui que je veux parler.

Cette précision demeura superflue car au même moment la cabine du prince s'ouvrit et Dimitri sortit dans le couloir. Son regard se posa aussitôt sur elle tandis qu'il écoutait le cosaque. Celui-ci s'exprimait en une langue inconnue aux oreilles de Katherine. Ce n'était pas du russe.

Elle fut sur le point de refermer sa porte. Elle n'avait pas l'intention de parler au prince. Elle avait voulu faire part de sa décision à Vladimir pour qu'il en informe son maître. Elle souhaitait éviter sa présence mais c'était raté. Il avait gagné et elle n'avait nulle envie de le voir se réjouir de sa victoire. Elle n'était cependant pas lâche et elle le regarda s'approcher sans broncher.

— Vous vouliez voir Vladimir ?

Les yeux de Katherine lançaient des éclairs.

— Pourquoi ces... ces... ?

Elle foudroya du regard les deux cosaques qui se tenaient à distance respectueuse.

— Ils ont parfaitement compris ce que je leur demandais, n'est-ce pas ?

— Ils savent un peu de français, mais pas suffisamment pour...

— Taisez-vous, je vous prie. Comme le capitaine, n'est-ce pas ? D'ailleurs, peu importe.

Il l'observait avec une étrange impassibilité.

— Peut-être puis-je vous aider ?

— Non ! Enfin, oui... non...

— Si vous vous décidiez...

— Oh, très bien, interrompit-elle. Je comptais charger M. Kirov d'un message à votre intention, mais puisque vous êtes ici, je peux aussi bien vous le dire. J'accepte vos conditions, Alexandrov.

Il l'observait sans répondre.

— M'avez-vous entendue ?

— Oui, fit-il enfin, doucement.

Sa surprise était manifeste.

— Je ne m'attendais pas... je veux dire, je commençais à croire...

Il se tut. Il n'avait pourtant pas l'habitude de chercher ses mots. Il s'apprêtait à aller lui parler, à lui présenter ses excuses pour sa conduite et le chantage qu'il exerçait sur elle, et voilà qu'elle renonçait à lui tenir tête.

Maintenant qu'il se trouvait en sa présence, il aurait dû lui dire qu'il trouvait ignoble de lui imposer sa volonté, ses caprices... Pourtant, il tirait un véritable plaisir de gagner cette bataille. Depuis quatre jours, en effet, c'était une véritable bataille qu'il avait l'impression de livrer contre lui-même.

Il n'avait encore jamais montré une telle cruauté envers une femme. Et tout cela, parce qu'il la désirait et qu'elle repoussait ses avances. Et tout d'un coup, elle pliait devant lui, au moment où il avait fini par se persuader qu'elle ne lui céderait jamais et que, par conséquent, il était inutile de s'entêter dans cette épreuve de force. Cette victoire lui permettait peut-être de nourrir l'espoir de lui faire accepter sa seconde proposition.

— Si je comprends bien, Katya, vous acceptez de travailler pour moi ?

« Tu le savais qu'il insisterait lourdement. C'est bien pour cette raison que tu ne voulais pas le voir. Enfin, l'une des raisons. Écoute ton cœur battre à tout rompre dans ta poitrine. Tu la connais, l'autre raison. »

— Je n'emploierai pas le mot *travailler*, répliqua-t-elle d'un ton sec. Disons que j'accepte d'aider votre sœur qui se trouve momentanément dans l'embarras. Votre sœur, Alexandrov, insista-t-elle, pas vous.

— Cela revient au même puisque c'est moi qui subviens à ses besoins et règle ses dépenses.

— Ses dépenses ? Vous n'allez pas reparler d'argent ?

Il était sur le point d'en parler. En entrant à son service, elle gagnerait dix fois plus qu'en travaillant pour n'importe quelle maison en Angleterre. Toute autre femme aurait tenu à connaître ses conditions de travail. Mais le regard oblique qu'elle lui adressa l'avertit du danger qu'il y avait à risquer ce genre de réflexion.

— Fort bien, laissons de côté la question des gages, concéda-t-il. Je suis curieux d'une chose. Pourquoi avoir changé d'avis ?

Elle répondit à cette question par une autre.

— Pourquoi avoir été d'une humeur massacrante ces derniers jours ?

— Comment… ? Que diable cela a-t-il à voir avec vous ?

— Rien, sans doute. Si ce n'est qu'on m'en tient responsable. Je n'en crois rien, bien sûr, mais il paraît qu'à bord, à cause de votre sale caractère, c'est à peine si l'on ose respirer. Vous êtes vraiment odieux, Alexandrov. Vos gens vous servent avec dévouement et affection – peu importe que ce soit au détriment des autres – et vous ne vous apercevez même pas qu'ils sont malades de peur devant votre colère. À moins que cela ne vous soit égal.

Cette nouvelle semonce le fit se rembrunir.

— En avez-vous fini avec vos critiques ?

Elle écarquilla les yeux, affichant une incrédulité moqueuse.

— Vous me demandiez pourquoi j'avais changé d'avis ? Je vous expliquais précisément...

Il comprit qu'elle se moquait de lui.

— Ainsi, vous capitulez pour le bien de mes pauvres domestiques ? Si je vous avais sue d'une aussi grande générosité, ma chère, je ne me serais pas soucié des besoins de ma sœur et j'aurais insisté pour que vous satisfassiez les miens.

— Comment ? Vous osez... ?

— Voyons, voyons, fit-il, ayant retrouvé suffisamment d'humour pour la taquiner à son tour. N'oubliez pas la cause à laquelle vous vous dévouez avant de me provoquer.

— Allez au diable !

Il éclata de rire, ravi. Elle avait l'air si gentiment innocente dans sa sage robe de soie rose et blanc, sans ornement, ses cheveux attachés par un simple ruban comme si elle était encore une enfant. Et pourtant, ses lèvres serrées, ses yeux étincelants de colère, son menton en avant trahissaient un tempérament rebelle. Avait-il réellement craint que les mauvais traitements n'aient brisé la personnalité intéressante de Katherine ? Il aurait dû comprendre qu'il n'en serait rien.

Dimitri croisa son regard furieux. Il se sentit aussitôt gagné par la curieuse impression qu'elle lui laissait toujours.

— Savez-vous que votre rage m'excite ?

— Je ne peux pas vous dire la même chose.

Katherine s'interrompit, prenant soudain conscience de la portée de ses paroles. Son cœur bondit dans sa poitrine. Elle cessa de respirer, hypnotisée par les yeux de braise du prince. Et lorsque la main de ce dernier se posa sur sa nuque pour l'attirer à lui, elle fut incapable de résister à ce qui devait arriver. Au moment où les lèvres de Dimitri se posèrent sur les siennes, les mêmes étranges sensations que lorsqu'elle était sous l'effet de l'aphrodisiaque l'envahirent. Ses jambes se dérobèrent sous elle, son esprit se troubla, une onde de chaleur la parcourut. Instinctivement, elle se serra contre lui.

Cette réaction stupéfia Dimitri. Il s'était attendu à des coups de pied, à une résistance sauvage, pas à cette soumission à son désir. Il aurait dû l'embrasser plus tôt, au lieu de tenter de briser sa résistance par des discours. Il n'avait pas pensé qu'elle pouvait appartenir à cette catégorie bien connue de femmes qui disent non quand elles veulent dire oui. Pourtant, la franchise était une des qualités de Katherine. Ses éclats de colère n'étaient pas feints. Il n'y avait en elle aucune trace de cette ruse, de cette fausseté si typiquement féminines auxquelles il était habitué. Il se sentait déconcerté malgré le tour favorable que semblaient prendre les événements.

Lorsque ses lèvres se détachèrent de celles de Katherine, elle se sentit comme dépossédée. La main de Dimitri glissa le long de sa joue et, comme elle l'avait fait si souvent au cours de cette nuit fatale, elle appuya instinctivement la joue contre sa paume. La tendresse contenue dans ce geste le surprit et il retint son souffle. Elle rouvrit les yeux et revint à la réalité avec un gémissement désespéré.

Elle le repoussa de toutes ses forces, sans parvenir à le faire bouger d'un millimètre. Alors, le pouls accéléré, bouleversée par l'élan irrépressible qui l'avait poussée à lui rendre son baiser, elle recula précipitamment. Pour retrouver son sang-froid, il fallait mettre de la distance entre eux deux. Il fit un pas dans sa direction et elle leva une main menaçante.

— Ne vous approchez pas, Alexandrov.

— Pourquoi ?

— Ne vous approchez pas et ne vous avisez pas de recommencer.

— Pourquoi ?

— J'en ai assez de vous et de vos pourquoi. Je ne veux pas, voilà pourquoi.

Dimitri s'appuya contre le montant de la porte, croisa les bras sur sa large poitrine et l'observa d'un air pensif.

Elle était froissée ? Parfait. Nerveuse également et peut-être un peu effrayée, ce qui n'était pas pour lui déplaire : il avait donc un certain pouvoir sur elle. Elle semblait aussi étonnée que lui de sa réaction au baiser qu'il venait de lui donner. Avait-elle peur de ce qui pouvait se passer ?

Quelle petite sotte ! Pourquoi était-elle si réfractaire aux plaisirs de la chair ? Enfin, cette entrevue lui avait appris une chose : il ne lui était pas indifférent et elle était capable de le lui témoigner sans qu'il soit nécessaire de recourir à un aphrodisiaque. Il suffisait d'un seul geste de tendresse. Ce n'était pas très difficile. L'avenir s'annonçait prometteur.

— Fort bien, Katya, vous m'avez convaincu que vous n'aimiez pas les baisers.

Un léger rire accompagna ces paroles. Ils étaient l'un et l'autre conscients de ce que cette déclaration avait de grotesque.

— Venez, je vais vous présenter à ma sœur.

Comme elle ne bougeait pas, il ajouta :

— Je ne vous effraie plus, n'est-ce pas ?

Elle prit la mouche.

— Non, mais si vous voulez que je fasse la connaissance de votre sœur, montrez-moi donc le chemin, au lieu de rester là.

Il rit et, comme elle lui emboîtait le pas, elle l'entendit dire :

— Vous avez gagné cette manche, ma douce, mais je ne vous promets pas d'être toujours aussi complaisant.

16

— Elle, Mitya ? Tu crois que je n'en ai pas entendu parler ? Tu crois peut-être que je ne sais pas que c'est une fille que tu as ramassée dans la rue à Londres ? C'est elle que tu me donnes pour remplacer ma bonne ?

C'est avec ces mots qu'Anastasia Petrovna Alexandrovna accueillit Katherine, quand Dimitri lui eut expliqué la présence de la jeune femme. Elle paraissait outrée.

À la vérité, c'était Katherine la plus offensée. Elle eut une réaction inattendue. Alors que Dimitri s'apprêtait à répondre vertement à sa sœur, Katherine se plaça résolument devant lui et sourit : Anastasia ne pouvait plus prétendre ne pas la voir.

— Chère mademoiselle, si je n'étais pas une lady et si je n'avais pas l'habitude de me contrôler, peut-être serais-je tentée de répondre par une bonne gifle à vos insultes et à votre mépris. Mais puisqu'il apparaît que l'on vous a mal informée à mon sujet, je dois me montrer tolérante et excuser votre grossièreté. Cependant, j'aimerais qu'une chose soit claire entre nous. Je ne suis pas une prostituée, princesse, de même que je ne suis pas quelqu'un qu'on vous *donne*, pour reprendre votre expression.

J'accepte de vous aider parce que apparemment vous êtes incapable de vous débrouiller seule, ce que je comprends parfaitement. Moi-même, sur ce bateau, je n'ai pas de femme de chambre, de sorte que je n'ai pas réussi à me coiffer. Je reconnais que s'habiller sans personne pour vous aider est des plus pénibles. Je comprends donc parfaitement votre problème, et puisque je n'ai rien de mieux à faire...

Katherine aurait pu continuer encore longtemps à railler, mais elle avait du mal à garder son sérieux devant l'expression scandalisée de la princesse. Et puis, n'avait-elle pas dit ce qu'elle avait sur le cœur ? Les conséquences de cette mise au point restaient à voir.

Dimitri se pencha pour lui chuchoter à l'oreille :

— Vous, tolérante, Katya ? Quand donc rencontrerai-je cette personne que vous venez de décrire ?

Elle s'écarta vivement avant de lui adresser le même sourire sarcastique qu'à la princesse.

— Vous savez, Alexandrov, je ne crois pas votre sœur aussi incapable que ça. Bien au contraire, elle me semble tout à fait...

— Ne soyez pas si prompte à tirer des conclusions, interrompit Anastasia, craignant d'avoir dépassé les limites de la plus simple politesse et de perdre une domestique peut-être compétente dont elle avait en tout cas désespérément besoin. Je pensais avoir à vous apprendre en quoi consistera votre travail, ce que j'aurais dû faire avec un domestique de Mitya. Mais si vous êtes une dame, comme vous venez de le déclarer, ce ne sera pas nécessaire. J'accepte votre aide. Mitya, je te remercie d'avoir pensé à moi.

Il lui en coûtait de s'excuser ainsi auprès de cette jeune Anglaise et de son frère. Son ressentiment à l'égard de Mitya, qui l'obligeait à rentrer en Russie et la menaçait de la marier, ne l'avait pas quittée. Devoir s'excuser allait à l'encontre de sa nature. Et cette Anglaise ! Le sang d'Anastasia bouillait dans ses veines. Dimitri était sans aucun doute las de cette fille. C'est pour cette raison qu'il la lui donnait. Une lady ? Il était possible néanmoins qu'elle sache mieux que les serviteurs de Dimitri en quoi consistait le travail d'une femme de chambre. Elle pourrait donc lui être utile. Mais cette paysanne venait de l'humilier et Anastasia n'était pas près de l'oublier.

— Eh bien, je vous laisse faire plus ample connaissance, dit Dimitri.

Le sourire d'Anastasia resta figé sur ses lèvres. Le visage de Katherine était dépourvu d'expression. Dimitri savait que sa sœur ne serait pas facile. Quant au caractère de Katherine, il savait à quoi s'en tenir. Peut-être était-il imprudent de mettre les deux jeunes femmes en présence mais il était trop tard. Si elles ne parvenaient pas à s'entendre, Katherine avait toujours la possibilité de se rabattre sur la seconde proposition qu'il lui avait faite !

Katherine comprit au regard qu'il lui adressa avant de quitter la pièce : il voulait qu'elle échoue. Le salaud ! Eh bien, elle veillerait à ne pas lui donner raison. Elle serait charmante avec cette détestable enfant gâtée qu'était sa sœur.

Sa détermination s'affaiblit cependant lorsque Anastasia lui exposa la longue liste des tâches dont elle devrait se charger. Il fallait assister la princesse dans son bain et dans sa toilette, s'occuper de ses repas et de l'entretien de ses vêtements. Elle n'aurait plus un instant de libre. Il fallait même poser pour un portrait, ce qui ne manqua pas de surprendre Katherine. Manifestement, Anastasia se prenait pour une artiste de talent et peindre était pour elle un moyen de tromper l'ennui de ce long voyage.

— Il s'agit d'un portrait que j'appellerai *La Marguerite*, expliqua la princesse.

— Vous me comparez à une marguerite ?

Anastasia fut ravie de l'occasion qui lui était donnée d'humilier la jeune Anglaise.

— En tout cas, vous n'avez rien d'une rose. Oui, vous avez plutôt l'air d'une fleur défraîchie par le soleil avec vos cheveux ternes et mal coiffés, mais vous avez de jolis yeux, concéda-t-elle, en les voyant s'agrandir.

Elle avait de beaux yeux, en vérité. Anastasia l'admit intérieurement, et un visage qui, sans être joli au sens classique du terme, était intéressant. Ce serait amusant, au fond, de faire ce portrait. En la regardant objectivement, avec un œil d'artiste, elle sentit son animosité diminuer.

— Avez-vous une robe jaune ? Il faut que vous portiez une robe jaune, pour l'effet de la marguerite, vous comprenez ?

« Garde ton calme, Katherine. Elle te provoque. Elle n'est d'ailleurs pas très forte à ce jeu. Tu t'en es mieux tirée et avec moins d'efforts en évitant les éclats. »

— Je n'ai pas de robe jaune, princesse. Il vous faudra improviser, je le crains, ou imaginer...

— Non, c'est indispensable mais... bien sûr, je vous prêterai une de mes robes.

Elle était sérieuse.

— Non, répliqua Katherine avec hauteur.

— Il le faut, vous avez accepté de poser pour moi.

— Je n'ai jamais accepté, princesse. C'est ce que vous avez supposé.

— S'il vous plaît.

Cette prière avait échappé à Anastasia, qui détourna la tête, gênée. L'importance que revêtait soudain ce portrait la déconcertait. Elle en avait assez des compotiers de fruits, des paysages conventionnels qui se ressemblaient tous, ou des fades portraits de ses amies, trop blondes et apprêtées. Le sujet qu'elle tenait là était original. Il fallait absolument qu'elle fasse ce portrait.

La voyant rougir, Katherine eut honte de sa mesquinerie. Elle refusait la seule chose qui, en vérité, ne lui déplaisait pas. Pourquoi cette malveillance ? Parce que la princesse était une enfant gâtée qui disait des choses qu'elle ne pensait pas ? N'était-ce pas plutôt parce que c'était la sœur de Dimitri et que lui dire non, c'était dire non à Dimitri ?

— D'accord, princesse. Je poserai pour vous quelques heures par jour. Mais j'insiste pour avoir du temps à moi également.

Quant aux autres tâches ménagères qu'on exigeait d'elle, elle verrait sur le moment. Il était inutile d'en discuter maintenant. Anastasia venait de rentrer ses griffes. C'était l'occasion d'apprendre à la connaître.

17

Dans l'après-midi, un orage éclata. Le vent resta modéré mais la plupart des passagers en furent incommodés, en particulier Anastasia. Elle supportait bien les voyages en mer, à condition que le bateau reste d'une relative stabilité. L'accroissement du roulis l'envoya directement au lit.

Katherine quitta la cabine de la princesse avec une corbeille de linge contenant plusieurs robes, y compris la toilette jaune d'or qu'elle devait porter pendant les séances de pose. Elle serait ensuite tranquille durant le reste de l'après-midi. L'ennui, c'est qu'elle ignorait tout du blanchissage. Anastasia prétendait que les domestiques de Dimitri ne connaissaient rien à l'entretien des vêtements de femme et abîmeraient tout ce qu'ils touchaient.

« Moi aussi », pensa-t-elle.

— My lady ?

Katherine s'arrêta net, stupéfaite de s'entendre appeler ainsi. Sur le seuil de sa cabine, Marusia, un large sourire aux lèvres, lui fit signe de la rejoindre. Katherine traversa le couloir rapidement : ce n'était pas un endroit où s'attarder car la cabine du prince était tout près. Elle n'avait nulle envie de le rencontrer.

— Comment m'avez-vous appelée ? dit-elle avant d'entrer.

Marusia ne prêta pas attention à la sécheresse de son ton.

— Nous savons qui vous êtes, my lady. Le prince et mon mari sont bien les seuls à douter de votre identité.

Quel soulagement de trouver enfin quelqu'un qui la croie, même si Dimitri s'entêtait dans son opinion.

— Pourquoi le prince en doute-t-il, Marusia ?

— Les Russes sont têtus. Ils s'en tiennent avec obstination à leurs premières impressions. Pour Vladimir, son attitude à votre égard s'explique par le fait que chez nous, il serait puni de la peine de mort pour avoir enlevé une aristocrate. C'est pour cette raison qu'il n'ose admettre que vous n'êtes pas la simple paysanne qu'il croyait.

— Nous ne sommes pas en Russie et je suis anglaise, rappela Katherine.

Marusia haussa les épaules.

— On n'oublie pas comme cela les lois de son pays. Quant au prince... Qui peut dire pourquoi il s'obstine à nier l'évidence ? Peut-être préfère-t-il ne pas y songer parce qu'il ne veut pas que ce soit vrai. Il est également possible que la tentation que vous représentez pour lui obscurcisse son jugement.

— Il est trop occupé à imaginer les moyens de me séduire pour penser à autre chose, c'est cela ?

La rancœur qui perçait sous ces paroles surprit Marusia, qui ne put s'empêcher de rire. Elle savait désormais qu'il ne fallait pas mettre la petite Anglaise sur le même plan que les autres femmes. Pourtant, elle avait du mal à croire que Dimitri se trouvait enfin confronté à une personne du sexe faible insensible à son charme. Même la princesse Tatiana était follement éprise de lui. Tout le monde le savait, sauf le prince. Selon le personnel de Tatiana Ivanova, elle avait décidé de feindre l'indifférence pour le mettre à ses pieds.

Marusia reprit son sérieux, voyant Katherine rester de marbre.

— Excusez-moi, my lady. C'est que… N'éprouvez-vous vraiment rien pour le prince ?

— Certainement pas, répondit Katherine sans hésitation. Je le hais.

— Ne s'agit-il pas plutôt d'une simple réaction de colère qui vous pousse à… ?

— Insinuez-vous que je mens ?

— Non, non, je pensais seulement… peu importe. Il est dommage que vous ne l'aimiez pas car il est très épris de vous. Enfin, cela, vous le savez déjà.

— Si c'est une allusion à ses grossières tentatives pour m'attirer dans son lit, Marusia, je vous assure que je sais à quoi m'en tenir. Les hommes sont capables d'avoir envie de coucher avec des femmes qu'ils n'ont jamais vues auparavant et qui ne leur plaisent même pas. C'est à cela que servent les prostituées. Vous le savez bien d'ailleurs. Inutile de prendre cet air choqué.

— Ce n'est pas ça, my lady, s'empressa de répondre Marusia. C'est la conclusion à laquelle vous venez, par mégarde, d'aboutir. Comme la plupart des jeunes gens de son âge, le prince court le jupon, et la plupart du temps, il n'attache aucune importance à ses liaisons. Mais avec vous, dès le premier instant, il a eu un comportement différent. Croyez-vous qu'il ait l'habitude de mettre dans son lit n'importe quelle fille ramassée dans la rue ? C'est la première fois que cela se produit. Vous lui plaisez, my lady. Sinon il vous aurait envoyée promener depuis longtemps. Il a changé d'humeur depuis que vous avez consenti à servir sa sœur. D'ailleurs, je suis venue vous remercier d'avoir eu la bonté de nous prendre en considération.

Katherine, en effet, avait remarqué que l'atmosphère à bord s'était détendue. De nouveau, cris et rires fusaient comme avant, même par cet après-midi d'orage. C'était là son œuvre, elle ne pouvait le nier. Impossible de nier non plus le léger frisson de plaisir qui l'avait traversée lorsque Marusia avait affirmé que le prince l'aimait, même si c'était là un secret qu'il eût été inconvenant d'avouer à quiconque. En ce qui concernait son soi-disant sacrifice, Anastasia n'était pas si difficile à contenter, tant que son frère n'était pas dans les parages. Mais pour le reste, elle n'avait aucune intention de modifier ses positions. Les domestiques semblaient s'acharner à vouloir la pousser dans les bras du prince. Mais elle ne céderait pas comme lorsqu'il s'était agi d'entrer au service de la princesse.

— J'ignore les coutumes de la Russie, mais en Angleterre, on ne propose que le mariage à une lady. Votre prince m'insulte chaque fois qu'il... quand il...

Marusia était amusée.

— Un homme ne vous a encore jamais demandé de devenir sa maîtresse ?

— Bien sûr que non.

— Dommage. Vous sauriez que cela n'a rien d'insultant.

— Cela suffit, Marusia.

Un profond soupir et un sourire en coin firent comprendre à Katherine que Marusia n'était pas de celles qui abandonnent facilement la partie. Cependant, pour l'instant, elle battit en retraite.

— Que devez-vous faire avec tout ça ?

Elle montrait du doigt les robes que Katherine portait sur le bras.

— Les nettoyer et les repasser.

Marusia se retint d'éclater de rire devant l'air consterné de Katherine.

— Inutile de vous désoler, my lady. Je vais les donner à Maksim, le valet du prince, qui vous les remettra lorsqu'elles seront prêtes. Ce n'est pas la peine qu'Anastasia le sache.

— Mais il a sans doute déjà beaucoup à faire.

— Pas du tout. Il s'occupera également de l'entretien de vos vêtements. Laissez-moi tout cela. Ces quatre derniers jours, Maksim a dû subir la colère du prince. Il vous est donc particulièrement reconnaissant de votre décision de faire la paix avec notre maître.

Katherine hésita encore un instant, avant d'abandonner les robes à Marusia.

— Il faut mettre la jaune à ma taille.

— Ah ?

— Je dois poser dans cette robe pour la princesse.

Marusia eut l'air surpris. Elle savait qu'Anastasia était furieuse de rentrer en Russie et qu'elle s'en prenait à tout le monde. Marusia aurait parié qu'elle s'était montrée désagréable à l'égard de l'Anglaise.

— Vous devez lui plaire, commenta-t-elle. Elle peint très bien. C'est sa passion, après les hommes.

— C'est ce que j'ai cru comprendre.

— Vous a-t-elle parlé de ses nombreux amants ?

— Non, elle ne m'a parlé que de celui à qui elle doit son départ d'Angleterre et de l'affront qu'on lui avait injustement infligé.

— Elle est jeune. Tous ceux qui s'opposent à ses caprices lui paraissent injustes, en particulier son frère. Jusqu'à présent, elle n'en faisait qu'à sa tête, et soudain, on contrarie ses projets. Naturellement elle proteste.

— Il aurait fallu lui faire la leçon plus tôt. On n'éduque pas les filles comme cela en Angleterre.

Marusia haussa les épaules.

— Les Russes voient les choses différemment. Nous avons eu une tsarine qui s'affichait avec ses amants devant le monde entier. Son petit-fils Alexandre a fait de même. Et le tsar Nicolas a reçu la même éducation. Il n'est donc guère étonnant que nos dames soient moins innocentes que chez vous.

Katherine garda le silence. Elle savait qu'en effet, les manières russes différaient radicalement de celles de l'Angleterre. La culture était différente. Elle n'avait donc pas le droit de juger ce pays, même si elle se sentait comme une enfant jetée dans Babylone.

Le récit d'Anastasia l'avait tellement choquée qu'elle en était restée sans voix. La princesse se plaignait de l'intransigeance de sa grand-mère – tout à fait disproportionnée par rapport à une histoire aussi vénielle, d'après elle –, qui n'avait rien trouvé de mieux que de faire appel à Dimitri pour qu'il vienne la chercher.

C'est alors que Katherine avait compris : Anastasia était cette fameuse princesse russe qui alimentait toutes les conversations à Londres en ce début d'année. Le scandale dont elle était l'objet était venu aux oreilles de Katherine. Mais lorsque Dimitri avait mentionné le duc d'Albemarle, elle n'avait simplement pas établi de lien entre les deux.

Le duc était leur oncle maternel. Ils étaient donc à demi anglais. Katherine aurait dû éprouver un certain soulagement à cette nouvelle. Pourtant non. En dépit de cette parenté, les Alexandrov restaient des barbares.

18

— Katya ?

Katherine sursauta. Elle aurait dû comprendre qu'il était inutile de chercher à se faufiler sans bruit devant la cabine de Dimitri. Pourquoi avait-il donc laissé la porte ouverte ?

Elle jeta un coup d'œil à l'intérieur, en s'efforçant de rester impassible. Le prince était assis à son bureau, devant une pile de papiers, un verre de vodka à portée de main. Il avait enlevé sa redingote et le col de sa chemise blanche était défait. La lampe de bureau brûlait car le ciel était couvert. À la lumière de la flamme, son visage prenait un relief particulier et l'or de ses cheveux semblait presque blanc. Elle s'empressa de détourner la tête.

— Je montais sur le pont, dit-elle d'une voix impatiente qui indiquait clairement qu'il la dérangeait.

— Avec cette pluie ?

— Un peu de pluie n'a jamais fait de mal à personne.

— Sur la terre ferme peut-être, mais en mer, les ponts sont glissants et...

Elle lui lança un regard glacial.

— Écoutez, Alexandrov, soit je suis libre d'aller et venir à ma guise à bord de ce bateau, comme vous me l'avez promis, soit je reste enfermée dans ma cabine. Que décidez-vous ?

Les mains sur les hanches, le menton en avant, elle était prête à l'affrontement. Peut-être même l'espérait-elle.

Dimitri sourit. Il n'avait aucune intention de lui donner cette satisfaction.

— Je vous en prie, allez vous mouiller. Quand vous redescendrez, j'aimerais vous parler.

— À quel sujet ?

— À tout à l'heure, Katya.

Il reporta son attention sur ses papiers. Il la congédiait sèchement sans daigner en dire davantage. Elle serra les dents et s'éloigna.

« À tout à l'heure, Katya, mima-t-elle, furieuse, en montant l'escalier : Inutile de le savoir à l'avance, Katya, car vous risqueriez de vous préparer à cette entrevue, ce qui ne ferait pas l'affaire, n'est-ce pas ? Son but est de te plonger dans l'inquiétude. Que diable manigance-t-il ? »

En sortant sur le pont, elle oublia temporairement l'arrogance de Dimitri. La pluie lui cinglait le visage. Elle agrippa la rambarde et contempla le déchaînement des éléments. Elle avait failli manquer ce spectacle. Déjà, au loin, le soleil pointait à travers les nuages tandis qu'il descendait vers l'horizon. Le bateau n'allait pas tarder à sortir de la tempête.

Pendant quelques instants, elle goûta avec délices les rafales du vent et la fraîcheur de la pluie sur sa peau. À Londres, il fallait toujours courir s'abriter, pour éviter d'abîmer sa toilette. Accrochée au bastingage, elle éprouvait un plaisir enfantin, mais si enivrant qu'il lui donnait envie de rire. Les bourrasques soulevaient ses jupes avec violence et elle ouvrit la bouche pour boire quelques gouttes de pluie.

L'orage l'avait calmée mais elle sentit brusquement qu'elle avait froid et qu'il était préférable de redescendre. Il lui fallait maintenant affronter le prince. La porte de sa cabine était toujours ouverte. Elle l'avait fait attendre pendant près de deux heures. Si cela l'avait agacé, tant mieux, la situation serait donc à son avantage.

— Vous vouliez me parler, Alexandrov ? s'enquit-elle en s'efforçant de prendre un ton aimable.

Il était toujours assis à son bureau. Au son de sa voix, il jeta sa plume et s'appuya contre le dossier de son fauteuil pour la regarder. Elle avait piètre allure, ainsi décoiffée, quelques mèches mouillées collées sur le front et les joues. Sa robe trempée moulait son corps de façon impudique et, à ses pieds, une flaque d'eau s'élargissait.

Le visage de Dimitri demeura impassible, dans sa voix perçait une pointe d'irritation, sur laquelle Katherine se méprit.

— Pourquoi restez-vous aussi cérémonieuse ? Mes amis et ma famille m'appellent Mitya.

— C'est gentil.

Elle l'entendit nettement soupirer.

— Entrez, Katya.

— Il ne vaut mieux pas, dit-elle sans se départir de son agaçante nonchalance. Je m'en voudrais d'abîmer vos tapis.

Un éternuement malencontreux détruisit l'effet qu'elle cherchait à produire. Si elle avait regardé Dimitri, elle l'aurait vu rire silencieusement.

— Êtes-vous sûre qu'un peu de pluie ne fait de mal à personne ? Allez donc vous changer, Katya.

— J'irai me changer quand vous m'aurez dit...

— Allez d'abord vous changer.

Sur le point de protester, elle se ravisa. À quoi bon ? Elle avait déjà joué cette scène. Et il avait réussi à l'exaspérer. Mais cette fois-ci... Cette fois-ci, elle claqua la porte avant de s'éloigner, la tête haute. Elle aurait ainsi le plaisir de frapper sur quelque chose lorsqu'elle reviendrait. Maudite porte ! Pourquoi ne l'avait-il pas fermée ?

« Pour te happer au passage, ce qu'il a fait. Quel genre de liberté est-ce donc si tu ne peux monter sur le pont ni te rendre à la salle à manger sans qu'il épie tes moindres faits et gestes ? »

Seigneur, voilà qu'elle s'imaginait que toutes les pensées du prince tournaient autour d'elle. N'était-il pas plus probable qu'il ait laissé la porte ouverte parce qu'il avait chaud tout simplement, et qu'il désirait profiter de la brise qui s'engouffrait dans le couloir ?

« Tu te leurres, Katherine, tu n'as pas une telle importance pour lui. Quand tu n'es pas là, il ne t'accorde probablement pas une seule pensée. Pourquoi en serait-il autrement ? Sa porte ne sera pas systématiquement ouverte. Et quand bien même, cela ne signifie pas qu'il t'interpellera à chaque fois. »

Ce raisonnement, pour sensé qu'il parût, ne parvint pas à dissiper totalement son malaise. Il l'avait traitée comme une gamine, ni plus ni moins, ou comme une domestique, qu'il pouvait congédier sommairement en lui ordonnant d'aller se changer. Comme si elle n'était pas capable d'y penser toute seule !

Elle s'enferma dans sa propre cabine et entreprit de déboutonner son corsage, tâche que le tissu mouillé rendait malaisée. Que n'aurait-elle donné pour avoir Lucie auprès d'elle ! Et le fait de devoir se débrouiller seule l'énerva encore plus.

D'un coup de pied rageur, elle écarta sa robe qui venait de tomber à terre, et lui en redonna un autre pour la bonne mesure. Chaussures, jupons et dessous rejoignirent la robe à l'autre bout de la pièce. C'est alors qu'elle s'aperçut qu'il faisait trop sombre dans la cabine pour choisir des vêtements propres dans sa malle. Elle alluma une bougie et se cogna le pied en essayant d'atteindre le lavabo pour saisir une serviette.

— Mon grand et puissant prince, s'exclama-t-elle, lui imputant la responsabilité de cette maladresse, je vous préviens : ce que vous avez à me dire a intérêt à être de toute importance. Me plonger dans l'incertitude est peut-être votre idée de...

— Vous vous parlez toujours à voix haute, Katya ?

Elle se figea. Ses yeux se fermèrent, ses doigts se crispèrent sur la serviette qui l'enveloppait et son esprit se troubla. « Ce n'est pas possible ! Il n'est pas ici. Il n'y est pas. Il n'oserait pas ! » Elle ne se retourna pas, même lorsqu'elle l'entendit s'approcher.

« Accordez-moi une faveur, Seigneur, je vous en supplie. Cachez ma nudité. Faites un petit miracle. »

— Katya ?

— Vous n'avez pas le droit d'entrer.

— Trop tard.

— Alors, partez, avant que je...

— Vous parlez toute seule ? Pourquoi êtes-vous toujours sur vos gardes ? De quoi avez-vous peur ?

— Je n'ai pas peur, répliqua-t-elle faiblement. Il existe simplement des façons d'agir qui sont convenables et votre irruption dans ma cabine sans en être prié ne l'est pas.

— M'auriez-vous invité à entrer ?

— Non.

— Vous comprenez donc pourquoi je n'ai pas frappé à la porte.

Il s'amusait de sa confusion. Visiblement, elle ne savait plus que faire. Rester nue, enveloppée dans une serviette de toilette, manquait de dignité. Et comment l'injurier comme il le méritait alors qu'elle ne pouvait même pas se retourner pour le regarder en face ?

En réalité, elle était terrorisée. Il était tout près, derrière elle. Son souffle caressait sa nuque. Son odeur la cernait. Elle se sentait perdue.

— Je vous demande de partir, Alexandrov, dit-elle, stupéfaite de parler avec autant de calme alors qu'elle se sentait au bord de la crise de nerfs. Je vous rejoins dans quelques minutes...

— Je reste.

Il prononça ces mots avec une fermeté qui ne laissait planer aucun doute sur ses intentions. Elle ne parviendrait pas à le faire changer d'avis s'il refusait d'entendre raison. Tous deux le savaient. Ulcérée, elle se retourna brusquement et donna libre cours à sa colère.

— Pourquoi ?

— Quelle question, Katya !

— Mais enfin, pourquoi moi ? Pourquoi maintenant ? Je suis trempée, j'ai l'air d'un rat noyé. Comment pouvez-vous... pourquoi voulez-vous... ?

Elle ne parvenait pas à achever sa question. Dimitri eut un rire amusé.

— Vous voulez la vérité ? J'étais assis à mon bureau et je vous ai imaginée en train d'enlever vos vêtements mouillés. C'était comme si vous le faisiez devant moi tant cette vision était claire. Le souvenir que je conserve de vous est aussi troublant que la réalité. Il me suffit de fermer les yeux pour vous revoir dans ce lit de satin vert...

— Taisez-vous !

— Ne désiriez-vous pas savoir pourquoi je vous veux maintenant ?

Le frôlement de ses mains sur sa peau privèrent Katherine de toute repartie. Ses pensées perdirent toute cohérence. Les mains de Dimitri, douces et caressantes, remontèrent lentement le long de ses épaules pour encercler son cou gracile. Glissant les deux pouces sous son menton, il l'obligea à relever la tête et, des lèvres, lui effleura la tempe, puis la joue.

— Je n'aurais pas dû vous déshabiller en imagination. Mais c'était plus fort que moi. Je vous veux, Katya, j'ai besoin de vous, chuchota-t-il d'une voix vibrante de passion avant de l'embrasser.

Les craintes de Katherine se réalisaient. Impossible de résister à ce baiser savoureux, qui la grisait comme un nectar. Elle se sentait si bien dans les bras de cet homme.

« Les conséquences, Katherine... Résiste. Fais appel à ton imagination. Comme lui. Imagine que c'est lord Seldon qui te tient dans ses bras. »

Elle aurait bien voulu, mais son corps refusait de lui obéir. Pourquoi fallait-il résister ? Pourquoi ? En ce moment précis, la réponse à cette question lui échappait totalement, et d'ailleurs, elle ne tenait pas vraiment à s'en souvenir.

« Goûter à ce bonheur, ne serait-ce que quelques minutes, quel mal y a-t-il à cela ? »

Le corps mince de Katherine s'abandonna contre celui de Dimitri et elle le laissa donner libre cours à sa passion. Le sentiment de triomphe qu'il éprouvait à ce moment l'excitait comme jamais auparavant.

Car jamais auparavant, conquérir ne lui avait paru aussi essentiel.

Il avait eu raison. Chaque manifestation de tendresse la laissait sans défense. Cependant, il n'oubliait pas ce qui s'était passé après leur première nuit. Il n'osait s'arrêter pour reprendre sa respiration. Il n'osait lui accorder ne serait-ce qu'une seconde de répit, de peur qu'elle ne lui échappe à nouveau pour se réfugier dans l'indifférence et qu'il ne perde ainsi une telle occasion d'assouvir le désir qu'il avait d'elle.

Seigneur ! Allait-il pouvoir se contenir plus longtemps ? Il y avait en elle une telle sensualité. Elle lui caressait le dos, les cheveux, l'agrippait, le pressait, l'embrassait avec frénésie.

Il ne pouvait pas se tromper. Elle le désirait avec la même ardeur que lui. Mais il ne fallait pas prendre de risques.

Des yeux, il chercha le lit. En entrant dans la cabine, il n'avait rien vu d'autre que le corps gracieux de Katherine drapé dans une serviette-éponge. Mais il avait beau explorer chaque recoin, il ne trouvait rien qui puisse constituer une couche convenable – et en tout cas pas ce hamac accroché au plafond !

Légèrement dégrisé, il regarda le plancher que couvrait un tapis épais... Non ! il ne pouvait pas la prendre sur le sol. Pas cette fois-ci. Tout devait être parfait, afin qu'il y ait une autre fois.

Katherine était en si étroite harmonie avec Dimitri que cette distraction momentanée fut comme une sonnette d'alarme qui retentissait à l'intérieur de sa tête. Que se passait-il ? Elle l'ignorait. Elle revint brutalement à la réalité. Elle était là, nue dans ses bras, et sentait qu'il l'entraînait doucement vers la porte, sans cesser de l'embrasser. Son baiser était différent, il n'y avait plus cette ardeur spontanée. Il méditait quelque chose...

« Il t'a percée à jour, Katherine. Il sait désormais comment te manipuler pour te priver de toute volonté. »

C'était trop tard. Elle avait retrouvé ses esprits, que cela lui plaise ou non. Elle détourna la tête pour briser le charme.

— Où m'emmenez-vous ?

Il s'arrêta.

— Dans ma chambre.

— Non, vous ne pouvez pas m'emmener comme cela.

— Personne ne vous verra.

La voix de Katherine encore mal assurée doucha la fièvre de Dimitri.

— Posez-moi à terre, Dimitri !

Il s'arrêta, mais resserra son étreinte. Elle devina qu'il n'allait pas renoncer si facilement à son avantage.

— J'ai soulagé votre désir lorsque vous en aviez besoin, dit-il. Le niez-vous ?

— Non.

— Vous ne pouvez donc pas moins que de m'aider à votre tour.

— Non.

Il se raidit.

— Allons, Katya, fit-il d'un ton sec. J'ai besoin de vous maintenant. Ce n'est pas le moment de brandir votre ridicule vertu.

Le sang de Katherine ne fit qu'un tour.

— Ma ridicule vertu ? Je sais bien que les femmes de votre pays en sont apparemment dépourvues. Mais je suis anglaise et ma ridicule vertu n'a rien d'exceptionnel. Posez-moi à terre, Dimitri, immédiatement.

Il était si furieux qu'il eut envie de la laisser tomber tout simplement. Comment pouvait-elle passer avec autant de facilité d'un extrême à l'autre ? Et pourquoi prenait-il la peine d'essayer de la convaincre ? Ne savait-il pas déjà que tout discours était inutile ?

Il la laissa prendre appui sur ses pieds et se pencha sur elle, en la tenant toujours enlacée, l'obligeant à se renverser en arrière. Ce mouvement fit glisser la serviette qu'elle avait enroulée autour de son buste.

— Je commence à croire que vous ne savez pas ce que vous voulez, Katya.

Katherine gémit tandis que Dimitri entreprenait avec assurance un nouvel assaut. Il était certain qu'elle serait maintenant incapable de résister, qu'elle était toujours sous le coup de l'émotion de ce premier baiser. Mais il se trompait ! Elle se débattit.

— Me prendriez-vous de force, Dimitri ?

Il la lâcha si brusquement qu'elle trébucha et faillit perdre l'équilibre. Elle l'avait insulté. Prendre une femme de force ? L'idée ne lui en était jamais venue.

Katherine, cependant, n'avait nullement l'intention de le blesser. Elle ne cherchait qu'à se protéger. Car elle sentait que si elle se donnait à lui, il ne resterait plus rien de Katherine St. John. Il la posséderait corps et âme.

Oui, elle l'avait atteint, impossible de s'y méprendre. Lorsqu'elle releva la tête après avoir précipitamment renoué sa serviette, il passait rageusement les doigts dans ses cheveux blonds comme s'il avait voulu les arracher jusqu'au dernier. Il interrompit son geste, la fustigeant d'un regard où se mêlaient confusion et colère.

— Il y a décidément deux femmes en vous. Mais que devient la libertine quand la prude reprend le dessus ?

Était-il aveugle ? Ne voyait-il pas qu'elle tremblait de désir pour lui, que son corps l'appelait de toutes ses forces ?

« Ne jouez donc pas au gentleman, Dimitri. Ne tenez pas compte de ce que je dis. Prenez-moi »

Il n'entendit pas cette prière muette. En cet instant précis, il n'était qu'amertume. Elle le repoussait. Il avait perdu la partie. Ulcéré, il tourna les talons et sortit, en claquant rageusement la porte derrière lui.

À peine était-il dehors, qu'il regretta son impulsivité. Katherine le désirait elle aussi, c'était évident. S'il en avait été autrement, elle ne lui aurait pas rendu ses baisers, ses caresses avec une telle ardeur. Il ne l'aurait pas sentie chavirer entre ses bras comme elle venait de le faire.

Qu'avait-il eu besoin d'un lit ! Était-ce si nécessaire ? Il avait pourtant fait l'amour dans les endroits les plus improbables. Un jour, sur un pari lancé par Vassili, il avait possédé une femme dans sa loge de théâtre pendant l'entracte, alors que l'on risquait à tout instant de les surprendre. Dommage que Vassili ne soit pas là. Son ingéniosité venait à bout des problèmes les plus complexes.

Toutes les tentatives de Dimitri avaient échoué. Il avait même fait appel à la générosité de Katherine. En vain : elle n'en avait pas. Son intransigeance était révoltante. Il fallait changer de tactique. Peut-être feindre l'indifférence ? Les femmes adoraient dire non, mais elles n'aimaient guère qu'on les ignore. Oui, peut-être était-ce la stratégie à adopter. Naturellement, cela nécessitait de la patience, ce dont il se sentait dépourvu.

Il poussa un profond soupir en s'éloignant. Elle avait au moins cédé sur un point : elle l'avait appelé Dimitri. Maigre compensation.

Le lendemain matin, on apporta un lit à Katherine.

19

— Quels sont vos projets lorsque nous serons à St. Pétersbourg, Katherine ?

Katherine abandonna un instant la pose pour jeter un regard soupçonneux vers Anastasia. Mais la princesse avait posé cette question – comme tant d'autres – sans lever la tête de la toile sur laquelle elle travaillait. Katherine remarqua que Zora, assise dans un coin de la pièce, s'était arrêtée de coudre dans l'attente de sa réponse. La femme de chambre n'était pas encore complètement rétablie mais elle se sentait suffisamment bien par moments pour reprendre quelques-unes de ses tâches.

Était-il possible qu'Anastasia ignore que Katherine se trouvait à bord de ce bateau contre son gré ? Zora le savait. Tous les domestiques le savaient. Mais naturellement, si Dimitri avait laissé entendre qu'il ne voulait pas que sa sœur le sache, personne ne lui désobéirait, pas même la femme de chambre personnelle d'Anastasia.

— Je n'y ai guère songé, répondit Katherine. Peut-être devriez-vous poser cette question à votre frère.

Cette réponse évasive troubla la concentration de la princesse qui, après un rapide regard à son modèle, fronça les sourcils.

— Vous avez bougé. Penchez de nouveau la tête sur le côté, relevez le menton, voilà.

Katherine avait repris la pose. Sa suggestion intrigua Anastasia.

— Demander à Mitya ? En quoi cela le concerne-t-il ? Vous rendez-vous compte...

Elle s'interrompit brusquement, troublée.

— Je me rends compte de quoi, princesse ?

Trop embarrassée pour répondre, Anastasia s'absorba dans son travail en feignant de ne pas avoir entendu. En quelques jours, elle avait eu l'occasion d'apprécier la compagnie de Katherine et son animosité initiale avait progressivement disparu. Elle appréciait sa franchise, son assurance tranquille, sa dignité et son sens de l'humour. Même sa manière de lui tenir tête calmement, fermement, était une qualité aux yeux d'Anastasia. En plusieurs occasions, elles s'étaient heurtées au sujet des diverses tâches que la princesse exigeait de cette domestique improvisée. Katherine refusait tout simplement de s'y plier et d'en discuter. Cette détermination suscita chez Anastasia un certain respect qui se transforma en admiration, lorsqu'elle se mit à croire que Katherine était peut-être celle qu'elle prétendait être. Elle commençait à la considérer comme une amie.

La sympathie qu'elle éprouvait pour la jeune femme anglaise la gênait par ailleurs. D'ordinaire, elle n'aimait pas la compagnie des femmes. Leurs bavardages, leur sentimentalité l'énervaient. Raconter ses chagrins d'amour ne l'intéressait pas. D'ailleurs elle n'en avait pas. Jamais un homme ne l'avait rejetée ou ignorée. C'était elle qui prenait l'initiative des ruptures comme elle avait pris celle de ses multiples liaisons. Elle allait d'un homme à l'autre selon son caprice. En cela, elle ressemblait beaucoup à son frère.

La différence entre eux résidait dans le fait que Dimitri ne s'engageait jamais. Sensible au charme des femmes en général, il n'en aimait aucune en particulier. Il en allait autrement pour Anastasia. Il fallait qu'elle se sente amoureuse et cela se produisait souvent. L'inconvénient, c'était que ce sentiment ne durait jamais longtemps. Mais si elle se plaignait de la brièveté de ses amours, cela n'avait rien à voir avec la mélancolie des femmes qui aimaient un homme qui ne le leur rendait pas.

Katherine allait-elle l'ennuyer avec ses peines de cœur ? De toute évidence, Dimitri avait compris qu'il avait commis une erreur en l'emmenant avec lui. Moins d'une semaine s'était écoulée qu'il s'en désintéressait totalement : il l'avait fait entrer au service d'Anastasia et, depuis, ne s'était pas inquiété une seule fois d'elle. Cette indifférence était significative.

— De quoi dois-je me rendre compte, princesse ?

Anastasia rougit à cette question et son embarras s'accrut d'autant que Katherine s'en aperçut.

— Rien, rien. Je ne sais pas à quoi je pensais.

Katherine n'avait pas l'intention d'abandonner si vite.

— C'est faux. Nous parlions de votre frère.

— Fort bien. Je vous croyais différente des femmes qui s'éprennent d'habitude de Mitya. Après tout, vous ne semblez pas souffrir de sa froideur. Mais il vient de me venir à l'esprit que vous n'avez peut-être pas compris qu'il... eh bien, qu'il... Vous savez à quoi je pense.

— Je sais quoi ?

— Mitya n'est pas un homme qui s'engage, même pour peu de temps. Je le crois même incapable d'aimer une femme en particulier. Il n'a jamais aimé, vous savez. En fait, il est rare qu'une femme retienne son attention plus de quinze jours. Ses quelques maîtresses officielles font exception mais il ne les aime pas. Elles sont simplement pratiques, rien de plus. Ah ! La princesse Tatiana est une autre exception, mais il va l'épouser, par conséquent elle ne compte pas vraiment non plus.

— Princesse...

— Non, non, inutile de le dire. Je sais bien que vous avez suffisamment de sagesse pour ne pas vous éprendre de lui. Vous seriez étonnée du nombre de femmes qui sont assez insensées pour tomber amoureuses de lui. Enfin, il est vrai qu'il est facile de s'éprendre de Mitya. Il aime les femmes et sait se montrer charmant avec elles tant qu'elles lui plaisent. Il tient toujours ses promesses, de sorte qu'elles ne peuvent l'accuser de les tromper.

C'est à peine si Katherine entendit ces dernières phrases. Il va l'épouser... Ces mots résonnaient encore dans sa tête. Son estomac s'était noué et elle eut un haut-le-cœur. C'était grotesque. Peu lui importait que Dimitri se marie. N'avait-elle pas pris Anastasia pour sa femme ? Quelle importance donc s'il avait une fiancée ?

Pourquoi Anastasia avait-elle donc soulevé ce sujet ? Et pour comble, elle attendait une réponse ! Expliquer sa situation, expliquer ses véritables sentiments à l'égard de Dimitri n'aurait fait que prolonger cette conversation. Et Anastasia risquait de ne pas être convaincue de sa démonstration.

— Vous avez raison, princesse, réussit-elle à dire d'un ton désinvolte. Je suis assez sensée pour ne pas m'éprendre de votre frère ni d'aucun homme à vrai dire. En fait, je suis ravie d'apprendre qu'il a oublié jusqu'à mon existence.

Anastasia ne la crut pas un seul instant. Katherine s'efforçait de paraître désinvolte, mais elle était sur la défensive. Anastasia en déduisit qu'elle était bel et bien éprise de Dimitri. Peut-être parviendrait-elle à l'oublier maintenant qu'elle savait que cette passion était vouée à l'échec. Anastasia se sentit respirer plus librement. Elle avait fait tout son possible pour mettre en garde sa nouvelle amie et lui éviter de souffrir inutilement.

Lorsque Dimitri vint les rejoindre, un quart d'heure plus tard, Katherine avait refoulé son irritation, débattu avec sa conscience et retrouvé sa tranquillité. Elle constatait avec satisfaction que les révélations d'Anastasia la laissaient parfaitement indifférente. Malheureusement Dimitri, lui, ne la laissait pas indifférente. Après des semaines sans le voir, se trouver soudain face à lui la plongea dans un véritable désarroi.

Elle avait oublié l'effet dévastateur qu'il produisait sur elle. Enfin, pas vraiment. En son absence, elle doutait plutôt de ce qu'elle avait ressenti lorsqu'il était devant elle.

Il était sobrement vêtu de noir et de gris, mais peu importait son habit. N'avait-il pas les cheveux plus longs ? Oui, il les avait coupés un peu. Elle chercha à capter son regard, dans l'espoir d'y lire autre chose que cette froide indifférence qu'elle redoutait.

Katherine avait vu juste en déclarant que Dimitri avait oublié jusqu'à son existence. Depuis le jour où il l'avait surprise dans sa cabine, il avait renoncé à la poursuivre de ses assiduités. Et elle en était soulagée, naturellement. Son voyage en devenait plus supportable...

« Mais moins excitant. Sois honnête. Au fond, tu aimais bien te mesurer avec lui. Qu'il s'intéresse à toi te flattait. Cela te manque également, sans oublier le reste. »

Mais il n'était pas question de laisser ses sentiments infléchir sa conduite. Elle demeurait inflexible. Lady Katherine St. John ne pouvait pas s'abaisser à prendre un amant, même aussi séduisant que Dimitri. Si seulement elle n'était pas une lady !

— Qu'est-ce que c'est ?

La voix de Dimitri fit sursauter Katherine. Bien sûr. Comment pouvait-il savoir qu'Anastasia faisait son portrait ? Cette dernière quittait rarement sa cabine et il n'était pas venu la voir. Anastasia boudait. Elle était toujours fâchée contre son frère, et avait, de ce fait, évité sa compagnie aussi délibérément qu'il avait évité celle de Katherine.

— Eh bien, qu'en penses-tu, Mytia, en toute sincérité ?

Elle avait posé cette question sur un ton sarcastique, qui laissait deviner son irritation. Elle avait horreur d'être dérangée, en particulier par son frère.

Sans répondre, Dimitri se tourna vers Katherine, incapable de dissimuler son étonnement.

— Vous avez accepté de poser ?

— En toute sincérité, Alexandrov, qu'en pensez-vous ?

Katherine ne put résister au plaisir de faire écho à la question d'Anastasia. Elle aurait dû cependant, car Dimitri se mit à rire de bon cœur. Elle n'avait pas eu l'intention de l'amuser.

— Tu voulais quelque chose, Mytia ? s'enquit Anastasia d'un air agacé.

Il ne voulait rien. Ou enfin, si, mais ce n'était rien qu'il pût avouer à sa sœur, ni à Katherine. La veille, il avait décidé d'éprouver les résultats de sa nouvelle stratégie. Ce petit jeu avait mis son endurance à rude épreuve. Il était à bout. Jusque-là il avait résisté à son envie de voir Katherine. Mais il ne pouvait plus tenir. Il lui avait encore fallu patienter toute la matinée car elle était enfermée avec Anastasia. C'était donc cela : elle posait pour Anastasia ! C'était bien la dernière chose à laquelle il s'attendait.

Il avait aussi vaguement envisagé l'éventualité que, n'ayant pas vu Katherine pendant plusieurs semaines, son désir s'était atténué. Un seul regard suffit pour lui démontrer qu'il n'en était rien. S'il s'était trouvé en Russie avec d'autres femmes pour le distraire, peut-être. Et encore, il doutait que cela l'eût aidé à oublier. Pour lui, elle restait la femme la plus sensuelle, la plus attirante qu'il eût jamais connue. Le simple fait d'être dans la même pièce qu'elle suffisait à le troubler. Il avait besoin de s'en rassasier, de lui faire l'amour jusqu'à ce qu'il parvienne à l'oublier. Le seul moyen de se débarrasser de cette obsession était bien de satisfaire son envie d'elle, jusqu'à ce qu'il s'en lasse. Il l'avait déjà éprouvé avec d'autres femmes.

Il n'aurait jamais cru qu'un jour il en viendrait là, lui qui avait si souvent déploré son incapacité à établir une relation durable avec une femme. D'habitude, il s'ennuyait rapidement auprès de ses nouvelles conquêtes. Les femmes qu'il fréquentait étaient si insipides au bout de quelques jours... La seule femme qu'il pouvait appeler une amie était Natalia, et elle ne l'était devenue que lorsqu'ils avaient cessé de coucher ensemble. Mais s'ennuyer auprès d'une femme était, tout compte fait, moins pénible que cette obsession qui monopolisait son esprit et lui donnait un si désagréable sentiment de frustration, inconnu de lui jusqu'alors.

Dimitri n'avait pas répondu à la question d'Anastasia et n'en avait pas l'intention. Il s'approcha en souriant du chevalet pour juger de son travail et comparer tour à tour le portrait au modèle, prétexte qui lui permettait de regarder Katherine à loisir. Malheureusement, comme chaque fois que Katherine était en jeu, cette ruse échoua. À peine posa-t-il les yeux sur le portrait qu'il ne put les en détacher.

Il savait que sa sœur peignait bien mais pas à ce point. Cependant, ce n'était pas le talent de sa sœur qui le subjuguait. La femme du portrait ressemblait bien à celle qu'il courtisait, mais, en même temps, elle était différente. Ce n'était pas la femme qui hantait son esprit chaque fois qu'il fermait les yeux. Le portrait était celui d'une aristocrate digne et altière, une patricienne jusqu'au bout des ongles, une véritable sang-bleu.

Avec sa robe jaune éclatant, ses cheveux nattés rejetés sur une épaule, une tiare sur la tête semblable à une couronne, elle avait l'air d'une de ces reines du Moyen Âge, indomptable et très belle. Oui, Anastasia avait su saisir la beauté cachée de Katherine…

À quoi rêvait-il ? Allons donc, ce n'était qu'une actrice ! Tout cela n'était qu'une comédie, un faux-semblant.

Il toucha Anastasia à l'épaule pour attirer son attention.

— A-t-elle vu le portrait ?

— Non.

— Elle m'interdit de le voir pour l'instant, intervint Katherine qui avait entendu la question. Elle le cache jalousement. Est-il si laid que ça ?

— Non, pas du tout. Katherine, voulez-vous bien nous laisser quelques instants ? J'aimerais m'entretenir avec ma sœur en privé.

— Bien sûr.

Quelle désinvolture ! Il la traitait comme n'importe quel laquais. Mais à quoi s'attendre, après ces semaines pendant lesquelles ils ne s'étaient pas vus ? Son total manque d'égards se passait de commentaire. Anastasia avait vu juste. Malgré elle, Katherine avait espéré autre chose. Quoi ? Elle ne le savait pas exactement. Elle sentait se creuser en elle un gouffre qui se remplissait de chagrin. Il ne lui prêtait aucune attention. C'était certainement mieux ainsi mais elle se sentait au bord des larmes.

Anastasia attendit que Katherine soit sortie pour questionner son frère qui examinait le portrait.

— Alors ? fit-elle agressivement.

— Pourquoi ne pas le lui montrer ?

Cette question inattendue déconcerta la princesse.

— Pourquoi ? répéta-t-elle, pensive. Pourquoi ? J'ai eu un modèle, une fois, qui s'impatientait à chaque séance parce qu'elle ne voyait pas de ressemblance immédiate et qui a refusé de poser jusqu'à la fin. Cette précaution n'est sans doute pas nécessaire avec Katherine. Elle connaît suffisamment la peinture pour savoir qu'on ne juge pas un travail en cours. C'est un excellent modèle qui pose sans se plaindre plusieurs heures par séance. J'ai bien avancé. Comme tu vois, mon tableau est presque fini.

Les yeux rivés sur le portrait, Dimitri se demandait à quoi avait pensé Katherine en posant si
patiemment. Songeait-elle parfois à la nuit qu'ils
avaient passée ensemble ? Sa stratégie de l'indifférence avait-elle porté ses fruits ? A priori non. C'est
à peine si elle lui avait jeté un regard.

— Je veux ce portrait, dit-il soudain.

— Comment ?

Il se tourna vers sa sœur, agacé.

— Tu m'as parfaitement entendu, Nastya.

— Eh bien, c'est non.

Elle prit son pinceau et le planta rageusement
dans le jaune ocre de sa palette. Dimitri la saisit
par le coude pour l'empêcher d'abîmer la toile.

— Combien ? demanda-t-il.

— Tu ne peux pas l'acheter, Mitya, dit-elle, prenant un malin plaisir à lui refuser ce qu'il voulait.
Il n'est pas à vendre. En outre, j'ai l'intention de
le donner à Katherine. J'ai apprécié sa compagnie
au cours de ce voyage assommant et...

— Que veux-tu en échange ?

— Rien...

Elle s'interrompit soudain. Il était sérieux. S'il
désirait à tout prix ce tableau, elle pouvait exiger
ce qu'elle voulait et l'obtenir.

— Pourquoi te tient-il tant à cœur ?

— C'est ta meilleure toile.

Elle se rembrunit.

— Ce n'est pas vraiment ce que tu as dit à
Katherine tout à l'heure, fit-elle sans déguiser l'irritation que l'attitude de son frère avait provoquée.

— Dis-moi ton prix, Nastya.

— Je veux retourner en Angleterre.

— Pas cette fois-ci.

— Dans ce cas, je veux pouvoir choisir mon mari.

— Tu es trop jeune pour prendre ce genre de décision, mais je t'accorde le droit de récuser mon choix et j'accepterai si ton refus me paraît sensé. Ce qui est plus que ce que Misha t'aurait autorisée à faire, n'est-ce pas ?

C'était vrai. Leur demi-frère aurait probablement arrangé un mariage sans se soucier de son avis. Elle se serait retrouvée promise à un inconnu, un de ses collègues de l'armée. Ce que Dimitri venait de lui proposer dépassait ses espérances.

— Mais comment trancher si ce qui est raisonnable pour toi ne l'est pas pour moi ?

— C'est-à-dire ?

— Je ne veux pas d'un époux vieux, laid ou odieux.

Dimitri lui sourit pour la première fois depuis longtemps, de ce sourire chaleureux qu'il n'avait que pour elle.

— Ces objections-là sont raisonnables à mes yeux.

— C'est promis, Mitya ?

— Je te promets de te donner un mari qui te plaira.

Ravie, Anastasia esquissa un sourire.

— Le portrait est à toi.

— Bien. Il ne faut pas qu'elle le voie, Nastya, ni maintenant ni quand il sera achevé.

— Mais elle attend...

— Dis-lui qu'il est tombé ou que tu l'as abîmé.

— Mais pourquoi ?

— Ce portrait ne la représente pas telle qu'elle est, mais telle qu'elle veut qu'on la voie. Je ne tiens pas à ce qu'elle sache à quel point son numéro est parfait.

— Son numéro ?

— Ce n'est pas une lady, Nastya.

— Voyons, protesta Anastasia avec un rire bref. J'ai passé de longues heures en sa compagnie, Mytia. Veux-tu insinuer que je suis incapable de reconnaître une dame d'une vulgaire paysanne ? Son père est comte. Elle a reçu une excellente éducation, meilleure qu'aucune femme de ma connaissance.

— Nicolai et Konstantin, eux aussi, ont reçu une bonne éducation...

— Ce serait une bâtarde, comme eux ? s'enquit-elle, surprise.

— Cela expliquerait son éducation.

— Soit, mais qu'importe ? En Russie, on accepte les bâtards.

— S'ils sont reconnus. Et tu sais aussi bien que moi que, même reconnus, la plupart n'ont guère un sort enviable. En Angleterre, c'est pire. Ils sont marqués à vie par cette naissance illégitime et la noblesse les méprise, quels qu'ils soient.

— Mais elle m'a parlé de sa famille, de son père, le comte de Strafford.

— Elle prend ses rêves pour la réalité.

Anastasia fronça les sourcils.

— Pourquoi te déplaît-elle ?

— Ai-je dit qu'elle me déplaisait ?

— Tu ne la crois pas.

— En effet, mais elle m'intrigue. Surtout parce que ses mensonges se tiennent. Veux-tu bien faire ce que je te demande ?

Les sourcils toujours froncés, Anastasia hocha la tête en signe d'assentiment.

20

Le silence régnait de nouveau à bord. Cette fois-ci, Katherine refusa de se dévouer en dépit des regards suppliants que lui adressaient les serviteurs du prince. Elle ne se sentait pas responsable de ce nouvel accès de mauvaise humeur. Elle avait simplement refusé de dîner avec lui, ce qui ne pouvait tout de même pas expliquer son irascibilité. Il lui avait fait part de cette invitation d'un air indifférent et n'avait pas paru déçu lorsqu'elle l'avait déclinée. Non, cette fois-ci, on ne rejetterait pas la faute sur elle.

« Et si tu te trompais, Katherine ? Peut-être qu'un effort de ta part détendrait l'atmosphère ? Même Anastasia a perdu son enjouement. Ne voulais-tu pas lui parler de sa bibliothèque ?

Ce matin-là, elle se décida à aller frapper à la porte de Dimitri. Maksim la fit entrer et quitta aussitôt la pièce. Il était tout aussi surpris de la voir que Dimitri. Le prince se redressa aussitôt, passa une main dans ses cheveux, mais se reprit presque instantanément. Il se laissa aller avec nonchalance contre le dossier de son siège. Katherine ne remarqua rien. Elle regardait les papiers qui jonchaient le bureau et se demandait ce qui pouvait occuper le prince au cours d'un voyage aussi long.

Elle aurait été bien étonnée d'apprendre qu'il vérifiait les comptabilités de plusieurs usines de Rhénanie, qu'il envisageait d'acheter. Katherine excellait précisément dans ce genre d'analyses fastidieuses.

Lorsqu'elle leva enfin les yeux sur lui, il ne lui retourna qu'un regard énigmatique et totalement dénué d'émotion. Elle se sentit devenir nerveuse. Elle regrettait de s'être ainsi imposée, pour lui parler de quelque chose d'aussi futile.

— J'espère que je ne vous dérange pas. Je n'ai pu m'empêcher de remarquer la dernière fois... je veux dire, la dernière fois où j'étais ici, votre importante bibliothèque. Pourrais-je vous emprunter un livre ou deux ?

— Emprunter ? Non. Cette pièce est bien isolée. Je ne tiens pas à ce qu'ils soient abîmés par l'air marin. En revanche, je veux bien que vous vous installiez ici pour lire.

Elle lui fit face trop vite, surprise et gênée.

— Ici ?

— Oui. Une présence silencieuse ne me gênerait pas dans mon travail. À moins que vous ne redoutiez de vous trouver dans la même pièce que moi.

Elle se raidit.

— Non, mais...

— Je ne vous toucherai pas, Katya, si c'est là ce qui vous inquiète.

Il avait l'air blasé. Il ne se souciait pas d'elle. Il se contentait de lui faire une proposition simple et raisonnable. Elle n'avait même pas pensé que l'air marin pouvait en effet abîmer un livre de collection.

Elle s'approcha des rayonnages, s'efforçant d'oublier sa présence. Il s'était replongé dans ses dossiers. Au bout de quelques instants, elle choisit un livre et alla s'installer sur le sofa. Il s'agissait d'un bref commentaire sur la Russie fait par un comte français qui y avait passé cinq ans. L'ouvrage intéressait Katherine mais, ce jour-là, elle était incapable de lire quoi que ce soit.

Plus d'une heure s'écoula. Katherine n'avait pas saisi un traître mot de ce qu'elle avait lu. Elle ne parvenait pas à se concentrer en présence du prince. La regardait-il ? Elle était bien trop nerveuse pour s'en assurer. La présence du prince la submergeait, lui communiquait une étrange sensation de chaleur alors que dans la cabine régnait une température idéale. Elle se sentait à bout de nerfs. Au moindre bruit, elle sursautait et les battements de son cœur s'accéléraient.

— Ça ne marche pas, n'est-ce pas, Katya ?

Quel soulagement qu'il mette un terme à cette torture ! Il était inutile de lui demander d'être plus explicite. Avait-il autant de mal qu'elle à se concentrer ? Non, c'était idiot. Il avait sans doute perçu son malaise, tout simplement.

— Non, ça ne marche pas, avoua-t-elle non sans embarras.

Elle referma son livre, releva la tête. C'était bien imprudent de sa part, car ce que sa voix ne révélait pas, son regard le trahissait. Il contenait cette flamme si intense, qu'elle associait désormais à la passion. Il semblait fouiller son âme en quête d'une réponse qu'elle n'osait donner.

— Vous n'avez guère le choix pour l'instant, reprit-il d'un ton dont la tranquillité contrastait étrangement avec l'émotion qui se lisait dans ses yeux. Soit vous venez dans mon lit, soit vous prenez un livre et vous partez. Faites l'un ou l'autre, mais... vite.

Elle ne put s'empêcher de jeter un coup d'œil en direction du lit. Décidément, cet homme multipliait les pièges autour d'elle ! Elle avait cru qu'il n'y en aurait plus, mais elle s'était trompée.

— Je ferais mieux de partir.

— À votre guise !

Il prononça ces mots avec difficulté, en s'étonnant d'y parvenir, alors qu'il n'avait qu'une envie : bondir vers elle pour l'empêcher de s'enfuir. Quelle sorte de masochiste était-il pour s'infliger une telle torture ? C'était sans espoir. Elle ne changerait pas. Pourquoi insister ?

Katherine s'appuya contre la porte qu'elle venait de refermer, le cœur battant, le visage écarlate. Elle serrait si fort son livre sur sa poitrine que ses doigts lui faisaient mal. Elle avait l'impression d'avoir échappé de justesse à sa propre destruction. Peut-être était-ce vrai. Dimitri représentait une menace pour ses croyances, ses principes, son amour-propre. Si elle cédait, que resterait-il d'elle ?

Elle aurait tellement voulu qu'il la prenne dans ses bras. S'il s'était levé, s'il avait eu ne serait-ce qu'un élan de tendresse... Elle avait vu dans le dernier regard qu'elle lui avait arraché en partant qu'il s'était fait violence pour rester à sa place : les poings fermés, les muscles tendus, la grimace qui crispait son visage.

Quelle folie d'être allée le voir ! Avait-elle oublié que sa présence lui ôtait toute faculté ? Sa seule excuse était d'avoir cru qu'il s'était désintéressé d'elle. Ne pouvait-elle donc pas admettre l'évidence ?

Elle s'éloigna, tourmentée par ces contradictions. Mais la mélancolie qui l'accablait depuis plusieurs semaines l'avait quittée.

21

L'attelage filait à vive allure. Katherine s'était donné mal à la tête à force de chercher à saisir quelques éléments du paysage qui défilait rapidement derrière la fenêtre. Elle finit par y renoncer et s'efforça de résister aux cahots qui menaçaient de la jeter à bas de son siège.

Anastasia riait de ses exclamations et de ses mimiques.

— C'est une vitesse normale, ma chère. Il n'y a pas lieu de s'alarmer. Et vous verrez, en hiver, quand on troque les roues contre des patins ! La troïka va vraiment vite alors.

— Vous transformez une voiture en traîneau ?

— Naturellement. Il le faut bien, avec toute la neige et la glace qui recouvrent nos routes pendant la plus grande partie de l'année. Je sais qu'en Angleterre, vous n'utilisez les traîneaux que lorsqu'il neige. Nous préférons convertir nos voitures plutôt que d'en laisser une en permanence à la remise. C'est beaucoup plus économique.

Cette dernière réflexion amusa Katherine, persuadée qu'Anastasia ne s'était jamais souciée d'économies, du moins en ce qui la concernait. Son sourire s'effaça rapidement. La voiture venait de tourner si brusquement que Katherine perdit l'équilibre et heurta la paroi capitonnée d'un épais tissu de velours or. Comme elle ne s'était fait aucun mal, elle éclata de rire en voyant qu'Anastasia avait également été déséquilibrée. Cette dernière se mit à rire aussi. Voilà donc pourquoi les Russes trouvaient si plaisants ce genre de chevauchée, à un galop d'enfer. C'était comme ces jeux d'enfants où l'on est secoué comme un prunier et où il s'agit de ne pas tomber.

— Nous sommes presque arrivées, dit Anastasia, reprenant son sérieux.

— Où ?

— Mitya ne vous a-t-il donc rien dit ? Il a décidé de me laisser chez notre demi-sœur aînée, Varvara, et sa famille. Elle quitte rarement la ville, sauf durant l'automne, pour échapper à l'humidité. Cela m'est égal, bien que St. Pétersbourg soit une ville ennuyeuse au mois d'août : tout le monde passe l'été au bord de la mer Noire ou voyage. Mais je peux ainsi échapper à tante Sonya pendant quelque temps encore, ce qui me convient parfaitement.

— Et Dimitri ? Où va-t-il ?

— À Novii Domik, notre propriété de campagne. Il est si pressé qu'il ne prend même pas le temps de s'arrêter pour voir Varvara. Ce n'est vraiment pas gentil. Enfin, il veillera d'abord à ce que vous soyez confortablement installée dans une famille en relation avec l'ambassade britannique, j'imagine. Dommage que vous ne restiez pas avec moi ! Je suis sûre que Varvara n'y verrait aucun inconvénient. C'est Mitya qui s'y est opposé. Savez-vous pourquoi ?

— Non. Nous ne nous sommes pratiquement pas adressé la parole.

— Enfin... Il n'y a pas de raison de s'inquiéter. Mitya sait sans doute ce qu'il fait. Il faut me promettre de ne pas tarder à me rendre visite. Je veux tout vous faire découvrir !

— Princesse, il y a une chose que vous devriez savoir...

— Ah, nous sommes arrivées ! Et voilà une de mes nièces. Comme elle a grandi !

La voiture s'arrêta devant une énorme bâtisse qui en Angleterre aurait reçu le nom de palais. Il est vrai que toutes les maisons que Katherine avait aperçues au cours de cette promenade à travers St. Pétersbourg étaient soit des palais, soit des casernes. Mais cela ne la surprit pas. Elle connaissait bien l'histoire de la Russie, en particulier celle de Pierre le Grand qui avait fondé cette ville merveilleuse grâce au travail forcé de milliers de serfs, et contraint l'aristocratie à s'y faire construire ces demeures somptueuses, sous peine d'exil – voire d'exécution – en cas de refus.

Anastasia bondit hors de la voiture tandis que les nombreux valets de pied en livrée rouge et argent se précipitaient à sa rencontre. Katherine en vit deux la porter littéralement pour monter l'escalier, une main sous chaque coude, comme s'ils la jugeaient incapable de faire quelques pas toute seule. La petite nièce aux cheveux d'or se jeta dans les bras de sa tante, en réclamant un baiser.

Katherine sentit sa gorge se nouer. Quand donc retrouverait-elle les siens ? Elle aurait dû parler à Anastasia, la seule personne à pouvoir l'aider, la seule à oser défier Dimitri. Il était encore temps, il lui restait quelques minutes.

Au moment où elle s'apprêtait à descendre, la voiture s'ébranla brusquement. Elle passa rapidement la tête par la portière et n'eut que le temps d'agiter la main en direction d'Anastasia qui lui criait quelque chose. Elle était déjà trop loin pour entendre ce qu'elle disait.

Ce fut alors qu'elle remarqua les cosaques de Dimitri, galopant derrière la voiture. L'escortaient-ils jusqu'à l'ambassade ? Non, c'était, une hypothèse invraisemblable. Pourquoi n'avait-elle pas tout raconté à Anastasia ?

« C'est parce que tu as fini par éprouver de la sympathie pour elle. Tu ne voulais pas la blesser en lui démontrant que son frère était un horrible individu sans scrupules. Maintenant, que faire ? Mieux vaut attendre. Il ne peut t'isoler indéfiniment. Tu finiras bien par rencontrer quelqu'un qui sera en mesure de t'aider. »

Malgré ces pensées encourageantes, elle ne parvenait pas à se rassurer. Pourquoi ? Sans doute parce qu'on l'avait enfermée à clé dans sa cabine toute la journée, comme chaque fois que le bateau avait fait relâche dans un port au cours de leur long périple. Elle avait attendu que la nuit tombe, se disant qu'on la libérerait probablement à ce moment-là. Mais la nuit ne tombait pas. Elle comprit enfin qu'en Russie, comme dans les pays scandinaves, il n'y avait pratiquement pas de nuit durant l'été. St. Pétersbourg devait se trouver à la même latitude que Stockholm ou Oslo. Il était très tard lorsque Vladimir était venu la chercher et l'avait conduite à la voiture, avec Anastasia. Et maintenant, où l'emmenait-on ?

L'équipage ne tarda pas à s'arrêter devant un palais, encore plus impressionnant que celui de Varvara. Aucun laquais ne venant ouvrir la portière, elle en conclut que ce n'était pas là le lieu de sa destination. En effet. Au bout de quelques minutes, les énormes portes au sommet de la volée de marches s'ouvrirent sur Dimitri, qui s'engouffra rapidement dans la voiture.

Katherine était beaucoup trop tendue pour faire preuve de cordialité.

— Sachez que je n'éprouve aucun plaisir à être promenée à toute allure par un cocher qui semble avoir perdu la raison, dans une ville que je ne connais pas, à Dieu sait quelle heure de la nuit, et que...

— Qu'a-t-elle dit quand vous lui avez tout raconté ?

Elle le foudroya du regard, furieuse d'être interrompue.

— Raconté quoi et à qui ?

— Ne soyez pas aussi pénible, Katya, dit-il en soupirant. Je parle de Nastya. Vous lui avez sans doute raconté votre triste histoire ?

— Oh. à vrai dire non...

Il releva les sourcils.

— Non ? Pourquoi ?

— Je n'en ai pas eu le temps, répliqua-t-elle sèchement.

— Vous avez eu des semaines entières...

— Oh, taisez-vous, Dimitri ! J'avais bien l'intention de lui parler, car il faut qu'elle sache ce que vous êtes en réalité. Mais au moment où j'allais le faire, nous sommes arrivées chez votre demi-sœur. Anastasia est descendue de voiture si rapidement que... Je vous interdis de rire !

Il ne pouvait s'en empêcher. Cela faisait longtemps qu'il ne l'avait pas vue aussi furieuse. Ses yeux turquoise lançaient des éclairs. Il avait oublié à quel point elle était adorable lorsqu'elle se mettait en colère. En outre, sa réponse l'avait rassuré sur un point : Anastasia, qui aurait pu lui poser des problèmes si elle avait décidé de prendre fait et cause pour Katherine, n'était au courant de rien. Il avait été imprudent de croire que Katherine se tairait jusqu'au dernier moment. Ce n'est que lorsque les dispositions pour le reste du voyage furent prises et que les deux jeunes femmes montèrent dans la même voiture, qu'il songea au risque qu'il y avait à les réunir. Katherine n'allait-elle pas en profiter pour demander l'appui d'Anastasia ? Mais elle ne l'avait pas fait. Avait-elle volontairement gardé le silence ? Il aurait aimé le penser.

— C'est tout aussi bien que vous ne vous soyez pas confiée à Anastasia, Katya, dit-il en s'enfonçant dans son siège capitonné.

— Pour vous.

— Oui, cela me facilite la tâche.

— Que va-t-il se passer maintenant ?

— Vous allez rester auprès de moi quelque temps encore.

Dans l'après-midi, il avait réglé toutes les affaires urgentes qui l'appelaient en ville. Les domestiques avaient été envoyés directement à Novii Domik, pour prévenir sa tante de son arrivée. Il avait envoyé un message à Vassili et, bien sûr, à Tatiana. Il n'avait pas voulu rendre visite à cette dernière, ce qui était imprudent s'il devait continuer à la courtiser. Mais pour l'instant, son esprit était entièrement accaparé par Katherine et la perspective d'une semaine passée en sa compagnie. Anastasia restant en ville, ils seraient seuls. Qui sait à quoi cela pouvait conduire ?

— Ne pouvez-vous pas me renvoyer chez moi, maintenant ?

Elle avait prononcé ces mots comme une plainte, mais Dimitri ne s'en émut pas.

— C'est impossible tant que je n'ai pas la certitude que le tsar a quitté l'Angleterre. D'ailleurs, ne souhaitez-vous pas voir un peu de cette Russie puisque vous y êtes ? La route est très belle jusqu'à Novii Domik. La propriété se situe dans la province de Volodia, à quatre cents kilomètres environ à l'est de St. Pétersbourg.

— Dimitri ! Mais c'est horriblement loin ! M'emmenez-vous jusqu'en Sibérie ?

L'ignorance de Katherine fit sourire le prince.

— Ma chère, la Sibérie est de l'autre côté des montagnes de l'Oural qui sont à plus de mille kilomètres d'ici. N'avez-vous aucune idée des distances dans mon pays ?

— Apparemment non, maugréa-t-elle.

— La Russie peut sans doute contenir une centaine d'Angleterre. Novii Domik n'est vraiment pas loin par comparaison. Il nous faudra moins d'une semaine pour y arriver puisqu'en cette saison nous avons la chance de pouvoir profiter plus longtemps de la lumière du jour.

— Mais pourquoi m'emmener là-bas ? Ne pouvez-vous pas me laisser à St. Pétersbourg ?

— Si vous ne voyez aucun inconvénient à être séquestrée pendant un mois ou plus, pourquoi pas ? Mais je ne pense pas que ce soit le cas. À la campagne, Katya, il n'y a aucun danger. Vous serez libre d'aller et venir comme vous le voudrez et vous aurez de quoi vous occuper. N'avez-vous pas affirmé être experte en chiffres ? Il faudra probablement vérifier toute la comptabilité.

— Vous me confieriez votre comptabilité ?

— Ne le devrais-je pas ?

— Non, à vrai dire… enfin, Dimitri, c'est incroyable ! Vous me croyez vraiment incapable de me venger du mal que vous m'avez fait, à moi et à ma famille ? Êtes-vous vraiment aussi inconscient que cela ? En me traînant jusqu'ici sans chaperon, vous avez ruiné ma réputation. Il me faudra acheter un époux le jour où je voudrai me marier car vous avez souillé ma réputation. La vie de ma sœur est probablement gâchée désormais et vous en êtes aussi responsable, car, à cause de vous, je n'ai pas pu l'empêcher de s'enfuir avec un voyou. Mon frère n'était pas prêt pour assumer les responsabilités auxquelles mon absence l'a contraint. Quant à mon père…

Cette tirade fut brusquement interrompue par Dimitri qui la souleva dans ses bras et l'obligea à s'asseoir sur ses genoux.

— Je vous ai donc fait du tort. Je suis le premier à le reconnaître. Mais la situation n'est pas aussi dramatique que vous le dites, Katya. Je vous achèterai un chaperon qui jurera de ne pas vous avoir quittée une seule minute et qui ne démordra pas de son récit sous peine de mort. Quant à votre virginité, je suis prêt à dépenser sans compter pour vous procurer le mari que vous voulez, si vous tenez à en avoir un. Cet argent vous permettra également de vivre de façon indépendante, si vous le préférez. Et si votre sœur a épousé cet individu que vous désapprouvez, je peux l'en débarrasser et elle se retrouvera veuve… c'est très simple. En ce qui concerne votre frère… Quel âge a-t-il ?

— Vingt-trois ans, répondit-elle sans réfléchir, trop interloquée pour protester.

— Vingt-trois ans et vous craignez qu'il ne puisse faire face à quelques responsabilités ? Donnez-lui une chance de montrer ce qu'il sait faire, Katya. Quant à votre père, si vous lui avez manqué, il sera d'autant plus heureux de vous retrouver. En revanche, permettez-moi de vous dire tout le bien que je vous ai fait.

— Non.

Elle tenta de se dégager de son étreinte, sans le moindre succès.

— J'insiste. Je vous ai contrainte à partir en vacances, ce dont vous aviez besoin si je crois la moitié de ce que vous affirmez. Je vous fais vivre une aventure passionnante, rencontrer de nouveaux amis, visiter de nouveaux pays. Je vous donne même l'occasion d'apprendre une nouvelle langue... Oui, Marusia m'a dit qu'avec son aide, vous commenciez à parler quelques mots de russe. Et de plus, je vous ai initiée à l'amour, Katherine.

— Taisez-vous ! Vous vous imaginez avoir réponse à tout mais c'est faux. D'abord, la présence d'un chaperon ne justifie en rien ma disparition. En outre, je refuse votre argent. Je vous l'ai déjà dit à plusieurs reprises. Mon père est riche, très riche. Avec ma dot, j'ai de quoi vivre dans l'aisance jusqu'à la fin de mes jours. Si vous avez besoin de vous montrer généreux, donnez cet argent à lord Seymour, qui a probablement épousé ma sœur en dépit de l'opposition de mon père. Qui sait dans quelle misère ils se trouvent à présent...

La bouche de Dimitri se posa sur celle de Katherine, pour l'empêcher de poursuivre. Sous la caresse de ses lèvres, elle sentit ses forces l'abandonner à nouveau. Tous ses griefs disparurent, emportés par la fièvre qui montait en elle.

Un brusque cahot les sépara. Dimitri plongea son regard dans les prunelles agrandies de Katherine.

— Venez, Katya. Maintenant. Nous n'avons pas besoin d'un lit, n'est-ce pas ?

Il l'attira contre lui. Sa main glissa sur les hanches de Katherine, cherchant à relever sa jupe. Elle arrêta sa tentative et le repoussa fermement. Elle avait retrouvé sa lucidité.

— Non.

— Katya…

— Non, Dimitri.

Il s'appuya contre le dossier, les yeux fermés.

— Voilà tout ce que j'obtiens quand je demande.

Elle ne prit pas la peine de répondre. Elle était si énervée qu'elle eut du mal à regagner son siège quand il relâcha son étreinte.

— J'ai cru que c'était une bonne idée de voyager dans la même voiture que vous, mais je vois que c'est une erreur, reprit-il. Je finirais par vous agresser.

— Vous n'en ferez rien.

Il soupira, l'air dubitatif.

— Non, mais vous considéreriez chaque geste de ma part comme une agression, n'est-ce pas ? Et puisqu'il m'est apparemment impossible de ne pas poser les mains sur vous, je préfère vous laisser seule.

Il attendit un instant, espérant qu'elle le retiendrait, mais elle resta silencieuse, absorbée dans la contemplation du paysage.

— Comme vous voudrez, Katya, mais je vous préviens : un jour viendra où je ne serai plus aussi conciliant. Je vous souhaite, ce jour-là, d'être en route pour l'Angleterre.

22

En y réfléchissant plus tard, Katherine arriva à la conclusion que cela avait été une chance de ne pas faire le long voyage jusqu'à Novii Domik en compagnie de Dimitri. Non tant d'ailleurs pour avoir échappé à ses tentatives de séduction que pour s'être soustraite à la fascination qu'il exerçait sur elle. En présence de Dimitri, elle ne pouvait faire attention à rien d'autre. Lorsque Marusia et Vladimir montèrent dans sa voiture, elle se détendit et le voyage se révéla instructif. Vladimir conserva le silence mais sa réserve ne parut guère embarrasser sa femme. Marusia bavarda gaiement, fournissant à Katherine toutes sortes d'explications. Celle-ci en apprit ainsi davantage à propos du peuple russe, de la terre, et surtout de Dimitri. Ce dont elle se serait aisément passée, mais lorsque Marusia était lancée, il était difficile de la détourner de son sujet.

La campagne d'une beauté stupéfiante était parée de couleurs estivales : fleurs sauvages, hautes futaies de bouleaux argentés, champs de blé doré et vert cru des pins. Les villages étonnaient Katherine, avec leurs maisonnettes bleues ou rose foncé, toutes identiques, et leurs porches peints en rouge. C'est alors qu'elle apprit que ces bourgades tranquilles étaient en fait des colonies militaires. En passant, elle eut le temps d'apercevoir des enfants en uniforme.

Marusia expliqua que ces colonies avaient été créées environ trente ans plus tôt, sur l'ordre du tsar Alexandre.

Les provinces de Novgorod, Mogilev, Kherson, Ekaterinoslav et Slobodsko-Ukrainski logeaient un tiers de l'armée dans ces nouveaux camps. Le processus était simple. Un régiment s'installait dans un district, et automatiquement tous les habitants du district étaient incorporés, en tant que réservistes, dans l'unité installée sur leur terre. Les vieux villages étaient détruits et remplacés par ces maisons toutes semblables. Le nouveau rôle imparti aux serfs leur était appris à coups de fouet et, désormais, on labourait en uniforme et au son du tambour.

— Et les femmes ? s'enquit Katherine.

— L'idée du tsar était de laisser les soldats vivre dans leurs familles quand ils n'étaient pas à la guerre, et de conjuguer le travail du soldat avec celui du paysan. Tous les serfs de ces régions ont donc reçu un entraînement militaire. Les femmes font partie de l'armée, qui régente toute leur vie. Ce sont les autorités militaires qui règlent les mariages. Qu'il s'agisse de jeunes filles ou de veuves, aucune n'a le droit de choisir. Elles sont tenues d'épouser l'homme qu'on leur attribue et d'enfanter. Les autorités distribuent des amendes si elles ne mettent pas assez d'enfants au monde.

— Et les enfants ?

— À l'âge de six ans, on les enrôle dans une section spéciale, où ils commencent à apprendre certains exercices militaires. Tout se fait selon des règles édictées par l'armée : s'occuper du bétail, laver le sol, faire briller les boutons de cuivre, jusqu'aux soins apportés aux enfants, tout. Et à la moindre infraction, le knout.

Katherine écoutait, incrédule.

— Et les gens n'ont rien dit ?

— Les serfs sont habitués à obéir. Ils ont simplement changé de maître. Bien sûr, beaucoup ont protesté, ou se sont enfuis pour se cacher dans les bois. Dans la colonie de Chuguyev, il y a même eu une véritable bataille rangée, qui a atteint de telles proportions que le tribunal a prononcé de nombreuses exécutions. Les condamnés n'étaient pas fusillés, mais devaient passer entre les rangs d'un bataillon d'un millier de soldats, armés chacun d'un bâton. Chaque condamné devait recevoir douze coups de bâton de chaque soldat. Plus de cent cinquante hommes sont morts ainsi.

Katherine se tourna vers Vladimir pour qu'il confirme cet horrible récit, mais ce dernier s'obstina dans son mutisme, estimant que ce sujet de conversation était totalement déplacé dans leur bouche. Il savait que Marusia était toujours ravie de trouver une occasion de cancaner, et qu'elle avait l'art de dramatiser ses récits. Elle semblait tellement à son aise qu'il n'avait pas le cœur à refréner son plaisir.

— Le tsar Alexandre tenait beaucoup à ses colonies, poursuivit-elle. Le tsar Nicolas aussi. C'est un militaire et il insiste donc sur l'ordre, la propreté, la discipline et s'entoure habituellement d'officiers. Le prince dit que le tsar dort au palais sur un lit de camp comme lorsqu'il parcourt son empire, pour inspecter ses troupes et les institutions militaires. Le prince Dimitri l'a accompagné plusieurs fois au cours de ses tournées, quand il faisait partie de la garde impériale.

Katherine ignorait tout de ce corps d'élite de l'armée russe. Elle ne savait pas non plus que Dimitri y avait appartenu. Mais Marusia se fit un plaisir de combler ses lacunes. Ainsi, la conversation roulait de nouveau sur Dimitri, ce qui éveilla l'intérêt de Katherine et raviva la désapprobation de Vladimir. Que sa femme colporte des ragots sur le prince avec les autres domestiques était une chose ; mais qu'elle en parle avec une étrangère, et cette étrangère en particulier, c'en était une autre.

Après avoir relaté la glorieuse carrière militaire de Dimitri, Marusia enchaîna fièrement sur l'arbre généalogique du prince, jurant que ses ancêtres remontaient jusqu'à Rurik, le héros considéré comme le fondateur de la Russie.

— Rurik appartenait au peuple des Varrangiens qui quittèrent la Scandinavie pour s'installer sur les rives du Dniepr au IXe siècle, après avoir vaincu les hordes de Slaves déjà établies ici.

— Il serait donc d'ascendance viking ? Bien sûr, j'aurais dû y penser. La taille, la couleur des cheveux...

— Oui, Vikings, Varrangiens, ce sont des tribus parentes. De plus, il est très grand, ce qui est assez rare en Russie. Il y a la famille royale. Le tsar fait plus d'un mètre quatre-vingts.

Les jours suivants, confinées à l'intérieur de la voiture, Marusia et Katherine abordèrent tous les sujets de conversation possibles. La famille de Dimitri n'eut bientôt plus de secrets pour Katherine : son frère aîné, Mikhail, qui était mort ; ses deux sœurs, dont Varvara et leurs familles respectives ; les enfants illégitimes dont on s'occupait avec le même soin et la même affection que les enfants légitimes ; la tante Sonya qui, selon Marusia, était absolument tyrannique. Aucun sujet ne fut laissé à l'écart, et Marusia fit à Katherine un inventaire détaillé de la fortune des Alexandrov : des fabriques de textile, une usine de verre, des mines de cuivre, de vastes domaines dans l'Oural avec plus de douze mille serfs, une résidence d'été sur les rives de la mer Noire, le palais de Fontaka à St. Pétersbourg, un autre à Moscou, Novii Domik. D'après elle, ce n'était là qu'une partie des biens familiaux.

Apparemment Dimitri possédait également un patrimoine personnel hérité de sa mère et de nombreuses entreprises disséminées à travers l'Europe, dont Marusia ne savait pas grand-chose. Vladimir, qui en revanche savait, n'apporta aucune information sur ce chapitre. Ce point resta donc obscur. Marusia mentionna ensuite ses bateaux – il n'y en avait pas un mais cinq –, un château à Florence, une villa à Fiesole, un manoir campagnard en Angleterre, et le fait que, jusqu'au décès de son frère Mikhail, Dimitri avait passé la plus grande partie de son temps hors de Russie.

Au cours d'une discussion sur le servage, Katherine découvrit que l'usage du knout n'était pas l'apanage des colonies militaires. Les propriétaires terriens utilisaient de plus un collier hérissé de pointes de fer pour affirmer leur pouvoir sur leurs serfs. Elle finit par comprendre pourquoi les serfs des Alexandrov étaient si loyaux envers leur maître et préféraient renoncer à leur liberté plutôt que d'aller travailler en ville. La condition d'homme libre ne valait pas mieux que celle de serf, du moins en ce qui concernait les pauvres.

— Savez-vous en quelle année nous vivons ?

Marusia éclata de rire à cette question qui lui paraissait si absurde.

— Les tsars ont envisagé d'abolir le servage. Alexandre était prêt à cette réforme. Nicolas aussi. Ils sont bien obligés de se rendre à l'évidence : la Russie a un retard considérable par rapport au reste du monde. Mais on leur donne toujours des bonnes raisons pour les empêcher de passer aux actes : ce n'est pas le bon moment, ce n'est pas possible. Il y a toujours d'excellents prétextes.

— Vous voulez dire qu'ils cèdent aux pressions des propriétaires terriens, qui refusent de renoncer à une main-d'œuvre aussi bon marché ? fit Katherine, sarcastique.

Marusia haussa les épaules.

— Les aristos... C'est leur façon de vivre. Le changement fait peur.

— Pourtant, le prince Dimitri est différent d'après ce que vous m'avez dit, observa Katherine, songeuse. Ce n'est pas un vrai Russe, n'est-ce pas ?

— Non, c'est l'influence de sa mère lorsqu'il était jeune, jusqu'à ce que sa tante Sonya vienne vivre à la maison. Il s'est alors trouvé écartelé entre sa tante, une vraie Russe, et sa mère, une Anglaise. Toutes deux se détestaient, ce qui n'arrangeait rien. Le prince a été élevé en Russie, mais il n'a jamais oublié les préceptes de sa mère, en particulier ce qu'elle lui a inculqué sur le droit à la liberté. Le servage n'est d'ailleurs même pas une coutume russe. C'est Ivan le Terrible qui le premier a lié les paysans à la terre, de telle sorte qu'ils ont perdu la liberté de la quitter à leur gré.

Ces réflexions absorbaient totalement Katherine. La Russie était un pays magnifique tant que la cruauté et l'injustice de ses lois demeuraient invisibles. Que tant de pouvoir soit concentré dans les mains de quelques privilégiés tandis que tout le peuple subissait une effroyable oppression semblait inconcevable. Tous les pays civilisés avaient aboli l'esclavage. Pourquoi la Russie n'avait-elle pas encore compris que cette mesure était indispensable ?

Il y avait tant à faire dans ce pays. À force de réfléchir à tout cela, Katherine finit par en avoir mal à la tête. Dieu merci, elle n'avait pas à se charger des réformes de ce pays : elle n'y était pas née, tout cela ne la concernait pas vraiment. Bien sûr, si elle avait été russe, elle aurait sans doute vu les choses différemment. Mais elle n'était que de passage, elle ne resterait pas longtemps ici. Pourquoi d'ailleurs devait-elle y rester ? Cette question ne cessait de la tourmenter. Simplement parce que Dimitri l'avait décrété ? C'était insupportable.

Au premier relais où l'on changea les chevaux, elle constata qu'il était pratiquement impossible de s'échapper. Aucune occasion de s'enfuir ne lui était laissée. De toute évidence, Vladimir avait reçu la consigne de ne jamais la perdre de vue et, autant que possible, de la soustraire à tout regard étranger. Il prenait visiblement sa mission au sérieux. S'il s'absentait, Marusia, Lida ou un autre serviteur étaient chargés de la surveiller.

La nuit, il était encore plus difficile de se soustraire à la vigilance de ses gardiens. Les voyageurs faisaient halte chez des amis du prince. Elle partageait alors le logement des domestiques et dormait avec une demi-douzaine de femmes sur une paillasse dure, à même le sol. Dimitri lui avait proposé de loger dans la résidence principale où on lui aurait donné un lit confortable. Mais elle avait décliné cette offre, se doutant qu'il ne l'aurait probablement pas laissée plus tranquille. Maintenant qu'elle connaissait les dures conditions de vie du peuple russe, son ressentiment contre Dimitri, qui considérait qu'elle faisait partie de la plèbe, s'était accru. Elle s'entêta : puisque le prince pensait qu'elle n'était qu'une domestique, pourquoi bénéficierait-elle d'un régime de faveur ? Non, pas de demi-mesures. Elle avait trop de fierté pour accepter les miettes de sa générosité, sachant ce qu'il pensait réellement d'elle.

Quelle satisfaction de s'opposer à Dimitri de nouveau et de faire prévaloir sa volonté ! Quelle que soit la puissance du prince, elle avait ses limites : s'il avait pu faire enlever Katherine et la séquestrer, il ne pouvait l'obliger à se plier entièrement à sa volonté. Malgré les circonstances, elle demeurait Katherine St. John. Et on ne faisait pas d'une St. John ce qu'on pouvait faire d'une malheureuse servante, terrorisée par la perspective d'encourir les foudres de son maître.

23

Novii Domik, la *Nouvelle Demeure*, apparut brusquement au détour du chemin. Son architecture ressemblait à celles des châteaux de la région que Katherine avait pu entrevoir, mais en plus imposant. Elle s'attendait plus ou moins à une bâtisse colossale et prétentieuse, d'après ce qu'elle savait de la fortune de Dimitri. Mais cette maison de campagne était tout simplement ravissante, en dépit de ses proportions majestueuses.

C'était un manoir de deux étages, flanqué de deux ailes basses. Sur le devant, une gracieuse colonnade abritait le perron et soutenait une large terrasse, au premier étage. Les volets et les avant-toits, ouvragés à la russe, présentaient un des plus beaux exemples de travail de découpe que Katherine eût jamais vus.

Une allée de tilleuls menait à un verger de pommiers, de poiriers et de cerisiers soigneusement entretenus, puis à des jardins de fleurs. Un potager séparait les dépendances de la maison principale. À moins d'un kilomètre se trouvait le village.

Malgré son impatience d'arriver à destination et bien qu'il ait effectué la plus grande partie du voyage à cheval, Dimitri était resté à côté de la voiture de Katherine au cours des derniers kilomètres. Depuis leur départ de St. Pétersbourg, elle ne l'avait guère vu : manifestement, il avait fait en sorte de l'éviter. Peu importait. Elle avait pris l'habitude, sur le bateau, de ne pas le voir. En outre, les sentiments qu'elle éprouvait en sa présence étaient bien trop embarrassants pour se plaindre de son détachement.

Était-il encore fâché de son refus de dormir autre part qu'avec les domestiques, la nuit dernière, dans la maison de son ami, Alexei ? Naturellement. La colère se lisait aisément sur son visage, sur ses lèvres serrées, sa mine renfrognée et sa mâchoire crispée. Lorsqu'il se tournait dans sa direction, elle avait l'impression qu'il était prêt à lui tordre le cou.

Il n'y avait rien de surprenant à ce que les domestiques le craignent dans ces moments-là. Ne ferait-elle pas mieux également de se tenir sur ses gardes ? Au contraire, cette situation l'amusait. Dimitri avait tout d'un enfant boudeur. Il lui rappelait son frère Warren qui, petit, faisait des scènes épouvantables quand il n'avait pas ce qu'il voulait. Pour lui faire perdre cette mauvaise habitude, il avait suffi de ne pas lui prêter attention. Avec Dimitri, ce n'était pas si facile, elle avait du mal à rester impassible et à feindre l'indifférence. Sa seule présence la troublait au point de lui faire perdre tous ses moyens. Même sans le voir, elle le devinait lorsqu'il était tout près d'elle.

Une foule de domestiques se rua à leur rencontre et Katherine se sentit gagnée par un profond malaise lorsqu'elle vit que la voiture où elle se trouvait était la première à s'arrêter devant le perron. Indifférent à l'accueil de son personnel et à sa tante qui l'attendait en haut des marches, Dimitri ouvrit la portière, tira Katherine hors de la voiture et la traîna à l'intérieur de la maison.

Dans le vaste hall d'entrée, il lui fit faire volte-face avant de lui lâcher le poignet.

— Pas un mot, Katya, fit-il comme elle ouvrait la bouche pour protester. Pas un seul mot. J'en ai assez de votre entêtement, de votre esprit de contradiction et de vos ergotages. Vous allez dormir là où je le déciderai et pas là où je le voulez, pas avec les domestiques, mais là où je le veux. Vladimir ! appela-t-il pardessus son épaule. Emmène-la dans la chambre blanche et veille à ce qu'elle n'en bouge pas !

Katherine n'en revenait pas. Ne voilà-t-il pas qu'il lui tournait le dos et se dirigeait vers sa tante ? Il la congédiait sans plus de cérémonie. Il la punissait comme une enfant, en l'enfermant dans sa chambre.

— Vous...

— Non, pas maintenant, siffla Vladimir à son oreille. Laissez-lui le temps de se calmer, ne le provoquez pas maintenant, il est hors de lui.

— Je m'en fiche pas mal, répliqua-t-elle à mi-voix. Je ne veux pas lui donner l'impression qu'il peut me mener par le bout du nez.

— Non ?

Sur le point de le contredire, elle s'interrompit. Naturellement que Dimitri pouvait la mener par le bout du nez. Tant qu'elle était en son pouvoir, il faisait d'elle ce qu'il voulait. Et dans ce trou perdu, entourée de ses gens, elle était réellement en son pouvoir. C'était intolérable. Que faire ?

« Calme-toi, Katherine. Il se comporte d'une façon méprisable. Il ne mérite pas que tu réagisses. Patience. Ton heure viendra, et ce jour-là, Dimitri regrettera de t'avoir jamais rencontrée. »

Dimitri regrettait déjà le jour où il l'avait rencontrée. Jamais une femme ne l'avait autant exaspéré et il ne pouvait même pas prétendre qu'elle se rachetait autrement. Il était clair qu'elle s'ingéniait à l'agacer, qu'elle y prenait même un malin plaisir. Oui, cela l'enchantait de le vexer. L'ingrate ! Il en avait assez de la ménager, au point de perdre la raison à cause d'elle. Il lui suffisait de regarder autour de lui pour comprendre à quel point il s'était ridiculisé.

Son emportement eut cependant, bien malgré lui, une autre conséquence. À l'air désapprobateur de Marusia, il se rendit compte qu'il avait humilié Katherine devant tout le monde. Sur le moment, peu lui importait. Ce n'était pas plus mal après tout. N'était-il pas temps de mettre fin à son petit jeu ? Marusia et les autres serviteurs la traitaient avec trop d'égards. Ils encourageaient ses illusions, ce qui la portait à croire qu'elle pouvait dans tous les cas s'en tirer à bon compte. Il avait, lui aussi, cherché à la ménager, et cela n'avait pas servi à grand-chose.

Devant l'expression interdite de sa tante, il comprit qu'il était passé devant elle sans la voir. Il la salua comme il se devait, mais Sonya Alexandrovna Rimsky n'avait pas l'habitude de se montrer discrète.

— Qui est-ce, Mitya ?

Il suivit le regard de Sonya : Katherine montait l'escalier derrière Vladimir. La tête haute, le dos droit, elle remontait légèrement ses jupes, avec un léger balancement des hanches. Cette démarche altière, comme si elle singeait les manières d'une lady, l'irrita au plus haut degré.

— Une fille insignifiante, une Anglaise qui est revenue avec nous.

— Mais tu l'installes dans tes appartements privés…

— Pour l'instant, interrompit-il. Ne vous inquiétez pas, tante Sonya. Je lui trouverai une occupation pendant son séjour ici.

Sonya, qui s'apprêtait à protester, se ravisa.

C'était une grande femme maigre, dont la taille atteignait presque un mètre quatre-vingts. Elle était restée veuve, après moins d'un an de mariage, et n'avait pas pleuré la mort de son mari, un homme autoritaire et désagréable. Les outrages du lit conjugal lui avaient semblé trop insupportables pour prendre un autre époux. Elle était peu disposée à se montrer indulgente par rapport aux vils désirs auxquels étaient condamnés les hommes. Son propre frère était allé jusqu'au mariage pour avoir une Anglaise. Désormais, la lignée des Alexandrov en était à jamais souillée. Si seulement Misha n'était pas mort, ou du moins s'il avait laissé un héritier, un héritier légitime…

Une brève grimace de dégoût traversa son visage pendant qu'elle tirait ses conclusions sur la nouvelle venue. Maintenant Dimitri ramenait des filles des rues à la maison ! Ne pouvait-il agir avec plus de discrétion, comme son père et ses frères, et se contenter de s'amuser avec une paysanne qui voulait bien se donner du bon temps ? Pourquoi fallait-il qu'il aille chercher des filles en Angleterre ? À quoi pensait-il donc ? Elle ne fit cependant aucun commentaire. À en juger par son laconisme, Dimitri n'était pas d'humeur à supporter la critique. En outre, elle n'avait pas l'intention de prendre le personnel à témoin de ses reproches.

Elle attendit donc que Dimitri ait fini de répondre à chaque domestique venu lui souhaiter la bienvenue. Accorder une telle attention au personnel, c'était ridicule ! L'éducation que lui avait donnée sa mère était décidément déplorable. Enfin, Tatiana parviendrait probablement à calmer ses excentricités. La seule chose dont Sonya ne se plaignait pas, c'était bien le choix de sa future épouse. Malheureusement, cette longue absence avait repoussé à plus tard sa demande en mariage. Dimitri n'avait pas de temps à perdre, et encore moins avec une paysanne anglaise.

C'est alors que Sonya remarqua l'absence de sa nièce.

— Nastya n'est pas rentrée avec toi ?

— Si, mais je l'ai laissée chez Varvara où elle restera quelque temps.

Il ne s'étendit pas davantage sur les motifs qui l'avaient décidé à éloigner sa sœur de Katherine.

— Est-ce sage, Mitya ? Bien que St. Pétersbourg soit presque désert, les réceptions ne manquent pas en cette période de l'année. À moins que je n'aie mal saisi la raison du retour précipité de Nastya ?

— Vous l'avez fort bien saisie. Mais il est inutile de s'inquiéter davantage à son sujet. Elle accepte de se marier, si l'époux que je lui aurai trouvé lui convient.

Les yeux bleus de Sonya s'écarquillèrent sous l'effet de la surprise.

— Tu vas la laisser choisir ?

— Il s'agit de ma sœur, tante Sonya. Je veux son bonheur. On vous a imposé un mari. Voyez la vie que vous avez menée.

Sonya se figea avec raideur.

— Il est inutile de discuter. Nastya a de la chance d'avoir un frère aussi indulgent. Mais seul un homme exceptionnel pourra la supporter, avec le caractère qu'elle a. Il est facile d'imaginer quelles idées elle ramène d'Angleterre. On n'aurait jamais dû autoriser ce voyage. Enfin, tu connais mon sentiment à ce sujet.

— Oui, ma tante, dit-il en soupirant.

Il le connaissait trop bien en effet. Elle s'était opposée violemment au mariage de son unique frère avec une étrangère et ce dernier, s'il n'avait pas tenu compte de son avis, en avait gardé un profond ressentiment. Sonya n'avait d'ailleurs jamais pardonné à Petr ce qui était à ses yeux une trahison. Une sourde guerre s'était instaurée entre les deux femmes, lorsque Sonya avait dû regagner la maison familiale à la mort de son mari. La jalousie l'empêchait de voir les qualités d'Anne. À l'entendre, tout ce que faisait sa belle-sœur était bizarre. À sa mort, ces critiques furent étendues à l'Angleterre en général. Dimitri n'ignorait pas que si elle continuait à correspondre avec la duchesse, c'était uniquement pour le plaisir de lui exposer les frasques de ses deux petits-enfants, dont elle attribuait la responsabilité à leur mère. Elle était cependant trop hypocrite pour critiquer ouvertement Anne.

— Enfin, quel que soit le scandale que la conduite de Nastya a provoqué en Angleterre, Dieu merci, il ne la suivra pas jusqu'ici, observa-t-elle comme ils gagnaient le salon. Elle pourra toujours faire un beau mariage. Au fait, puisque nous parlons mariage, as-tu vu Tatiana ?

L'idée fixe de tante Sonya. Dimitri était même étonné qu'elle n'ait pas posé la question plus tôt.

— Je viens à peine de rentrer de voyage, ma tante. Dès que je suis arrivé à St. Pétersbourg, j'ai pris la route de Novii Domik. Je lui ai envoyé un message mais j'ignore si elle l'a reçu. Je ne sais pas où elle est en ce moment.

— Il te suffisait de me le demander. Elle est à Moscou, en visite chez sa sœur. Cependant, en ton absence, on ne peut pas dire qu'elle se soit languie de toi. Il paraît que le comte Grigori Lysenko a commencé à la courtiser dès ton départ et, à ce que l'on dit, elle ne lui est pas insensible.

Dimitri haussa les épaules, visiblement peu troublé par cette nouvelle. Il n'aimait pas Lysenko, un compagnon de régiment au Caucase, dont il avait eu le malheur de sauver la vie. Il en avait reçu une blessure mineure, au passage. Ce geste aurait été vite oublié si Lysenko n'en avait pas retiré une véritable rancœur. Visiblement, il ne pardonnait pas à Dimitri de lui avoir porté secours, et s'était mis dans la tête de le surpasser dans tous les domaines. Dimitri n'était donc pas surpris d'apprendre que Lysenko avait jeté son dévolu sur la ravissante Tatiana. Cela ne l'inquiétait pas non plus.

— Je vais lui envoyer un mot pour lui dire que je suis ici.

— Ne ferais-tu pas mieux d'aller la voir en personne, Mitya ?

— Et d'avoir l'air jaloux ?

— Elle en sera flattée.

— Elle en sera amusée, répliqua-t-il, sentant l'irritation le gagner face à l'opiniâtreté de sa tante. La cour assidue à laquelle je me suis livré l'a laissée de glace jusqu'à mon départ. Cela ne lui fera pas de mal de se demander pendant quelque temps si elle me plaît toujours.

— Mais…

— Il n'y a pas de mais ! Si vous me croyez incapable de la conquérir par moi-même, peut-être ferais-je mieux d'y renoncer.

Sonya eut la sagesse de prendre en compte cet avertissement clair et direct. Les lèvres pincées, elle quitta la pièce.

Dimitri se dirigea vers le meuble à alcools et se versa une large dose de vodka. Sa tante n'avait pas à lui dicter sa conduite. Il n'avait tout simplement pas la patience requise pour reprendre sa cour auprès de Tatiana et il ne l'aurait pas tant que Katherine se refuserait à lui. Les femmes ne manquaient pas, en compagnie desquelles il pouvait oublier les fatigues de ce long voyage, mais aucune ne le tentait. Il lui fallait Katherine. Il en revenait toujours là. Cette fille l'obsédait. Furieux, il jeta son verre encore plein dans la cheminée et quitta le salon à grands pas.

Dans la chambre blanche, Katherine, morose, regardait par la fenêtre. Boris, qui venait de monter sa malle, s'empressa de sortir en voyant que le prince désirait lui parler.

— Je ne vous demande pas si cette chambre est à votre goût. Vous me répondriez que non et...

— Et vous donneriez une fois de plus libre cours à votre colère, continua-t-elle en se tournant lentement vers lui. Vous savez, Dimitri, ces scènes commencent à devenir assommantes.

— Ces scènes ?

— Vous recommencez ? s'enquit-elle en écarquillant des yeux innocents.

Il se tut. De nouveau, elle le provoquait, elle cherchait à le mettre hors de lui, afin qu'il oublie les raisons pour lesquelles il venait la voir. Mais cette fois-ci, il n'oublia pas. Il pouvait lui aussi jouer à ce petit jeu.

— Vous omettez de parler de votre mauvais caractère.

— Moi ? J'ai mauvais caractère ?

— Non, bien sûr que non, ricana-t-il. Vous donnez de la voix uniquement parce que c'est un bon exercice pour les poumons.

Elle le dévisagea, l'air incrédule, puis se mit à rire. Un rire franc et chaleureux, qui ensorcela Dimitri. Il ne l'avait encore jamais entendue rire, pas ainsi.

Il comprit soudain qu'il avait totalement négligé un aspect de sa personnalité : son sens de l'humour ou peut-être son espièglerie lui avait échappé. À la réflexion, il n'aurait peut-être pas dû prendre au sérieux certaines de ses récriminations.

— Mon Dieu ! soupira-t-elle en séchant les larmes de ses yeux. Vous êtes unique, Dimitri. Un bon exercice pour les poumons ! Il faudra que je m'en souvienne lorsque mon frère se plaint de ma tyrannie. Il m'arrive de perdre patience avec lui.

Il craignait de briser le charme.

— Comme avec moi.

— Surtout avec vous.

Elle souriait tout en parlant. Un étrange plaisir envahit Dimitri. Pourquoi était-il venu la voir ? Pour redéfinir leurs rapports. Allons donc ! Il ne voulait pas vraiment la changer, ni l'obliger à renoncer à ces comédies qui, de toute évidence, lui plaisaient. Si seulement il parvenait à être moins susceptible avec elle ! Leurs rapports seraient plus faciles. Et si tout cela, ou la moitié seulement, n'avait été qu'une plaisanterie...

— Il doit bien y avoir moyen de résoudre ce problème, dit-il en s'approchant d'elle, l'air anodin.

— Quel problème ?

— Votre manque de patience, le mien et nos caractères emportés respectifs. En principe, les amoureux ont autre chose à faire que de se disputer.

— Ne peut-on pas éviter ce sujet ?

— Nous n'en avons jamais été très loin.

Circonspecte, Katherine recula.

— En réalité, il paraît qu'on se dispute souvent entre amoureux.

— Possible, mais sûrement pas souvent. Et si cela arrive, il y a d'agréables façons de se réconcilier. Voulez-vous que je vous dise comment ?

— Je...

Elle trébucha contre le mur et acheva sa phrase dans un souffle :

—... devine.

— Pourquoi alors ne pas nous amender pour une fois ?

Elle appuya ses mains contre la poitrine de Dimitri, les bras tendus, pour le tenir à distance. « Concentre-toi, Katherine. Il faut détourner son attention. Trouve quelque chose. Vite ! »

— Dimitri, vous désiriez me voir pour une raison particulière ?

Cette maladresse évidente le fit sourire et il lui prit les mains.

— J'en arrive à la raison de ma visite, mon petit chat, si vous voulez bien vous taire.

Elle se perdit dans son sourire et dans le baiser qui suivit. Il ne cherchait plus à la submerger, à l'écraser de sa passion. Leur conversation avait adouci le désir qu'il éprouvait et il le lui communiquait avec douceur et tendresse mais de façon aussi enivrante qu'auparavant. Il communiait avec elle, s'abandonnait à elle et, pendant quelques minutes, émerveillée, elle prit ce qu'il lui offrait, jusqu'à ce qu'il devienne plus exigeant.

Alors, elle s'arracha à sa bouche, pantelante, cédant à la panique.

— Dimitri...

— Katya, vous me désirez. Pourquoi le nier ?

— Parce que... Non, c'est faux, je ne vous désire pas.

À son regard sceptique, elle comprit qu'il ne la croyait pas. Il n'était pas dupe, elle non plus

237

d'ailleurs. Pourquoi refusait-il de comprendre sa position ? Pourquoi supposait-il qu'ayant passé une nuit ensemble elle consentirait à se donner encore à lui ? Naturellement, elle le désirait. Comment en aurait-il été autrement ? Mais céder à ce désir était impensable. Il fallait que l'un des deux reste lucide, conscient des conséquences que leur faiblesse entraînerait. De toute évidence, Dimitri ne s'en souciait pas.

— Dimitri, comment vous faire comprendre ? Votre baiser est agréable, mais pour moi, il faut s'en tenir là, alors que pour vous, c'est un premier pas vers le lit.

— Quel mal y a-t-il à cela ? rétorqua-t-il, sur la défensive.

— Je ne suis pas une prostituée. J'étais vierge quand je vous ai rencontré. Peu importe le plaisir que j'éprouve lorsque vous m'embrassez. Mais je sais qu'il ne faut pas aller plus loin. Restons-en là et...

— Restons-en là ! interrompit-il. Un baiser sur la main ou sur la joue ne va pas plus loin que la main ou la joue, certes. Mais quand vous pressez votre corps contre le mien, c'est une invitation à l'amour.

Le visage de Katherine s'empourpra. Elle savait qu'il disait vrai.

— Si vous ne m'aviez pas interrompue, j'allais vous demander d'être plus prudent à l'avenir et de refréner votre désir de m'embrasser, afin d'éviter ces déplaisantes discussions.

— Mais je *veux* vous embrasser !

— Vous voulez davantage, Dimitri.

— Parfaitement. À l'inverse de vous, je ne l'ai jamais nié. Je vous veux, Katya. Je veux vous faire l'amour. Me demander de ne plus y songer est absurde.

Elle détourna la tête. Cette agressivité était une autre manière d'exprimer le désir qu'il avait d'elle.

Elle en était consciente mais, en même temps, la violence de Dimitri était terriblement éprouvante, surtout lorsqu'elle se sentait aussi violemment émue.

— C'est justement ce que je ne comprends pas, Dimitri. Vous rendez-vous compte que nous n'avons jamais bavardé ensemble, seulement parlé, pour en savoir un peu plus l'un sur l'autre. Tout ce que je sais à votre sujet, ce sont vos domestiques et votre sœur qui me l'ont appris. Et vous en savez encore moins à mon sujet. Ne pouvons-nous pas parler sans nous embarrasser du reste ?

— Ne soyez donc pas si naïve, Katya, dit-il, amer. Parler ? Je ne peux même pas penser quand je suis auprès de vous. Vous voulez parler ? Eh bien, écrivez-moi une lettre !

Lorsqu'elle leva les yeux, il était parti et la pièce, en dépit de ses vastes proportions, lui parut soudain bien petite. Se trompait-elle ? Pouvait-elle envisager un avenir auprès d'un tel homme ? Si elle lui cédait, son intérêt à son égard ne s'atténuerait-il pas ? C'est ce qu'Anastasia avait prédit. Pourquoi, dans ce cas, succomber à une impulsion qui n'aurait pas de suite ?

« Qui cherches-tu à abuser ? Tu as déjà succombé à son charme. Tu désires Dimitri. Dans ses bras, tu éprouves ce que tu n'aurais jamais cru pouvoir éprouver, tu crois à des choses dont tu te moquais jusqu'alors. Pourquoi résister ? »

Elle n'en était plus très sûre. À chaque confrontation avec Dimitri, elle en était même de moins en moins sûre.

24

Ce premier jour à Novii Domik parut atrocement long à Katherine. Après le départ de Dimitri, un profond découragement l'accabla, dont elle ne parvint pas à se défaire. Elle aurait pu explorer la maison pour se distraire. Personne ne l'en empêchait. L'ordre que Dimitri avait hurlé à Vladimir à leur arrivée (« la chambre blanche et veille à ce qu'elle n'en bouge pas ! ») n'avait rien de dissuasif. Néanmoins, cette arrivée intempestive lui avait laissé un sentiment de gêne et braver l'inconnu était au-dessus de ses forces. Elle éprouvait plutôt l'envie de se cacher. En outre, elle n'osait courir le risque de tomber sur Dimitri, alors qu'elle se sentait sur le point de succomber.

Mon Dieu, ne verrait-elle jamais la fin du tunnel ? Les doutes qui la déchiraient cesseraient-ils jamais de la tarauder, la tentation de s'abandonner, de grandir ?

Lorsqu'elle considérait la situation dans son ensemble, elle se disait que c'était de la folie. Elle était séquestrée dans un pays étranger, prisonnière d'une chambre dont le luxe défiait toute description et désirée par le plus beau des hommes. Que pouvait-elle vouloir de plus ? Une femme sensée aurait-elle déploré que le destin lui permette de vivre un véritable conte de fées ?

Katherine cependant le déplorait. Et, lasse de s'accuser de tous les torts, il lui fallait bien trouver un bouc émissaire. Chose peu surprenante, elle n'en manquait pas. Sa sœur, dont les stupides petits secrets l'avaient obligée à la suivre le jour où elle s'était fait enlever. Lord Seymour qui, en perdant son héritage, était devenu un mauvais parti. Son père également qui, au lieu de s'entêter dans son refus, aurait pu accepter qu'Élisabeth épouse lord Seymour et aider ce dernier à récupérer ses fonds. Venait ensuite Anastasia qui, par son inconduite, avait contraint son frère à venir la chercher pour la ramener en Russie. La duchesse douairière d'Albemarle avait également eu le tort d'appeler Dimitri à son secours au lieu de remédier elle-même au problème soulevé par Anastasia. Et bien sûr, Vladimir occupait la place d'honneur pour avoir pris la décision irréfléchie de l'enlever. Si chacun avait agi différemment, le piège ne se serait pas refermé sur elle.

Elle sentait sa détermination chanceler. Elle était sur le point de sacrifier ses principes, de succomber à la plus primitive des motivations. Céder au désir de Dimitri n'était plus qu'une affaire de temps. Et c'est là que résidait la principale cause de son accablement. Elle ne voulait pas être une simple conquête de plus pour Dimitri. Elle ne voulait pas être seulement sa maîtresse pendant quelques semaines. Elle voulait plus. Sa fierté exigeait davantage.

Le soir venu, elle remarqua qu'on lui avait monté le plateau du dîner. Quand ? Elle n'aurait su le dire. Décidément, elle était dans un piteux état. Elle se ressaisit, agacée d'avoir passé toute la journée à s'apitoyer sur son triste sort. Elle n'avait même pas rangé ses vêtements. Enfin, peu importait. N'avait-elle pas vécu plusieurs semaines avec une malle pour tout mobilier ? Cependant, elle aurait pu faire quelque chose de constructif. Dimitri avait parlé de comptes. Vladimir aurait pu les lui amener. Elle n'avait même pas examiné ses nouveaux quartiers.

C'est ce qu'elle fit après dîner, pendant qu'on lui préparait un bain. Le nombre de domestiques qui l'assistaient l'intrigua quelque peu. Bah, le personnel de Novii Domik devait être si important qu'on pouvait sans peine en mettre quelques-uns à son service.

Ils étaient réservés et semblaient, en fait, plutôt réticents à la servir. Mais peut-être était-ce là un comportement normal ? Katherine ne pouvait leur en vouloir. Les domestiques en Angleterre avaient la liberté de s'en aller, si leur employeur ne leur convenait pas. En Russie, ils ne l'avaient pas.

La chambre était magnifique et d'une blancheur virginale. Elle portait bien son nom. Tout était blanc, y compris les tapis et la cheminée. Sur les murs, un léger motif doré, à peine visible, soulignait les lourdes tentures de brocart. Le dessus-de-lit et la garniture du sofa et des fauteuils formaient un plaisant contraste, avec leur teinte d'or et de bleu pastel.

Par ses couleurs et sa simplicité, c'était une chambre très féminine. La coiffeuse, les délicats ornements de dentelle placés ici et là, les tableaux aux murs, les huiles et les parfums dans la petite salle de bains attenante, chaque détail contribuait au confort et à l'élégance de cette pièce. Katherine était ravie que Dimitri la lui ait donnée. C'est alors qu'elle poussa une porte, qui la fit changer d'avis. La chambre communiquait directement avec la chambre du maître de maison, en l'occurrence Dimitri.

En voyant Maksim déplier sur le lit les vêtements du prince, elle referma précipitamment la porte, le visage en feu, et rougit davantage encore en surprenant le regard ironique des deux femmes de chambre qui ouvraient son lit. Seigneur ! La maison entière savait qu'il l'avait installée à côté de lui, dans la chambre normalement destinée à l'épouse – c'est-à-dire, dans son cas, à la maîtresse. Même sa tante le savait. Que devait donc penser la pauvre femme ? Que pouvait-elle penser ?

— Ce n'est pas vrai ! dit Katherine en russe aux deux servantes.

Mais tout ce qu'elle obtint, ce fut un petit rire de la part de la plus jeune et un sourire narquois de l'autre, ce qui eut pour effet d'augmenter sa colère.

— Sortez ! Toutes les deux ! Sortez ! J'ai dû apprendre à me débrouiller toute seule. Je n'ai pas besoin de vous. Sortez !

Comme elles se tenaient immobiles, interdites devant cet éclat inattendu, Katherine se réfugia dans la salle de bains dont elle claqua la porte. Elle se déshabilla rageusement, tirant sur les boutons qui lui résistaient. Elle espérait que le bain la calmerait. Il n'en fut rien.

Comment osait-il lui faire pareil affront ? Comment osait-il laisser croire à tous qu'elle était sa maîtresse, en criant à tue-tête ses ordres aux domestiques ? Il aurait pu aussi bien dire à Vladimir de l'installer dans sa propre chambre.

Elle était trop énervée pour rester dans la baignoire. Elle saisit un peignoir de soie qu'on avait posé à portée de sa main, et l'enfila sans prendre la peine de se sécher. Le tissu couleur pêche se colla à son corps, mais elle ne s'en aperçut pas.

Il ne s'en sortirait pas ainsi. Elle allait lui parler sur-le-champ et elle ne resterait pas dans cette chambre, pas même une nuit. Une grange, un simple tas de foin, une paillasse à même le sol, un hamac accroché n'importe où, tout était préférable plutôt que de dormir à côté de la chambre de Dimitri.

Lorsqu'elle regagna la chambre avec aussi peu de discrétion que lorsqu'elle en était sortie, les servantes étaient parties. La pièce était vide, le plateau du dîner avait disparu. Un petit feu avait été allumé dans la cheminée, une brise rafraîchissante s'engouffrait par les fenêtres entrouvertes, activant les braises et faisant vaciller la flamme des lampes à huile. L'une d'elle venait de s'éteindre et fumait encore.

Son regard s'attarda sur la spirale de fumée pendant qu'elle s'efforçait de se ressaisir et de donner à ses pensées un tour plus raisonnable. Peine perdue. Il fallait qu'elle s'explique avec Dimitri, tout de suite.

Avec cette idée en tête, elle rouvrit la porte de communication pour demander à Maksim d'aller chercher son maître. Mais le valet était parti et assis à une petite table, achevant un dîner tardif, se trouvait l'objet de son indignation.

— Je vous demande pardon, dit-elle machinalement, désorientée.

Puis, se souvenant de sa colère, elle se reprit :

— Non, je ne vous demande pas pardon. Vous n'avez décidément aucun sens des convenances, Alexandrov. Il n'est pas question que je reste dans cette pièce.

— Pourquoi ?

— Parce qu'elle est contiguë à la vôtre.

Dimitri posa couteau et fourchette et se carra dans son siège, lui accordant toute son attention.

— Vous pensez peut-être que je vais profiter de cette proximité pour venir vous retrouver sans en être prié ? Mais ma chère, vous oubliez que j'en ai eu l'occasion depuis le jour de notre rencontre ?

— Je n'oublie rien. Je refuse simplement de rester dans cette chambre.

— Vous ne m'avez pas dit pourquoi.

— Si, mais vous ne m'avez pas écoutée.

Elle se mit à arpenter la pièce, les bras croisés sur la poitrine, le corps raide. Ses longs cheveux virevoltaient autour d'elle chaque fois qu'elle tournait.

— Je vais être plus précise : c'est parce que cette pièce se situe dans vos appartements privés, dans la suite du maître auquel, moi, je n'appartiens pas. Ce que cela sous-entend est inacceptable et vous savez parfaitement pourquoi.

— Ah bon ! dit-il, impassible.

— Je ne suis pas votre maîtresse. Je n'ai pas l'intention de l'être et je tiens à ce que vos gens le sachent.

Au lieu de répondre, il se contenta de l'observer. Sa nonchalance était susnecte. Où était nassée la fureur qu'il lui opposait toujours quand elle se rebiffait ? Il la voulait dans la chambre blanche. Pourquoi ne réagissait-il pas ? Que s'était-il passé depuis leur dernière entrevue ? Pourquoi sa mauvaise humeur s'était-elle apaisée ? D'ordinaire, il fulminait des jours entiers après leurs confrontations les plus violentes. Elle avait besoin de se quereller avec lui, il fallait qu'elle soulage sa colère, le sang battait à ses tempes. Et voilà qu'il lui refusait cette satisfaction ?

— Alors ?

— Il est trop tard ce soir pour vous faire préparer une autre chambre.

— Balivernes !

— Croyez-moi, Katya, c'est trop tard.

Son ton ne laissait planer aucun doute : il fallait qu'elle se résigne à dormir dans la chambre blanche.

Elle resta silencieuse, si exaspérée qu'elle était incapable de réfléchir. Elle sentait ses joues en feu. Les battements de son cœur martelaient ses oreilles tandis que le sang affluait avec force dans ses veines. Et lui la regardait tranquillement, comme s'il attendait, oui, comme s'il attendait un miracle de sa part.

C'est ce qui se produisit. Rester immobile fut soudain impossible, littéralement impossible. Elle avait déjà éprouvé cette sensation et savait que la colère n'était pas responsable de ces symptômes exagérés.

Sous le choc de cette constatation, elle fit un pas en direction de Dimitri, puis battit précipitamment en retraite. Non, il ne fallait pas approcher de lui. Ô mon Dieu ! elle aurait voulu ne rien savoir, ignorer ce que ces violentes sensations auguraient. Comment mettre un terme à l'émotion qui s'emparait d'elle et qui ne tarderait pas à la métamorphoser, à la faire ramper aux pieds de Dimitri ?

Dans un dernier sursaut, elle tenta de laisser sa colère reprendre le dessus.

— Bon sang, Dimitri, comment avez-vous osé ?

— Je suis désolé.

Il l'était bel et bien. Il y avait du regret dans sa voix et un certain mépris de soi. Cela ne suffit pas à apaiser Katherine.

— Vous aviez promis de ne plus jamais me donner cette drogue, s'écria-t-elle. Vous m'avez demandé de vous faire confiance. Est-ce ainsi que je peux vous faire confiance ? Comment avez-vous osé ?

Chaque mot était comme un coup de poignard qu'on assenait à Dimitri. Toute la journée, cette question l'avait tourmenté, torturé. Sous l'effet de la colère, il avait trouvé suffisamment de raisons pour justifier sa conduite, et quand sa rage était retombée, il n'avait pas trouvé d'autre moyen que de se soûler pour échapper à sa mauvaise conscience.

— J'ai donné cet ordre dans un accès de colère, Katya, et je suis parti. Je suis allé chez Alexei, où nous avons fait halte hier soir pour la nuit. J'ai bu pour oublier et j'ai dormi. Je ne serais pas ici si un domestique ne m'avait réveillé en faisant tomber un plateau devant la chambre où je m'étais couché.

— Peu m'importe que vous soyez ici ou non !

Il tressaillit.

— Vous préférez rester seule ? Je ne laisserai personne auprès de vous.

— Naturellement ! Sinon à quoi serviraient vos manigances ?

— J'ai essayé de revenir à temps pour annuler mon ordre, mais en montant à l'étage, j'ai vu le plateau de votre dîner qu'on redescendait aux cuisines.

— Épargnez-moi vos excuses et vos mensonges. Rien ne peut justifier...

Elle se tut, submergée par une vague de chaleur qui irradiait tout son corps, en partant de son sexe. Croisant ses mains sur son pubis, elle tenta de retenir le tourbillon de sensations qui l'envahissait. Mais il n'y avait rien à faire, elle ne le savait que trop.

Dimitri repoussa sa chaise, inquiet. Elle releva la tête et le cloua sur place d'un regard plein de haine.

— Je vous déteste pour ce que vous m'avez fait.

— Détestez-moi, répondit-il avec regret, mais ce soir, que vous le vouliez ou non, vous serez à moi.

— Pour rien au monde ! lança-t-elle dans un souffle, tout en reculant vers la porte. Je surmonterai cette épreuve… seule… sans votre aide.

— C'est impossible, Katya, vous le savez. C'est pour cela que vous êtes si en colère.

— Ne vous approchez pas !

Dimitri resta un moment immobile, fixant la porte fermée. Soudain, il repoussa violemment la table, renversant les restes de son dîner. Cette explosion de rage ne parvint pas à le calmer.

Il n'arrivait pas à croire à ce qu'il avait fait. Jamais elle ne lui pardonnerait. Peu importait… Enfin, si, cela importait terriblement. Comment avait-il pu commettre une telle bassesse ? Pourquoi s'acharner ainsi sur cette femme, puisqu'elle ne voulait pas de lui ? Il n'avait aucune excuse. Mais il était incapable de lui obéir et de rester loin d'elle. Que faire à présent ? Soulager le désir de sa victime, sans en tirer lui-même le moindre plaisir. Ce serait son châtiment. Il s'interdisait désormais d'avoir la lâcheté de profiter de la faiblesse de Katherine.

Déterminé à ne pas dévier de cette ligne de conduite, dût-il en mourir, Dimitri se dévêtit rapidement et entra dans la chambre de Katherine. Allongée sur le lit, elle avait ôté son déshabillé de soie, sa peau étant trop sensible pour supporter le plus léger vêtement. Son corps ondulait et se tordait voluptueusement, comme lors de leur première nuit à Londres. Seuls les draps verts manquaient au tableau.

Fasciné par ces cuisses arrondies, ces seins hauts et fermes, ce ventre lisse qu'elle tendait vers lui, avant de se retourner pour lui offrir sa délicieuse chute de reins, il ne se rendit même pas compte qu'il marchait vers le lit. C'était la femme la plus désirable, la plus sensuelle qu'il eût jamais connue. Tout son corps tremblait de désir pour elle. Depuis qu'il avait vu qu'on emportait le plateau hors de sa chambre, il était dans un état d'excitation presque incontrôlables

Certes, il n'y avait pas de quoi être fier. Ce qu'il avait fait était méprisable. Mais son corps anticipait déjà sur ce qui allait immanquablement suivre. C'était lui, cette fois, qui allait souffrir sans pouvoir trouver d'apaisement. Il se sentait flamber, jamais il n'avait désiré une femme à ce point. Mais cette femme lui était interdite. Il ne la toucherait pas. Il avait lui-même prononcé sa condamnation.

— Dimitri, je vous en prie...

Elle avait pris conscience de sa présence. Les yeux de Dimitri plongèrent dans ceux de la jeune femme et il geignit sourdement en voyant la lueur sauvage qui s'y était allumée. Déjà elle avait oublié toute fierté, déjà elle le suppliait. Dimitri comprit soudain l'étendue du sacrifice auquel il s'apprêtait.

— Chut, ma chérie. Ne dites plus rien. Ne vous inquiétez pas, tout ira bien. Je ne vous prendrai pas de force, je vous le promets. Laissez-moi seulement vous aider.

Tout en parlant, il s'allongea sur le lit, en prenant soin de ne pas la toucher, car il craignait de ne pouvoir se maîtriser. Puis, les yeux rivés aux siens, il écarta doucement ses cuisses pour atteindre le centre du feu qui la dévorait. Elle jouit presque immédiatement, le corps arqué, la tête rejetée en arrière, en laissant échapper un cri aigu, où se mêlaient la douleur et l'extase.

Dimitri ferma les yeux et garda les paupières closes jusqu'à ce que la tension se soit apaisée en elle. Lorsqu'il les rouvrit, elle le regardait avec une expression énigmatique, les traits si détendus qu'on aurait pu croire qu'elle avait dormi. Il vit qu'elle avait repris le contrôle d'elle-même, que son esprit était clair et actif tandis que son corps était temporairement libéré des effets de la drogue. À ce moment précis, elle avait retrouvé toute sa lucidité. Il s'attendait à une longue tirade blessante, et non à la paisible question qu'elle posa.

— Que dois-je comprendre par votre « je ne vous prendrai pas de force » ?

— Ce que cela veut dire.

Il était étendu à côté d'elle. Il lui suffisait de baisser les yeux pour constater dans quel état d'excitation il était.

— Vous perdriez une occasion pareille ? Cela me paraît difficile.

Il faillit s'étouffer en voyant où portait le regard de Katherine.

— Ce ne sera pas la première fois.

— Mais cette fois-ci, ce n'est pas nécessaire. Je n'ai plus la force de lutter.

— C'est l'effet de l'aphrodisiaque. Je n'en profiterai pas.

— Dimitri...

— Katya, je vous en prie. J'ai beaucoup de mal à me maîtriser et cette discussion ne facilite pas les choses.

Elle soupira, exaspérée. Il n'écoutait pas. Il avait résolu de l'aider à surmonter cette épreuve sans en tirer aucun plaisir et n'entendait pas ce qu'elle essayait de lui dire. L'aphrodisiaque n'était pas seul responsable de la décision de Katherine. Il n'avait servi qu'à la précipiter. Et elle voulait qu'il profite de son abandon. Elle le voulait. Pourquoi fallait-il qu'il fasse soudain preuve de tant d'abnégation ?

Mais ce n'était plus le moment de discuter. De nouveau, le feu courait dans ses veines, le désir renaissait au creux de ses reins.

— Dimitri, faites-moi l'amour, s'écria-t-elle.

— Ô mon Dieu !

Il prit ses lèvres pour la faire taire et l'embrassa longuement, passionnément. Non, il résisterait, il ne lui ferait pas l'amour. Il ne lui offrait que sa bouche et ses mains, ses mains au toucher magique. Sa jouissance fut rapide et intense mais comment y trouver une réelle satisfaction, si elle n'était pas partagée ?

Lorsque le pouls de Katherine se calma, que son souffle redevint normal, elle décida qu'elle n'allait plus se contenter de demi-mesures. Subir des heures durant cette torture des sens était inutile. Dimitri était fou d'avoir décidé de ne pas la posséder alors que son désir était si évident. C'était vrai, elle avait été furieuse contre lui, elle avait horreur d'être manipulée, mais elle comprenait ses motifs. À la réflexion, elle était même ravie de l'avoir désespéré au point de lui faire commettre cette lâcheté.

— Dimitri ?

Un gémissement lui échappa. Il s'était détourné d'elle, et semblait en proie à une souffrance mortelle. Katherine sourit.

— Dimitri, regardez-moi.

— Je vous en prie, accordez-moi un instant...

Il ne put achever sa phrase. Elle le contempla avec attendrissement : les muscles de son cou saillaient, il serrait convulsivement les poings, tout son corps frémissait et des gouttes de transpiration perlaient sur sa peau. Tant d'efforts inutiles pour résister à quelque chose d'aussi simple, d'aussi naturel... Et dire que si elle n'était pas sous l'empire de la drogue, elle aurait agi de même !

— Si vous ne me faites pas l'amour, Dimitri Alexandrov, je vous jure que je vous viole, dit-elle d'un ton impavide, en posant la main sur son épaule pour l'obliger à se tourner vers elle.

Il releva brusquement la tête.

— Quoi ?

— Vous m'avez entendue.

— Ne soyez pas ridicule, Katya. C'est impossible.

— Vous croyez ?

Elle le caressa doucement, laissant ses doigts courir le long de son bras. Il lui saisit fermement le poignet.

— Non !

Elle ne broncha pas.

— Vous pouvez me tenir les mains, Dimitri, j'ai d'autres ressources, répliqua-t-elle, en glissant une jambe sur sa hanche.

Dimitri bondit hors du lit. Katherine s'absorba un instant dans la contemplation de son corps, troublée par cette musculature fine et puissante, d'une beauté si parfaite.

— Arrêtez ! ordonna-t-il, gêné par son évidente admiration.

Elle se mit à rire.

— Cela vous ennuie donc tant que je vous regarde ? Qu'allez-vous faire à présent ? Me bander les yeux et me ligoter ? Vous avez promis de m'aider mais vous ne pouvez le faire que si vous restez auprès de moi. Et moi, je n'ai jamais promis de ne pas vous toucher.

— Je ne veux pas que vous me haïssiez.

— Mais je ne vous hais pas, dit-elle, surprise. Pourquoi voulez-vous que je vous haïsse ?

— Vous ne savez pas ce que vous dites maintenant. Demain...

— Qu'importe demain ! Seigneur, toute cette discussion est absurde ! Les scrupules vous vont mal, Dimitri. Cherchez-vous à me punir de ne pas vous avoir cédé plus tôt ?

— Mais non !

— Alors, pourquoi dois-je vous supplier ?... Mon Dieu, cela recommence ! Cessez vos sottises, Dimitri. Faites-moi l'amour, je vous l'ordonne.

Il la rejoignit dans le lit et la prit dans ses bras.

— Katya, pardonnez-moi. Je pensais...

— Vous pensez trop, chuchota-t-elle en se lovant contre lui, pour assouvir la soif qu'elle avait de son corps.

Il couvrit son visage de baisers, puis ses lèvres s'écrasèrent sur celles de Katherine et il donna libre cours à sa passion. Lorsqu'il la pénétra, quelques secondes plus tard, elle s'ouvrit à lui pour le laisser s'enfoncer au plus profond d'elle-même. Plus rien ne comptait que ce bonheur immense de lui appartenir enfin et elle se laissa emporter dans un tourbillon de sensations voluptueuses, jusqu'à l'extase.

Le rêve de Dimitri s'accomplissait. ce rêve oui le hantait depuis si longtemps : Katya avait besoin de lui, le désirait avec une intensité égale à la sienne. Et la sentant sur le point de défaillir, il s'abandonna à son tour à la jouissance qu'il avait retenue si longtemps. Ensemble, ils glissèrent dans un plaisir absolu qui les submergea.

Katherine demeurait immobile, émerveillée par ce qu'elle avait ressenti, tandis que Dimitri continuait à la caresser tendrement, incapable de se détacher d'elle.

Elle souriait, épuisée et heureuse. Toutes ses appréhensions étaient enfin balayées. Elle se sentait enfin délivrée de cette peur, qui l'avait paralysée ces dernières semaines. Enfin, elle avait atteint la sérénité.

Alors, elle sut qu'elle l'aimait.

25

À la lumière matinale, la chambre blanche étincelait de mille feux. Par les fenêtres ouvertes, les rayons du soleil éclaboussaient le tapis, sans atteindre tout à fait le lit. Des atomes de poussière dansaient et tourbillonnaient dans la lumière, poussées par le souffle tiède de la brise.

Dans le grand lit, Katherine s'étira voluptueusement, reprenant peu à peu conscience. Il y avait quelque chose d'important... Ah oui, la nuit dernière. Elle sourit aux souvenirs qui lui revenaient à l'esprit. Un soupir heureux lui échappa et elle ouvrit les yeux.

Elle était seule. Se soulevant sur un coude, elle jeta un regard rapide dans la pièce. Elle était vraiment seule. Elle haussa les épaules et laissa retomber sa tête sur l'oreiller.

« À quoi t'attendais-tu ? Ce n'est pas parce que la première fois, il était là à ton réveil, qu'il le sera toutes les fois. Il a des choses à faire, des gens à voir. Après tout, nous sommes arrivés à peine hier. Il a dit être reparti immédiatement après pour revenir dans la soirée. Il a sans doute une multitude de choses à faire. »

Néanmoins elle ne pouvait se cacher qu'elle aurait aimé se réveiller au côté de Dimitri. Elle désirait tant lui assurer qu'elle se souvenait de tout et que tout ce qu'elle lui avait dit était vrai. S'il avait été là, elle aurait pu lui dire… oui, il n'y avait aucune raison de garder cela secret, elle lui aurait dit qu'elle l'aimait.

À cette vérité si simple, une vague de bonheur déferla en elle. Elle sourit. Elle n'arrivait toujours pas à y croire. N'était-elle pas devenue la proie de ce qu'elle appelait l'émotion la plus sotte ? Incroyable. Mais l'amour n'était pas une sottise. C'était vrai, puissant, extraordinaire. Katherine était heureuse d'avouer qu'elle s'était trompée.

Une heure s'écoula environ, qu'elle passa ainsi à rêver à ce sentiment si nouveau. Soudain, elle bondit hors du lit, incapable de se contenir plus longtemps. Il fallait trouver Dimitri et lui dire ce qu'elle ressentait. Ce qu'elle ne comprit pas, c'est qu'elle avait en fait besoin d'entendre Dimitri l'assurer qu'il l'aimait.

Elle se vêtit à la hâte et jeta un bref regard dans le miroir de la coiffeuse. Elle avait depuis longtemps renoncé à se coiffer. Jusqu'à son enlèvement, c'était sa bonne qui la coiffait et, sans son aide, elle n'avait pas encore réussi à se débrouiller. Elle se contentait donc de nouer sagement ses cheveux avec un ruban, coiffure inaugurée sur le bateau. L'essentiel était d'avoir l'air comme il faut, à défaut d'être à la mode.

Dimitri se trouvait probablement dans sa chambre. Elle frappa à la porte de communication, puis, n'obtenant pas de réponse, entra. Dire que la veille encore, elle aurait été incapable d'une telle désinvolture… Mais désormais, Dimitri était son amant et cela lui conférait certains privilèges qu'elle n'aurait jamais imaginés auparavant.

Malheureusement, il n'était pas à son bureau comme elle l'avait espéré. Maksim n'était pas là non plus pour lui dire où se trouvait le prince.

Prise d'impatience, elle traversa la pièce pour gagner le couloir au lieu de repasser par sa chambre. Elle ouvrit brusquement la porte et se trouva nez à nez avec la tante de Dimitri.

Sonya, qui s'apprêtait à frapper, sursauta en voyant Katherine sortir de la chambre de Dimitri, alors qu'on lui avait attribué la chambre blanche. Si elle avait voulu une preuve supplémentaire de la place que tenait cette étrangère auprès de son neveu, elle l'avait. Et son allure négligée ne faisait que souligner ce fait. Une femme ne portait pas les cheveux longs en dehors de sa chambre à coucher. Que cette dévergondée ait l'audace de sortir les cheveux lâchés dans le dos accrut l'indignation de Sonya.

Katherine fut la première à se ressaisir et recula devant son imposante interlocutrice. Elle esquissa un sourire qui s'effaça aussitôt, en remarquant la désapprobation qui se lisait dans le regard bleu glacial de Sonya. Dans son nouveau bonheur, elle avait oublié le caractère scandaleux de sa relation avec Dimitri. Elle-même aurait vigoureusement condamné cette liaison s'il s'était agi de quelqu'un d'autre.

Mais tout était différent maintenant. Elle aimait Dimitri et était sûre que ce sentiment était réciproque. Elle ne portait pas d'alliance, certes, mais ce n'était qu'une question de temps. Cette situation serait rapidement réglée. Il ne s'agissait nullement d'un simple engouement mais d'un véritable engagement. Elle avait trop longtemps lutté contre ses propres sentiments pour y renoncer.

Instinctivement elle se redressa, avec fierté. Sonya y vit du dédain et s'en offusqua.

— Je cherche mon neveu.

— Moi aussi, répondit poliment Katherine. Je vous prie de m'excuser...

— Un instant, mademoiselle. Si Dimitri n'est pas ici, que faisiez-vous seule dans sa chambre ?

— Je vous l'ai dit, je le cherchais.

— N'avez-vous pas plutôt saisi cette occasion pour essayer de dérober quelque chose ?

Cette accusation était si incongrue que Katherine ne put la prendre au sérieux.

— Avec tout le respect que je vous dois, madame, je ne suis pas une voleuse.

— Qu'est-ce qui me le prouve ? Ne soyez pas ridicule. Les Anglais sont peut-être crédules, mais les Russes ne le sont pas. Il faut qu'on vous fouille.

— Je vous demande pardon ?

— Vous me demanderez bien plus si nous trouvons un objet de valeur sur vous.

— Mais enfin...

Saisissant Katherine par le poignet, Sonya l'entraîna dans le couloir et l'obligea à descendre l'escalier, malgré ses efforts pour se dégager. Plusieurs domestiques s'étaient arrêtés, interdits, pour assister à la scène.

« Ne t'énerve pas. Dimitri éclaircira cette méprise. Après tout, tu n'as rien fait pour lui déplaire. Sa tante est simplement odieuse. Marusia ne t'avait-elle pas prévenue que c'était un tyran et que les domestiques de Dimitri l'évitaient comme la peste ? »

Dans le vaste hall d'entrée, Katherine fut poussée vers le laquais le plus proche. L'homme, âgé mais robuste, parut réellement dérouté.

— Fouille-la soigneusement. Elle a sans doute volé un objet de valeur. Je l'ai trouvée seule dans la chambre du prince.

— Un instant, madame, dit Katherine en veillant à ne pas élever la voix. Dimitri ne tolérerait pas qu'on me traite ainsi, vous ne l'ignorez sans doute pas. J'exige qu'on le fasse appeler.

— Exiger ? Vous exigez ?

— Votre ouïe est excellente, répliqua-t-elle, sarcastique.

Elle aurait sans doute dû résister au plaisir de railler, mais elle commençait à être réellement en colère. Cette vieille sorcière n'avait pas le droit de l'accuser de vol. Rien ne justifiait ses soupçons. En outre, qu'elle prenne la liberté de la traiter comme une servante dépassait les bornes.

Pour Sonya, le sarcasme de Katherine fut la goutte d'eau qui fait déborder le vase. On ne lui avait jamais témoigné si peu de respect, et en présence du personnel qui plus est. C'était inadmissible.

— Je vais vous faire… Non, c'est Dimitri qui s'en chargera. Ainsi, vous verrez que vous ne comptez pas pour lui. Où est le prince ? demanda-t-elle en se tournant vers les domestiques. Voyons, quelqu'un l'a bien vu ce matin. Où est-il ?

— Il n'est pas ici, princesse.

— Qui a parlé ?

Effrayée, la jeune fille ne répondit pas. Attirer l'attention sur elle alors que sa maîtresse était au comble de la fureur aurait été imprudent. Au premier coup d'œil, Katherine la confondit avec Lida, mais elle était plus jeune et semblait réellement effrayée. De quoi avait-elle donc si peur ? C'était Katherine qui était dans le pétrin. Sous le regard inquisiteur de Sonya, la jeune servante se troubla.

— Ma sœur m'a réveillée à l'aube, princesse, pour me dire au revoir, expliqua-t-elle, les yeux baissés.

Elle était pressée car le prince était déjà parti et elle devait le rattraper avec le reste du personnel.

— Peu m'importent ces détails ! s'exclama Sonya. Où est-il allé ?

— À Moscou.

Il y eut un moment de silence. Son regard glacial rivé sur Katherine, Sonya eut un sourire narquois.

— Ainsi, il prend son devoir au sérieux. Je n'aurais pas dû douter de lui. J'aurais dû savoir qu'il se rendrait à Moscou au plus vite pour continuer sa cour auprès de la princesse Tatiana. Comme il vous a laissée ici, c'est donc à moi de décider ce qu'il faut faire de vous. Je devrais vous mettre à la porte.

— C'est une idée de génie, remarqua Katherine, les lèvres serrées.

Elle était si en colère que la nouvelle du départ du prince ne la troubla pas. Dimitri parti ? Sur un coup de tête ? Et pour retrouver une fiancée ? Non, il s'agissait d'une simple supposition de la part de sa tante, une supposition qu'aucune preuve n'étayait.

« Ne tire donc pas de conclusion hâtive. Il a probablement une bonne raison pour être parti sans te laisser un mot. Il va revenir. Tu auras donc les réponses à ces questions, les réponses exactes. Et tu riras d'avoir douté de lui, ne serait-ce qu'une seconde. »

La voix aigre de Sonya interrompit brutalement le fil de ses pensées.

— Vous préféreriez partir ? Peut-être devrais-je vous garder ici alors. Oui, il se peut que Dimitri ait oublié votre existence, mais son homme de main, Vladimir, n'est pas si négligent, bien qu'apparemment il soit parti sans laisser d'instructions à votre sujet. Il doit bien y avoir une raison pour laquelle on vous a laissée ici. Sans doute vaut-il mieux que je vous garde jusqu'à leur retour. Dommage, car je me serais fait une joie de vous renvoyer.

— Je peux vous expliquer la raison de ma présence ici, répliqua Katherine, indignée.

— Inutile. Je ne crois pas les gens de votre espèce.

— Les gens de mon espèce ? releva Katherine avec indignation.

Sonya ne s'attarda pas sur ce point. Son expression et la façon dont ele toisait Katherine étaient suffisamment éloquentes. Son regard se rétrécit. Elle rayonnait de méchanceté.

— Puisque vous devez rester à Novii Domik, il va falloir vous apprendre les bonnes manières. Ici, on ne tolère pas le manque de respect.

— Dans ce cas, quelques leçons de courtoisie ne vous feraient guère de mal, madame, car j'ai été polie à votre égard jusqu'à ce que vous m'accusiez sans aucune preuve d'être une voleuse. En revanche, vous m'avez insultée dès le début.

— Ça suffit ! hurla Sonya. Nous allons voir si une visite à la cabane ne viendra pas à bout de votre insolence. Semen, emmène-la immédiatement.

Katherine faillit éclater de rire. Si cette femme s'imaginait la faire plier en l'enfermant dans une cabane, elle se trompait. Ne venait-elle pas de passer d'interminables semaines séquestrée dans une cabine de bateau ? Quelques jours supplémentaires d'emprisonnement jusqu'au retour de Dimitri ne l'ennuyaient nullement. Imaginer la fureur de ce dernier quand il découvrirait ce qu'avait fait sa tante l'aiderait à passer le temps.

Même les domestiques pouvaient aisément imaginer la suite, songea-t-elle avec réconfort. Le laquais qui la tenait – Semen ? – avait eu quelques secondes d'hésitation avant de l'entraîner à l'arrière de la maison. Sur les visages des autres valets se lisaient la stupéfaction, la perplexité et même la peur.

Katherine fut conduite vers les dépendances qu'elle avait entrevues à son arrivée. De là, elle aperçut pour la première fois le village, entouré de champs de blé mûr qui s'étendaient à l'infini, telle une mer d'or à la lumière du soleil matinal. Elle s'étonna de pouvoir contempler sereinement la beauté du paysage alors qu'on allait l'enfermer ! Ce voyage qui lui faisait vivre de nouvelles expériences, connaître de nouveaux pays était une aventure exaltante qui, au fond, la comblait. Mais elle déchanta rapidement.

La cabane était un petit appentis où l'on entreposait du bois coupé. Il n'y avait ni fenêtre ni plancher. Au premier coup d'œil, Katherine sentit son assurance chanceler.

« Ressaisis-toi. Ça ne sera pas une expérience amusante. Raison de plus pour obliger Dimitri à se confondre en excuses lorsque cette méprise sera éclaircie. Il te vengera de ces mauvais traitements, tu y veilleras. »

En dehors de Semen et de Sonya, un autre laquais, le plus robuste de tous, les accompagna sur un signe de tête de la princesse. Ils se trouvèrent tous les quatre à l'intérieur de la cabane, où entrait suffisamment de lumière par la porte ouverte pour éclairer l'unique pièce qui sentait le renfermé. Contre toute attente, ses geôliers ne s'en allèrent pas. Le jeune laquais à la solide carrure lui prit les poignets et les maintint d'une main ferme.

— Va-t-on m'attacher également ? demanda-t-elle, d'un ton ironique. Que c'est original !

— Nous n'avons pas besoin de cordes, dit Sonya avec condescendance. Rodion est tout à fait capable de vous tenir le temps que cela durera.

— Le temps que durera quoi ?

— Vous allez être fouettée jusqu'à ce que vous me demandiez pardon pour votre insolence.

Le sang afflua au visage de Katherine. Voilà donc ce que signifiait une visite à la cabane. Seigneur, c'était digne du Moyen Âge !

— Vous avez perdu la raison, dit Katherine, articulant chaque mot lentement, distinctement, et se tournant pour foudroyer du regard la femme qui se tenait derrière elle. Vous ne sortirez pas impunie de cette affaire. J'appartiens à la pairie anglaise, je suis lady Katherine St. John.

Cette révélation arracha un sursaut à Sonya, qui se ressaisit cependant aussitôt. Son opinion au sujet de l'étrangère était déjà faite. Les serfs n'étaient pas les seules personnes au monde à s'accrocher avec ténacité à leurs premières impressions. Cette Anglaise était sans intérêt. La manière dont la traitait Dimitri le prouvait. Il était du devoir de Sonya de briser son arrogance qui donnait un mauvais exemple aux domestiques.

— Quel que soit votre nom, dit-elle froidement, il faut vous inculquer les bonnes manières. Plus tôt vous accepterez de me témoigner le respect qui m'est dû, plus tôt vous serez libérée. Si vous me demandez pardon maintenant...

— Jamais ! J'ai du respect pour ceux qui le méritent. Vous, madame, ne méritez que mon mépris.

— Fouette-la ! ordonna Sonya, le visage livide de colère.

Katherine se retourna vers le valet qui, à cet ordre, venait de resserrer son étreinte.

— Relâchez-moi immédiatement.

Il y avait un tel accent d'autorité dans sa voix que Rodion, intimidé, relâcha sa prise. Mais la princesse Sonya était là. Indécis et inquiet, le regard du valet allait de l'une à l'autre, tandis que son visage taillé à la serpe se crispait. Katherine comprit que la princesse avait gagné.

— Tâchez de ne pas être là au retour du prince car lorsqu'il apprendra...

Elle se tut et se raidit lorsque la verge la cingla, avec un bref chuintement. La douleur fut plus terrible que ce qu'elle avait imaginé. Les dents serrées, la respiration coupée, elle tomba à genoux.

— Faites-lui vos excuses, mademoiselle, implora Rodion dans un chuchotement.

Il était le seul à avoir vu son visage au moment où le fouet avait frappé. Il y eut un deuxième coup, plus terrible encore car il l'atteignit au même endroit, dans le bas du dos ; puis un troisième. Les mains de Katherine tremblaient. Une goutte de sang perla sur sa lèvre inférieure qu'elle avait mordue. Elle était si menue, si délicate. Les paysannes recevaient sans broncher quelques coups de bâton. Le travail écrasant qu'elles avaient l'habitude d'accomplir leur permettait de supporter les sévices corporels. Elles étaient endurcies. Mais cette fille n'était pas une fille du peuple. Elle ne supporterait pas un tel châtiment.

— Laissez-moi partir, fut la réponse de Katherine à la prière de Rodion.

— Je ne peux pas, mademoiselle, répliqua-t-il tandis que Semen levait à nouveau le fouet.

— Alors, empêchez-moi de tomber.

— Dites-lui simplement...

— Impossible, souffla-t-elle avant de plier sous le coup. La fierté des St. John... vous savez.

Rodion n'en revenait pas. De la fierté ? Et elle était sérieuse ! La fierté, c'était l'apanage des aristocrates. Mon Dieu, de quoi était-il complice ? Était-il possible qu'elle ait dit la vérité au sujet de son nom ?

— Elle s'est évanouie, princesse, annonça-t-il quelques instants plus tard, avec soulagement.

— Vous voulez que je la ranime ? s'enquit Semen.

— Non, rétorqua Sonya avec irritation. Cette péronnelle n'est qu'une entêtée ! De toute évidence il ne sert à rien de chercher à lui soutirer des excuses. Donne-lui encore quelques coups, Semen, pour la bonne mesure.

Cette fois-ci, Semen protesta.

— Mais elle a perdu connaissance, princesse.

— Et alors ? Elle les sentira à son réveil si elle ne les sent pas maintenant.

Rodion tressaillit. Pour un peu, il aurait souhaité prendre la place de l'étrangère. Du moins, en la soutenant par les avant-bras, il lui évitait de tomber. Elle ne tomba pas en effet, mais il ne saurait jamais pourquoi c'était la chose qu'elle redoutait le plus.

— Fouille-la, ordonna enfin Sonya.

Semen obéit et se redressa quelques instants plus tard en secouant la tête.

— Il n'y a rien, princesse.

— Bon, ça ne nous a pas fait de mal de nous en assurer.

Rodion et Semen échangèrent un rapide coup d'œil. Sonya s'éloigna, laissant Rodion emporter la jeune femme inconsciente. Ça n'avait pas fait de mal ? La jeune Anglaise serait d'un tout autre avis.

26

— Ô mon Dieu !

Katherine bondit brusquement, comprenant soudain où elle était allongée. L'effort lui arracha un gémissement. Elle se retrouva à quatre pattes, le souffle court, devant l'objet de sa crainte. C'était une chose de se réveiller dans un lieu inconnu, une autre de se retrouver en train de rôtir sur des braises.

— Un fourneau ! Ils t'ont couchée sur un fourneau. Ils sont fous. Vraiment fous.

— *Zdravstvui, gospozha.*

— Bonjour, en effet, c'est le moins qu'on puisse dire !

Katherine se tourna vers la femme qui venait d'entrer sans bruit derrière elle. La voyant reculer, surprise, elle poursuivit en russe :

— Aviez-vous l'intention de me servir au dîner ?

Comprenant l'allusion de Katherine, la femme sourit, découvrant largement ses dents.

— Le fourneau n'est pas allumé. C'est un lit bien chaud en hiver pour les enfants et les vieillards. C'est pour cette raison qu'il est aussi grand. Mais en été, on ne s'en sert pas. On cuisine dehors.

Katherine jeta un regard ulcéré à l'énorme fourneau ; il était suffisamment grand pour servir de lit à plusieurs personnes. Mais s'il n'était pas allumé, pourquoi cette sensation de brûlure ?

— Vous ne devriez pas vous lever, mademoiselle, reprit la femme d'un ton de reproche.

— Pourquoi ?

— À moins que vous ne vous en sentiez la force, bien sûr.

— Quelle idée !

Irritée par ce manque d'explications, Katherine haussa les épaules. Rien n'aurait pu être pire. Elle écarquilla les yeux puis les referma vivement tandis qu'une exclamation assourdie s'échappait de ses lèvres. Malheureusement, plus elle se raidissait contre le feu qui lui dévorait le dos, plus elle avait mal. Incapable de résister, indifférente à qui pouvait l'entendre, elle émit un sanglot pitoyable.

— Cette maudite femme ! siffla-t-elle entre ses dents, courbée en deux par la douleur. Elle a eu l'audace… c'est incroyable. Comment a-t-elle osé ?

— Si vous parlez de la tante du prince, elle dirige le domaine en son absence, aussi…

— En quoi cela excuse-t-il sa conduite ?

— Tout le monde sait ce que vous avez fait, mademoiselle. Vous avez eu tort de lui tenir tête. Nous avons appris depuis longtemps quelle attitude adopter en sa présence. Elle est de l'ancien temps, vous voyez. À ce moment-là, on exigeait du peuple une totale soumission. Si vous vous montrez docile et respectueuse à son égard, elle changera d'attitude avec vous. Plus personne n'est fouetté à Novii Domik. Il faut simplement savoir comment vous y prendre avec elle.

Comment s'y prendre ? Katherine aurait volontiers affronté Sonya en maniant le fouet à son tour. Mais elle n'en dit rien. Elle faisait de son mieux pour se défendre contre la douleur. Lorsqu'elle ne bougeait pas, c'était moins terrible.

— Est-ce que je suis gravement blessée ? demanda-t-elle non sans hésitation.

On lui avait enlevé ses vêtements, pour lui mettre une robe en coton grossier, qui grattait terriblement. Sans doute sur l'ordre de ce despote féminin qui régnait sur les lieux et se faisait appeler princesse.

— Vous avez la peau fragile ?

— Oui.

— Alors, ce n'est pas si terrible, à mon avis. Vous êtes couverte de bleus mais vous n'avez pas de côtes cassées ni de plaies.

— Vous en êtes sûre ?

— Pour les côtes, je n'en sais rien. Vous pouvez mieux en juger. Ils n'ont pas voulu appeler un médecin alors que vous aviez beaucoup de fièvre.

— J'ai eu de la fièvre ?

— Pendant un jour et demi. C'est pour ça qu'on vous a amenée ici. Je m'y connais en fièvre.

— Où suis-je ? Comment vous appelez-vous ? Moi, c'est Katherine.

— Ekaterina ? fit la femme en souriant. C'est un joli prénom, un prénom impérial…

— Oui, je sais, on me l'a déjà dit, interrompit Katherine, exaspérée par cette remarque. Comment vous appelez-vous ?

— Parasha. Vous êtes au village. Rodion vous a amenée chez moi hier. Il était très inquiet. Il paraît que la princesse n'avait chargé personne de veiller sur vous, même lorsqu'elle a su que vous aviez de la température. Personne n'osait s'occuper de vous, de peur d'entrer dans les mauvaises grâces de la princesse.

— Je vois, fit Katherine d'un ton tendu. Ainsi, j'aurais pu mourir.

— Mon Dieu, non ! La fièvre est une réaction aux coups de fouet. Ce n'était pas grave. Toutefois, Rodion ne s'en est pas aperçu. Il s'inquiétait pour une autre raison. Il pense que le prince sera furieux quand il apprendra ce qui s'est passé.

Tout de même, sa menace avait porté ses fruits ! Mais la colère de Dimitri n'avait pas empêché qu'on la fouette. Ce n'était d'ailleurs qu'une simple supposition. Que faire s'il s'en fichait éperdument ?

À cette éventualité, Katherine sentit sa gorge se nouer. Au prix d'un immense effort, elle détourna ses pensées de Dimitri.

— Vous vivez seule, Parasha ?

Cette question surprit la villageoise.

— Dans une maison aussi grande ? Non, non. Il y a mon mari, Savva, ses parents, nos trois enfants et de la place pour d'autres encore, comme vous pouvez le voir.

C'était une grande maison de bois, basse, plus vaste que la plupart de celles que Katherine avait aperçues durant son voyage. Elle s'était imaginé que ces cabanes de bois ne contenaient qu'une seule pièce. Or, celle-ci en avait plusieurs. Par la porte de la cuisine restée ouverte, elle pouvait voir une sorte de salon. La cuisine était spacieuse et peu encombrée : au centre une grande table et le fourneau géant. Sur un ravissant vaisselier rustique, joliment ouvragé, était exposé un assortiment d'ustensiles de bois.

Un profond silence régnait dans la maison. Apparemment il n'y avait personne.

— Tout le monde travaille aux champs ?

Parasha eut un sourire indulgent.

— Non. La moisson ne va pas tarder mais ce n'est pas encore le moment. Bien sûr, le travail ne manque pas, il faut désherber les potagers, tondre les moutons, abattre le bétail pour la viande et se préparer pour l'hiver. Mais ce n'est rien en comparaison de ce que nous avons à faire à l'époque des semailles et de la moisson, où avec un peu de chance nous travaillons seize heures par jour. Aujourd'hui, c'est samedi.

Elle parlait comme si Katherine savait ce que cela signifiait. En fait, cette dernière le savait grâce aux longues conversations avec Marusia au cours de leur voyage jusqu'à Novii Domik. Le samedi, dans toute la Russie, les paysans allaient à la maison de bain communale où l'on faisait de la vapeur en jetant de l'eau sur un gros fourneau de briques chaudes. Tout le monde s'allongeait sur des lits de bois installés le long des murs. Plus on était haut, plus on avait chaud. Pour activer la circulation du sang, on se frappait mutuellement avec des rameaux de bouleau, avant d'aller plonger dans une rivière ou un cours d'eau glacé, ou en hiver de se rouler nu dans la neige. Marusia lui avait assuré que l'on retirait de ce traitement un bienfait extraordinaire et une vigueur accrue.

— Vous manquez donc votre bain de vapeur, commenta Katherine.

— Ah, je ne pouvais pas vous laisser seule alors que vous alliez revenir à vous. J'aurais bien demandé à Savva de vous transporter jusqu'à la maison de bain, car la vapeur vous aurait fait du bien, mais le frère du prince, Nikolai, est ici depuis hier soir. Il a passé la nuit chez sa mère au village et il est sans doute au bain aujourd'hui. Je ne voulais pas qu'il vous ennuie dès que vous commenceriez à revenir à vous.

— Pourquoi m'aurait-il ennuyée ?

— Il se conduit ainsi avec toutes les femmes. Il est comme son frère mais dans ce domaine, il est moins difficile. Avec lui, toutes font l'affaire. C'est sa devise.

Katherine se demanda un instant si elle devait se sentir insultée par cette réflexion. Elle savait qui était Nikolai. Il s'agissait de Nikolai Baranov, un fils naturel de Petr Alexandrov et d'une paysanne du village. Sa mère avait été libérée à sa naissance, mais elle n'avait jamais profité de son nouveau statut et était restée à Novii Domik, où elle avait fini par épouser un villageois. Cependant, Nikolai, comme tous les bâtards des Alexandrov, avait été élevé au sein de la famille, gâté par une foule de domestiques placés à son service.

Comment la fière Anglaise qu'était lady Anne avait-elle toléré une preuve aussi flagrante d'infidélité de la part de son mari ? Katherine n'en revenait pas. Nikolai avait à peine sept mois de moins que Dimitri. Toutefois, selon Marusia, lady Anne ne s'était jamais plainte, et son amour pour son mari était resté intact jusqu'à sa mort.

Katherine savait qu'elle serait incapable d'une telle compréhension. Les hommes étaient ainsi, elle le savait, mais de là à considérer leurs trahisons comme une chose normale... Enfin, tant qu'on ne sait rien, on ne souffre pas. Elle avait toujours pensé que le jour où elle serait mariée, aussi longtemps qu'elle ne saurait rien des liaisons de son mari, elle opposerait une sérénité à toute épreuve à de probables infidélités.

C'est ainsi qu'elles s'imaginait sa vie conjugale. Désormais, elle n'était plus sûre de rien car elle n'avait jamais envisagé qu'elle pourrait tomber amoureuse. Dès lors, comment être sûre de ne pas souffrir des infidélités de Dimitri ? Chacune de ses absences lui semblerait suspecte. Et chaque confirmation serait une véritable torture. Comment s'y résigner lorsqu'ils seraient mariés ? Comment le supporter maintenant ?

Il était parti, soi-disant pour courtiser une prétendue fiancée. Elle n'en croyait rien. Cependant, il était à Moscou où les jolies femmes ne manquaient pas. Elle supposait bien sûr qu'il tenait à elle. Mais n'était-ce pas supposer beaucoup ?

Pourquoi Parasha lui avait-elle rappelé que les Alexandrov étaient si portés à courir les femmes et à engendrer des bâtards ? Marusia n'avait rien dit au sujet d'éventuels enfants naturels de Dimitri, mais cela ne signifiait pas qu'il n'en avait pas, ni qu'il n'en aurait pas. La preuve : le plus âgé des bâtards de Misha, mort à trente-cinq ans, en avait dix-huit.

Il fallait oublier Dimitri. Il était trop beau, trop séduisant pour le sexe faible, selon Anastasia. Il ne saurait être fidèle à aucune femme même s'il en aimait une. Et elle ne pourrait certainement pas supporter un époux infidèle. Il fallait le fuir avant que les sentiments qui l'habitaient ne deviennent si puissants qu'elle accepterait tout de lui et se contenterait des quelques miettes de son affection qu'il voudrait bien lui donner. Et s'il fallait partir ; mieux valait profiter de son absence et de celle de Vladimir.

27

Le seul fait de bouger déclenchait d'insupportables lancements.

Katherine se tapit dans l'ombre tout près de la maison et demeura quelques instants immobile, en attendant que la douleur se dissipe. Jusqu'à présent elle avait réussi. Elle avait rassemblé à la hâte quelques provisions dans un baluchon. Elle n'était pas disposée à céder à quelques meurtrissures, si douloureuses soient-elles.

Elle avait attendu avec impatience que Parasha et les siens aient quitté la maison, le matin. Il y avait eu un moment d'affolement, lorsque la brave femme avait décrété que Savva serait heureux de porter Katherine jusqu'à l'église, car il était inadmissible de manquer la messe. Mais Katherine avait tant gémi et pleuré lorsque Parasha avait voulu l'aider à se lever du lit, qu'elle avait renoncé à cette idée.

La veille, Katherine avait fait la connaissance de la famille de Parasha : ils avaient passé la soirée à chanter les louanges du prince et des Alexandrov, qu'ils considéraient comme une partie de leur propre famille. Elle finit par s'apercevoir que le bonheur et le bien-être d'un serf dépendait entièrement du caractère et de la richesse de son seigneur. Avec un bon maître, il avait un foyer et il était protégé contre les vicissitudes de la vie. Avec un maître cruel, son existence devenait un enfer où châtiments corporels et travaux forcés formaient son lot quotidien, avec la crainte constante – ou éventuellement l'espoir – d'être vendu, échangé, perdu à une partie de cartes ou, pire encore, envoyé au service militaire pendant vingt-cinq ans.

Les serfs de Dimitri étaient tous satisfaits de leur sort et conscients de leur chance. Certains abhorraient l'idée même de la liberté qui, s'ils l'obtenaient, leur ferait perdre toute protection ainsi que les terres qu'ils cultivaient et dont ils se sentaient propriétaires. Dimitri se chargeait de vendre en leur nom les produits qu'ils fabriquaient durant l'hiver. Il trouvait des acheteurs en Europe à un prix plus fort qu'en Russie, et le niveau de vie élevé de Novii Domik témoignait de la prospérité de ses paysans.

On mettait les plus beaux vêtements pour aller à l'église à Novii Domik comme partout. Les hommes portaient des chemises de couleur – rouge le plus souvent – au lieu de la tunique des jours ordinaires. Les pantalons, coupés dans un tissu plus fin, conservaient leur forme ample héritée des Tatars, plusieurs siècles auparavant. Des bottes de bonne qualité remplaçaient les sabots en bois de bouleau que portaient la plupart des paysans qui, l'été, allaient souvent pieds nus. De hauts chapeaux de feutre complétaient cette tenue et, pour certains, un long manteau appelé *caftan*.

Les femmes soignaient également leur mise. Elles échangeaient leur foulard contre un *kokoshnik*, une coiffe plus ou moins richement décorée. Celle de Parasha avait des perles et des ornements d'or.

Sa robe de fête sans manches, un *sarafan*, était taillée dans une étoffe soyeuse, d'une belle couleur.

Un dimanche en Russie ressemblait à un dimanche en Angleterre. Après le long service à l'église, les gens étaient libres de s'amuser comme ils l'entendaient. Katherine espérait bien avoir deux heures au moins de tranquillité. On lui avait expliqué qu'au retour de sportifs pendant que les adultes allaient les uns chez les autres pour bavarder. Rien de plus anglais ! Mais Katherine ne pensait pas assister à ces festivités. Elle espérait être loin de Novii Domik lorsque son absence serait découverte.

Il aurait été plus facile de se reposer quelques jours de plus avant de s'échapper. Mais lorsqu'elle aperçut le cheval dans l'écurie près de la maison, elle comprit qu'elle tenait le moyen de s'enfuir. Après s'être assurée que personne, absolument personne au village ne manquait la messe dominicale, à moins d'être malade et obligé de garder le lit, elle eut la conviction que le dimanche lui fournissait la seule occasion qu'elle pouvait espérer. Il était hors de question d'attendre le dimanche suivant : Dimitri aurait pu revenir au cours de la semaine.

Parasha lui avait dit qu'il fallait autant de temps pour aller à Moscou qu'il en fallait pour se rendre à St. Pétersbourg, Novii Domik se situant entre ces deux villes, un peu plus à l'est. Cela faisait trois jours pleins, sans compter aujourd'hui, que Dimitri était parti. Il n'avait pas attendu son personnel, qui le suivait en voiture et mettrait cinq jours au moins pour arriver à destination. Il avait beaucoup d'avance et pouvait ainsi réduire son temps de voyage s'il était vraiment pressé. Elle ne voulait pas prendre de risque.

Il y avait également la possibilité que la princesse Sonya se souvienne de sa promesse de garder Katherine jusqu'au retour de Dimitri. Compte tenu de son état, toute tentative de fuite semblait sans doute impossible. Voilà qui expliquait probablement le fait qu'on n'ait pas jugé nécessaire de la surveiller. Dès qu'elle serait rétablie, d'ici à quelques jours, on ne la laisserait plus seule, ou mieux, on la ramènerait dans la grande maison pour l'y enfermer à clé. L'occasion de s'échapper ne se renouvellerait donc pas.

Il fallait saisir cette chance, son unique chance. Le village était désert et personne n'était au courant des intentions de Dimitri, qui comptait la garder prisonnière jusqu'à la fin de l'été. C'était là un atout : on ignorait la raison de sa présence à Novii Domik. Sonya serait d'ailleurs peut-être ravie d'apprendre que Katherine avait disparu dans la nature.

Surveillant d'un œil l'église au bout de la route, elle se dirigea prudemment vers le petit hangar où se trouvait le cheval. L'église se distinguait des maisons du village par son clocher coiffé d'un gros dôme bleu en forme de bulbe, comme toutes les églises que Katherine avait aperçues depuis son arrivée en Russie. Celle-ci était si petite qu'elle ne possédait qu'une seule coupole, mais certaines en comptaient jusqu'à sept ou neuf, toutes peintes de couleurs vives, savamment ciselées ou recouvertes de bardeaux.

Les psalmodies des fidèles durant l'office couvriraient sa fuite. En vérité, tout n'était plus qu'une question d'espoir : qu'elle puisse quitter le village à l'insu de tous, qu'elle ne se perde pas durant ce long voyage, que personne ne se lance à sa poursuite et qu'elle trouve refuge auprès de la communauté anglaise de St. Pétersbourg avant que Dimitri ne sache même qu'elle était partie.

Elle n'éprouverait aucune honte à le revoir lorsqu'ils seraient enfin sur un pied d'égalité et qu'elle n'aurait plus à craindre de tomber en son pouvoir. Mais tout ce qu'elle désirait dans l'immédiat, c'était rentrer en Angleterre et l'oublier. C'était mieux ainsi... n'est-ce pas ? Bien sûr !

« Menteuse ! Ce que tu veux, c'est qu'il te rattrape, qu'il te supplie de ne pas partir, qu'il te jure un éternel amour et qu'il t'offre de t'épouser. Et tu n'hésiterais pas à l'épouser dans la minute qui suit. Quelle sentimentale tu fais ! »

Harnacher le cheval et se hisser en selle demanda à Katherine un effort surhumain. Une douleur violente la déchirait à chacun de ses mouvements, l'obligeant à calculer chaque geste pour économiser ses efforts. L'essentiel pour l'instant était de partir. Il fallait que Dimitri la reconnaisse comme son égale, ce qui ne serait possible que lorsqu'elle pourrait lui prouver sa véritable identité.

Comme le cheval s'éloignait lentement, elle eut un avant-goût de ce que serait sa chevauchée. Elle étouffait un cri à chaque pas. Jamais elle n'avait autant souffert. Cet abruti de Semen aurait pu la frapper moins durement, se maîtriser au lieu de mettre toute sa force dans chaque maudit coup de fouet. Mais non, de peur d'être dans les mauvaises grâces de la princesse, il avait suivi les ordres à la lettre. Elle était surprise de ne rien avoir de cassé.

Elle dut contourner la maison de Parasha pour gagner la route, ce qu'elle fit prestement, ayant soin de bien passer au large. Elle lança le cheval au galop et constata que cette allure était plus confortable pour elle, bien qu'elle gémisse à chaque seconde un peu plus fort, puisque plus personne ne risquait de l'entendre.

Elle chevaucha sans s'arrêter pendant quatre heures environ, selon son estimation car elle n'avait pas de montre. Elle dépassa enfin le domaine d'Alexeï, l'ami de Dimitri chez qui ils avaient passé la nuit avant leur arrivée à Novii Domik et où Dimitri était retourné pour se soûler.

Elle avait l'intention de faire halte là où ils s'étaient arrêtés à l'aller car elle n'avait pas d'argent pour s'acheter à manger. Les domestiques la connaissant, on lui donnerait de quoi se restaurer. Il était peu probable qu'on lui refuse un repas sous prétexte qu'elle n'était pas accompagnée par Dimitri. On trouverait sans doute étrange qu'elle voyage seule. Enfin, s'il le fallait, elle réussirait bien à inventer une histoire plausible. Néanmoins, elle n'avait pas l'intention d'y passer la nuit. La retrouver aurait été trop facile, si on était déjà à sa recherche. Elle dormirait dans un bois, loin de la route et à l'abri d'éventuels poursuivants.

Pour l'instant, ayant suffisamment de provisions pour tenir jusqu'au lendemain et désireuse de mettre la plus grande distance possible entre elle et Novii Domik, elle préférait continuer aussi longtemps qu'elle pourrait. La peur également la retenait de s'arrêter : la peur de descendre de cheval et de ne plus avoir assez de volonté ou de force pour remonter en selle. Elle attendait donc la nuit pour se reposer, avant d'affronter un nouveau jour de ce pénible voyage.

Elle tira brusquement sur les rênes. Un détail d'importance lui avait échappé. Son plan d'évasion, si parfait fût-il, avait une lacune : la nuit. Elle avait oublié qu'il n'y avait pas ou très peu de nuit en cette période de l'année. Elle ne pouvait pourtant pas chevaucher jusqu'à St. Pétersbourg sans faire de halte. Il fallait qu'elle s'arrête, mais sans pouvoir profiter de l'obscurité pour se cacher. Il lui faudrait donc s'éloigner davantage de la route, s'enfoncer plus profondément dans la forêt. Une réelle perte de temps, mais avait-elle le choix ?

Quelques heures plus tard, elle quitta enfin la route et trouva un endroit abrité où, épuisée de fatigue, elle se laissa littéralement tomber. Ses muscles ne répondaient plus. N'ayant même pas la force de s'allonger confortablement, elle demeura là où elle avait glissé, en s'efforçant seulement de tenir les rênes bien serrées dans son poing fermé, de façon que le cheval ne s'en aille pas. Puis, elle s'évanouit.

28

— N'est-ce pas le petit pigeon qui s'est échappé du nid ?

Un léger coup de pied sur la jambe de la jeune femme accompagna cette question. Katherine ouvrit les yeux, désorientée, et aperçut, debout devant elle, l'air arrogant et les mains sur les hanches, son géant blond. Déjà ? Le cœur battant, vacillante, elle se redressa précipitamment. La tête lui tournait.

— Dimitri ?

— C'est donc bien vous, dit-il en lui adressant un large sourire. Je n'en étais pas sûr. Vous ne ressemblez pas exactement aux femmes que Mitya fréquente.

Katherine sentit sa gorge se nouer. Ce n'était pas Dimitri. Pourtant, l'inconnu aurait pu être son frère jumeau. Enfin, presque. Même taille, mêmes cheveux blonds, même stature élégante. Le front un peu plus large, peut-être, le menton plus carré… Seuls les yeux étaient différents. Elle aurait dû s'en apercevoir tout de suite. Ils étaient d'un bleu clair et pétillaient de malice. Rien à voir avec le chaud regard brun de Dimitri.

— Nikolai ?

— À votre service, mon pigeon.

Cette jovialité avait quelque chose d'irritant dans les circonstances actuelles.

— Que faites-vous ici ?

— Ce serait plutôt à vous de répondre à cette question, vous ne trouvez pas ?

— Non. J'ai une excellente raison pour être ici. Vous non, à moins qu'on ne vous ait envoyé à ma poursuite...

— Exactement.

Le regard de Katherine se fit plus aigu.

— Vous avez donc perdu votre temps. Je ne retourne pas à Novii Domik.

Elle voulut se lever. Il n'était pas vraiment possible de discuter en étant couchée par terre, aux pieds de cet individu. D'ailleurs, elle n'était pas disposée à se justifier de quoi que ce soit. Elle esquissa un geste pour se redresser et laissa échapper un gémissement tandis que les larmes lui montaient aux yeux.

— Voilà ce qui arrive lorsqu'on dort à même le sol au lieu de rester dans le bon lit que vous avez déserté, dit gentiment Nikolai.

Il la saisit par le poignet et la releva. Le cri de douleur qu'elle poussa le surprit. Il la relâcha aussitôt.

— Mon Dieu, qu'avez-vous ? Êtes-vous tombée de cheval ?

— Espèce d'idiot ! maugréa-t-elle. Ne faites pas semblant de ne pas savoir. Tout le monde à Novii Domik est au courant, et vous y étiez.

— J'ignore de quoi vous parlez, mais si tout le monde est au courant, on ne m'a rien dit.

Il avait l'air sincère et semblait réellement inquiet.

— Excusez-moi de vous avoir traité d'idiot, dit-elle avec un soupir. Si je suis particulièrement sensible en ce moment, c'est parce qu'on m'a fouettée.

— Jamais Mitya ne ferait une chose pareille !

Nikolai était choqué et, à dire vrai, indigné par cet affront fait à son frère.

— Naturellement qu'il ne ferait pas une chose pareille, espèce...

Sur le point de le traiter de nouveau d'idiot, elle s'interrompit, puis reprit, hors d'elle :

— Il ne sait rien, mais quand il apprendra ce qui s'est passé, il lui en cuira. C'est votre maudite tante qui m'a fait fouetter.

— Je n'en crois rien. Sonya ? La douce et charmante Sonya ?

— Écoutez, au cours de ces dernières semaines on a assez douté de mes paroles. Mais cette fois-ci, l'état de mon dos prouvera que je n'invente rien. Votre *douce et charmante Sonya* va payer pour chaque coup de fouet que j'ai reçu. Il se trouve que l'ambassadeur d'Angleterre est un excellent ami de mon père, le comte de Strafford. Si l'enlèvement dont j'ai été victime passe inaperçu, ce dernier outrage provoquera bien un scandale. Je me demande même si je ne vais pas exiger qu'on envoie votre tante en Sibérie. Et cessez de me regarder comme cela ! ajouta-t-elle, au comble de l'irritation. Je ne suis pas folle.

Nikolai n'osa répliquer et rougit légèrement. Personne – et encore moins une femme – ne lui avait jamais parlé sur ce ton. Dimitri, en diverses occasions, n'avait pas mâché ses mots à son égard... Ces deux-là se ressemblaient étrangement. Le même feu les habitait. Se comportait-elle ainsi avec son frère ? Il commençait à comprendre ce qui intriguait Dimitri à son sujet, bien qu'elle ne fût pas son type. Nikolai lui-même était dérouté.

Un sourire espiègle se dessina sur ses lèvres.

— Vous savez certainement parler, mon pigeon. Et tant de colère chez un être aussi fragile… Mais pas trop, hein ? Un joli corps, très tentant. Et quelle bonne idée d'avoir trouvé ce berceau de verdure, si bien isolé du reste du monde, où nous pourrions…

— Non ! interrompit-elle, devinant sa pensée.

Il ne parut pas troublé.

— Mais bien sûr que si.

— Non !

Parasha ne s'était pas trompé au sujet de Nikolai. Katherine ne se sentait pas vraiment à son avantage. Vêtue d'une robe qui l'enlaidissait encore plus que l'uniforme de Lucie, elle avait les cheveux en bataille et pleins d'aiguilles de pin. Le foulard emprunté à Parasha afin de compléter son déguisement de paysanne s'était défait pendant son sommeil et pendait sur sa nuque. Une fine couche de poussière, délayée par les larmes et la transpiration, lui collait au visage. Et voilà que cet individu lui proposait de faire l'amour dans les bois, en plein jour, tout de suite, alors qu'ils ne se connaissaient que depuis quelques minutes à peine. C'était incroyable !

— Vous êtes sûre, mon petit pigeon ?

— Tout à fait.

— Vous me le direz si vous changez d'avis ?

— Sans aucun doute.

— Quelle façon de parler ! fit-il en souriant.

Elle fut soulagée de voir qu'il ne paraissait pas le moins du monde ennuyé de son refus. Quelle différence avec son frère !

— J'imagine que vous êtes amoureuse de Mitya, ajouta-t-il en soupirant. C'est toujours pareil, vous savez. Dès qu'elles l'ont aperçu, c'est comme si je devenais invisible. Vous ne pouvez pas imaginer combien c'est déprimant d'être dans la même pièce que lui, au cours d'une soirée ou d'un bal. Au premier regard, les femmes sont prêtes à se jeter à ses pieds. Si elles me regardent, elles ont envie de sourire et de me caresser gentiment la tête. Personne ne me prend au sérieux.

— Peut-être ne voulez-vous pas être pris au sérieux ?

Il sourit de nouveau, le regard rieur.

— Que vous êtes astucieuse, mon pigeon. En général, cette petite confession tourne à mon avantage.

— Ce qui prouve que vous êtes un mufle incorrigible.

— En effet, et puisque vous m'avez découvert, il est temps de partir.

— Nous n'allons nulle part ensemble, Nikolai.

— Ne rendez pas les choses difficiles, mon pigeon. Il est impensable que je vous laisse seule au bord de la route. Et puis j'ai des ordres de ma vieille tante Sonya. Non pas que je sois obligé de me plier à ses volontés, mais c'est elle qui tient les cordons de la bourse en l'absence de Mitya. Il est donc préférable de rester dans ses bonnes grâces. Votre escapade l'a mise dans une colère folle.

— Je n'en doute pas. Qu'elle s'étouffe de rage si cela lui chante, peu m'importe. Je ne retournerai pas à Novii Domik pour subir sa tyrannie. Dimitri ne m'a pas laissée là-bas pour qu'on me maltraite.

— Naturellement. Et vous ne le serez pas, je serai là pour vous protéger. En vérité, mon pigeon, vous n'avez rien à craindre à Novii Domik.

Il n'arrivait toujours pas à croire que Sonya, la charmante vieille tante Sonya, l'ait fait fouetter. C'était impossible. L'étrangère s'était probablement blessée en tombant et, pour quelque obscure raison, essayait d'accuser Sonya. Elle était suffisamment intelligente pour rendre son histoire convaincante. En tout cas, on l'avait chargé de la ramener à Novii Domik. Maintenant qu'il l'avait retrouvée, il fallait s'acquitter de sa mission. En outre, elle avait le cheval de Savva. Que penserait Savva s'il lui disait qu'il l'avait laissée partir avec son cheval ? Il ne pouvait pas non plus essayer de prétendre qu'il ne l'avait pas retrouvée. Personne ne le croirait et il serait en butte à la mauvaise humeur de sa tante.

— Vous savez, Ekaterina...

— Non, je m'appelle Katherine, de ce bon vieux prénom anglais Katherine, ou Kate si vous voulez, ou Kit... Mon Dieu, quand m'appellera-t-on de nouveau Kit ?

— Fort bien, Kit, concéda-t-il, l'air indulgent. Venez maintenant. Dès son retour, Mitya éclaircira tout cela. Vous voulez être là à son retour, n'est-ce pas ?

— Si je le voulais, est-ce que je serais sur le chemin de St. Pétersbourg ? En outre, il risque de ne pas revenir avant des semaines ou des mois. Non, c'est hors de question. Mais... Puisque c'est à Dimitri d'éclaircir tout cela, comme vous le dites vous-même, pourquoi ne pas me conduire à lui ? Je veux bien vous suivre dans ce cas-là.

Nikolai eut un rire ravi.

— Une idée splendide, petite Kit, mais vous ne vous rendez pas compte du risque que comporte un aussi long voyage en ma compagnie.

— Je peux vous assurer que ma réputation n'a plus rien à perdre.

— Quant à moi, je vous assure que je suis incapable de vous accompagner à Moscou sans coucher avec vous. C'est le risque auquel je faisais allusion.

Jusqu'à Novii Domik, je peux me maîtriser. Nous n'en sommes pas loin.

— Je n'en crois rien ! répliqua-t-elle, agacée par les plaisanteries de Nikolai. J'ai dû parcourir soixante-dix kilomètres hier.

— Ce serait plutôt une trentaine, mon pigeon, et ce n'était pas hier, mais ce matin.

— Vous voulez dire...

— Le soir commence à peine à tomber. Nous pouvons être de retour à temps pour le dîner, si vous cessez de nous retarder.

— D'accord ! s'écria-t-elle. Mais si cette vieille sorcière que vous appelez votre tante finit par me tuer dans une crise de folie, vous en supporterez les conséquences, espèce... de vaurien !... Et ne croyez pas que vous pourrez vous en tirer impunément. Dimitri vous tuera lorsqu'il apprendra ce qui s'est passé.

Elle lui tourna le dos pour monter à cheval, prête à lui arracher les yeux s'il lui offrait son aide. Ce n'était pas facile. Le moindre mouvement était douloureux. Néanmoins, en montant préalablement sur une grosse pierre, elle parvint à se hisser en selle. Il l'observait, stupéfait, tandis qu'elle continuait à monologuer.

— Vous ne pouvez pas vous conduire en gentleman, non, ce serait trop vous demander. Ce n'est d'ailleurs pas un trait de caractère de votre famille. Je l'ai appris à mes dépens. Enlevée, droguée, utilisée, séquestrée, voilà les attentions dont sont capables les Alexandrov. Mon Dieu, vous n'avez donc pas de conscience ?

Elle ferma les yeux. Il ne fallait pas céder à la douleur. Il ne le fallait pas.

— Pourquoi ? Pourquoi moi ? reprit-elle. Pourquoi m'a-t-il traînée jusqu'en Russie ? Pourquoi m'a-t-il gardée après... après... À croire que je suis d'une beauté extraordinaire ! Mais je sais bien que je suis à peine jolie. Pourquoi était-ce si important pour lui de...

Nikolai commençait à en avoir assez de ce chapelet de récriminations et à se poser de sérieuses questions. Elle semblait vraiment souffrir : il l'avait vu se plier en deux sous l'effet de la douleur lorsqu'elle s'était mise en selle mais ce n'était pas cela qui l'inquiétait. Il se demandait quelle importance cette femme pouvait bien avoir pour Dimitri.

— Kit, mon pigeon, peut-être...

— Les gens de votre acabit, je ne veux plus les entendre, répliqua-t-elle avec un mépris qui fit tressaillir Nikolai. Je retourne à Novii Domik pour affronter cette sorcière, mais au moins que je n'aie plus à entendre un seul mot de vous.

Elle s'éloigna. Il s'empressa de lui emboîter le pas et la rattrapa au moment où elle atteignait les buissons piétinés sur le bas-côté de la route qui lui avaient indiqué où elle se trouvait.

Il était dans une situation embarrassante. Faire plaisir à tante Sonya était une chose, déchaîner la colère de Dimitri en était une autre. Quant à essayer de raisonner cette jeune femme hargneuse, il y renonçait. Il finit par décider que si Dimitri lui était réellement attaché, il préférerait la retrouver là où il l'avait laissée, à Novii Domik. Seigneur, il n'avait aucune idée de ce qui se passait au juste mais il aurait bien aimé le savoir !

29

Dimitri regardait la chambre vide : le lit était fait, tout était en ordre, trop d'ailleurs. La pièce avait quelque chose de stérile, comme une tombe blanche. L'impression que tout était ainsi depuis plusieurs jours le fit se précipiter vers l'armoire. Les vêtements étaient là, ainsi que la bourse de tissu noir avec laquelle elle avait tenté de frapper son agresseur dans la rue, le premier jour où il l'avait aperçue.

Il laissa échapper un profond soupir, sans se rendre compte qu'il avait retenu sa respiration jusqu'à présent. Katherine ne partirait pas sans cette bourse. C'était tout ce qu'elle possédait, qui lui appartenait vraiment. Où donc était-elle ?

Une vive irritation s'empara de lui. Il s'était armé de courage pour affronter Katherine. Pendant des heures, alors qu'il galopait vers Novii Domik, il s'était préparé à accepter sans broncher tous les reproches qu'elle lui ferait. Et Dieu sait qu'il s'attendait au pire. Il se sentait comme un condamné qui bénéficie d'un bref sursis alors que tout ce qu'il voulait, c'était en finir le plus vite possible.

Il s'était attendu à la trouver dans la chambre blanche, en train de lire, de se pomponner à sa coiffeuse ou de paresser au lit en mangeant des bonbons. C'était ainsi qu'il avait toujours vu Natalia lorsqu'il train de faire les cent pas dans sa chambre, en proie à la fureur.

La soirée n'était pas très avancée lorsqu'il s'était précipité sans un mot dans l'escalier, pour monter jusqu'à son appartement. Les deux laquais postés dans le hall d'entrée l'avaient regardé d'un air stupéfait. À l'étage, une femme de chambre s'était écartée sur son passage, en retenant une exclamation de surprise. D'ordinaire, le personnel était prévenu de son arrivée. Mais depuis quelque temps, Dimitri ne faisait plus rien comme avant.

Il n'était même pas revenu avec ses propres domestiques, qui n'avaient pas réussi à le rattraper sur la route de Moscou. Lorsque, à un jour et demi de la ville, il avait fait demi-tour, tenaillé par le désir de parler à Katherine, il les avait croisés sur le chemin du retour et leur avait donné l'ordre de continuer jusqu'à la capitale. Après tout, ce voyage à Moscou restait à l'ordre du jour, sa visite à Tatiana également. Deux cosaques l'avaient suivi, sauf aujourd'hui où ils s'étaient laissé distancer.

Cela ne ressemblait guère à Dimitri d'agir avec une telle précipitation. Sa rapide chevauchée en direction de Moscou n'était certainement pas motivée par le désir effréné de revoir la jeune fille qu'il avait l'intention d'épouser. C'était bien la dernière personne à occuper ses pensées. De même que la vague raison pour laquelle il avait choisi de partir pour Moscou et non pour un autre lieu. En vérité, n'importe quelle destination aurait fait l'affaire puisque son départ n'était motivé que par sa lâcheté. Lâche. C'est ce qu'il avait pensé de lui, après un moment d'affolement où il avait littéralement perdu la tête. S'il avait quitté si précipitamment Novii Domik, c'était pour ne pas être auprès de Katherine à son réveil, après la deuxième nuit d'amour qu'ils avaient passée ensemble ; pour échapper au mépris et à la haine dont elle ne manquerait pas de l'accabler, en dépit de ce qu'elle lui avait affirmé sous l'effet de la drogue.

À mi-chemin de Moscou, la raison lui revenant, il comprit qu'il venait de commettre une erreur. Ce n'était pas la première fois, certes, mais, cette fois-ci c'était grave. Il faudrait plus de temps pour que la colère de Katherine s'apaise. Jusqu'à présent, il avait su comment la prendre lorsqu'elle était fâchée contre lui, ou plus exactement elle s'était calmée toute seule. C'était une jeune femme sensée, sa rancune ne durait jamais très longtemps. C'était ce qu'il aimait chez elle, en plus de son courage, de son esprit rebelle, de sa passion et d'une douzaine encore de qualités.

Revenu à de meilleures dispositions d'esprit, il constata avec soulagement que la situation dans laquelle il s'était mis n'était pas aussi tragique qu'il l'avait cru. Il se demandait même s'il ne pourrait pas convaincre Katherine de rester en Russie. Il lui achèterait un manoir, mettrait de nombreux domestiques à son service, la couvrirait de bijoux et des toilettes les plus luxueuses. S'il épousait Tatiana, c'était pour avoir un héritier. S'il installait Katherine auprès de lui, c'était parce qu'il l'aimait. Et il bâtissait un avenir où elle avait de toute évidence sa place à ses côtés.

Il se souvint alors qu'il avait quitté Novii Domik sans un mot. Il ne s'était même pas assuré que Katherine serait là à son retour, supposant qu'elle n'aurait pas le courage de s'aventurer seule dans un pays inconnu. Mais si elle était en colère, elle était capable de tout, et si elle s'ennuyait, il ne lui restait plus qu'à ressasser ses griefs contre lui.

Il avait fait aussitôt demi-tour. Tatiana pouvait attendre. Il fallait d'abord régler la situation avec Katherine, quitte à affronter sa fureur avant qu'elle n'ait eu le temps de se calmer. D'ailleurs, elle ne se calmerait pas tant qu'elle entretiendrait des pensées meurtrières à son égard.

Maintenant, il voulait en finir et tourner la page. Un violent désir le tenaillait également : la revoir. Si, après cinq jours d'absence, la première chose qu'il alors c'était le retour à la case départ et le geste insensé qu'il avait commis en la droguant n'aurait servi à rien.

Dimitri regagna le couloir. La femme de chambre qu'il avait aperçue quelques instants plus tôt n'y était plus, mais une autre montait l'escalier, portant un plateau chargé de mets appétissants qui lui étaient sans doute destinés. La nouvelle de son retour inopiné s'était vite répandue.

— Où est-elle ? demanda-t-il à la jeune domestique.

— Qui, monseigneur ?

— L'Anglaise, répondit-il avec impatience.

Elle frissonna légèrement.

— Je... je l'ignore.

Passant outre, il appela un des valets de pied en faction dans le hall, tout en descendant l'escalier.

— Où est l'Anglaise ?

— Je ne l'ai pas vue, mon prince.

— Et toi ?

Semen, qui connaissait Dimitri depuis toujours et savait que ses éclats de colère étaient en général inoffensifs, fut soudain si effrayé qu'il en perdit la parole. Ce n'était pas parce que le prince était allé directement dans la chambre blanche, ce que Ludmilla lui avait chuchoté en passant, tandis qu'elle se hâtait d'aller diffuser la nouvelle du retour du prince. Ce n'était pas non plus parce que le prince venait d'interroger la femme de chambre. C'était son expression anxieuse qui inquiétait Semen, et la menace que l'Anglaise avait chuchotée à Rodion : « Tâchez de ne pas être là au retour du prince... » lui revint en mémoire. Le premier coup de fouet l'avait empêchée d'achever sa phrase, et ce coup, c'était lui qui l'avait donné.

— Tu as perdu ta langue, Semen ?

— Il me semble... l'avoir vue à la cuisine... tout à l'heure, répondit-il avec hésitation, en se raclant la gorge. Mais maintenant... Maintenant, je l'ignore, monseigneur.

— Qui le sait ?

Pour toute réponse, Dimitri n'obtint qu'un haussement d'épaules ignorant.

Il faisait l'innocent ? Depuis quand ses gens faisaient-ils les innocents avec lui ? Que diable se passait-il ?

Il adressa un regard courroucé à chacun des valets, puis se rua vers l'arrière de la maison en hurlant :

— Katherine !

— Pourquoi cries-tu, Mitya ? s'enquit Sonya qui sortait du salon. Vraiment, il est inutile de crier pour nous annoncer ton retour bien que je ne comprenne pas pourquoi tu reviens déjà...

Il s'en prit à sa tante.

— Où est-elle ? Si vous tenez à la paix et à la tranquillité, ne me demandez pas de qui il s'agit. Vous savez parfaitement de qui je parle.

— L'Anglaise, naturellement, répondit Sonya, impassible. Nous l'avons gardée ici, bien qu'elle ait cherché à s'enfuir en volant le cheval de Savva. Heureusement que Nikolai est arrivé à temps pour la rattraper et la ramener à la maison.

À cette nouvelle, Dimitri se sentit submergé par un mélange de sentiments contradictoires : la surprise d'apprendre que Katherine avait tenté de s'enfuir alors que ce n'était pas là son souci principal ; le soulagement de savoir qu'elle était toujours à Novii Domik, même s'il avait du mal à lui mettre la main dessus ; enfin une jalousie, terrible et inattendue. Le plus beau et le plus coureur de ses demi-frères, Nikolai, avait donc fait la connaissance de Katherine.

— Où est-il ? s'enquit-il d'un ton sec.

— J'aimerais bien que tu sois plus précis, mon cher. Si tu parles de Nikolai, il est déjà parti. Il était venu te dire bonjour en apprenant ton retour d'Europe et il est allé à Moscou en espérant t'y retrouver. Apparemment vous vous êtes croisés en chemin.

Écartant sa tante d'un geste de la main, Dimitri entra dans le salon et se dirigea vers le meuble à alcools. La jalousie était une nouvelle expérience pour lui. L'espace de quelques secondes, il s'était vu se jeter sur son frère et l'étrangler pour le remercier d'avoir ramené Katherine... Enfin, non, ce n'était pas tout à fait cela... Il l'aurait volontiers étranglé pour s'être trouvé seul avec elle, dans la campagne, une occasion rêvée pour ce coureur invétéré. S'il avait touché Katherine...

— La fatigue explique sans doute ta mauvaise humeur, Mitya. Tu as besoin d'une bonne nuit de sommeil. Tu m'expliqueras les raisons de ce retour impromptu demain matin, quand tu seras reposé.

Il vida un verre de vodka, avant de darder sur sa tante un regard furieux.

— Tante Sonya, si je n'ai pas les réponses que je veux tout de suite, vous allez comprendre que pour l'instant je fais preuve d'une patience d'ange. Je suis revenu voir Katherine. C'est la seule raison de mon retour. Où est-elle ?

Troublée par l'intransigeance de son neveu, Sonya dut s'asseoir ; cependant elle parvint à parler d'une voix ferme et assurée.

— Elle s'est sans doute retirée pour la nuit.

— Je viens de sa chambre. Où dort-elle désormais ?

— Avec le personnel.

Dimitri ferma les yeux. Toujours la même tactique. Le culpabiliser pour toutes les fois où il avait eu le manque de délicatesse de lui rappeler ses humbles origines. Le bafouer en affirmant, une fois de plus, que le plus misérable des lits était encore préférable au sien.

— J'aurais dû savoir qu'elle manigancerait quelque chose dès que j'aurais le dos tourné.

Cette réaction étonna Sonya. En l'entendant appeler cette fille, elle avait compris son erreur. Mais il était en colère contre l'étrangère, pas contre elle. C'était plus que ce qu'elle espérait. Peut-être pouvait-elle accroître sa fureur ?

— Je n'ai jamais rencontré quelqu'un à ce point hautain et méprisant, Mitya. Elle m'a insultée et je l'ai chargée de frotter les sols afin de briser son insolence, mais je doute fort du résultat.

— Et elle a accepté ? demanda Dimitri, incrédule.

Sonya sentit une vive rougeur empourprer ses joues. Si elle avait accepté ? Lui aurait-elle laissé la liberté de refuser ? N'avait-il pas entendu ?

L'étrangère l'avait insultée. Avait-il perdu toute raison pour passer tous ses caprices à une créature pareille ?

— Elle n'a pas élevé d'objection, non.

— Il semble donc que j'aie perdu mon temps en revenant, dit-il avec une dureté amère, sans adresser un regard à sa tante. Elle veut donc frotter les sols ? Eh bien, si elle s'imagine que je vais me sentir d'autant plus coupable avec son nouveau stratagème, elle se trompe lourdement.

Il saisit avec impétuosité la bouteille de vodka et quitta la pièce à grands pas. Semen et les autres valets s'éloignèrent précipitamment de la porte derrière laquelle ils écoutaient. Dimitri se rua dans l'escalier pour regagner son appartement.

Satisfaite, Sonya se servit un verre de sherry et en avala une gorgée, un sourire aux lèvres. Elle n'avait pas bien compris le sens des dernières paroles de Dimitri mais peu importait. Il allait repartir à Moscou pour voir Tatiana. Il y resterait probablement plusieurs mois, et ainsi, oublierait totalement cette étrangère.

30

Nadezhda Fodorovna observait l'Anglaise à la dérobée, ses yeux bleus durcis par la haine et le ressentiment. Et plus elle la regardait frotter le sol de la cuisine, indifférente aux autres comme si elle était trop bien pour se mêler aux domestiques, plus son ressentiment enflait.

Qui était-ce ? Personne. Elle était petite, si petite qu'on aurait pu la prendre pour une enfant, alors qu'on ne pouvait commettre la même erreur avec Nadezhda. Elle avait des cheveux ternes d'un brun indéfinissable alors que ceux de Nadezhda était d'un beau roux flamboyant, épais et brillants. En dehors de ses yeux superbes, l'étrangère n'avait rien pour séduire Dimitri Alexandrov. Que voyait donc le prince en elle, qui échappait à son entourage ?

Nadezhda n'était pas la seule à se poser cette question. Tout le monde se la posait. Cependant, pour Nadezhda, qui avait eu son moment de gloire en passant une nuit avec le prince mais qui depuis n'avait pas réussi à l'attirer de nouveau dans ses bras, c'était une question brûlante.

Elle n'était jamais parvenue à surmonter son échec avec le prince. Elle avait élaboré des projets mirifiques : donner un fils au prince, accroître terriblement son importance, s'assurer une vie confortable.

Cette unique nuit avec Dimitri n'avait pas eu les résultats escomptés. On commençait même à le croire stérile. Elle-même le croyait. Mais en même temps, elle avait compris qu'il lui suffisait de tomber enceinte le plus vite possible pour pouvoir prétendre porter son enfant. Un stratagème qu'elle avait mis en œuvre avec la complicité d'un des laquais les plus lascifs. Elle était si heureuse et si fière de sa ruse qu'elle s'en était vantée auprès de sa sœur. Celle-ci avait tout raconté à leur père, qui l'avait si sévèrement battue pour avoir tenté de tromper le prince qu'elle perdit le bébé. Depuis Nadezhda ressassait amèrement son échec.

Et maintenant il y avait cette étrangère, cette laideronne que le prince avait ramenée à Novii Domik et installée dans la chambre blanche. La chambre blanche ! Et à l'entendre, le prince se souciait plus d'elle que de coucher avec elle.

Nadezhda avait ri lorsqu'elle avait appris que la princesse Sonya avait ordonné qu'on lui donne le fouet pour la punir de son insolence. Elle avait été ravie de voir qu'on mettait Katherine aux cuisines pour effectuer les besognes les plus ingrates. Sa fierté avait été mise à rude épreuve. Et le prince n'était pas venu la sortir de là comme l'avait cru la moitié du personnel qui pensait sottement qu'il serait furieux en apprenant le traitement que sa tante avait réservé à l'étrangère. Néanmoins, elle était toujours là, il ne l'avait pas congédiée après avoir pris son plaisir avec elle. Il l'avait cherchée également la veille au soir, à son retour. Nadezhda avait reçu cette nouvelle avec aigreur jusqu'à ce qu'elle apprenne plus tard qu'il s'était mis en colère contre l'étrangère, sans aucun doute en raison de l'insolence dont elle avait fait preuve à l'égard de sa tante.

Personne n'avait appris le retour du prince à l'Anglaise. Les domestiques gardaient le silence à ce propos pour ne pas lui faire de peine. Elle prêtait si peu attention à ce qui se passait autour d'elle qu'elle ne remarqua même pas les chuchotements et les regards compatissants dont elle était l'objet. Ce serait bien fait pour elle d'apprendre que le prince était revenu, puis reparti sans s'inquiéter de son sort. Mais Nadezhda était incapable d'attendre plus longtemps. Personne ne lui avait interdit d'en parler et il était temps que l'étrangère regarde les choses en face. Les illusions qu'elle entretenait au sujet de *leur* prince n'abusaient plus personne.

Nadezhda était surprise d'une chose cependant : la princesse Sonya n'était pas venue lui faire part de cette nouvelle. Il était clair que la docilité de l'étrangère, lorsqu'on l'avait mise à frotter les planchers, avait fortement déplu à la princesse. Sans doute avait-elle espéré, comme Nadezhda, qu'on lui résisterait afin de pouvoir la punir de nouveau.

Du moins, Nadezhda avait été témoin de son humiliation. Elle avait tout de suite dit à l'étrangère qu'elle avait de la chance de s'en sortir à si bon compte, après avoir cherché à s'enfuir, volé un cheval et obligé le frère du prince à courir sur ses traces. Normalement, elle aurait dû recevoir le fouet. L'étrangère s'était contentée de répliquer :

— Je ne suis pas un serf, espèce de sotte, mais une prisonnière. Il est tout à fait naturel qu'un prisonnier cherche à s'échapper. C'est normal.

Tant d'impudence. Tant d'ingratitude. Tant de prétention. Comme si elle s'imaginait supérieure à eux tous, au point que ce qu'on pouvait dire ou faire ne l'atteignait pas. Cependant Nadezhda savait comment la remettre à sa place, et si personne n'avait le courage ou l'envie de le faire, elle s'en chargerait.

Katherine aurait dû comprendre que les regards méchants que lui jetait la belle Nadezhda aux cheveux roux n'auguraient rien de bon. Mais elle n'aurait jamais pensé que cette fille ait la mesquinerie de renverser délibérément une bassine pleine d'ordures sur elle, en faisant semblant de trébucher. Si Katherine n'avait pas eu le réflexe de s'écarter d'un mouvement preste, les déchets auraient atterri sur ses genoux au lieu de simplement lui éclabousser bras et jambes.

— Que je suis maladroite ! s'écria Nadezhda en se baissant pour nettoyer les restes de bouillie d'avoine, de tomates, de crème aigre où nageaient des morceaux d'œufs, des oignons, des champignons et du caviar – les Russes adoraient le caviar avec leurs blinis, les crêpes au sarrazin que l'on servait tous les matins à Novii Domik.

Katherine s'assit, attendant de voir si la fille allait vraiment ramasser les déchets. Nadezhda se contenta de pousser la bassine vide devant elle.

— C'était dommage de te faire frotter un plancher propre, murmura-t-elle. Maintenant au moins tes efforts ne seront pas inutiles.

Elle ne cherchait même pas à faire croire à un accident.

— Quelle bienveillance de votre part ! commenta Katherine avec indifférence.

— Bienveillance ?

— Pardon. Je m'oublie parfois lorsque je m'adresse à une ignorante.

Nadezhda comprit qu'il s'agissait d'une insulte.

— Tu te crois intelligente avec tes grands mots ? Mais sais-tu que le prince Dimitri est de retour et qu'il ne s'est pas inquiété de toi ?

Le visage de Katherine se transforma aussitôt.

— Dimitri est de retour ? Depuis quand ?

— Il est rentré hier en début de soirée.

La veille au soir, Katherine dormait, épuisée par douze heures de labeur. La maison aurait pu s'écrouler, elle n'aurait rien entendu, pas même la colère de Dimitri qui prenait sa défense. Mais alors, pourquoi n'était-il pas venu la chercher ? Toute la matinée s'était écoulée. Pourquoi était-elle toujours ici ?

— Vous mentez.

Nadezhda eut une moue moqueuse.

— Je n'ai aucune raison de te mentir. Demande donc à Ludmilla. Elle l'a vu arriver. Demande aux autres. Ils n'ont pas voulu te le dire pour ne pas te faire de peine. Tu clamais à qui voulait l'entendre que le prince serait furieux d'apprendre qu'on t'avait maltraitée. Eh bien, ma petite, sache qu'il est furieux, en effet, mais contre toi.

— C'est que sa tante ne lui aura pas dit la vérité.

— Tu es libre de croire ce que tu veux, mais moi, je sais ce que je dis. On a entendu la conversation qu'il a eue avec sa tante. La princesse Sonya lui a tout raconté. Il sait que tu es à la cuisine pour frotter le plancher et il s'en fiche éperdument. Pauvre idiote ! Tu croyais vraiment qu'il s'opposerait à sa tante pour prendre ta défense ? Il s'est levé tôt et se prépare à repartir aujourd'hui. Tu vois comme il a envie de te revoir…

Katherine ne croyait pas un traître mot de cette tirade. C'était impossible. La rancœur et la méchanceté faisaient parler Nadezhda. Qu'avait

fait Katherine pour mériter une telle hostilité ?
Elle l'ignorait. Par chance, Rodion entra dans la
cuisine et comprit immédiatement la situation. Il
prit Nadezhda par le bras.

— Qu'as-tu fait, Nadezhda ? s'enquit-il.

Avec un éclat de rire, la fille se libéra de son
étreinte et regagna sa place à la cuisine. Rodion se
baissa pour aider Katherine à ramasser les détritus.
Elle garda le silence jusqu'à ce que tout soit nettoyé.
Katherine savait qu'il ne lui mentirait pas. Il lui
avait témoigné une grande gentillesse depuis que
Nikolai l'avait ramenée à Novii Domik.

— Rodion, demanda-t-elle enfin avec sa franchise
habituelle, est-il vrai que Dimitri est de retour ?

Il ne releva pas la tête.

— Oui.

Une bonne minute s'écoula.

— Et il sait où me trouver ?

— Oui.

Lui jetant un coup d'œil furtif, il s'en voulut
aussitôt. Seigneur, il n'avait jamais lu autant de
souffrance dans un regard ! Quelques méchance-
tés assenées par la malveillante Nadezhda avaient
suffi à réveiller une douleur que le fouet avait été
incapable de provoquer.

— Je suis désolé, dit-il.

Elle ne parut pas l'entendre. Elle baissa la tête et
reprit machinalement sa besogne, qui consistait à
brosser le sol. Rodion se leva et regarda autour de
lui. Personne n'osait se retourner, sauf Nadezhda
qui souriait d'un air triomphant. Sans un mot,
Rodion quitta la cuisine.

Katherine continuait de frotter avec acharne-
ment le même endroit. Sonya aurait été furieuse
de savoir que cette corvée était des plus bénéfiques

pour Katherine en ce moment précis. Impuissante en face de cette vieille sorcière, Katherine avait d'abord étouffé de rage. Puis elle comprit que Sonya espérait un refus de sa part et, pour ne pas lui donner cette joie, elle se soumit à ses exigences sans broncher. Elle frotterait ce maudit plancher jusqu'à ce qu'il ait raison d'elle, sans élever une seule plainte.

Paradoxalement, ce dur labeur avait soulagé son dos meurtri. Le mouvement constant et lent de ses bras étirait et massait chaque muscle, apaisant sa douleur. Ce travail stupide était épuisant mais en même temps, il lui avait incontestablement fait du bien. Le premier soir, elle avait dû ramper vers son lit, exténuée. Mais progressivement, elle s'était habituée. Elle bougeait désormais plus aisément et ne ressentait plus que quelques courbatures ici et là. Les traces des coups de fouet avaient presque disparu.

Les larmes qui lui étaient montées aux yeux ruisselèrent soudain sur ses joues.

« Voilà qui t'apprendra à te distraire de ton travail, espèce d'idiote. Quand donc as-tu pleuré pour la dernière fois ? Tu n'as plus mal au dos maintenant, sotte que tu es. Arrête-toi. Tu n'as aucune raison de pleurer. Tu le savais depuis le début qu'il ne t'aimait pas. Il t'a laissée sans un mot, sans même veiller à ta sécurité. Une simple recommandation à sa tante aurait suffi à empêcher qu'on te fasse subir ce traitement barbare. »

Sa peine était si grande qu'elle avait du mal à respirer, tant sa gorge était nouée. Comment pouvait-il l'abandonner ici ? Il ne venait même pas voir comment elle avait résisté à toutes ces épreuves. Il ne se souciait pas d'elle. C'était cela qui la blessait le plus.

Il avait passé la nuit ici, il savait que sa tante l'avait condamnée à travailler comme une esclave. Il ne s'était pas opposé à la décision de la princesse. Il ne cherchait ni à s'excuser ni à la défendre. Et il s'apprêtait à repartir. Serait-elle donc condamnée à ce travail humiliant durant tout son séjour en Russie ? Le mufle !

« Et dire que tu es tombée amoureuse de lui, naïve que tu es. Tu savais que c'était une sottise. Eh bien, tu ne récoltes que ce que tu mérites. Tu as toujours su que l'amour était un sentiment absurde. Tu en as la preuve maintenant. »

Tous ces beaux discours ne rimaient à rien. Il n'y avait pas de place en elle pour la colère. Il n'y avait plus rien, excepté cette souffrance, qui engourdissait peu à peu ses sens, à l'exclusion de tout autre sentiment.

31

— Apporte-moi mes bottes ! grommela Dimitri impatiemment. Je ne me présente pas à la cour. D'ici à la fin de la journée, elles seront couvertes de poussière.

Semen se précipita avec les bottes qu'il n'avait pas fini de lustrer. Pourquoi avait-il fallu que ce soit lui qui ait été désigné pour remplacer le valet de chambre du prince, Maksim ? Il était sur des charbons ardents. Il s'attendait à tout moment à ce que l'étrangère apparaisse et relate à Dimitri toute l'affaire, corrigeant ainsi les demi-vérités qu'avait invoquées la princesse Sonya. Enfin, elle ignorait que le prince était de retour. Quelle raison aurait-elle de quitter la cuisine ? Mais il ne pouvait compter sur ce genre de logique. Il serait sur le qui-vive tant que Dimitri ne serait pas reparti. Dieu merci, il s'apprêtait à quitter Novii Domik maintenant.

Dimitri aperçut un bref instant son reflet dans le miroir et fut surpris de l'image sinistre qu'il lui renvoya. Rien d'étonnant à ce que Semen soit si nerveux. Arborait-il ce visage renfermé et menaçant depuis le matin ? Comment savoir ? À vrai dire, il était encore à demi ivre. Deux bouteilles de vodka n'avaient pas produit l'effet désiré : il n'avait pas dormi. L'alcool n'avait servi qu'à aggraver le désordre de ses pensées au fil des heures et, même après une nuit blanche, il savait qu'il ne parviendrait pas à trouver le sommeil. Pourtant, que n'aurait-il pas donné pour oublier pendant quelques heures le problème qui le tourmentait !

— Désirez-vous l'épée d'apparat, monseigneur ?

— Et pourquoi pas porter mes médailles également pour voyager ? rétorqua-t-il sèchement.

Il s'excusa aussitôt de ce mouvement d'humeur excessif.

Il avait revêtu un de ses vieux uniformes pour la simple raison qu'il se sentait d'humeur belliqueuse. Cela ne signifiait pas qu'il doive aussi porter les armes. Bien qu'ayant beaucoup servi, le gilet écarlate était encore impeccable, les pantalons serrés d'un blanc immaculé, les bottes cavalières aussi raides que si elles étaient neuves. Si le tsar n'en avait fait qu'à sa tête, le pays entier aurait porté l'uniforme, les civils comme les militaires. À l'inverse des autres pays, en Russie, un militaire qui se retirait du service actif continuait de porter l'uniforme. À la cour, il était rare que l'on mette un autre habit.

Avant que Semen ait eu le temps de réagir, un sec « entrez ! » répondit au coup frappé à la porte.

Rodion pénétra dans la chambre, l'air inquiet et mal à l'aise. C'était une chose de vouloir rétablir la vérité sur ce qu'il était advenu à l'étrangère, c'en était une autre que d'affronter la mauvaise humeur du prince.

Devinant l'intention de Rodion, Semen était devenu livide. C'était Rodion qui avait amené la femme brûlante de fièvre chez Parasha. C'était lui qui avait veillé à ce qu'on la laisse tranquille dans la cuisine. Cependant il avait pris part tout autant que Semen au cruel traitement qu'on lui avait infligé. Bien sûr, ni l'un ni l'autre n'avait eu le choix. Mais Rodion ne devait pas oublier qu'il en avait été complice.

— Oui ? aboya Dimitri.

— Je... je crois qu'il y a une chose que vous devriez savoir avant votre départ au sujet de l'étrangère, monseigneur.

— Katherine. Elle s'appelle Katherine, répliqua vertement Dimitri. Et rien de ce que tu peux me dire ne m'intéresse. Tout ce que je souhaite, c'est ne plus entendre parler d'elle.

— Bien, monseigneur.

À la fois soulagé et déçu, Rodion tourna les talons.

Semen commençait à respirer plus librement et un peu de couleur lui était revenu aux joues, lorsque le prince rappela Rodion.

— Désolé, Rodion. Ce n'est pas ce que je voulais dire. Qu'avais-tu à me raconter au sujet de Katherine ?

— Simplement que...

Rodion et Semen échangèrent un rapide coup d'œil mais le valet était résolu à parler.

— Votre tante l'a fait fouetter, monseigneur, si cruellement qu'elle a été malade pendant deux jours. Elle travaille en ce moment à la cuisine, mais ce n'est pas de sa propre volonté. Elle aurait été battue si elle avait refusé.

Dimitri garda le silence. Il fixa longuement Rodion, puis sortit si vite que ce dernier s'écarta d'un bond pour lui laisser le passage.

— Pourquoi as-tu fait ça, idiot ? dit Semen. Tu n'as pas vu qu'il était en colère ?

Rodion ne regrettait rien désormais.

— Elle avait raison, Semen. Et cela aurait été pire s'il avait découvert la vérité plus tard, après son départ. Il se serait rendu compte, en plus, que personne ne voulait le tenir au courant de ce qui se passe dans sa maison. Mais il est juste. Il ne nous reprochera pas d'avoir obéi aux ordres de la princesse. Ce n'est pas celui qui a donné les coups de fouet qui est responsable, mais sa tante qui en a donné l'ordre. C'est à elle de s'expliquer, si elle le peut.

Au rez-de-chaussée, le fracas de la porte de la cuisine littéralement arrachée de ses gonds retentit dans toute la maison, suivi d'un bruit de vaisselle cassée : trois servantes avaient sursauté et laissé tomber tour à tour les plats qu'elles tenaient.

Tous les regards étaient rivés sur le prince qui venait d'apparaître dans l'encadrement de la porte. Tous les regards, sauf celui de Katherine. Elle ne prit pas la peine de relever la tête. Une entrée aussi théâtrale ne l'émouvait pas. Elle resta également imperturbable lorsqu'il s'approcha pour s'agenouiller à côté d'elle. Elle savait qu'il était là. Mais désormais, elle s'en moquait éperdument. S'il était venu la veille au soir, elle aurait probablement pleuré sur son épaule. Maintenant, il pouvait aller au diable. Lorsqu'il était trop tard, il était trop tard.

— Katya ?

— Partez, Alexandrov.

— Katya, je vous en prie… je ne savais pas.

— Vous ne saviez pas ? Vous mentez. On m'a dit que votre charmante parente vous avait tout raconté.

Elle ne l'avait toujours pas regardé. Ses cheveux qui tombaient sur ses épaules cachaient en partie son visage tandis que, penchée en avant, elle continuait à frotter le sol. La robe qu'elle portait ne lui appartenait pas et était si sale qu'elle sentait mauvais. Dimitri dut se maîtriser pour ne pas céder à la rage qui l'étouffait. Il lui fallait d'abord s'occuper de Katherine.

— Elle m'a dit que vous dormiez avec les domestiques, pas qu'elle vous y avait contrainte. J'ai cru que c'était de votre propre chef, Katya, comme auparavant lorsque vous avez refusé systématiquement les avantages que je vous offrais. Sonya m'a dit que vous aviez accepté de travailler. La encore, j'ai pensé que c'était de votre propre mouvement.

— Ne pensez plus, Alexandrov, c'est une totale perte de temps.

— Regardez-moi au moins lorsque vous m'insultez.

— Allez au diable !

— Katya, je ne savais pas qu'on vous avait battue ! s'écria-t-il, au comble de l'exaspération.

— Ce n'est rien.

— Dois-je vous déshabiller pour m'en assurer ?

— Bon, j'ai quelques marques, et alors ? Cela ne me fait plus mal. L'attention que vous me portez soudain vient un peu tard, ce qui me permet de douter de votre sincérité.

— Vous pensez que je voulais qu'il vous arrive une chose pareille ?

— Je pense que vous avez fort bien montré de quoi est faite votre attention, puisque vous n'avez pas pris la peine d'expliquer à votre tante la raison de ma présence sous votre toit. Voilà qui résume fort bien les choses, Alexandrov.

— Regardez-moi.

Elle releva la tête. Ses yeux étaient pleins de larmes, qu'elle s'efforçait de retenir.

— Êtes-vous content ? Dites-le-moi lorsque vous en aurez assez vu. J'ai du travail.

— Vous allez venir avec moi, Katya.

— Jamais de la vie.

Mais Katherine ne s'écarta pas assez rapidement de lui. Il la souleva dans ses bras.

— Mon dos, espèce de brute. Ne me touchez pas le dos.

— Alors, tenez-vous à mon cou, parce que je ne vous reposerai pas par terre.

Elle le foudroya du regard, mais c'était inutile. Elle avait trop souffert pour pouvoir en supporter davantage. Elle l'enlaça. Dimitri entoura ses hanches d'un bras et glissa l'autre sous ces cuisses pour la soutenir fermement.

— Vos attentions ne servent à rien, dit Katherine entre ses dents, comme il l'emmenait hors de la cuisine. Si je ne craignais pas de me blesser, je vous frapperais.

— Lorsque vous serez rétablie, je vous rappellerai votre promesse. On vous apportera un fouet et vous pourrez vous venger sur moi de tout le mal qu'on vous a fait. Je ne mérite pas moins.

— Oh, taisez-vous...

Elle n'acheva pas sa phrase. Les larmes ruisselaient sur ses joues. Elle resserra son étreinte autour du cou de Dimitri et se cacha le visage au creux de son épaule.

Sur le seuil de la pièce, il se retourna et interpella deux servantes d'un ton sans réplique.

— Qu'on prépare un bain et qu'on apporte du cognac dans ma chambre immédiatement.

Katherine s'agita pour protester.

— Je refuse d'aller dans votre chambre, par conséquent, si c'est pour moi...

— Dans la chambre blanche, corrigea-t-il sèchement. Et que le docteur soit là le plus vite possible. Vous et vous, ajouta-t-il à l'attention de deux domestiques, venez avec moi pour l'aider.

— Je suis parfaitement capable de m'occuper de moi, Dimitri. Depuis le temps, j'ai pris l'habitude. Merci.

Il ignora délibérément cette réflexion, de même que les servantes qui leur emboîtèrent prestement le pas.

Le prince parti, tout le monde à la cuisine poussa un soupir de soulagement. Sur les visages de ceux qui avaient pris parti pour l'étrangère, se lisait également une expression qui signifiait : « Je te l'avais bien dit. » Quant à Nadezhda, ulcérée par la scène qui venait de se dérouler, elle écrasa avec rage la boule de pâte qu'elle était en train de pétrir. Elle insulta le cuisinier qui avait fait une réflexion désobligeante. La gifle qu'elle reçut en retour fut applaudie en silence par les autres domestiques car, au fond, personne n'aimait vraiment Nadezhda et ses bouderies.

Dans la chambre blanche, Dimitri reposa doucement Katherine sur le lit. Elle ne le remercia pas pour sa sollicitude. Pendant ce temps, les servantes remplissaient la baignoire, la seule chose qu'elle n'avait pas l'intention de refuser car elle n'avait pas pris de bain depuis le départ de Dimitri. D'un air irrité, elle repoussa, en revanche, le verre de cognac.

— Je ne sais ce que vous cherchez à me prouver avec ces assauts d'amabilité, Alexandrov. Après tout, frotter le plancher est simplement une nouvelle expérience pour moi. Ne m'avez-vous pas affirmé être responsable de toutes mes nouvelles expériences depuis notre rencontre ? Je vous suis redevable de celle-ci comme des autres.

Dimitri tressaillit sans répondre. Il savait qu'il était impossible de lui parler pour l'instant. Il aurait pu lui avouer que son départ impromptu de Novii Domik au lendemain de leur nuit d'amour était dû à la honte qu'il avait éprouvée d'avoir commis une telle lâcheté. Mais lui rappeler ce souvenir ne réussirait qu'à attiser sa colère.

— Le bain est prêt, monseigneur, annonça timidement Ludmilla.

— Bien, enlevez-lui ce chiffon qu'elle porte...

— Pas en votre présence, interrompit Katherine, énervée.

— Entendu, je m'en vais. Mais vous vous laisserez examiner par le médecin quand il viendra.

— Ce n'est pas nécessaire.

— Katya !

— Oh, d'accord. Je verrai ce maudit docteur. Mais ne vous donnez pas la peine de revenir, Alexandrov. Je n'ai plus rien à vous dire.

Dimitri se dirigea vers la porte de communication qui ouvrait sur sa chambre. Sur le seuil, une exclamation étouffée d'une servante le fit se retourner. La robe de Katherine était dégrafée jusqu'à la taille. Sa gorge se noua lorsqu'il vit son dos couvert de marques bleues, brunes et jaunes et strié de profondes et longues lignes violacées là où le fouet l'avait atteinte.

Il referma la porte et s'y appuya, les yeux fermés. Rien d'étonnant à ce qu'elle refuse de l'écouter. Comme elle avait dû souffrir, et tout cela à cause de sa négligence ! Elle ne s'était pas tellement mise en colère contre lui. Elle n'avait même pas crié après lui. Il aurait préféré plus de violence de sa part ! Au moins, il aurait eu l'espoir de finir par la convaincre qu'il n'avait pas voulu lui faire du mal et qu'il était prêt à tout pour se faire pardonner et apaiser ses souffrances. Tout ce qu'il avait voulu, c'était l'aimer. Désormais, il était tombé si bas qu'il n'était même plus digne de sa haine.

Dimitri trouva sa tante dans la bibliothèque. Debout, les mains serrées avec raideur devant elle, elle regardait le verger par la fenêtre. Elle l'attendait. Rien de ce qui se passait dans la maison ne lui échappait et il savait qu'on lui avait probablement rapporté mot pour mot la conversation qu'il avait eue avec Katherine dans la cuisine. Elle s'attendait au pire. Mais Dimitri s'en voulait surtout à lui-même. Ce n'était qu'une infime partie de sa colère qu'il réservait à sa tante.

Il s'approcha tranquillement de Sonya et se tint devant la fenêtre, le regard vide. La fatigue le submergeait à présent.

— Je laisse une jeune femme à l'abri sous mon toit et à mon retour, j'apprends qu'on l'a maltraitée. Pourquoi, tante Sonya ? Quoi que fasse Katherine, elle ne méritait pas votre cruauté.

Soulagée par la douceur de Dimitri, elle conclut qu'il n'était pas aussi bouleversé que ce qu'on venait de lui dire.

— Tu m'avais dit qu'elle n'était pas importante, Mitya, lui rappela-t-elle.

Il soupira.

— En effet, j'ai dit cela dans un moment de colère, mais cela ne vous donnait pas le droit de la maltraiter. Je vous ai également dit que vous n'aviez pas à vous en soucier. Pourquoi avez-vous enfreint mon ordre ?

— Je l'ai surprise au moment où elle sortait de ta chambre. J'ai pensé qu'elle t'avait volé.

Il se retourna vers sa tante, stupéfait.

— Qu'elle m'avait volé ? Seigneur, vous l'avez accusée de vol ? Mais elle a refusé tous les cadeaux que j'ai voulu lui faire. Elle a craché sur tout ce que je lui ai offert.

— Comment aurais-je pu le savoir ? Je voulais simplement la faire fouiller. L'affaire ne serait pas allée plus loin si elle ne s'était pas montrée aussi insolente. Je ne pouvais pas accepter un tel manque de respect devant les domestiques.

— C'est une femme libre, une Anglaise. Elle n'est pas soumise aux coutumes archaïques de ce pays.

— Qui est-ce, Mitya ? s'enquit Sonya. Qui est-ce en dehors du fait qu'elle est ta maîtresse ?

— Ce n'est pas ma maîtresse. Je le voudrais bien, mais elle ne l'est pas. J'ignore sa véritable identité, sans doute la fille illégitime d'un lord anglais, mais peu importe. Elle se vante d'être une lady, c'est vrai, mais je le tolère. Elle n'avait donc pas de raison de penser qu'il lui fallait changer de comportement à Novii Domik, même avec vous. Mais ce qu'il y a de plus important, c'est qu'elle était sous ma protection. Tante Sonya, c'est une personne si menue, si délicate. Ne vous est-il pas venu à l'idée qu'en lui donnant le fouet, vous pouviez la blesser à vie, la rendre infirme ?

— Si elle avait fait preuve d'humilité, je ne serais pas allée aussi loin. Mais rien à faire. Trois jours après, elle s'enfuyait à cheval.

— En désespoir de cause.

— Mais non, Mitya. Elle n'a reçu que quelques coups. Si elle avait été gravement blessée, elle n'aurait pas eu la force de partir...

— Elle n'a pas été gravement blessée ? explosa-t-il soudain, donnant libre cours à sa colère. Venez avec moi !

La saisissant par le poignet, il l'entraîna jusqu'à la chambre blanche où il entra sans frapper. Avec un cri aigu, Katherine s'assit dans le tub. D'une main ferme, Dimitri la releva afin de montrer son dos à Sonya. Pour la peine, il reçut un gant plein de savon qui lui éclaboussa le cou et la poitrine.

— Quelle impudence, Alexandrov !

— Navré, mon petit, mais ma tante s'imaginait qu'elle ne vous avait pas vraiment blessée.

Il la repoussa dans l'eau et quitta rapidement la pièce. Derrière la porte fermée, il entendit Katherine s'écrier, au comble de la fureur :

— Je ne suis plus malade maintenant, je vous l'ai dit. Vous croyez qu'une St. John ne peut pas souffrir un peu ?

Il n'eut pas à en dire davantage à sa tante qui avait pâli autant que lui en voyant les meurtrissures de Katherine. Il la prit par le bras et la conduisit jusqu'à l'escalier.

— J'avais l'intention, tante Sonya, de laisser Katherine à Novii Domik pendant quelques semaines afin de... La raison de mon voyage importe peu. J'ai toujours l'intention de partir. Mais dans les circonstances actuelles, il me semble préférable que vous profitiez de mon absence pour faire une longue visite à l'une de vos nièces.

— Oui, je... partirai aujourd'hui. Mitya. Je ne me suis pas rendu compte... Elle était si entêtée... Je sais que ce n'est pas une excuse...

Elle s'empressa de descendre l'escalier, incapable d'achever sa phrase, incapable de supporter plus longtemps le regard de son neveu.

Comme de nombreux aristocrates, elle commettait les pires atrocités sous l'emprise de la colère, pour les regretter quand il était trop tard.

— En effet, tante Sonya, murmura Dimitri d'un ton amer, ce n'est pas une excuse.

32

Lundi

Monseigneur,

Dès votre départ pour Moscou, la jeune demoiselle s'est levée et a refusé catégoriquement de se recoucher avec sa verve habituelle. Elle a passé le reste de la journée dans le jardin à tailler, enlever les mauvaises herbes et à couper des fleurs pour la maison. Maintenant il y a des fleurs partout, dans chaque pièce. Il n'y en a plus dans le jardin.

Elle n'a pas changé de comportement. Elle refuse de m'adresser la parole. Elle ne parle qu'aux femmes de chambre pour leur demander de la laisser tranquille. Marusia non plus n'a pas réussi à l'amadouer. Elle n'a pas touché aux livres de comptabilité que vous avez laissés à son intention.

Votre serviteur,

Vladimir Kirov

Mardi

Monseigneur,

Aucun changement, si ce n'est qu'aujourd'hui elle a visité la maison. Elle n'a cependant posé aucune question, pas même au sujet des portraits de famille qui sont dans la bibliothèque. Dans l'après-midi, elle

*a marché jusqu'au village qui était désert puisque
la moisson a commencé. Elle a refusé d'emprunter
la voiture pour s'y rendre. Rodion l'a accompagnée
puisqu'elle témoigne à son égard moins d'hostilité. Le
but de sa visite était de s'excuser auprès de Savva
et de Parasha pour avoir pris leur cheval.
Votre serviteur,*

Vladimir Kirov

Mercredi

*Monseigneur,
Ce matin, la jeune demoiselle a choisi deux livres
dans la bibliothèque et a passé le reste de la journée à lire dans sa chambre. Elle n'adresse toujours
pas la parole à Marusia et me regarde comme si je
n'existais pas.
Votre serviteur,*

Vladimir Kirov

Jeudi

*Monseigneur,
Elle a passé toute la journée dans sa chambre
à lire. Elle n'en est même pas sortie pour manger.
Marusia lui a apporté ses repas et a trouvé que la
demoiselle paraissait plus distraite que d'habitude.
Votre serviteur,*

Vladimir Kirov

Vendredi

*Monseigneur,
Aujourd'hui, la jeune demoiselle a troublé l'ordre
de la maison. Elle a convoqué l'un après l'autre*

tous les domestiques et leur a demandé quel était leur emploi. Puis, elle m'a informé que trop de domestiques à Novii Domik étaient employés à des besognes inutiles et que je devais leur trouver un travail digne de ce nom.

Son état s'est amélioré, si l'on peut se permettre de qualifier d'amélioration un retour à son caractère impérieux. Marusia est convaincue que c'est la fin de la dépression qui l'accablait. Elle a même recommencé à se parler à elle-même.

Votre serviteur,

Vladimir Kirov

Samedi

Monseigneur,

La jeune demoiselle a passé la majeure partie de la journée à regarder les paysans travailler aux champs et a même voulu les aider jusqu'à ce qu'elle s'aperçoive que ses efforts ne faisaient que les gêner. Lorsque Parasha l'a conviée au bain communal, elle a décliné cette invitation, mais de retour à Novii Domik, elle a utilisé votre sauna privé et s'est même fait verser de l'eau froide après. Elle a ri de cette expérience et sa bonne humeur a été contagieuse. Pratiquement tous les domestiques souriaient.

Votre serviteur,

Vladimir Kirov

Dimanche

Monseigneur,

Après la messe, la jeune demoiselle a demandé à ce qu'on lui amène les livres de comptabilité. Vous *aviez raison, monseigneur. Elle n'a pas pu résister longtemps.*

Votre serviteur,

Vladimir Kirov

Lundi

Monseigneur,

Je suis navré de vous apprendre que ma femme s'est trompée en croyant que la jeune demoiselle serait ravie d'apprendre que vous exigiez des comptes rendus quotidiens de ses faits et gestes. Ce n'est pas le cas. Elle m'a fait savoir sans mâcher ses mots ce qu'elle pensait de mon espionnage, selon ses termes. En outre, comme elle sait que je ne cesserai pas mes rapports à sa demande, elle m'a chargé de vous dire, ce soir lorsque je vous écrirai, que bien qu'elle n'ait pas encore vérifié les chiffres, en parcourant votre comptabilité, elle a déjà noté que quatre de vos investissements sont sans valeur et représentent une perte sèche pour votre capital, dont vous ne pouvez espérer tirer profit dans l'avenir immédiat, sinon à long terme. Je reprends là ses propres paroles, monseigneur. À mon avis, il est impossible qu'elle ait pu tirer ces conclusions en si peu de temps, même si elle sait de quoi elle parle.

Votre serviteur,

Vladimir Kirov

Dimitri éclata de rire en achevant de lire cette lettre. Les mauvais investissements découverts par Katherine correspondaient sans aucun doute aux deux usines qui d'année en année parvenaient tout juste à équilibrer leurs gains et leurs pertes.

319

C'étaient ses œuvres de bienfaisance en quelque sorte. Chacune employant une main-d'œuvre importante, il ne se résignait pas à les fermer et à mettre tous ces ouvriers au chômage. Il avait prévu d'apporter les changements nécessaires qui permettraient à ces usines d'être rentables, dût-il modifier le genre des produits manufacturés. Mais il n'avait pas encore trouvé le temps de s'en occuper.

Il avait deviné que Katherine découvrirait aisément la perte financière que représentaient ces usines si elle était aussi experte en la matière qu'elle le prétendait. Mais elle mentionnait quatre mauvais investissements. Quels étaient les deux autres ? Devait-il lui écrire pour lui demander des éclaircissements ? Lirait-elle une lettre venant de lui ? Si elle avait fini par daigner vérifier les comptes, après avoir décrété qu'elle ne les toucherait pas, devait-il en conclure forcément qu'elle était prête à lui pardonner ? Avant son départ, elle lui avait clairement signifié qu'elle serait heureuse de ne plus jamais le revoir.

— Enfin te voilà ! J'ai essayé tous les clubs, les restaurants, les réceptions. Jamais je n'aurais cru te trouver chez toi…

— Vasya !

— En train de lire sagement ton courrier, qui plus est ! conclut Vasili avec un large sourire, en étreignant Dimitri avec la puissance d'un ours.

La visite inattendue de son ami enchanta Dimitri. Il ne l'avait pas vu depuis le début du mois de mars. Avant son départ pour l'Angleterre, courtiser Tatiana l'accaparait au point qu'il avait eu peu de temps à accorder à Vasili, une erreur qu'il ne reproduirait pas. De tous ses amis, c'était Vasili qui occupait le plus de place dans son cœur et qui le comprenait le mieux. À peine moins grand que Dimitri, des cheveux d'un noir d'ébène et des yeux bleu clair, Vasili Dashkhov était un compagnon agréable et des plus insouciants, exactement l'opposé de Dimitri. Cependant, ils s'accordaient si bien qu'ils se comprenaient sans avoir besoin de parler.

— Alors qu'est-ce qui te retenait ? Je suis de retour depuis presque un mois.

— Ton homme a eu du mal à me joindre. J'étais chez une amie, une comtesse, et je ne voulais pas qu'on me retrouve. Je ne pouvais pas courir le risque que le mari découvre que sa femme ne s'ennuyait nullement en son absence, n'est-ce pas ?

— Naturellement, dit Dimitri avec le plus grand sérieux en s'enfonçant dans son siège.

S'asseyant sur le bord du bureau, Vasili laissa échapper un petit rire satisfait.

— J'ai fait halte à Novii Domik, pensant t'y trouver. Que diable se passe-t-il avec Vladimir ? Cet animal n'a même pas voulu me faire entrer. Il m'a dit où tu étais et m'a littéralement fermé la porte au nez. Pourquoi ne t'a-t-il pas suivi ici ? C'est bien la première fois qu'il n'est pas à portée de ta voix.

— Il garde l'œil sur une chose que je ne peux me permettre de laisser sans surveillance.

— Ah, tu excites ma curiosité. Qui est-ce ?

— Personne que tu connais, Vasya.

— Cependant elle est digne d'être gardée par ton homme de confiance, comme un véritable trésor ? Ne me dis pas que tu as enlevé une femme mariée.

— C'est là ton registre, il me semble, non ?

— En effet. Bon, raconte-moi tout. Tu sais que je ne te lâcherai pas tant que tu ne m'auras pas tout dit.

Dimitri hésitait. Il ne cherchait nullement à éluder la question de Vasili car il voulait précisément parler de Katherine à son ami, mais il ne savait comment aborder le sujet.

— Ce n'est pas ce que tu crois, Vasya... Enfin, c'est ça... mais... Non, la situation est vraiment particulière.

— Fais-moi savoir quand tu seras décidé à parler.

Dimitri se carra dans son fauteuil, hésitant.

— Cette femme m'obsède complètement. Elle ne veut rien de moi. Je crois même qu'elle me hait.

— Voilà qui est vraiment particulier et impossible à croire, fit Vasili, moqueur. Les femmes ne te haïssent pas, Mitya. Il se peut qu'elles finissent par éprouver de l'irritation à ton égard, mais pas de la haine. Qu'as-tu donc fait pour te faire mal voir de celle-ci ?

— Tu ne m'écoutes pas. Je n'ai rien fait pour mériter son inimitié, mais elle ne voulait pas de moi depuis le début.

— Tu es sérieux, n'est-ce pas ?

— Disons que nous n'aurions pas pu nous rencontrer dans de plus mauvaises circonstances.

Vasili attendait que Dimitri poursuive, mais ce dernier s'enferma dans un silence pensif.

— Alors ? explosa Vasili. Je dois te tirer les vers du nez ?

Dimitri détourna la tête, avec gêne.

— Pour être bref, je l'ai aperçue dans une rue de Londres et j'ai eu envie d'elle. Croyant qu'elle serait disponible, j'ai chargé Vladimir de me la ramener. Or, ele n'était pas à vendre.

— Seigneur, j'imagine le tableau. Et notre Vladimir plein de ressources s'est quand même débrouillé pour te la ramener, n'est-ce pas ?

— Oui, il a versé un aphrodisiaque dans sa nourriture. J'ai donc tenu dans mes bras la plus sexy et la plus sensuelle des vierges qui aient jamais existé. Une nuit d'amour des plus mémorables. Mais le lendemain matin, lorsqu'elle a retrouvé toute sa lucidité, elle a déclaré qu'elle se vengerait de Vladimir pour l'avoir enlevée.

— Elle ne t'a fait aucun reproche ?

— À vrai dire non, elle était trop impatiente de me quitter. L'ennui, c'est qu'avec ses menaces de nous traîner en justice, j'ai eu peur du scandale. Avec la visite imminente du tsar en Angleterre, j'ai jugé plus prudent de l'amener en Russie pendant quelque temps.

Vasili fit une grimace.

— J'imagine que cette perspective ne l'a pas enthousiasmée ?

— Elle a un caractère difficile. J'ai eu le privilège de m'en apercevoir en plusieurs occasions.

— Par conséquent, tu te retrouves avec cette adorable demoiselle qui ne veut toujours rien avoir à faire avec toi. Ai-je bien résumé la situation ?

— Pas tout à fait, répondit Dimitri avec une morne gravité. J'ai commis l'erreur de laisser Katherine à Novii Domik. À mon retour, j'ai appris que ma tante l'avait maltraitée. Désormais, elle a de bonnes raisons de me détester.

— Cette fois-ci, elle t'en veut ?

— Elle n'a pas tort. Je n'ai pas veillé sur sa sécurité comme je l'aurais dû. Je suis parti rapidement pour des raisons que je n'ose t'avouer. J'ai trop honte.

— Ne me dis pas… Non, tu ne l'aurais pas violée. Cela ne te ressemble tout simplement pas. Tu lui as redonné de cet aphrodisiaque ?

La perspicacité de Vasili lui attira un regard dégoûté de la part de Dimitri.

— J'étais en colère.

— Naturellement, dit Vasili en riant. C'est bien la première fois que tu tombes sur une femme réticente. Cela a dû être éprouvant.

— Épargne-moi tes sarcasmes, Vasya, je te prie. J'aimerais savoir ce que tu ferais dans une situation semblable. Katherine est la personne la plus entêtée, raisonneuse et prétentieuse que j'aie jamais connue. Pourtant, il m'est impossible d'être dans la même pièce qu'elle sans avoir envie de l'entraîner vers le lit le plus proche. Et plus exaspérant et plus irritant que tout, je sais que je ne lui suis pas totalement indifférent. Il y a des moments entre nous où elle répond à ma passion, mais elle retrouve toujours sa lucidité avant que j'aie le temps d'en profiter.

— De toute évidence, tu n'agis pas comme tu devrais. Penses-tu qu'elle espère le mariage ?

Dimitri fronça les sourcils.

— Le mariage ? Bien sûr que non. Elle doit bien savoir que c'est impossible… D'un autre côté, avec ses illusions, ce n'est pas impossible.

— Quelles illusions ?

— Je ne t'ai pas dit qu'elle prétend être lady Katherine St. John, la fille du comte de Strafford ?

— Non. Et pourquoi ne pas la croire ?

— Elle marchait dans la rue, vêtue d'une mauvaise robe et sans escorte. Quelle serait ta conclusion, Vasya ?

— Je comprends, répondit Vasili, pensif. Mais pourquoi prétend-elle être lady St. John ?

— Parce qu'elle en sait suffisamment au sujet de cette famille pour s'en tirer à bon compte. À mon avis, c'est la fille naturelle du comte de Strafford, mais cela ne lui permet pas de prétendre au mariage.

— Donc, si le mariage est hors de question, que veut-elle ?

— Rien. Elle ne veut rien de moi.

— Voyons, Mitya, toutes les femmes veulent quelque chose. Et il me semble que celle-ci désire être traitée comme une grande dame pour changer.

— Dois-je comprendre que je devrais faire semblant de la croire ?

— Je n'irais pas aussi loin, mais...

— Tu as raison ! Je devrais l'installer en ville, l'amener aux réceptions, l'accompagner...

— Mitya ! Je me trompe ou es-tu ici à Moscou parce que Tatiana Ivanovna y est ?

Dimitri s'enfonça rageusement dans son fauteuil.

— C'est ce que j'ai cru comprendre, poursuivit Vasili. Ne devrais-tu pas d'abord t'engager sérieusement auprès de la princesse avant qu'on te voie brûler d'amour pour une autre ? Après tout, une fois marié, tu pourras avoir toutes les maîtresses que tu veux, mais essaie de te tenir tranquille pendant que tu fais la cour à ta future épouse. À mon sens, Tatiana risquerait de se fâcher si elle l'apprenait. Que fais-tu d'ailleurs chez toi alors qu'elle est à la soirée que donnent les Andreyev, en compagnie de ton vieil ami Lysenko ? Que fait-elle avec lui alors que tu es de retour ?

— Je ne l'ai pas encore revue, avoua Dimitri.

— Depuis combien de temps es-tu à Moscou ?

— Huit jours.

Vasili leva les yeux au plafond.

— Il compte les jours ! Pour l'amour de Dieu, Mitya, si Katherine te manque à ce point, fais-la venir ici et garde-la enfermée en attendant la réponse de Tatiana.

Dimitri secoua la tête.

— Non, lorsque Katherine est avec moi, je ne pense qu'à elle.

— Qu'elle soit avec toi ou non, il me semble que tu ne penses qu'à elle. Depuis ton arrivée à Moscou, tu ne fais qu'éluder tes responsabilités, Mitya.

— Depuis mon arrivée à Moscou, Vasya, je suis malheureux et incapable de supporter la compagnie de quiconque. Mais tu as raison. Il faut que je règle cette histoire de mariage avec Tatiana avant de décider quoi que ce soit au sujet de Katherine.

33

— Grigori, n'est-ce pas le prince Dimitri qui vient d'arriver ? demanda Tatiana en valsant au bras de Lysenko.

Grigori Lysenko se raidit et fit pivoter Tatiana de façon à faire face à la porte.

— En effet, c'est lui, répondit-il d'un ton tendu. J'imagine que vous serez moins libre maintenant qu'Alexandrov est de retour.

— Pourquoi dire une chose pareille ? dit-elle en lui adressant un sourire innocent.

— Vous n'avez pas accepté ma demande en mariage, ma chère. De l'avis général, vous attendez le retour d'Alexandrov.

— Ah bon ? fit Tatiana sans se rendre compte qu'elle fronçait les sourcils.

— Il n'est guère aimable de sa part cependant de ne venir vous voir que maintenant alors que tout le monde sait qu'il est à Moscou depuis une semaine, ajouta Grigori à dessein.

Tatiana serra les dents. Elle n'avait pas besoin qu'on le lui rappelle. Elle ne le savait que trop. Sa propre sœur avait observé que le manque d'empressement de Dimitri à son égard était trop flagrant pour ne pas le percevoir comme une véritable insulte. Et voilà que Grigori médisait à son tour.

— La rumeur court qu'il aurait changé d'avis et renoncerait à vouloir vous épouser.

— Et alors ? Pensez-vous que cela m'importe ?

C'était un mensonge éhonté. Tout ce qu'elle avait jamais souhaité était d'avoir Dimitri pour elle exclusivement pendant quelque temps. Et elle savait qu'elle ne l'aurait pour elle que durant les quelques mois où il la courtiserait. Une fois mariés, inévitablement, Dimitri se désintéresserait d'elle, comme tous les maris. Il se consacrerait à d'autres femmes qui auraient à ses yeux plus d'intérêt qu'une épouse déjà conquise. Elle serait celle qu'on laisse tranquillement à la maison et à qui on rend visite ou non, selon le caprice du moment. L'excitation de la chasse l'entraînerait autre part.

Il ne lui venait pas à l'esprit qu'elle pouvait rendre leur vie conjugale si intéressante qu'il n'éprouverait pas le besoin d'avoir une kyrielle de maîtresses. Pour Tatiana, tous les hommes étaient semblables, opinion que partageaient la plupart des femmes. En même temps, elle était trop égoïste pour se soucier de ce que Dimitri ressentait lorsqu'elle se jouait de lui.

Désormais, elle n'était plus très sûre d'avoir choisi la bonne stratégie. Était-ce donc trop de demander l'attention constante de Dimitri pendant quelques mois ? L'avait-elle fait attendre trop longtemps ? Mais elle s'inquiétait aussi pour une autre raison : si elle ne l'intéressait plus, elle serait ridiculisée alors que jusqu'à présent toutes les femmes de Russie l'enviaient.

C'était intolérable. On chuchotait dans son dos, on la plaignait, ou pire encore, on pensait qu'elle n'avait que ce qu'elle méritait. Tout le monde savait que Dimitri l'avait demandée en mariage, elle y avait veillé. Tout le monde savait qu'elle le faisait attendre avant de lui donner une réponse. On ne reprocherait pas à Dimitri de retirer sa demande. Elle le laissait espérer depuis des mois. Ce serait sa faute, uniquement sa faute.

Naturellement, elle avait Grigori et une demi-douzaine d'admirateurs vers qui se tourner. Tous sans exception lui avaient déclaré leur amour avec flamme. Une bien piètre consolation si Dimitri ne voulait plus d'elle.

Tatiana attendait. Elle attendait que Dimitri l'aperçoive, qu'il vienne l'enlever à Grigori en pleine danse. Il n'en fit rien. Il l'aperçut en effet et lui adressa un signe de tête, mais poursuivit sa conversation avec le prince Dashkhov et d'autres invités qui l'avaient salué à son arrivée.

La valse terminée, Tatiana se serra légèrement contre son chevalier servant et chuchota :

— Grigori, voulez-vous bien me conduire à lui ?

— Vous me demandez trop, princesse. Je ne suis pas bon perdant.

— Je vous en prie, Grigori, je pense que vous serez heureux d'entendre ce que j'ai à lui dire.

Il la regarda un instant. Son visage était empourpré. Tatiana semblait anxieuse et dans ses yeux brillait un éclair de détermination. Elle était d'une beauté éthérée, irréelle. Il avait entrepris sa conquête dans le seul but de l'arracher à Alexandrov, mais il avait commis l'erreur de s'éprendre d'elle. Que pouvait-elle dire à son rival qu'il serait heureux d'entendre ? L'utilisait-elle tout simplement ? Il fallait en avoir le cœur net.

Acquiesçant d'un bref signe de tête, il lui donna le bras et la guida vers Dimitri. En les voyant approcher, le groupe d'hommes qui entourait le prince se dispersa, à l'exception de Dashkhov, son plus proche ami, qui resta là, un large sourire aux lèvres, sans chercher à dissimuler son intérêt pour cette petite réunion.

— Mitya, quelle joie de vous revoir, dit Tatiana en souriant.

— Tatiana. Toujours aussi jolie, je vois, répondit Dimitri, déposant un léger baiser sur la main qu'elle lui tendait.

Elle attendit encore qu'il lui donne une quelconque indication, qu'il dise quelque chose, n'importe quoi, afin de lui faire comprendre qu'il désirait toujours l'épouser. Il ne dit rien. Ni qu'il s'excusait de ne pas être allé la voir plus tôt, ni qu'elle lui avait manqué, ni qu'il était ravi de la revoir, rien. Il ne lui laissait pas le choix.

— Je crois que vous connaissez le comte Grigori, mon fiancé.

— Votre fiancé ? répéta-t-il, relevant à peine un sourcil.

Elle se serra davantage contre Grigori qui eut l'intelligence de lui passer le bras autour de la taille, confirmant ainsi cette nouvelle surprenante.

— Oui, j'espère bien que vous n'êtes pas déçu, Mitya. Mais vous êtes parti si soudainement en m'envoyant un mot des plus brefs qui disait que vous ignoriez la date de votre retour. Que devais-je penser ? On ne peut exiger d'une dame d'attendre indéfiniment.

Dimitri faillit s'étouffer à ces dernières paroles, mais il ne voulait pas l'insulter.

— Il ne me reste donc plus qu'à vous féliciter tous deux.

Il tendit la main à Grigori, comme la bienséance l'exigeait de tout gentleman en de semblables circonstances.

— Dommage, Alexandrov, ne put s'empêcher de dire Lysenko. C'est le meilleur qui gagne, n'est-ce pas ?

— Si vous voulez, Lysenko.

Ce fut tout. Tatiana fut bien obligée de le reconnaître. Ni colère ni jalousie. Elle avait fait ce qu'il fallait. Il n'aurait pas renouvelé sa demande en mariage. Elle l'avait perdu avant même qu'il revienne en Russie. Mais ainsi, les apparences étaient sauves. En s'engageant auprès d'un homme qu'elle n'aimait pas, elle échappait au ridicule. Plus tard, il lui serait toujours possible de revenir sur la parole qu'elle avait donnée à Grigori.

— Je suis ravie que vous me compreniez, Mitya, conclut Tatiana en entraînant Grigori à sa suite.

— Tu sais que tu aurais pu empêcher Tatiana d'agir ainsi, dit Vasili à Dimitri d'un air dégoûté.

— Crois-tu ?

— Voyons, Mitya. Elle était là, attendant un signe de ta part qui lui aurait prouvé ton affection. Tu sais fort bien qu'elle n'avait pas accepté Lysenko jusqu'à ce qu'elle vienne te parler. Tu as vu le regard surpris de Lysenko. La nouvelle était aussi fraîche pour lui que pour toi.

— En effet.

Vasili saisit Dimitri par le bras et l'obligea à le regarder.

— Tu es soulagé, n'est-ce pas ?

— Il se trouve que je me sens plus léger, répondit Dimitri avec un sourire.

— Je n'en crois rien. Il y a six mois, tu m'as expliqué que c'était Tatiana que tu épouserais d'ici à la fin de l'année et que l'année prochaine tu aurais un héritier. Rien ne t'arrêterait, disais-tu. Tu as livré une campagne tous azimuts pour la conquérir et tu étais fou de rage parce qu'elle refusait de te donner une réponse. En vérité, tu étais dépité de la voir hésiter. Je me trompe ?

— Inutile de s'attarder sur cette histoire, Vasya.

— Dans ce cas, voudrais-tu bien m'expliquer pourquoi tu es soulagé d'apprendre qu'elle renonce à toi ? Et ne me dis pas que c'est à cause de cette fille pour laquelle tu te languis. Le mariage n'a rien à voir avec l'amour. Tatiana était un excellent parti. Tu n'avais pas à l'aimer. Seigneur, c'est la plus belle femme de toute la Russie ! Elle pourrait avoir un petit pois en guise de cervelle et être cependant désirable. Elle est d'excellente lignée également. Elle te convenait parfaitement. C'est aussi l'avis de ta tante.

— Ça suffit, Vasya. Tu parles comme si c'était toi qui l'avais perdue.

— Puisque tu dois te marier, je voulais que tu aies la meilleure épouse possible. Je croyais que c'était ton intention également. À moins que tu ne sois plus tenu de te marier et d'avoir un héritier ? Aurais-tu eu des nouvelles au sujet de Misha...

— Ne me dis pas que tu espères toujours l'impossible. Misha est mort, Vasya. Trop de temps s'est écoulé pour espérer son retour. Et non, rien n'a changé. J'ai toujours besoin d'une épouse, mais pas d'une épouse comme Tatiana. En toute sincérité, si je renâclais à reprendre ma cour auprès de Tatiana, c'est que je ne me voyais pas tout recommencer de zéro, devoir passer par des mois d'incertitude pour obtenir une simple réponse, être aux petits soins pour une femme dont la tactique consiste à me faire attendre. J'ai d'autres chats à fouetter. Je n'ai pas de temps à perdre.

— Mais...

— Vasya ! Si tu estimes que Tatiana est une perle, épouse-la. Personnellement, je ne tiens pas à être lié à une femme qui ne sait pas ce qu'elle veut. J'ai découvert que la franchise est bien agréable.

— Ton Anglaise encore ? se moqua Vasili avant de s'exclamer tout bas : Tu ne penses tout de même pas...

— Non, je n'ai pas perdu la raison, bien que je ne puisse nier qu'il ne me déplairait pas de lui être attaché. (Dimitri eut un grand sourire, puis soupira.) Bah, les bons partis ne manquent pas et les femmes qui ne perdent pas trop de temps à réfléchir avant de donner une réponse non plus. L'essentiel est d'en finir avec cette affaire. As-tu une suggestion ?

— Je ne vois personne qui te satisferait totalement.

— Peut-être que Natalia pourra m'aider. C'est une faiseuse de mariage incorrigible, elle est donc toujours au courant de tout.

— Merveilleux. La maîtresse qui choisit l'épouse, fit Vasili d'un ton sec.

— Je trouve que c'est plutôt une bonne idée, dit Dimitri avec un rire amusé. Après tout, Natalia sait ce qui me plaît et me déplaît. Elle ne me recommanderait donc pas une fiancée avec laquelle je ne m'entendrais pas. En fait, elle peut me rendre cette corvée moins pénible.

— Tu ne sais même pas où elle est en ce moment, souligna Vasili.

— Ce ne doit pas être difficile à savoir. Vraiment, Vasya, j'aimerais en finir avec cette formalité mais j'ai l'intention de ne rien précipiter non plus. Je ne manque pas d'occupations pour me distraire en attendant.

Lorsque Dimitri rentra chez lui, une lettre l'attendait, une lettre de sa sœur.

Mitya,
Tu dois venir immédiatement pour tenir ta promesse. J'ai rencontré l'homme que je veux épouser.
Anastasia.

De quelle promesse s'agissait-il ? Il n'avait jamais promis à sa sœur d'approuver son choix dès qu'elle le lui soumettrait. Cependant, s'il ne s'exécutait pas, Nastya trouverait bien un moyen pour se marier sans son accord. Pourquoi cette précipitation ?

C'était bien sa chance. Juste au moment où il venait de se libérer afin d'avoir du temps à consacrer à Katherine avant de la renvoyer en Angleterre – ou du moins avant de lui proposer de rentrer en Angleterre. Plus il y songeait, plus il souhaitait trouver un prétexte pour la garder quelque temps encore auprès de lui. Il n'avait pas manqué de raisons afin de justifier sa rupture avec Tatiana. Pourquoi ne pouvait-il en trouver une qui empêcherait Katherine de disparaître de sa vie ?

34

Marusia passa la tête dans l'entrebâillement de la porte.

— My lady ? Un courrier vient d'arriver de la part du prince. Nous devons partir immédiatement pour le rejoindre en ville.

— À Moscou ?

— Non, à St. Pétersbourg.

— Entrez, Marusia, et refermez la porte. Il y a du courant d'air, dit Katherine en ramenant son châle sur les épaules. Pourquoi à St. Pétersbourg ? Je croyais Dimitri encore à Moscou.

— Non, plus maintenant. Il revient d'un court voyage d'affaire en Autriche.

Classique, songea Katherine. Pourquoi lui aurait-on dit qu'il avait quitté le pays ? Pourquoi lui dire quoi que ce soit ? Depuis des mois elle était séquestrée à la campagne et il l'oubliait.

— Le tsar est-il enfin rentré ? Est-ce pour cette raison que nous allons à St. Pétersbourg ?

— Je ne sais pas, my lady. Le courrier dit qu'il faut faire vite.

— Pourquoi ? Marusia, je ne bouge pas d'ici tant que j'ignore le sort qu'on me réserve, dit Katherine, cédant à son irritation.

— J'imagine que si le tsar est rentré et que le prince a l'intention de vous renvoyer en Angleterre, ce sera pour bientôt, avant que le gel de la Neva ne ferme le port.

Katherine se renfonça dans son fauteuil près du feu.

— Oh ! oui, cela expliquerait la précipitation du prince, ajouta-t-elle tranquillement.

Quel choix avait-elle ? Rentrer en Angleterre avec un ventre bien rond et pas de mari à présenter ? Non, c'était impossible. Elle ne pouvait pas faire pareil affront à son père. Il fallait trouver une solution.

Elle avait prévu de dire à Dimitri qu'elle était enceinte lorsqu'il reviendrait à Novii Domik et d'exiger qu'il l'épouse. Or, depuis bientôt trois mois elle ne l'avait plus vu. L'été était vite passé. L'automne aussi. Elle n'avait pas prévu de passer l'hiver en Russie, certes, mais il était hors de question de rentrer en Angleterre dans son état. Si Dimitri s'imaginait qu'il pourrait la planter sur un bateau et ne plus en entendre parler, il se trompait.

— Très bien, Marusia, je peux être prête à partir demain, concéda-t-elle. Mais je n'ai pas l'intention de me presser. Des voitures qui volent plus qu'elles ne roulent, merci bien, je ne tiens pas à revivre l'expérience. Tu peux le dire à ton mari.

— Il sera impossible d'aller aussi vite qu'à l'aller, my lady, car les nuits sont plus longues.

— Nous ne pouvons rien changer à la longueur des nuits, mais je faisais allusion au voyage de jour. Pas plus de cinquante kilomètres par jour. Cela devrait nous permettre de voyager de façon plus confortable.

— Mais nous mettrons deux fois plus de temps !

— Je refuse de discuter sur ce point, Marusia. Ce fleuve peut sûrement attendre quelques jours encore avant de geler.

Elle espérait bien que l'inverse se produirait. Toute sa stratégie consistait à retarder son arrivée à St. Pétersbourg afin de ne pas pouvoir s'embarquer pour l'Angleterre. En outre, elle ne tenait pas à prendre de risque pour le bébé. Ces cochers russes conduisaient comme des fous.

Dimitri crut s'étouffer de rage en recevant le message de Vladimir. Katherine insistait pour aller à une vitesse d'escargot. Il fallait compter une bonne semaine de voyage environ. Voilà qui contrecarrait ses projets.

Faire traîner le départ de Katherine jusqu'à ce qu'elle se retrouve bloquée en Russie à cause du mauvais temps comportait des inconvénients depuis le début, principalement celui de devoir s'abstenir de la voir pendant plusieurs mois jusqu'à l'arrivée de l'hiver. Il savait que l'été fini, elle ne cesserait de lui demander quand il l'autoriserait à retourner en Angleterre. Il avait donc fallu éviter ses questions en restant loin d'elle durant tout l'automne, en espérant que l'hiver ne tarderait pas cette année-ci.

Son séjour à St. Pétersbourg se résumait en quelques mots : une attente longue et déprimante, que le temps froid et pluvieux rendait plus pénible encore. Il n'avait même pas le mariage de sa sœur pour s'occuper l'esprit. À peine était-il allé la voir, qu'elle avait décrété que le jeune homme en question ne lui convenait plus. Dimitri n'avait rien à faire, si ce n'était régler ses affaires courantes qu'il avait terriblement négligées ces derniers temps. La preuve : les livres de comptabilité que Katherine lui avait fait suivre et dont les chiffres révélaient que cinq et non quatre de ses entreprises étaient au bord de la faillite. Pour tromper son ennui, il avait bien quelques amis à visiter, mais la plupart de ses connaissances évitaient St. Pétersbourg en automne comme en été et ne revenaient que maintenant en ville. Natalia, qui avait fini par réapparaître la semaine dernière, lui avait promis de réfléchir sans délai au problème du choix d'une fiancée, bien qu'il eût décidé, pour sa part, de le remettre à plus tard.

Ce qui l'irritait, le déprimait et l'exaspérait au cours de ces semaines où il restait délibérément loin de Katherine, c'est qu'il était resté chaste, lui qui d'habitude ne passait jamais trois nuits sans une femme. Les femmes qui lui avaient clairement fait comprendre qu'elles voulaient bien de lui ne manquaient pas, mais c'était Katherine qu'il désirait. Sa petite rose d'Angleterre l'obsédait toujours et tant qu'il n'aurait pas vaincu cette obsession, personne d'autre ne lui conviendrait.

Dès que la glace commença à se former sur la Neva, Dimitri fit venir Katherine. Après tous ces mois, il était terriblement impatient de la retrouver. Et que faisait-elle ? Elle retardait délibérément son arrivée. C'était bien d'elle ! Toujours prête à le défier, à l'exaspérer. Elle avait donc retrouvé son esprit de contradiction. Ce qui était préférable au silence méprisant dont elle l'avait accablé lors de leur dernière rencontre. Tout plutôt que ce mutisme obstiné.

Dimitri se résigna à attendre encore et profita de ce délai pour peaufiner les excuses qu'il avait l'intention de présenter à Katherine, puisqu'elle ne pourrait toujours pas quitter la Russie. Elle serait furieuse mais il espérait qu'elle accepterait ce contretemps.

Six jours plus tard, Katherine réfléchissait exactement à la même chose, tandis que sa voiture l'emportait à travers les larges avenues de St. Pétersbourg. Dimitri serait furieux, et avec raison, qu'elle ait manqué son bateau. La meilleure façon d'éviter sa colère était d'attaquer sur un autre front. Dieu sait que son cahier de doléances était plein, elle n'avait que l'embarras du choix. Bien que ces griefs soient désormais insignifiants par rapport à son état et à ce qu'elle voulait, ils restaient des armes parfaitement utilisables.

Immense et aérée, St. Pétersbourg surprenait quiconque était habitué aux encombrements de Londres. Katherine fut enchantée de son premier véritable contact avec la ville. À son arrivée précipitée d'Angleterre, il y avait plusieurs mois, elle n'avait pratiquement rien vu.

Tout était monumental dans cette splendide cité. Le Palais d'hiver, de style baroque et qui contenait quelque quatre cents pièces, était peut-être l'édifice le plus impressionnant, mais il y avait tant de palais et autres bâtiments colossaux, tant de places publiques ! Sans oublier la perspective Nevsky, une avenue de près de six kilomètres, bordée de restaurants et de magasins. Elle aperçut également la forteresse Pierre-et-Paul, de l'autre côté du fleuve, la prison où Pierre le Grand avait fait enfermer son propre fils.

Le marché en plein air parvint à la distraire suffisamment pour lui faire oublier pendant quelques instants le but de son voyage. De tout le pays arrivaient d'énormes tas d'animaux gelés sur des traîneaux. Différentes façons de conserver par le froid permettaient de préserver la fraîcheur des victuailles : vaches, moutons, sangliers et volailles, beurre, œufs, poissons...

Le pittoresque aussi était au rendez-vous. Une foule incroyable se bousculait : des marchands barbus en caftan de couleur terne, leurs femmes vêtues de blouses de brocart, coiffées de grands foulards et de châles colorés qui touchaient presque le sol. Bashkirs emmitouflés de fourrure, Tatars enturbannés, popes aux longues barbes flottantes. Katherine réussit à distinguer quelques-unes des nombreuses nationalités qui formaient le peuple russe.

Ici, les ménagères emportaient leurs achats sur des traîneaux tandis que des musiciens des rues, en longs manteaux et toques de fourrure, jouaient un *gusli* ou un *dudka*. Des marchands ambulants, qui vendaient des *kalashi*, des miches de pain torsadées faites avec la farine la plus fine, cherchaient à les persuader de se défaire de quelques kopeks de plus.

C'était la Russie qu'elle avait si peu vue, la vie du peuple et le mélange des cultures. Elle demanderait à Dimitri de l'accompagner à ce marché afin de tout voir, au lieu de se contenter de le longer à pas lents... Cette réflexion lui rappela sa destination.

L'équipage approchait du palais des Alexandrov. Elle en aurait sans doute reconnu l'architecture mais son regard fut attiré vers Dimitri qui se tenait sur le perron. Il se précipita vers la voiture dès qu'elle s'immobilisa, ouvrit la portière et la saisit par la main.

Katherine avait senti sa nervosité grandir au cours de la dernière étape du voyage tandis qu'ils approchaient de St. Pétersbourg. À la réflexion, elle s'était montrée particulièrement désagréable avant qu'ils se séparent. Elle avait boudé plus longtemps qu'elle ne l'avait jamais fait de sa vie, refusant catégoriquement d'écouter Dimitri. Maintenant, sa nervosité faisait ressurgir ses défenses. Non pas qu'elle fût abasourdie de le revoir après une aussi longue absence, si éblouissant dans son splendide uniforme que son cœur battait à grands coups dans sa poitrine. Mais elle n'avait plus à ne penser qu'à elle. Si elle se sentait terrassée, son esprit était cependant prêt à livrer bataille.

Il la souleva quasiment dans ses bras.

— Bienvenue à St. Pétersbourg.

— Ce n'est pas la première fois que je viens ici, Dimitri.

— Certes, mais vous n'avez fait qu'y passer.

— Vous avez raison. Être emportée à toute allure à travers une ville ne permet pas d'en juger. Mon arrivée lente et mesurée a été beaucoup plus plaisante que mon départ.

— Suis-je censé vous présenter des excuses pour cet incident également alors que j'ai plus grave à me reprocher ?

— Oh ? Vous ne voulez tout de même pas dire que *vous* avez commis quelque mauvaise action dont vous vous sentiriez coupable ? Pas vous, assurément.

— Katya, je vous en prie, si vous voulez me couper en morceaux, cela ne peut-il du moins attendre que nous soyons à l'intérieur ? Vous ne l'avez peut-être pas remarqué, mais il neige.

Comment ne l'aurait-elle pas remarqué alors qu'elle voyait, fascinée, les minuscules flocons de neige fondre sur son visage ? Pourquoi n'était-il pas fâché qu'elle ait mis tout ce temps pour arriver à St. Pétersbourg ? Il semblait faire un grand effort sur lui-même pour se montrer agréable, trop agréable, alors qu'elle avait imaginé le pire. Le fleuve n'était-il pas encore gelé ? Était-elle arrivée encore trop tôt ?

— Naturellement, Dimitri, ouvrez le chemin. Je suis à votre disposition, comme d'habitude.

Dimitri tressaillit. Elle était d'une humeur plus exécrable encore que ce qu'il avait craint. Et elle ignorait qu'elle était bloquée par le gel. Quelle serait sa réaction lorsqu'il le lui apprendrait ?

La prenant par le bras, il la guida jusqu'à la large porte à double battant, qui s'ouvrit et se referma immédiatement derrière eux pour se rouvrir quelques secondes plus tard sur Vladimir et les autres domestiques chargés des bagages. Cette ouverture et fermeture des portes quasi automatique avait profondément agacé Katherine au début de son séjour en Russie, mais depuis que le froid était arrivé, elle ne s'en plaignait plus car la rapidité des valets de pied réduisait efficacement la portée des courants d'air glacés.

Habituée à la sage élégance de Novii Domik, elle fut momentanément ébahie par l'opulence de la résidence urbaine de Dimitri. Des parquets lustrés, de monumentaux escaliers de marbre recouverts d'épais tapis, des tableaux dans de gigantesques cadres dorés, un énorme lustre de cristal suspendu au centre de la pièce... Et ils n'étaient encore que dans le hall d'entrée !

Elle garda le silence, attendant que Dimitri la conduise au salon, une immense salle remplie de meubles de marbre, de bois de rose et d'acajou. Les teintes assourdies des tentures de soie et de velours rose et or s'harmonisaient à merveille avec les tapis persans.

Un grand feu crépitait dans la cheminée, diffusant une chaleur étonnante dans la pièce tout entière.

Katherine passa devant le sofa et se dirigea vers une petite chaise où une seule personne pouvait s'asseoir. Cette manœuvre défensive n'échappa pas à Dimitri. Tout en s'installant, elle défit la lourde cape empruntée à Marusia et la jeta sur le siège voisin. Aucun des vêtements que Dimitri lui avait fait acheter en Angleterre ne convenait pour l'hiver russe. Une lacune à laquelle il serait rapidement remédié. Sa garde-robe d'hiver était déjà commandée et presque finie. Une domestique avait reçu l'ordre, de porter une robe de Katherine comme modèle chez la couturière, afin que l'essayage soit prêt dès son arrivée.

— Désirez-vous un cognac pour vous réchauffer ? s'enquit-il en prenant place en face d'elle.

— Est-ce la panacée en Russie également ?

— La vodka est plus appropriée.

— J'ai essayé votre vodka, merci bien, cela ne me plaît guère. J'aimerais du thé, si vous n'y voyez pas d'inconvénient.

Dimitri agita une main et Katherine vit l'un des deux laquais en faction devant la porte quitter la pièce.

— Comme c'est gentil, fit-elle d'un ton ironique. Me voilà chaperonnée maintenant. Un peu tard, à mon goût.

Dimitri agita de nouveau la main et la porte se referma sur le deuxième laquais. Ils étaient seuls.

— Les domestiques sont toujours si discrets qu'on finit par vite oublier leur présence.

— De toute évidence, je ne suis pas ici depuis assez longtemps pour connaître ce genre de distraction. Alors, Dimitri, comment allez-vous ?

— Vous m'avez manqué, Katya.

Ce n'était pas là le tour que la conversation était censée prendre.

— Suis-je supposée vous croire, alors que vous avez disparu de la circulation pendant trois mois ?

— J'avais des affaires...

— Oui, je sais, en Autriche, interrompit-elle sèchement. C'est ce que j'ai appris le jour où vous avez décrété que je devais vous rejoindre à St. Pétersbourg. Sinon, vous auriez pu être mort, je ne l'aurais pas su.

Le ressentiment qu'elle éprouvait à son égard pour l'avoir négligée pendant si longtemps était flagrant. Il ne fallait pourtant pas qu'il comprenne combien il lui avait manqué.

Le thé arriva, manifestement préparé à l'avance. Ce qui évita à Katherine de commettre un nouvel impair et lui permit de reprendre le contrôle d'elle-même. Elle se servit une tasse, en prenant tout son temps. On avait apporté du cognac pour Dimitri mais il n'y toucha pas.

Comme Katherine sirotait tranquillement son thé, Dimitri pensa que ce moment était approprié pour lui annoncer la mauvaise nouvelle.

— Vous avez raison, vous savez, dit-il doucement, j'aurais dû vous écrire avant mon départ pour l'Autriche. Comme je viens de vous le dire, j'ai beaucoup à me reprocher. J'aurais également dû revenir plus tôt, malheureusement, les affaires que je devais régler ont traîné et... Katya, je suis navré, mais le port est fermé. Jusqu'au printemps, il n'est plus possible de prendre la mer.

— Je ne peux donc pas rentrer en Angleterre ?

Prévoyant qu'elle objecterait sans doute que le pays ne pouvait être complètement bloqué, ce qui était vrai, il avait préparé quelques mensonges afin de la convaincre qu'elle était condamnée à prendre son mal en patience. La simplicité de la question de Katherine le déconcerta.

— Pourquoi n'êtes-vous pas en colère ?

Elle comprit son erreur.

— Naturellement que je suis en colère, mais avec la neige que nous avons eue en chemin, j'ai bien pensé que j'arrivais peut-être trop tard. J'ai eu des journées entières pour me faire à cette idée.

Il était si ravi qu'elle fût déjà acquise à un séjour prolongé en Russie qu'il faillit perdre l'air contrit au'il s'efforçait d'afficher.

— Bien sûr, les ports du Sud ne sont pas bloqués, mais cela signifie un voyage éprouvant de plusieurs milliers de kilomètres à une époque de l'année où même un Russe accoutumé aux rigueurs du climat hésite à prendre la route.

— Il est absolument impensable que je voyage dans des conditions pareilles, s'empressa-t-elle de répliquer. En venant, j'ai cru mourir de froid.

— Je n'avais pas l'intention de vous le suggérer, assura-t-il. Reste la route de l'Ouest qui passe par les terres jusqu'en France. Mais là encore, ce n'est pas un voyage recommandé en plein hiver.

Il omit de mentionner les différents ports ouverts le long des côtes, espérant qu'elle n'y penserait pas.

— En effet. Si la Grande Armée a finalement été vaincue par l'hiver russe, quelle chance ai-je d'en sortir victorieuse ? Conclusion ?

— Puisque tout est ma faute – après tout, je vous ai bel et bien promis de vous reconduire en Angleterre avant le gel de la Neva –, je ne peux qu'espérer que vous accepterez mon hospitalité jusqu'au dégel du printemps.

— À quel titre ? Celui de prisonnière ?

— Non, bien sûr. Vous serez mon invitée tout simplement.

— Je suppose que je n'ai pas le choix, fit-elle avec un soupir. Mais si vous ne me faites plus surveiller et garder, ne craignez-vous pas que je vous dénonce auprès du premier venu pour m'avoir enlevée ?

Il demeura sidéré. C'était trop facile. Au cours des nombreuses heures où il avait manigancé son plan, imaginé ses réactions, il n'avait jamais envisagé qu'elle se rendrait aussi rapidement à ses raisons. Toutefois il n'était pas de ceux qui se plaignent de leur bonne fortune.

Il lui adressa un large sourire.

— Un récit des plus romantiques, n'est-ce pas ?

Elle rougit. En voyant ses joues s'empourprer, il songea à d'autres moments où elle lui avait paru tout aussi belle, des moments où elle lui témoignait davantage de confiance. Il était si troublé qu'il en oublia sa résolution de ne rien précipiter avec elle. La tactique défensive de Katherine qui avait consisté à s'asseoir sur une simple chaise afin de le tenir à distance avait fait long feu. Il la souleva, se rassit et la posa sur ses genoux.

— Dimitri !

— Chut ! Vous protestez avant de connaître mes intentions.

— Vos intentions n'ont jamais manqué d'être incorrectes.

— Vous voyez donc combien nous sommes faits l'un pour l'autre, chérie ? Vous me connaissez déjà si bien.

Il la taquinait et elle ne savait qu'en penser. Son étreinte n'avait cependant rien d'une plaisanterie, elle ne pouvait se tromper. Il l'enlaçait d'une main, la serrant contre lui, et de l'autre caressait audacieusement sa hanche. Une sensation de chaleur envahit Katherine. Depuis des mois, elle ne s'était pas sentie aussi vivante. C'est l'effet qu'il lui faisait toujours. Il avait toujours éveillé en elle un trouble physique indéniable.

— Il vaudrait mieux me laisser, Dimitri.

— Pourquoi ?

— Les domestiques risquent de revenir, suggéra-t-elle maladroitement.

— Si c'est là votre unique raison, elle ne tient pas. Personne n'ouvrira cette porte sous peine de mort.

— Soyez sérieux.

— Mais je le suis, mon petit cœur, je suis des plus sérieux. Nous ne serons pas dérangés, aussi trouvez-moi une autre raison, ou mieux encore, n'en faites rien. Laissez-moi vous tenir dans mes bras... Seigneur ! Cessez de vous agiter, Katya !

— Désolée. Vous ai-je fait mal ?

Il émit un grognement et la plaça sur un endroit moins sensible.

— Vous pourriez y remédier si vous le vouliez.

— Dimitri ! reprocha-t-elle, gênée.

— Pardonnez-moi. C'était un peu cavalier de ma part, n'est-ce pas ? Je ne parviens jamais à penser clairement lorsque je suis avec vous... comme maintenant. Pourquoi cet air surpris ? Vous ne vous imaginiez tout de même pas que j'avais cessé de vous désirer pour la simple raison que nous ne nous sommes pas vus pendant trois mois ?

— À vrai dire...

Dimitri ne put se contenir davantage. Qu'elle soit restée si longtemps dans ses bras était un tel encouragement qu'il faillit lui arracher ses vêtements. Il l'embrassa passionnément. Le résultat fut inévitable. Sa main remonta vers la poitrine de Katherine et il gémit en sentant le bout de son sein se durcir sous le tissu de sa robe.

Elle gémit également. Comme il lui avait manqué ! Comme ses baisers lui avaient manqué, ses baisers qui lui ôtaient toute résistance, ses caresses qui l'embrasaient, ses yeux qui d'un seul regard la bouleversaient, son corps si beau, si excitant, qui lui donnait tant de plaisir... Il était inutile de le nier. Elle adorait faire l'amour avec lui. Et c'est ce qu'elle voulait maintenant.

— Dim... Dimitri ! Laissez-moi reprendre mon souffle.

— Non, pas cette fois-ci.

Il continua à l'embrasser avec fougue. Une joie profonde envahit brusquement Katherine. Elle venait de comprendre que cet homme fort et puissant avait peur, peur qu'elle ne veuille pas de lui. Prenant son visage dans ses mains, elle le repoussa légèrement en souriant, ses yeux plongés dans les siens.

— Venez sur le sofa, Dimitri.

— Le sofa ?

— Oui, cette chaise n'est pas des plus pratiques, ne trouvez-vous pas ?

Comme il saisissait peu à peu le sens de ses paroles, une expression de stupéfaction et de bonheur apparut sur le visage de Dimitri. Il se leva si vite qu'elle crut qu'il allait la laisser tomber à terre. Mais non, il la tenait fermement dans ses bras et, quelques secondes plus tard, il l'étendit avec précaution sur le canapé de velours qui était aussi confortable qu'un lit.

Agenouillé tout près d'elle, il bataillait avec les boutons de sa veste. Il s'arrêta un instant.

— Êtes-vous sûre, Katya ?... Non, non, ne répondez pas.

Il l'embrassa de nouveau avant qu'elle pût réagir, mais elle lui répondit à sa façon, l'enlaçant et lui rendant son baiser avec un abandon total. Elle savait exactement ce qu'elle faisait. Il était inutile de recourir à une drogue pour stimuler son désir. Dimitri suffisait. C'était l'homme qu'elle aimait en dépit de toutes ses craintes, le père de son enfant qui allait naître, son futur époux. On réglerait les détails plus tard. Ils avaient amplement le temps. Il ne fallait pas gâcher ces retrouvailles.

35

Avec la neige tourbillonnant derrière les fenêtres, le feu brûlant dans le grand âtre, et le sofa placé en face afin d'en recevoir directement la chaleur, l'immense salon perdait de sa solennité. L'horloge sur le manteau de la cheminée indiquait qu'il était tard dans l'après-midi. Au loin, un chat miaula, une porte se referma quelque part dans la maison, une voiture passa à vive allure dans la rue. Plus près, il n'y avait que le crépitement du feu et les battements du cœur de Dimitri.

Katherine n'était pas pressée de troubler l'intimité de ce moment. Elle reposait au bord du canapé, contre Dimitri. Il n'y avait guère de place mais elle ne craignait pas de tomber. Loin de là. Le bras que Dimitri avait passé autour de sa taille pour la tenir serrée contre lui était tiède et rassurant.

Pour l'instant, il lui avait pris la main qui dessinait distraitement un chemin à travers les poils blonds de son torse et en baisait chaque doigt, qu'il mordillait tendrement et suçait avec un érotisme raffiné. Katherine le regardait, les paupières à demi closes, émerveillée par les sensations que Dimitri faisait surgir en elle.

— Si vous ne cessez pas, mon ange, je vais devoir vous faire l'amour de nouveau.

Elle sursauta au son de la voix de Dimitri.

— Moi ? Qu'est-ce que je fais ?

— Vous m'observez avec ce regard sensuel auquel je ne peux résister. Il n'en faut pas davantage, vous savez.

— Sottises ! répliqua-t-elle sans pouvoir s'empêcher de sourire. Et vous, que faites-vous ? Si vous ne cessez pas… je vais devoir…

— Promis ?

Elle se mit à rire.

— Vous êtes incorrigible.

— À quoi vous attendiez-vous, alors que je me suis interdit ce plaisir depuis des mois ?

— Pourquoi vous croirais-je ? s'enquit-elle, surprise.

— Parce que c'est la vérité… et parce que je vous ai prouvé au cours de ces dernières heures que mon désir de vous était grand. Non ? Avez-vous besoin d'une preuve supplémentaire ?

— Dimitri !

Elle éclata de rire comme il roulait sur elle, et s'aperçut qu'il ne plaisantait pas car il la pénétra vite et profondément.

— Dimitri ! fit-elle à nouveau dans un souffle, juste avant qu'il ne prenne ses lèvres.

Plus tard, lorsqu'ils retrouvèrent tous deux leur calme, et qu'elle s'apprêtait à faire quelques commentaires sur l'insatiabilité de Dimitri, il lui coupa l'herbe sous le pied.

— Vous voulez ma mort !

— Voilà que vous exagérez de nouveau. Je me souviens de deux occasions où vous avez témoigné d'une remarquable vigueur.

Il la regarda, étonné.

— Que vous avez appréciée, peut-être ?

— À l'époque, certainement, ce qui ne signifie pas que je n'aurais pas pu me passer de ces
expériences-là. Je préfère de loin avoir mon libre
arbitre.

Il n'en revenait pas. C'était *elle* qui, sans le
plus léger signe de colère, évoquait les deux nuits
d'amour où il avait recouru à l'aphrodisiaque
pour la posséder. Elle lui avait pardonné. Et elle
avouait avoir agi cette fois-ci de sa propre volonté.
Autrement dit, elle avouait l'avoir désiré.

Seigneur, combien de fois n'avait-il pas rêvé de
cet aveu ?

— Savez-vous que ces paroles m'emplissent de
bonheur, Katya ?

Ce fut au tour de Katherine d'être surprise par
l'accent de sincérité de Dimitri.

— Est-ce vrai ?

— Depuis si longtemps je désire vous tenir dans
mes bras, comme ceci, de vous embrasser. J'ai tant
souffert de ne pouvoir vous toucher, vous aimer.
Vous m'appartenez, Katya, c'est dans mes bras que
vous devez être. Et je vais faire tout ce qui est
en mon pouvoir pour vous convaincre de rester
toujours en Russie. Je suis prêt à tout pour vous
persuader que vous m'appartenez.

— Est-ce... une demande en mariage ? chuchota-
t-elle, incrédule, hésitante.

— Je vous veux auprès de moi, à jamais.

— Mais est-ce une demande en mariage ? répéta-
t-elle plus fermement.

— Katya, vous savez que je ne peux pas vous
épouser. Vous savez ce que je vous offre.

Elle se pétrifia soudain, comme si l'air venait à lui manquer. Sa colère s'éveilla, brisant l'intimité qui s'était établie entre eux.

— Je voudrais me lever, Dimitri.

— Katya, s'il vous plaît...

— Laissez-moi !

Elle le repoussa de toutes ses forces pour échapper à son étreinte et s'asseoir. Lorsqu'elle se retourna brusquement pour lui faire face, ses longs cheveux le cinglèrent au visage. À ce moment précis, peu lui importait sa nudité et sa vulnérabilité.

— Je tiens à ce que mes enfants aient un père, Dimitri, déclara-t-elle sans préambule.

— Je chérirai vos enfants.

— Ce n'est pas la même chose et vous le savez. Je suis assez bonne pour être votre maîtresse mais pas pour être votre épouse, n'est-ce pas ? Ne voyez-vous pas que vous m'insultez ?

— Vous insulter ? Non, je n'ai besoin d'une épouse que pour me donner un héritier et remplir mes obligations. Alors que je tiens à vous. Je veux que vous fassiez partie de ma vie.

Elle le foudroya du regard mais sa colère se dissipait. Il savait exactement ce qu'il fallait dire pour la toucher droit au cœur. Elle l'aimait. Elle voulait ce qu'il voulait, faire partie de sa vie. La dureté avec laquelle il envisageait une relation conjugale était... enfin, elle plaignait l'épouse en question, si elle n'était pas cette épouse. Elle ne renoncerait pas. Elle avait encore cinq mois jusqu'au printemps pour lui devenir nécessaire, pour qu'il fasse plus que tenir à elle, pour qu'il l'aime tant qu'il défierait la société qui décrétait qu'un prince ne peut épouser une roturière. Il serait surpris plus tard d'apprendre qu'elle était son égale.

Elle lui effleura la joue d'une main qu'il saisit, déposant un baiser sur la paume.

— Excusez-moi, dit-elle doucement. J'oublie que vous avez vos obligations. Mais lorsque mon premier enfant naîtra, Dimitri, je veux être mariée. Si ce n'est pas à vous, ce sera à quelqu'un d'autre.

— Non.

— Non ?

— Non ! répéta-t-il d'un ton irrévocable, l'attirant étroitement contre lui. Vous ne vous marierez jamais.

Katherine garda le silence devant une aussi farouche manifestation de possessivité. Elle se contenta de sourire, heureuse de ne pas lui avoir dit qu'elle attendait leur premier enfant. Il ne tarderait pas à le découvrir. Alors, il se souviendrait de ce qu'elle avait dit : que d'une façon ou d'une autre, elle *aurait* un mari. C'était l'abuser, mais il n'en saurait rien.

36

La robe de bal était ravissante, au-delà de tout ce que Katherine aurait jamais choisi. Un satin chatoyant d'un turquoise foncé avec, au corsage, une incrustation de dentelle blanche et des centaines de perles qui descendaient en guirlande le long de la jupe. Le profond décolleté en arrondi dégageait la ligne des épaules, de la dentelle habillait également les courtes manches bouffantes. C'était une merveille. Katherine ne se reconnaissait pas. Elle était radieuse.

Dans son lourd chignon bouclé étaient fixés des ornements de perles. Sa toilette comprenait des accessoires assortis : de longs gants de satin blanc, des ballerines de satin turquoise et un éventail de dentelle blanche qui se balancerait à son poignet. Dimitri lui avait apporté quelques instants plus tôt un coffret à bijoux contenant le collier, les boucles d'oreilles et la bague de diamants et de perles qu'elle portait maintenant, ainsi qu'une autre parure de saphirs et d'émeraudes, afin qu'elle ait le choix, avait-il expliqué. Des bagatelles, selon Dimitri. C'était le même terme qu'il avait employé pour sa garde-robe d'hiver. On lui en avait livré une partie aujourd'hui avec sa robe de bal. Le reste ne tarderait pas.

Il la traitait comme une maîtresse, elle s'en apercevait sans s'en offusquer. Bientôt, les vêtements qu'il lui avait commandés ne lui iraient plus. Il serait amusant alors de voir sa réaction. Elle tourna sur elle-même devant le miroir en pied, examinant sa taille avec attention. Toujours aussi mince. En cela, elle avait de la chance car elle était enceinte de trois mois et demi. Seule sa poitrine s'était quelque peu arrondie, mais là encore, il n'y avait rien de visible, rien qui pût indiquer à Dimitri qu'il ne tarderait pas à avoir le premier de ses enfants qu'il avait promis de chérir.

Naturellement, en Angleterre, son attitude aurait été différente, elle n'aurait pas eu une telle désinvolture par rapport à sa situation. Mais tant qu'elle était en Russie, pourquoi ne pas s'amuser ? Et puis, elle n'avait plus à s'inquiéter de tomber enceinte.

Elle eut un sourire en jetant un dernier regard à sa chambre avant de la quitter. C'était indiscutablement la chambre de la maîtresse de maison qu'on lui avait attribuée. Tout y était d'un luxe inouï. Elle n'y avait pas dormi la nuit dernière. Son sourire s'élargit. Sans doute n'y dormirait-elle pas non plus ce soir.

Quel bonheur de passer la nuit entière avec Dimitri, de s'endormir dans ses bras, de s'éveiller à ses côtés, d'être saluée par un de ses sourires dévastateurs avant même d'avoir chassé le sommeil de ses yeux, et que le premier baiser ne soit qu'un prélude à d'autres moments de bonheur... Elle ne doutait pas d'avoir fait le bon choix. Elle était heureuse. C'était tout ce qui importait pour l'instant.

Il l'attendait au bas de l'escalier, tenant une splendide cape d'hermine blanche doublée de satin, dont il la drapa avant de lui tendre le manchon assorti.

— Vous me gâtez trop, Dimitri.

— J'en ai bien l'intention, chérie, répondit-il avec le plus grand sérieux.

Son sourire était affectueux et dans ses yeux se lisait une profonde admiration pour le tableau ravissant qu'elle offrait.

Lui-même était resplendissant en uniforme blanc orné de lourdes épaulettes d'or, un col brodé de fils d'or et le cordon bleu de l'ordre de St. André en travers de la poitrine, une décoration portée dans l'unique but d'impressionner Katherine. Toutefois, c'était Dimitri le plus impressionné. Il s'arracha enfin à la contemplation de la jeune femme et lui offrit son bras pour l'amener à la voiture qui devait les conduire au bal à quelques rues de là.

Elle était ravissante, ainsi parée. Elle avait la grâce et la distinction que le pinceau d'Anastasia avait révélées. Ce portrait avait pris place dans le bureau de Dimitri.

Non. Personne ne la prendrait pour une domestique ou une actrice. Pas dans cette tenue. Si, lors de leur première rencontre, elle lui était apparue ainsi, il n'aurait jamais pensé qu'elle n'était qu'une roturière. Il se dit soudain que c'étaient les habits et les circonstances qui le faisaient douter de l'identité qu'elle revendiquait. Et s'il se trompait ? Son estomac se noua d'inquiétude. Non, impossible. Mais était-ce une bonne idée d'emmener Katherine à ce grand bal pour sa première apparition en public ?

Il avait voulu lui faire plaisir, la faire admirer, la traiter comme une dame, selon la suggestion de Vasya, au lieu de la claquemurer. Mais soudain il eut peur de devoir la partager. Il aurait voulu la garder pour lui seul.

— Je suppose que vous allez me présenter à des gens, Dimitri. Dites-moi donc qui je suis censée être.

Avait-elle lu dans ses pensées ?

— Qui vous prétendez être : Katherine St. John.

— Je ne dirai pas vraiment les choses ainsi, mais si vous avez l'intention de me présenter sous cette identité-là, il serait impoli de ma part de vous reprendre.

Elle le taquinait. Pourquoi le taquinait-elle, au sujet de son identité qui plus est ?

— Katya, êtes-vous sûre de vouloir aller à ce bal ?

— Et ne pas parader dans cette robe divine ? Je ne suis pas allée à un bal depuis des siècles. Naturellement que je veux y aller !

Et la voilà de nouveau dans son rôle de lady, livrant quelques éléments de sa vie qui ne pouvaient être vrais. Pourtant, c'était dit avec une telle spontanéité, comme ça, sans réfléchir, sans aucune raison, juste dans le cours normal de la conversation. L'équipage s'arrêta avant qu'il ait pu décider de ce qu'il allait faire. La décevoir et la ramener à la maison ou espérer que tout se passerait au mieux ? Connaissant la franchise de Katherine, il était inévitable qu'elle marche sur les pieds de plusieurs personnes ce soir. En outre, les suppositions iraient bon train à son sujet. Que se passerait-il si elle s'emportait ?

— Vous savez comment... je veux dire... vous n'allez pas provoquer de scandale...

— De quoi vous inquiétez-vous, Dimitri ?

Elle souriait, devinant ce qui le tracassait soudain.

— Oh, de rien, répondit-il, évasif, en la soulevant pour la mettre à terre. Venez. Je ne veux pas que vous preniez froid.

Ils entrèrent dans une belle maison. Un laquais prit leurs fourrures et ils montèrent un escalier en fer à cheval pour gagner la salle de bal. Ce ne fut pas le maître d'hôtel qui les accueillit sur le seuil, mais leurs hôtes. Comme il le lui avait dit, il présenta Katherine sous le nom de Katherine St. John.

Elle fut impressionnée par les dimensions majestueuses de la pièce, une véritable salle de bal et non plusieurs salons réunis en un seul. Une demi-douzaine de lustres de Venise scintillaient de mille feux, réfléchissant leur lumière éblouissante sur les millions de roubles de joyaux qui paraient l'assistance. Sur les quelque deux cents invités, la moitié dansaient, d'autres bavardaient ou allaient et venaient entre les buffets installés aux extrémités du salon.

Un laquais en livrée s'avança pour leur présenter des rafraîchissements. Katherine ne voulut rien, mais Dimitri prit un verre qu'il vida d'un trait et reposa sur le plateau. Elle ne put s'empêcher de sourire.

— Nerveux, Dimitri ?

— Pourquoi serais-je nerveux ?

— Oh, je ne sais pas. Peut-être craignez-vous que je ne vous embarrasse devant vos amis. Après tout, est-ce qu'une simple paysanne sait se comporter comme il faut dans une société aussi auguste ? Certes, on l'a revêtue d'une belle robe, mais elle demeure une paysanne, n'est-ce pas ?

Il demeura coi, ne sachant que penser de cette réflexion. Elle n'était pas en colère. Une expression amusée se lisait sur son visage. Mais ses taquineries étaient mordantes.

— Mitya, pourquoi ne m'as-tu pas dit que tu venais ce soir ? J'aurais… Pardon, je vous dérange ?

— Non, Vasya, du tout, répondit Dimitri avec soulagement. Katherine, permettez-moi de vous présenter le prince Vasili Dashkhov.

— Katherine ? C'est elle ? Je m'attendais à… Je veux dire…

À la mine rembrunie de Dimitri, il se tut, le visage cramoisi.

— Vous avez mis les pieds dans le plat, n'est-ce pas, prince Dashkhov ? remarqua-t-elle avec pertinence. Laissez-moi deviner. Puisque Dimitri vous a de toute évidence parlé de moi, vous vous attendiez à voir quelqu'un doté d'un peu plus de panache que moi ? Que voulez-vous, nous ne pouvons pas toutes être des beautés éblouissantes. Si l'intérêt que me porte Dimitri vous étonne, sachez qu'il m'étonne moi aussi, je vous assure.

— Katya, s'il vous plaît, Vasya est sur le point de se couper la langue pour se faire pardonner. Il ne comprend pas que vous plaisantez.

— Allons, Dimitri. Il sait parfaitement que je plaisante. Il est simplement gêné de ne pas m'avoir accordé plus d'attention au premier regard.

— Une erreur que je ne commettrai plus, ma chère, j'en fais le serment, dit Vasili avec emphase.

Katherine ne put retenir un rire amusé, qui enchanta Vasili, lui laissant entrevoir un nouvel aspect de sa personnalité. Dimitri fut également troublé. Il adorait l'entendre rire, même si cela l'emplissait d'une émotion quelque peu déplacée en ces lieux.

Un bras passé autour de sa taille, il l'attira contre lui.

— Encore une de vos facéties, mon petit cœur, lui murmura-t-il à l'oreille, et vous vous retrouvez dans la fâcheuse situation que je vis en général avec vous et qui ne peut se résoudre qu'au lit et sans témoin.

Elle le regarda, surprise de voir qu'il parlait avec le plus grand sérieux. Elle rougit et cela lui allait si bien que Dimitri s'apprêtait à l'embrasser, oublieux de l'endroit où ils se trouvaient et des gens qui pouvaient les voir. L'humour mordant de Vasili l'arrêta.

— Je vais t'épargner le ridicule de jouer l'amoureux transi, Mitya, en dansant avec ta compagne. Enfin, si tu n'y vois pas d'inconvénient.

— J'en vois, répliqua Dimitri d'un ton peu amène.

— Moi pas, intervint Katherine en s'écartant de Dimitri et en adressant un sourire chaleureux à Vasili. Toutefois, je dois vous avertir qu'il y a des gens qui vous expliqueraient que je suis une mauvaise danseuse, prince Dashkhov. Voulez-vous que vos pieds courent le risque de vérifier si cette rumeur est vraie ou fausse ?

— Avec le plus grand plaisir.

Vasili l'entraîna sur la piste de danse, avant que Dimitri n'ait pu protester. Il les regarda s'éloigner, le visage sombre, luttant contre son envie de ramener Katherine à ses côtés. Ce n'était que Vasili, dut-il se rappeler. Vasili ne lui ferait pas d'avances puisqu'il savait combien Dimitri lui était attaché. Mais il n'aimait pas la voir dans les bras d'un autre, même s'il s'agissait de son meilleur ami.

Dix minutes plus tard, Vasili revint seul.

— Pourquoi diable l'as-tu laissée avec Alexandre ? explosa Dimitri.

— Calme-toi, Mitya ! répondit Vasili, déconcerté. Tu as bien vu qu'il nous a coincés avant qu'on ne quitte la piste. Que pouvais-je faire ? Elle a accepté de danser avec lui.

— Tu aurais pu le lui déconseiller !

— Il n'est pas dangereux et...

Vasili saisit par le bras Dimitri qui se dirigeait déjà vers la piste de danse, et l'entraîna à l'écart des oreilles indiscrètes.

— Es-tu fou ? Tu n'hésiterais pas à faire une scène parce qu'elle danse et s'amuse ? Pour l'amour de Dieu, Mitya, que t'arrive-t-il ?

Dimitri regarda Vasili d'un air dur, puis lentement se détendit.

— Tu as raison. Je... Oh ! me qualifier d'amoureux transi, c'est peu dire.

Il eut un sourire d'excuse.

— N'as-tu pas encore gagné son cœur ?

— Pourquoi ? Tu crois que cela atténuera mon obsession ? Je t'assure que non.

— Alors, tu as besoin de te distraire, mon ami. Natalia est ici, au cas où tu ne l'aurais pas encore remarqué.

— Peu m'importe.

— Je sais bien, fit Vasili avec impatience, mais elle s'est penchée sur ton problème et a fini par te trouver une fiancée, c'est ce qu'elle m'a dit avant ton arrivée. La fiancée idéale. Souviens-toi que tu lui as demandé...

— N'en parlons plus, interrompit Dimitri sèchement. J'ai décidé de ne pas me marier.

— Quoi ?

— Tu m'as entendu. Si je ne peux pas épouser Katherine, je n'épouse personne.

— Mais tu n'es pas sérieux ! protesta Vasili. Et l'héritier dont tu as besoin ?

— Si je n'ai pas d'épouse, il sera parfaitement acceptable que j'adopte les enfants que me donnera Katherine.

— Tu es vraiment sérieux ?

— Chut ! La voici qui revient avec Alexandre.

Pendant l'heure qui suivit, Dimitri ne perdit pas Katherine de vue et elle en apprécia chaque instant. Il dansa plusieurs fois avec elle, la taquinant sans pitié sur le fait qu'elle risquait de lui marcher sur les pieds, ce qu'elle ne fit pas une seule fois. Il était d'excellente humeur et elle s'amusait follement… jusqu'à ce qu'il la laisse aux soins de Vasili pour aller leur chercher des rafraîchissements. Vasili fut immédiatement enlevé par une comtesse effrontée qui l'entraîna sur la piste de danse, faisant la sourde oreille à ses refus. S'il était resté auprès de Katherine, il l'aurait éloignée du groupe de mauvaises langues qui se tenaient derrière elle et qui ne semblaient pas se soucier du fait qu'elle pouvait les entendre. Katherine aurait dû s'éloigner, mais au début, la conversation l'amusa.

— Mais je te l'ai dit, Anna, c'est une Anglaise, une de ses parentes du côté de sa mère. Pourquoi sinon Mitya ne la quitterait-il pas d'un instant ?

— Pour rendre Tatiana jalouse, bien sûr. Ne l'as-tu pas vue arriver avec son fiancé ?

— Mais non ! S'il voulait rendre Tatiana jalouse, il resterait près de Natalia qui est ici, elle aussi. Après tout, Tatiana sait que Natalia est sa maîtresse et on lui a sans doute rapporté que Mitya l'a revue depuis que Tatiana lui a préféré le comte Lysenko. Ne sais-tu pas qu'il était furieux ?

— Pas furieux, Anna. Le pauvre garçon était si déprimé qu'il est parti se terrer à St. Pétersbourg. Depuis trois mois, il ne sort pratiquement plus.

— Eh bien, ce soir, il semble s'être tout à fait remis.

— Naturellement. Tu ne penses pas qu'il veut que Tatiana le sache malheureux ? Comme c'était mal de sa part de mettre un terme à la cour qu'il lui faisait en lui présentant son fiancé ! Juste au moment où Mitya revenait à Moscou pour la voir.

— Crois-tu qu'il l'aime encore ?

— Ne le crois-tu pas ? Regarde-la, près de l'orchestre. Connais-tu un homme qui n'en serait épris ?

Katherine ne put s'empêcher de regarder dans la direction indiquée, puis se détourna vivement et s'éloigna, incapable de prêter une oreille indifférente à la suite de ces commentaires. Toutefois, le mal était fait. La princesse Tatiana était la plus belle femme que Katherine eût jamais vue. Dimitri l'aimait-il encore ? Comment le contraire était-il possible ?

« Il t'a utilisée, Katherine, et t'a menti en te disant que tu ne pouvais pas quitter le pays. Pourquoi ? Était-il si bouleversé d'avoir perdu sa princesse qu'il a tout bonnement oublié de te renvoyer en Angleterre ? Pourquoi se soucie-t-il de toi ? Pourquoi toutes ces simagrées à ton égard comme s'il te désirait alors que tu n'arrives pas à la cheville d'une créature aussi ravissante que Tatiana Ivanovna ? »

— Lady Katherine ?

Elle faillit ne pas se retourner. On ne lui avait pas adressé la parole en ces termes depuis si longtemps. Cependant, elle reconnut la voix, étouffa un cri de surprise, puis aperçut, du coin de l'œil,

Dimitri qui revenait. Il s'immobilisa brusquement à quelques pas, le visage blême, en entendant l'homme l'interpeller ainsi. Elle ne pouvait pour l'instant s'inquiéter de Dimitri. Il lui fallait d'abord s'occuper de l'ambassadeur, un très cher ami de son père... Seigneur, comment avait-elle pu ne pas penser qu'elle risquait de le rencontrer au bal ?

— Quelle surprise, my lord !

— C'est plutôt à moi de l'être. Je n'en croyais pas mes yeux lorsque je vous ai vue passer en dansant il y a quelques minutes. Je me suis dit, mais non, ça ne peut pas être la petite Katherine, et pourtant, c'est bien vous. Que diable faites-vous en Russie ?

— C'est une longue histoire, répondit-elle, évasive, changeant aussitôt de sujet. Avez-vous eu des nouvelles de mon père dernièrement ?

— Mais oui, j'en ai eu et je ne vous cacherai pas que...

— Aurait-il parlé de ma sœur... de son mariage peut-être ?

Cette fois-ci, les efforts de Katherine pour distraire son attention portèrent leurs fruits.

— À vrai dire, lady Élisabeth s'est enfuie avec lord Seymour. Vous vous souvenez de lui ? Un gentil garçon. Le comte était furieux, naturellement, et puis il a appris que ses informations au sujet du jeune Seymour étaient fausses.

— Quoi ? s'écria-t-elle, stupéfaite. Toute cette histoire pour rien ?

— Comment ? Veuillez me pardonner mais je ne sais rien à ce sujet, répondit-il, quelque peu bourru. Votre père s'est contenté de mentionner le mariage de votre sœur alors qu'il me parlait de votre disparition. Il paraît que vous avez disparu toutes les deux le même jour. Georges s'attendait à la fuite d'Élisabeth et de son amoureux, voyez-vous, aussi a-t-il cru que vous étiez partie avec eux pour leur servir de chaperon. Ce n'est que lorsque les jeunes mariés sont revenus, deux semaines plus tard, qu'il a su qu'il n'en était rien. Ils vous croient morte, my lady.

Elle retint une exclamation.

— Mon... euh, la lettre où j'expliquais tout a dû s'égarer. Oh, c'est terrible !

— Peut-être devriez-vous en écrire une autre à votre père, dit Dimitri d'une voix péremptoire, après s'être enfin décidé à intervenir.

Elle se tourna vers lui. Il avait surmonté le choc. En fait, s'il était possible de se fier à son expression, il semblait sur le point d'exploser. Pourquoi était-il donc en colère ?

— Dimitri, mon garçon ! Bien sûr, vous connaissez lady Katherine St. John, n'est-ce pas ? Je vous ai vus danser ensemble.

— Oui, nous avons déjà fait connaissance. Si vous voulez bien nous excuser, j'ai quelques mots à lui dire en particulier.

Il ne laissa pas à l'ambassadeur, ni à Katherine le temps de protester. Il tira littéralement cette dernière hors de la salle de bal et de la maison. Ce n'est que lorsqu'elle se retrouva dehors, dans l'escalier, qu'elle reprit son souffle. Mais au moment où elle s'apprêtait à le morigéner, il la poussa à l'intérieur de la voiture.

— Ainsi, c'est donc vrai, s'écria-t-il. Tout est vrai, mot pour mot. Savez-vous ce que vous avez fait, *lady* Katherine ? Avez-vous une idée des répercussions, des...

— Qu'est-ce que *j'ai* fait ? releva-t-elle, incrédule. Mais de quoi parlez-vous ? Vous déraisonnez.

Je vous ai dit qui j'étais. C'est vous, monsieur qui sait tout, qui n'avez pas voulu me croire.

— Vous auriez pu m'en convaincre. Vous auriez pu m'expliquer ce que la fille d'un comte faisait dans la rue, seule et vêtue de haillons.

— Je vous l'ai dit. Et je n'étais pas en haillons, je portais l'uniforme de ma femme de chambre. Je vous l'ai dit.

— Non, vous ne me l'avez pas dit.

— Si ! Je vous ai dit que je m'étais déguisée afin de suivre ma sœur que je soupçonnais de vouloir s'enfuir avec son amoureux. Et vous voyez, c'est ce qui s'est passé. Élisabeth s'est bel et bien enfuie pour se marier. Ce que j'aurais pu empêcher si vous ne m'aviez pas mis des bâtons dans les roues.

— Katya, vous ne m'avez rien dit de tout ça.

— Mais si, je n'ai pu que vous le dire.

Comme il continuait de lui jeter des regards noirs, elle reprit, mal à l'aise :

— Quelle différence, d'ailleurs ? Je vous ai donné mon nom, mon titre. Je vous ai même dressé une liste de mes talents, dont certains se sont avérés bien utiles. Mais jusqu'à ce jour, vous étiez beaucoup trop têtu pour vous rendre à l'évidence. Seigneur, Marusia avait bien raison. Vous autres, les Russes, mettez un point d'honneur à vous en tenir aux premières impressions !

— Avez-vous fini ?

— Oui, je crois que oui, rétorqua-t-elle.

— Bien. Demain, nous nous marions.

— Non.

— Comment, non ? s'exclama-t-il. Pas plus tard qu'hier, vous vouliez que je vous épouse, et vous étiez furieuse contre moi lorsque je vous ai expliqué que ce n'était pas possible.

— Parfaitement, répliqua-t-elle, les yeux brillants d'une humidité suspecte. Hier, je n'étais pas assez bien pour vous, et aujourd'hui, je le suis, brusquement ? Eh bien, non merci. Je ne vous épouserai pas, quelles que soient les circonstances.

Il se tourna du côté de la fenêtre de la voiture, le regard meurtrier. Elle fit de même. Si elle avait mieux connu Dimitri, un tout petit peu mieux, elle aurait compris que sa colère était dirigée plus contre lui que contre elle. Mais elle l'ignorait. Et elle prit son mouvement d'humeur à cœur. Comment osait-il lui reprocher son silence ? Comment osait-il lui proposer le mariage *maintenant* alors qu'il ne l'aimait pas, alors qu'il ne cherchait qu'à réparer une erreur ? Elle ne le tolérerait pas. Elle n'avait pas besoin de sa pitié. Elle n'avait pas besoin d'un mari qui l'épousait par devoir. Elle avait plus de fierté que cela.

37

Le doux tapis de neige immaculée donnait l'impression d'une terre qui avait échappé à l'empreinte de l'homme, vide de toute vie, indemne des ravages de la civilisation. Un paysage si aveuglant de beauté – buissons ployant sous un lourd manteau neigeux, bouleaux dénudés qui lançaient leurs doigts sombres vers le ciel plombé –, si silencieux, si paisible pour un esprit troublé.

Dimitri s'arrêta sur la route, ou ce qu'il supposait être la route, car la tempête de neige qui avait soufflé dans la région en avait effacé toute trace, de même que les points de repère qui auraient pu lui indiquer s'il allait dans la bonne direction. Son hôte, le comte Berdyaev, lui avait conseillé de patienter avant de s'aventurer dehors, de rester une nuit encore afin de s'assurer que tout risque de tempête était bel et bien écarté. Dimitri avait refusé.

Ce qui n'avait été d'abord qu'un simple besoin de solitude pendant quelque temps afin de réfléchir sans être distrait par la présence de Katherine s'était transformé en une bonne semaine d'absence de St. Pétersbourg. Après avoir chevauché au hasard pendant trois jours, il regagnait la ville lorsque la tempête l'avait surpris, l'obligeant à une halte forcée de plusieurs jours chez le comte. Maintenant, il bouillait d'impatience de rentrer à la maison. Il avait laissé Katherine seule trop longtemps et s'enfuir la nuit même de leur dispute n'arrangerait rien.

Une autre raison expliquait son départ précipité de chez Berdyaev, car il avait profité de la première accalmie pour prendre congé de son hôte. Tatiana était apparue avec une dizaine d'amis dont Lysenko, afin de s'abriter également de la tempête. Cette situation intolérable s'était aggravée lorsque, pour son malheur, Tatiana avait rompu en sa présence ses fiançailles avec Lysenko. Le regard mauvais de son ennemi juré ne laissait planer aucun doute sur la part de responsabilité qu'il attribuait à Dimitri dans ce coup de théâtre.

Dans le silence immobile, la détonation d'un coup de feu éclata, assourdissante. Surpris, Dimitri tomba en arrière pendant que son cheval se cabrait. Sa chute fut amortie par une vingtaine de centimètres de neige, mais la respiration lui manqua pendant quelques secondes. Lorsqu'il releva la tête, il vit sa monture effrayée disparaître au galop. Mais pour l'instant, ce n'était pas là son premier souci.

Il roula sur le ventre et, tapi dans la neige, scruta la forêt derrière lui. Il aperçut tout de suite Lysenko. Ce dernier ne cherchait pas à se cacher. Le cœur de Dimitri cessa de battre. Lysenko levait son fusil pour tirer de nouveau. Il hésita cependant. À travers l'étendue de neige, leurs yeux se croisèrent et la lueur d'angoisse que vit Dimitri lui donna un instant de répit. Alors, Lysenko baissa son arme et, faisant pirouetter son cheval, s'éloigna à toute allure dans la direction d'où il venait.

Quels démons pouvaient pousser un homme à agir ainsi ? Dimitri ne le devinait que trop. Tatiana. De toute évidence, Lysenko tenait Dimitri pour responsable de la rupture de ses fiançailles avec la princesse.

— Que t'arrive-t-il, Mitya ? Lysenko vient d'essayer de te tuer et tu lui trouves des excuses ?

Il soupira, dégoûté.

— Seigneur, voilà que je me mets à parler tout seul comme elle !

Il se retourna pour voir si son cheval s'était arrêté plus loin. Non. Il ne l'aperçut nulle part. Enfin, il était facile de suivre ses traces. Dimitri soupira de nouveau. Il avait vraiment besoin de cela, maintenant ! Cet imbécile de Lysenko aurait pu avoir sa peau. Sans doute n'était-il pas totalement dépourvu de scrupule après tout.

Dimitri changea d'opinion lorsque, une heure plus tard, il retrouva son cheval avec une patte cassée et dut l'abattre. Ce qui lui laissa la désagréable impression que le comte Lysenko avait su exactement ce qu'il faisait. Dimitri connaissait mal la région. Il se trouvait à des kilomètres de chez Berdyaev et n'apercevait aucune maison ni village alentour. Le ciel devenait plus menaçant de minute en minute. Il eut soudain le sentiment que non seulement il s'était égaré, mais qu'il risquait d'être de nouveau surpris par le mauvais temps. Cette fois-ci, les chances de s'abriter quelque part semblaient bien compromises.

Il était trop loin de chez Berdyaev pour rebrousser chemin ; son seul espoir de trouver un refuge avant la tombée de la nuit était de continuer à avancer.

Le froid ne tarda pas à s'insinuer en lui, transperçant le cuir de ses bottes et de ses gants : il eut bientôt les extrémités engourdies. Son manteau doublé de fourrure se révéla également une piètre protection lorsque, le soir approchant, la température chuta. Par chance, la neige s'était arrêtée de tomber. Juste avant que les dernières lueurs du jour ne disparaissent complètement, il découvrit une petite hutte, signe qu'il était arrivé sur une propriété privée. Il aurait bien aimé se lancer à la recherche des propriétaires, mais, aucune maison n'étant en vue, il n'osa s'aventurer plus loin. Il se sentait épuisé après cette course dans la neige et il faisait nuit désormais.

Apparemment l'abri était abandonné. Peut-être l'avait-on utilisé à un moment donné pour entreposer des matériaux, mais il était vide maintenant. Il n'y avait rien qui pût servir à faire du feu, à moins de s'attaquer aux planches qui formaient les cloisons et de perdre ainsi le peu d'isolation du froid qu'elles lui offraient. Enfin, c'était mieux que rien. Il pourrait se protéger un peu du vent. Lorsque le jour se lèverait, il se mettrait en quête de la maison, qui ne devait pas être bien loin.

Enveloppé dans son manteau, Dimitri se recroquevilla dans un coin, à même le sol gelé, et s'endormit. Si seulement il avait eu le corps chaud de Katherine contre lui... Mais non, mieux valait ménager ses souhaits. Il n'espérait qu'une chose : se réveiller le lendemain matin. Car lorsqu'on était exposé au glacial hiver russe, l'un des risques les plus atroces que l'on courait était de s'endormir et de ne plus jamais se réveiller.

38

Katherine venait à lui à travers le brouillard, passionnée et sensuelle, et elle n'était plus fâchée contre lui. Elle ne lui reprochait pas d'avoir gâché sa vie. Elle l'aimait, lui seul. Mais la neige se remit à tomber et son image commença à s'évanouir. Il ne la voyait plus au milieu des flocons, il ne la retrouvait plus, il courait pourtant, s'éloignant de plus en plus loin, criait son nom. Elle était partie.

Lorsqu'il ouvrit les yeux, le visage qui se penchait vers lui confirma qu'il était bien mort. Mais il aperçut en même temps Anastasia et Nikolai. Ses yeux se posèrent de nouveau sur l'apparition.

— Misha ?

— Tu vois, Nastya, dit Mikhail en riant. Je te l'avais dit qu'il était inutile d'attendre.

— Tu n'en étais pas sûr, protesta Anastasia. Le choc aurait pu lui refaire perdre connaissance. Pour ma part, c'est ce qui me serait arrivé si on m'avait montré un fantôme.

— Un fantôme ? Je te ferai savoir…

— Seigneur ! fit Dimitri dans un souffle. Est-ce réellement toi, Misha ?

— En chair et en os.

— Comment est-ce possible ?

— Comment ? Je pourrais te raconter comment mes camarades m'ont lâchement abandonné avec trois blessures de sabre dans le corps. Je pourrais également te raconter comment les Arméniens m'ont traîné jusqu'à leur camp pour s'amuser de moi pendant mon agonie. Ou comment la fille du chef, après avoir jeté un regard au célèbre Alexandrov, convainquit son père de me donner à elle.

— Quel est donc le récit que tu me proposes ?

— Mitya, je te préviens, intervint Nikolai, tout est vrai, à l'en croire, et nous ne pouvons faire autrement, puisqu'il est revenu avec une princesse arménienne.

— Est-ce trop espérer que tu l'épouses, Misha ? interrogea Dimitri.

— Trop ?

Nikolai se mit à rire.

— Cela le soulagerait considérablement, Misha, car depuis que l'on te dit mort, tante Sonya s'est rabattue sur lui. Elle le harcèle sans cesse pour qu'il se marie et engendre un héritier avant que le dernier des Alexandrov ne disparaisse.

Dimitri jeta un regard mauvais à son frère.

— J'imagine que tu te trouves plein d'humour. Je t'assure que ce n'est pas le cas.

— Eh bien, cesse de t'inquiéter, dit Mikhail avec fierté. Non seulement je l'ai épousée, mais elle m'a donné un fils. C'est d'ailleurs pour cette raison que je ne rentre en Russie que maintenant. Nous avons attendu la naissance de l'enfant avant d'entreprendre notre voyage.

— Parfait. Maintenant quelqu'un pourrait-il m'expliquer ce que vous faites tous les trois autour de mon lit et par quel moyen je suis arrivé ici ? Je m'étais égaré… à moins que ce ne soit qu'un rêve.

Anastasia s'assit sur le lit pour lui présenter un verre d'eau.

— Ce n'était pas un rêve, Mitya. Tu as été si malade que nous avons craint le pire.

— Vous me faites marcher de nouveau, dit-il, incrédule. Pendant combien de temps ?

— Trois semaines.

— Ce n'est pas possible ! s'exclama-t-il.

Il voulut se lever mais, pris de vertige, il se laissa retomber sur l'oreiller, en fermant les yeux. Trois semaines de sa vie évaporées, dont il ne se souvenait pas ?

— Mitya, je t'en prie, il ne faut pas t'agiter, dit Anastasia, inquiète. Le médecin a dit que lorsque tu aurais complètement repris connaissance, tu devrais observer le plus grand repos pendant ta convalescence.

— Tu as été bien mal, ajouta Nikolai. Tu étais brûlant de fièvre. À plusieurs reprises, tu t'es réveillé et semblais parfaitement normal. Nous pensions que tu étais guéri, mais la fièvre te reprenait aussitôt.

— Je t'ai déjà raconté trois fois comment tu es arrivé jusqu'ici et ce qui s'est passé, dit Anastasia. Tu étais suffisamment éveillé pour exiger, donner des ordres et te montrer impossible. Tu ne te souviens de rien ?

— Non, soupira Dimitri. Comment suis-je arrivé ici si cela ne t'ennuie pas de tout me raconter de nouveau ?

— Des soldats à la poursuite d'un serf qui venait de s'enfuir t'ont retrouvé. Ils ont repéré dans la neige la trace de tes pas qui menait à la hutte où tu t'étais abrité. Ils ont cru qu'ils avaient mis la main sur leur fugitif. On ignore depuis combien de temps tu étais là car la fièvre te faisait délirer. Tu étais incapable de leur dire ton nom.

— Ils t'ont ramené à leur caserne. Par chance, quelqu'un t'a reconnu, on nous a donc écrit, continua Nikolai. Lorsque Vladimir t'a rejoint, tu n'as eu qu'un éclair de lucidité, le temps de lui demander de te ramener à la maison.

— Ce qui a été une erreur, reprit Anastasia. Vous avez été pris dans la tempête qui a sévi dans la région pendant plusieurs jours et le voyage en a été considérablement retardé. Lorsque tu es enfin arrivé, ton état avait empiré et nous avons craint pour ta vie.

— Les femmes ! ricana Mikhail. Elles ne comprennent pas qu'un homme ne va pas laisser un petit rhume de rien du tout avoir raison de lui alors qu'il existe tant de façons plus excitantes...

— Épargne-moi le récit de tes aventures sanglantes pour l'instant, Misha, interrompit Dimitri, l'air fatigué. Quand es-tu arrivé ?

— Il y a une semaine environ. Je m'attendais à un accueil chaleureux et j'ai trouvé tout de monde assis à ton chevet, les traits tirés, la mine hagarde, s'inquiétant de ta santé.

— Tout le monde ? Katherine aussi ? Était-elle inquiète ?

— Katherine ? Qui est Katherine ?

Nikolai gloussa.

— Il parle de cette petite...

Dimitri le fustigea du regard pour son insolence.

— Lady Katherine St. John.

— Vraiment ? Elle disait donc vrai, même au sujet de tante Sonya ?

— Oui. D'ailleurs, j'ai une question à te poser : que s'est-il passé lorsque tu l'as retrouvée ?

376

Le ton de Dimitri était si agressif que Nikolai recula d'un pas, bien qu'il n'eût rien à craindre de la part de son frère, trop affaibli.

— Rien, je t'assure, je ne l'ai pas approchée.

— Quelqu'un veut-il bien me dire qui est Katherine ? s'enquit une seconde fois Mikhail sans obtenir pour autant une réponse.

— Où est-elle ? demanda Dimitri à Nikolai.

Le regard dépourvu d'expression de ce dernier le poussa à se tourner vers sa sœur.

— Nastya ? Elle est ici, n'est-ce pas ?

— À vrai dire...

Elle n'acheva pas sa phrase et le regard gêné qu'elle lui adressa avertit Dimitri qu'elle n'osait lui annoncer une mauvaise nouvelle.

— Vladimir ! Où est-il ? Va me le chercher, intima-t-il en se tournant vers Nikolai.

Anastasia l'obligea à s'étendre tandis que Nikolai se précipitait hors de la chambre.

— Mitya, il faut te calmer. Sinon tu vas avoir une rechute...

— Sais-tu où elle est ?

— Non, je l'ignore, mais je suis sûre que Vladimir le sait. Si tu veux bien te calmer et attendre tranquillement qu'il arrive...

Vladimir apparut et se dirigea d'un pas vif au chevet de son maître, déjà instruit de la raison de sa détresse.

— Monseigneur ? Elle est allée à l'ambassade britannique.

— Quand ?

— Le lendemain de votre départ. Elle y est encore.

— Tu en es sûr ?

— J'ai posté un homme pour la surveiller, monseigneur. Il ne l'a pas encore vue partir.

La tension de Dimitri se relâcha, le laissant dans un tel état d'épuisement qu'il ne parvenait pas à garder les yeux ouverts. Tant qu'il savait où elle était...

— Qui donc me dira qui est Katherine ? répéta Mikhail.

— Sous peu ce sera ta belle-sœur, Misha, dès que je serai rétabli. Au fait, je suis content de te revoir, ajouta Dimitri avant de céder au sommeil.

— J'avais l'impression qu'il n'était pas très chaud pour le mariage, remarqua Mikhail, interrogeant son frère et sa sœur du regard.

Nikolai et Anastasia sourirent tandis qu'ils quittaient tous les trois la chambre, mais c'est Nikolai qui suggéra :

— J'imagine que quelqu'un l'a fait changer d'avis.

39

— Lady Katherine, recevez-vous ce matin ?

Katherine leva les yeux de ses livres de comptes avec un soupir.

— Qui est-ce cette fois-ci, Fiona ?

Quand les voisins cesseraient-ils de l'importuner avec leur curiosité ?

— La duchesse d'Albemarle.

Le visage de Katherine se figea. La grand-mère de Dimitri ? Ici ? Cela signifiait-il... ? Non, si Dimitri était en Angleterre, il serait venu en personne.

— My lady ?

Katherine se ressaisit et regarda la servante.

— Qui, je vais la recevoir. Fais-la entrer au... Non, attends, elle est seule, n'est-ce pas ?

Au hochement affirmatif de Fiona, elle ajouta :

— Bon. Je vais la recevoir dans mon bureau. Apporte-nous des rafraîchissements.

Katherine resta assise derrière sa table de travail, mordillant l'extrémité de sa plume. Sa nervosité grandissait de seconde en seconde. Pourquoi la grand-mère de Dimitri venait-elle la voir ? Personne ne savait la vérité, pas même son père.

Le comte avait témoigné d'une grande compréhension dans l'unique lettre qu'elle avait reçue de lui avant son départ de Russie. Il s'agissait d'une réponse à la lettre qu'elle lui avait envoyée – un tissu de mensonges élaborés avec soin afin de le tranquilliser, qui consistaient à lui assurer qu'elle se portait bien, mais qu'elle n'était pas encore prête à rentrer à la maison. Il était impensable de tout lui raconter car le devoir d'un père était de venger l'honneur de sa fille, et il n'en était pas question.

Elle expliqua avoir été enlevée par erreur et emmenée en Russie. Ce furent là les éléments les plus proches de la vérité qu'elle voulut bien avouer. Pour excuser son silence, elle déclara, comme à l'ambassadeur britannique, que la lettre qu'elle avait écrite s'était sans doute égarée, et qu'elle venait à peine d'apprendre que l'on ignorait ce qu'il lui était advenu. Enfin, elle l'informa qu'ayant été contrainte à ce voyage, elle avait l'intention d'en profiter quelque temps encore pour visiter la Russie. Cette nouvelle n'emplit pas le comte de joie, cependant il se rendit à cette raison et joignit à sa réponse une coquette somme d'argent pour couvrir ses frais.

Oui, il s'était montré très compréhensif jusqu'à ce qu'elle rentrât en Angleterre avec Alek trois semaines plus tôt. La présence d'Alek l'avait commotionné. Il ne comprenait pas le refus de Katherine de justifier la naissance de cet enfant : elle se contentait de dire qu'elle était tombée amoureuse et que les enfants résultaient en général de ce genre de situation. Le sujet de discorde principal entre le comte et sa fille était qu'elle refusait de donner le nom du père, expliquant qu'elle l'avait rencontré au cours de son voyage en Russie et concluant que non, elle ne voulait pas l'épouser. Que dirait-il aux gens ? Rien du tout.

Katherine n'était pas la première à rentrer d'un voyage avec un enfant. Cependant il était hors de question de le faire passer pour un orphelin qu'elle aurait adopté, une excuse si fréquemment utilisée par des femmes bien nées qu'on ne pouvait plus y croire. Comme l'on estimait généralement que Katherine St. John n'était pas du genre à avoir une liaison, elle se dit que sa position ne donnerait guère lieu à des rumeurs et des suppositions bien méchantes. Elle ne se trompa pas. L'opinion publique conclut – à l'instigation de Lucy, bien que Katherine l'ignorât – qu'elle était veuve et que le décès de son mari l'avait tellement affectée qu'elle préférait ne pas parler de lui.

Voilà qui l'amusait. Cela lui permettait de ne pas répondre aux questions qu'on lui posait au sujet du père de son fils. Non pas qu'elle en eût honte. Elle était en vérité si fière de son fils qu'elle était ravie de le montrer à quiconque voulait le voir. Toutefois, quiconque n'incluait pas la grand-mère de Dimitri.

Hélas, Alek ressemblait déjà terriblement à son père. Katherine ne pourrait nier qu'il était le fils de Dimitri. Un seul regard suffirait à la duchesse pour le comprendre. Lorsque Dimitri verrait sa grand-mère, cette dernière n'hésiterait pas à mentionner que le fils de Katherine était le portrait vivant des Alexandrov. Dimitri devinerait donc qu'elle l'avait quitté en sachant qu'elle portait son enfant. En refusant de l'épouser elle l'avait privé d'un héritier. Cela ne lui plairait guère. Et s'il cherchait à lui prendre Alek ? Elle ne pouvait courir ce risque.

Elle entendit un léger raclement de gorge derrière elle et bondit sur ses pieds, nerveuse.

— Asseyez-vous, madame la duchesse, je vous en prie, dit-elle en montrant le siège qui lui faisait face. Il paraît que vous connaissez mon père. Il est à Londres et si vous désiriez le voir...

— C'est pour vous voir que je suis venue, ma chère, et je vous en supplie, épargnez-moi les politesses d'usage. J'aimerais que vous m'appeliez Lénore.

Katherine ne s'était pas attendue à une femme comme Lénore Cudworth, même si elle ignorait à quoi elle s'était attendue. En général, les femmes de l'âge et de l'importance de la duchesse s'accrochaient aux usages anciens, portaient des vêtements démodés et poudraient encore leurs cheveux. Or, Lénore était vêtue d'un élégant tailleur de voyage de couleur vive, qui mettait en valeur ses cheveux gris argenté. Son visage n'avait presque pas de rides et ses yeux bruns rappelaient ceux de Dimitri, quoique d'un brun peut-être plus clair.

— Il ne faut pas être nerveuse.

— Oh, je ne le suis pas, s'empressa d'assurer Katherine.

L'entretien commençait mal.

— Appelez-moi Kate, je vous prie, comme ma famille.

— Comment vous appelle Dimitri ?

Katherine écarquilla les yeux, prise de court.

— Pourquoi êtes-vous venue ? s'enquit-elle, aussitôt sur la défensive.

— Afin de faire votre connaissance et de satisfaire ma curiosité. Je viens juste d'apprendre votre retour en Angleterre, sinon je serais venue plus tôt.

— Je ne vous aurais pas crue à l'affût d'un scandale, madame.

Malgré elle, Lénore rit à cette réflexion.

— Ma chère Kate, quel plaisir de rencontrer quelqu'un qui ne mâche pas ses mots. Mais non, je vous assure, je ne suis pas une mauvaise langue. Voyez-vous, j'ai reçu une assez longue lettre de la tante paternelle de Dimitri. Vous admettez naturellement que vous connaissez mon petit-fils ?

Comme Katherine gardait un silence pétrifié, Lénore sourit, comme si de rien n'était.

— En tout cas, Sonya, la tante de Dimitri, adore se plaindre des nombreuses aventures amoureuses de mon petit-fils. Depuis des années, elle m'écrit pour tenter de détruire mes illusions à son sujet et de me convaincre que le malheureux garçon est une cause perdue, ce que je n'ai jamais cru ne serait-ce qu'un instant. Je l'aurais découragée de continuer à m'écrire si ses lettres n'étaient pas aussi amusantes. Or, la dernière que je viens de recevoir ne l'est pas du tout. Elle m'a rapporté que désormais Dimitri amenait ses... femmes, dirons-nous ? chez lui, qu'il les ramenait d'Angleterre et qu'il venait d'en installer une chez lui.

Katherine avait blêmi.

— A-t-elle mentionné son nom ?

— Il se trouve que oui.

— Je vois, admit Katherine en soupirant. Elle n'a jamais compris la raison de ma présence, vous savez. Ce n'était pas ce qu'elle a pensé. Et je doute fort que Dimitri ait jamais admis... Oh, ce n'est pas là la question. Vous... vous n'avez pas rapporté cette information à mon père, n'est-ce pas ?

— Pourquoi le ferais-je ?

— Pour le rassurer. Mon père m'a longtemps crue morte.

— Vous voulez dire... Vous m'en voyez navrée, ma chère, je ne savais pas. Je savais que vous étiez absente d'Angleterre, mais j'ignorais que Georges n'avait pas la moindre idée de l'endroit où vous

vous trouviez. On disait que vous effectuiez un grand voyage en Europe. N'est-ce pas bien inconsidéré de votre part de disparaître ainsi ? Je me rends bien compte que Dimitri est très séduisant, mais de là à s'enfuir avec lui...

— Je vous demande pardon, interrompit sèchement Katherine, mais je n'ai pas eu le choix.

La duchesse lui jeta un regard confus.

— Alors, je suis réellement désolée, ma chère. Il semble que je sois venue avec une fausse impression. Je pensais, du moins je supposais que vous aviez une aventure avec mon petit-fils et que le fils que vous aviez ramené était le sien. Voyez-vous, j'ai entendu parler de l'enfant, et j'avais espéré, en fait, j'espère toujours... Je veux dire...

— Alek n'est pas le fils de Dimitri !

La force de ce démenti stupéfia Lénore.

— Il n'était pas dans mon intention de sous-entendre... enfin, oui, je suppose que oui. Pardonnez-moi. La plupart des femmes trouvent mon petit-fils irrésistible, il était donc naturel que je suppose... Oh, Kate, pour en venir au fait, j'aimerais voir l'enfant.

— Non. Enfin... il dort et...

— Je peux attendre.

— Il n'était pas très bien ces derniers temps. Vraiment je ne pense pas que ce soit une bonne idée de le déranger.

— Pourquoi me dissuader ? Il s'agit de mon arrière-petit-fils après tout.

— C'est faux, corrigea vivement Katherine, se sentant acculée. Je viens de vous dire que Dimitri n'était pas son père. Il m'a laissée des mois à Novii Domik. Il y a des centaines d'hommes à Novii Domik. Ai-je besoin d'en dire davantage ?

Lénore sourit.

— Tout ce que vous aviez besoin de dire, ma chère, c'était que vous n'aviez jamais eu de relation intime avec Dimitri, mais cela, vous ne l'avez pas nié, n'est-ce pas ? Et comme vous ne me ferez pas croire que vous êtes du genre à passer d'un homme à l'autre, vos efforts pour nier la responsabilité de Dimitri sont inutiles. Il ne le sait pas, n'est-ce pas ? C'est ce qui vous effraie ?

— Madame, je vais vous prier de prendre congé, répliqua Katherine avec dureté.

— Fort bien, ma chère, je n'insiste pas pour l'instant.

Lénore ne s'offusquait pas de l'intransigeance de Katherine. Son ton de voix demeurait courtois. Elle ne cédait pas à l'émotion comme le faisaient souvent les jeunes. Et c'est avec une fermeté inébranlable qu'elle ajouta la prédiction suivante :

— Mais je finirai par voir Alek. On ne me privera pas de mon premier arrière-petit-fils, dussé-je amener son père pour régler cette question.

— Je vous le déconseille, répondit Katherine, incapable de se maîtriser davantage. Il serait furieux qu'on le dérange pour rien. Car ce serait pour rien.

— Permettez-moi d'en douter.

40

— Alors ? demanda Dimitri.

Vladimir entra dans la salle à manger avec une mauvaise grâce considérable.

— Elle a refusé les fleurs, monseigneur, et les a fait retourner ainsi que la lettre. L'enveloppe n'a pas été ouverte.

Dimitri frappa du poing sur la table, répandant son vin et renversant le candélabre posé au milieu de la table. D'un bond un laquais le rattrapa avant qu'un feu ne se déclare. Dimitri ne le remarqua même pas.

— Pourquoi refuse-t-elle de me voir ? Qu'ai-je donc fait de si terrible ? Ne lui ai-je pas demandé de m'épouser ?

Vladimir garda le silence. Il savait que ces questions ne s'adressaient pas à lui. Il les avait entendues des centaines de fois auparavant et en ignorait les réponses de toute façon. Quel méfait le prince avait-il commis ? Il l'ignorait. S'agissait-il de l'aphrodisiaque ? Le prince s'était cependant suffisamment reproché sa stupidité, son aveuglement et son obstination. Marusia ne s'était pas gênée pour remuer le couteau dans la plaie en se vantant de sa perspicacité : elle avait compris depuis le début, alors que lui n'avait pas démordu de ses préjugés au sujet de lady Katherine.

— Peut-être pourriez-vous…

Vladimir se tut. Le maître d'hôtel entra pour annoncer :

— La duchesse douairière…

Il n'acheva pas sa phrase, interrompu par la duchesse qui l'écarta pour passer. Elle était visiblement dans tous ses états, ce dont Dimitri, dans sa surprise, ne s'aperçut pas. Il se leva vivement.

— *Babushka* !

— Tu peux les garder pour toi, tes *Babushka*, espèce d'irresponsable, répliqua-t-elle d'un ton sec en se dégageant de son étreinte. Te rends-tu compte de mon embarras lorsqu'on m'a demandé la raison de ton séjour à Londres alors que tu n'en étais parti que quelques mois auparavant ? J'ignorais que tu étais ici, de même que j'ignorais que tu y étais il y a quelques mois. Tu viens en Angleterre et tu ne me rends pas visite ? Et par deux fois ?

Dimitri eut le bon goût de se troubler.

— Je vous dois des excuses.

— Tu me dois plus que ça. Tu me dois une explication.

— Certainement, mais prenez un siège, et un verre de vin.

— Je veux bien m'asseoir mais pas de vin.

À peine assise, elle se mit à tambouriner des doigts sur la table, en attendant les explications qu'elle réclamait. Totalement déconcerté, Dimitri renvoya les laquais d'un geste. Que lui dire ? Certainement pas la vérité.

— J'étais sur le point d'aller vous voir, *Babushka*, commença-t-il.

— Avec trois semaines de retard ?

Elle savait donc depuis combien de temps il était à Londres. Que savait-elle d'autre ?

— Je t'ai écrit il n'y a pas plus d'un mois et je sais fort bien que tu n'as pas pu recevoir ma lettre, ce n'est donc pas pour cette raison que tu t'es déplacé. Allez, dis-moi tout. Que fais-tu ici et pourquoi faut-il que je sois la dernière à être au courant ?

— Vous m'avez écrit ? À quel propos ? Quelque chose d'important ?

— Ne cherche pas à éluder ma question, Dimitri. J'exige que tu me dises ce que tu manigances. Tu t'es arrangé pour que mon propre fils me cache la vérité. Il ne peut ignorer ta présence à Londres puisque tu as l'usage de sa maison.

Dimitri soupira.

— Il ne faut pas en vouloir à oncle Thomas. Je lui ai demandé de ne rien vous dire pour l'instant parce que je savais que vous m'inviteriez à vous rejoindre à la campagne. Or, une affaire de la plus haute importance me retient à Londres... Je dois rester à Londres, *Babushka*. Il faut que je veille à ce qu'elle ne disparaisse pas de nouveau.

— Qui ?

— La femme que je désire épouser.

Lénore releva les sourcils.

— Oh ? Je me souviens, en effet, de t'avoir entendu annoncer que d'ici à la fin de l'année tu serais marié. Comme il ne s'est rien produit de la sorte et que j'ai appris que ton frère aîné était revenu d'entre les morts, je supposais que tu n'étais plus très pressé de te lier à une femme.

— Jusqu'à ce que je rencontre Katherine.

— Pas Katherine St. John !

— Comment le sais-tu ? Non, ne me dis rien. Il est vrai que je me suis complètement ridiculisé. On m'a éconduit de chez elle un nombre incalculable de fois. Il est normal que toute la ville soit au courant. Quant à la suivre dans Picadilly, c'était une folie. D'ailleurs, elle a réussi à m'échapper.

— Bon, je comprends que tu as suivi lady Katherine jusqu'à Londres et que c'est donc la raison de ton séjour ici. Et ton premier séjour ?

— Je cherchais Katherine. J'ai cru qu'elle était rentrée en Angleterre mais c'était une erreur. Tout ce que j'ai pu apprendre, c'est qu'elle voyageait sur le continent, mais où, personne ne le savait précisément.

— Tu aurais pu venir me voir, ne serait-ce que pour un jour ou deux, puisque tu étais ici, se plaignit Lénore.

— Je suis désolé, *Babushka*, mais je n'étais pas d'humeur très sociable alors. J'étais au comble de l'énervement quand j'ai découvert qu'elle n'était pas ici. Je ne savais où la chercher.

— Désespéré, c'est cela ? Si je ne te connaissais pas, je penserais que tu es amoureux.

Dimitri se rembrunit.

— Est-ce une telle impossibilité ?

— Non, bien sûr que non. Il se trouve que j'ai fait la connaissance de lady Katherine. C'est une femme formidable, menue, mais formidable tout de même. Mon garçon, elle ne t'obéira pas au doigt et à l'œil. Elle ne sera pas non plus d'accord avec toutes tes opinions. Depuis trop longtemps, elle gère les choses à sa guise et elle ne se fondra pas aisément dans le moule, si toutefois elle peut s'y fondre, ce dont je doute fort. C'est une femme qui sait ce qu'elle veut. Je n'aurais pas pensé qu'un homme de ton caractère puisse souhaiter une épouse de ce genre.

— Vous ne m'apprenez rien que je ne sache déjà.

— Ah bon ? fit Lénore avec un petit rire.

Elle aurait pu l'étonner en lui annonçant une certaine nouvelle, mais mieux valait se taire. Pourquoi lui fournir une arme dont il n'avait pas besoin ? Toute sa vie, il n'avait eu qu'à exiger pour assouvir ses caprices. Pour une fois, cela ne lui ferait pas de mal de se heurter à quelques difficultés. Si la petite Kate lui donnait du fil à retordre, tant mieux. Naturellement, si, au bout du compte, il la perdait, ce serait différent. Il était hors de question qu'on la prive de son premier arrière-petit-fils.

— Tu dis que Katherine refuse de te voir, s'enquit-elle. Pourquoi ?

— Si seulement je le savais. La dernière fois que nous nous sommes vus, nous nous sommes disputés, mais cela s'est souvent produit, il n'y avait là rien d'extraordinaire. Elle venait de devenir ma... bref, peu importe. Elle s'est enfuie, elle a disparu complètement et maintenant que je viens de la retrouver, elle refuse de me parler. J'ai beaucoup de torts à réparer, mais elle ne m'en laisse pas l'occasion. C'est comme si elle avait peur de me voir.

— Ce n'est pas l'essentiel. Si c'est elle que tu veux, mon garçon, il te faudra trouver un moyen pour aller jusqu'à elle. Je crois que je vais rester quelque temps à Londres, histoire d'avoir l'œil sur tes progrès. Naturellement, n'oublie pas de m'inviter à ton mariage, s'il a lieu.

Lorsque Lénore partit, rassérénée, son petit-fils, plus sombre que jamais, s'absorba dans une douloureuse méditation. Si seulement il n'avait pas le sentiment que sa grand-mère lui cachait quelque chose...

41

— Kit ? Es-tu levée ? demanda Élisabeth en ouvrant la porte. Oh, je vois que oui.

— Naturellement. Mais pourquoi es-tu si matinale ?

— Je pensais que nous pourrions sortir ensemble ce matin, nous promener à cheval ou faire les boutiques, tu sais, comme avant.

— Ce serait agréable, mais vraiment j'ai bien trop à faire...

— Voyons, Kit. Je n'ai que ces deux jours de disponible pendant que William est en voyage d'affaires. En vérité, il a trouvé ridicule que je revienne vivre chez nous alors que notre maison est à quelques pas d'ici.

— Il n'a pas tort, dit Katherine, souriante.

— Mais non ! Je voulais simplement que l'on se retrouve comme autrefois avant que... enfin...

— Avant que quoi ?

— Oh, tu sais.

— Beth ! fit Katherine d'un ton menaçant.

— Avant que tu ne te maries, ou que tu ailles vivre autre part, et...

— Je ne vais pas me marier, Beth. Pourquoi diable te mets-tu une idée pareille en tête ?

— Ne te fâche donc pas. Que suis-je censée penser ? Ce qui s'est passé n'est pas un secret, tu sais. Tes domestiques sont tout émus par ton histoire. C'est tellement romantique ! Ils ont tout raconté à ma femme de chambre, bien sûr. Le plus bel homme du monde frappe à ta porte deux fois par jour, t'envoie des cadeaux, des fleurs et des lettres…

— Qui a dit qu'il était beau ?

Élisabeth se mit à rire.

— Honnêtement, Kit, pourquoi es-tu sur la défensive ? Bien sûr que je l'ai vu. Un prince russe ne peut qu'éveiller la curiosité.

Elles entrèrent dans la salle à manger où le comte prenait son petit déjeuner, mais Élisabeth ne s'interrompit pas pour autant.

— On me l'a montré il y a plusieurs semaines et j'ai eu du mal à me convaincre que tu le connaissais vraiment. Ensuite, j'ai appris qu'il te rendait visite plusieurs fois par jour. C'est passionnant ! Comment vous êtes-vous rencontrés ? Je t'en prie, Kit, il faut tout me dire.

Katherine s'assit, ignorant délibérément le regard interrogateur que lui adressait son père. Lui aussi attendait une réponse. Elle s'en tint cependant à sa résolution de garder le silence sur ce point.

— Il n'y a rien à dire, dit-elle avec nonchalance. Je l'ai simplement rencontré en Russie.

— Rien à dire ? releva le comte. C'est lui, non ?

— Non, ce n'est pas lui, répéta Katherine, ayant déjà répondu à cette même question une demi-douzaine de fois au cours des trois dernières semaines.

— Le père d'Alek ? fit Élisabeth dans un souffle.

— Oh, je t'en prie, tais-toi, Beth. Peu importe qui il est. Je ne veux rien avoir à faire avec lui.

— Mais pourquoi ?

Katherine se leva, lançant à son père et à sa sœur un regard empli d'une profonde exaspération.

— J'emmène Alek se promener. À mon retour, je ne veux plus qu'on me parle de cet individu. Je suis assez vieille pour prendre mes propres décisions et j'ai décidé de ne plus le revoir. Il n'y a rien d'autre à ajouter.

Katherine partie, Élisabeth comprit à l'expression de son père combien lui-même était exaspéré par cette situation.

— À votre avis, pourquoi est-elle si fâchée contre lui ?

— Fâchée ? Tu crois qu'il ne s'agit que de ça ?

— Naturellement. Sinon pourquoi refuserait-elle de le recevoir ? Lui avez-vous parlé ?

— Je ne me suis jamais trouvé à la maison lorsqu'il est passé, avoua le comte. Sans doute devrais-je lui rendre visite. Si c'est le père d'Alek…

— Oh, non, vous ne les obligeriez pas à se marier, n'est-ce pas ? Elle ne vous le pardonnerait jamais, à moins bien sûr qu'ils ne se réconcilient. Mais comment est-ce possible si elle refuse de le voir ?

Katherine se promenait le long des arbres tout en veillant à rester sous leur ombrage. Elle surveillait également Alek qui faisait des cabrioles sur sa couverture au soleil, près de sa nurse, Alice. C'était la mi-septembre, mais après avoir passé tout un hiver en Russie, le soleil de l'Angleterre même en cette période de l'année gênait Katherine si elle s'exposait trop longtemps. Alek cependant l'adorait, de même qu'il adorait regarder les feuilles d'automne voler autour de lui.

À quatre mois et demi, il devenait de plus en plus actif et ne lui laissait pas une minute de répit. Son grand jeu du moment consistait à se balancer d'avant en arrière sur ses mains et ses genoux. Bientôt, selon la nurse, il marcherait à quatre pattes. Katherine se désolait de ne pas en savoir davantage sur les enfants. Toutefois, elle apprenait beaucoup et chaque nouveau progrès d'Alek l'emplissait de bonheur.

— Katya ?

Elle pirouetta sur elle-même, folle de rage. Un seul regard sur Dimitri suffit à calmer sa fureur. C'était tout aussi bien. Il ne fallait pas qu'il sache que sa présence la troublait toujours. Il la regardait et ne semblait pas avoir aperçu Alek. Il n'y avait donc rien à craindre pour l'instant.

Ce ne fut pas sans une certaine fierté qu'elle parvint à articuler tranquillement :

— Il ne s'agit sans doute pas d'une coïncidence ?

— Dans certains cas, j'évite de m'en remettre au hasard.

— Très juste. Bon, Dimitri, puisque, de toute évidence, vous ne renoncez pas à m'importuner, dites-moi ce qui vous tient tant à cœur et...

— Je vous aime.

Ô mon Dieu, voilà son imagination qui redonnait vie à ses rêves avec une limpidité déconcertante, et en plein jour ! Il lui fallait s'asseoir, vite. Elle se dirigea d'un pas mal assuré vers un tronc d'arbre et s'y appuya, reconnaissante. Peut-être que Dimitri se volatiliserait, comme ses rêves avaient coutume de le faire.

— M'avez-vous entendu, Katya ?

— C'est faux.

— Qu'est-ce qui est faux ?

— Vous ne m'aimez pas.

— Vous aussi en doutez.

Le ton de Dimitri s'était durci. Elle s'abstint toutefois de le regarder.

— D'abord ma grand-mère, puis vous. Pourquoi est-il donc si incroyable que je puisse…

— Vous avez vu votre grand-mère ?… Oh, suis-je sotte ! Naturellement. Vous a-t-elle dit qu'elle est venue me rendre visite il y a quelque temps ?

Dimitri parut ulcéré. Elle évitait manifestement de croiser son regard. Qu'avait-elle ? Il ne l'avait pas vue depuis bientôt un an. Un an ! Il lui fallait lutter contre la terrible envie de la serrer dans ses bras. Et elle ne trouvait rien de mieux que de détourner la conversation lorsqu'il lui avouait son amour ! Elle ne se souciait donc pas de lui. Tout simplement. Le choc de cette constatation fut comme un coup de poignard qu'on lui aurait enfoncé dans le ventre. Ce n'était pas du sang qui se déversait, mais une rage irrépressible.

— Fort bien, Katya, parlons de ma grand-mère, dit-il d'un ton glacial. Oui, elle m'a dit avoir fait votre connaissance. Elle aussi pense que nous ne nous entendrons pas, comme vous apparemment.

— En effet.

— Vous savez parfaitement qu'il n'en est rien !

— Inutile de crier. Est-ce que je crie pour vous parler alors que j'aurais toutes les raisons de le faire ? Vous m'avez utilisée, Alexandrov. Vous m'avez utilisée afin de rendre votre Tatiana jalouse. Vous n'êtes jamais allé en Autriche. Vous étiez à St. Pétersbourg pendant tout ce temps, à vous lamenter, le cœur brisé, parce que votre princesse vous préférait un autre fiancé.

— D'où tenez-vous ces sottises ? interrogea-t-il, furieux. C'est vrai que je ne suis pas allé en

Autriche. Mais ce mensonge était mon excuse pour ne pas vous renvoyer en Angleterre pendant qu'il en était encore temps. Je vous ai menti parce que je ne supportais pas l'idée de me séparer de vous. Mon Dieu ! explosa-t-il soudain. Vous croyez que je serais resté loin de vous pendant tous ces mois pour une autre raison ? C'était l'excuse dont j'avais besoin pour vous empêcher de vous enfuir à jamais de ma vie. Où est le mal ?

— Il n'y en aurait pas si c'était la vérité, mais je ne vous crois pas, répondit-elle, têtue. Vous me vouliez dans le seul but de rendre Tatiana jalouse. C'est elle que vous aimez, même si vous étiez prêt à m'épouser. Eh bien, je vous remercie mais je n'ai besoin de la magnanimité de personne. Et sachez pour votre gouverne que m'épouser n'aurait servi à rien. Mon retour auprès des miens n'a pas soulevé l'ombre d'un scandale, par conséquent il aurait été inutile que vous vous sacrifiiez pour sauver ma réputation. Si l'on parle de moi, c'est pour compatir à ma situation. Voyez-vous, la rumeur qui court est que je me suis enfuie en même temps que ma sœur avec mon fiancé, un coup terrible pour mon père. Mais si elle est revenue avec son mari, moi, j'ai perdu le mien.

— Veuve, on vous croit veuve ! s'exclama-t-il avec dépit.

— Je n'ai pas cherché à encourager cette hypothèse, mais peu importe. L'essentiel est que ma réputation n'ait pas souffert. Vous avez perdu votre temps à me poursuivre, Dimitri, si vous croyiez qu'un mariage vous aiderait à avoir la conscience tranquille.

— Vous vous imaginez vraiment que, troublé par ma mauvaise conscience, j'ai fait tout ce voyage jusqu'en Angleterre non pas une fois mais deux ?

— Deux ?

— Oui. Ayant perdu votre trace à St. Pétersbourg, il m'a fallu convenir que votre ami l'ambassadeur vous avait fait sortir de Russie. J'étais prête à l'étrangler lorsqu'il a eu l'audace de me soutenir qu'il ne vous avait pas revue après le bal !

— Mon Dieu, vous n'avez pas...

— Non, j'ai déchargé ma rage sur un autre qui méritait tout autant son châtiment.

Elle frissonna comme une lueur de satisfaction apparaissait brièvement dans le regard de Dimitri.

— Vit-il encore ? s'enquit-elle d'une voix faible, saisie de pitié pour cet inconnu qui avait servi de bouc émissaire.

Il eut un rire désabusé.

— Oui, et c'est bien dommage. Je pense qu'il va finir par épouser Tatiana. Voyez-vous, elle a cru, pauvre insensée, que nous nous la disputions, et lorsque moi qui étais censé être le vainqueur du combat, je ne l'ai pas revendiquée, elle s'est tournée vers le perdant pour le consoler. Pour autant que je sache, il l'a accueillie les bras ouverts. Je ne l'aime pas. Je ne l'ai jamais aimée. J'ai éprouvé un immense soulagement lorsqu'elle m'a préféré Lysenko. Mais lorsque Tatiana a rompu leurs fiançailles, cet imbécile m'en a tenu pour responsable et a pensé que s'il se débarrassait de moi, il la reconquerrait.

Katherine pâlit.

— Que voulez-vous dire par se débarrasser de vous ?

— Cela vous inquiète ? Vous comprenez qu'il me paraît difficile de...

— Dimitri ! Qu'a-t-il fait ?

Il haussa les épaules.

— Je lui dois de m'être égaré dans une tempête de neige, ce qui m'a valu un mois et demi de lit. Pendant ce temps, vous avez quitté le pays en toute quiétude.

— Est-ce tout ? demanda-t-elle, soulagée. Il ne vous a pas blessé ?

Comme il fronçait les sourcils, elle ajouta avec un petit sourire :

— Excusez-moi, mon intention n'était pas de minimiser... Un mois et demi ? Ça devait être un bien mauvais rhume. En vérité, je n'ai pas quitté la Russie avant cet été.

— Je le sais. Mes gens vous cherchaient partout. L'ambassade était surveillée, l'ambassadeur suivi, ses domestiques soudoyés...

— Il vous a pourtant dit la vérité, Dimitri. Il ne m'a pas revue. Je me suis bel et bien rendue à l'ambassade en quittant votre maison, mais avant de voir l'ambassadeur, j'ai fait la connaissance de la comtesse Starov. Une femme adorable. Lorsque j'ai dit être à la recherche d'un logement pour quelque temps, elle m'a généreusement proposé de venir chez elle.

— Vous croyez que Vladimir, par négligence, ne vous a pas suivie ce jour-là ?

— Du tout. C'est pourquoi la comtesse m'a suggéré d'enfiler l'uniforme de sa femme de chambre. J'ai donc quitté l'ambassade de la même façon que j'y étais entrée, sans que quiconque s'aperçoive du subterfuge, et j'ai passé le reste de l'hiver en compagnie d'Olga Starov. La connaissez-vous ? C'est une femme adorable, peut-être un brin excentrique, et...

— Pourquoi vous cachiez-vous de moi ? Savez-vous que j'ai cru devenir fou d'inquiétude ? Je vous imaginais sur les routes par ce froid glacial !

— Je ne me cachais pas, protesta-t-elle avant de se reprendre. Enfin, peut-être que oui au départ. J'étais...

Non, elle n'allait tout de même pas avouer avoir eu peur, si elle le revoyait, de renoncer à toutes ses fermes résolutions sans oublier qu'il aurait vu qu'elle attendait un enfant.

— Disons que j'étais toujours en colère contre... contre...

— Oui ? Le fait que je vous avais utilisée, menti et que j'étais amoureux d'une autre ?

Ce ton caustique fit mal à Katherine. Avait-elle réellement cru qu'il l'abusait ? N'avait-elle pas suspecté, le jour où il s'était présenté à Brockley Hall et qu'en proie à l'affolement elle avait fui à Londres, qu'il ne serait pas venu s'il avait aimé une autre femme ?

« Réfléchis, Katherine. Tu n'as pas été capable de l'affronter au cours de ces dernières semaines parce que tu n'étais pas sûre de ne pas t'être trompée sur son compte. Tu savais également qu'il t'en voudrait de l'avoir tenu loin d'Alek. Tu avais peur, tout simplement. »

Mais pas une seule fois elle n'avait pensé qu'il pouvait l'aimer elle. Elle avait repoussé cette éventualité dans le royaume des faux-semblants. De tels rêves pouvaient-ils devenir vrais ? Elle oubliait cependant sa réaction lorsqu'il avait appris sa véritable identité.

— Vous ne vouliez pas m'épouser, Dimitri. Vous étiez furieux à l'idée d'y être contraint. À tel point que vous avez quitté la ville. Savez-vous ce que j'ai ressenti alors ?

— Pour une femme intelligente, Katya, vous témoignez parfois d'un réel manque de discernement.

Ce n'était pas vous l'objet de ma colère, mais moi. Au cours de cette même soirée, avant d'apprendre qui vous étiez, j'avais confié à Vasili ma décision de vous épouser ou de rester célibataire si c'était impossible. L'ironie du sort veut qu'un mois et demi plus tard, Misha est revenu avec une épouse et un fils.

— Mais je croyais…

— Nous l'avons tous cru mort. Or, c'était faux. Son retour me libérait de mes obligations et j'aurais pu vous épouser, Katya, sans me soucier de vos origines. Mais le soir du bal, en apprenant la vérité à votre sujet, je m'en voulais terriblement pour le tort que je vous avais fait et je me demandais si vous me pardonneriez jamais. J'étais épouvanté par ma propre conduite, d'autant plus qu'en voyant le portrait que Nastya a fait de vous, j'avais deviné que vous disiez vrai. Pourtant, je tenais à m'abuser afin de garder sur vous une certaine emprise. Reconnaître votre statut revenait à accepter le risque de vous perdre. Cette pensée m'était insupportable. Je vous ai perdue tout de même.

— Dimitri…

— Lady Katherine, Alek a les joues rouges, interrompit Alice. Voulez-vous que je le mette à l'ombre ou dois-je le ramener à la maison ?

Katherine se mit à trembler. Mais c'est à peine si Dimitri prêta attention à la nurse qui s'était approchée, portant l'enfant dans ses bras. Il se contenta de regarder Katherine d'un air interrogateur comme s'il supposait… elle ignorait quoi. Elle n'eut pas le temps de réagir, que ce soit en donnant un ordre à la nurse, en débitant un mensonge quelconque à Dimitri ou en lui avouant la vérité :

Dimitri, saisissant enfin la portée de la question de la nurse, était arrivé tout seul à la conclusion qui s'imposait.

Il se tourna vers Alek et le regarda avec une intensité qui pétrifia Katherine. Puis il le prit, l'observa avec soin, remarquant le moindre détail. Alek le regardait tranquillement, fasciné comme toujours par tout ce qui était nouveau. Son père était certainement nouveau pour lui.

— Je suis désolée, Dimitri, fit Katherine à mi-voix. J'avais l'intention de vous le dire lorsque je suis venue vous rejoindre à St. Pétersbourg. Vraiment. Mais après ce que vous avez dit le premier jour de nos retrouvailles, j'ai décidé d'attendre. Ensuite, il y a eu le bal... J'étais bouleversée, en colère et... blessée. Je voulais vous épouser, mais pas si vous vous sentiez obligé de me demander en mariage. Et... et je ne me suis pas cachée de vous. Comme plusieurs mois s'étaient écoulés et que vous ne m'aviez pas retrouvée, je suis sortie souvent. Je suis même passée devant votre maison. Mais sans doute étiez-vous déjà parti.

Lui jetant un simple coup d'œil, il se contenta de préciser :

— À votre recherche.

— Je m'en rends compte maintenant. Mais à l'époque, j'ai renoncé. J'ai décidé qu'il valait mieux ne plus vous revoir. Dès qu'Alek a pu voyager, je suis donc rentrée en Angleterre. Vous aviez le droit de connaître son existence. Je ne le nie pas. Je vous aurais écrit pour vous parler de lui. Mais vous êtes arrivé si vite. Je suis installé ici depuis un mois à peine.

— Comme je ne vous trouvais nulle part, je suis rentré en Russie. Et comme mes recherches là-bas demeuraient également infructueuses, je suis revenu. Je ne savais que faire d'autre. Mais depuis mon arrivée, vous avez eu tout le temps nécessaire pour m'annoncer la nouvelle. Je vous ai rendu visite tous les jours.

— Je sais, mais… j'avais peur.

— De quoi ? Que je vous l'enlève ? Que je sois en colère ? Katya, je suis transporté de bonheur. Il est… il est extraordinaire. C'est le plus beau bébé que j'aie jamais vu.

— Je sais.

Elle ne put s'empêcher de sourire à l'expression de fierté qui se lisait dans ses yeux tandis qu'il mettait sa joue contre celle de l'enfant et qu'il l'étreignait doucement avant de le redonner à la nurse.

— Ramenez-le à la maison, dit-il. Mon homme vous escortera. Votre maîtresse ne va pas tarder.

Dimitri agita la main. Katherine se retourna et aperçut, rangé le long du parc, son équipage d'où descendit Vladimir pour aller à la rencontre d'Alice et d'Alek. Ce cher Vladimir. Toujours là quand il le fallait, toujours ingénieux. Sans lui, Katherine n'aurait jamais rencontré Dimitri ni donné naissance à Alek. Dire qu'elle lui avait voué une véritable haine !

Dimitri attendit que la voiture s'éloigne avant de se tourner vers Katherine avec un regard empli d'une immense tendresse.

— Je vous aime, Katya, épousez-moi.

— Je…

Il posa un doigt sur ses lèvres.

— Avant que vous ne disiez quoi que ce soit, je vous préviens, mon petit, si votre réponse me déplaît, je vous enlève de nouveau, vous et l'enfant, et cette fois-ci, vous ne m'échapperez pas.

— Est-ce une promesse ?

Avec un cri de joie, il la souleva dans ses bras et la fit tournoyer avant de la laisser lentement glisser à terre et de se pencher sur ses lèvres.

42

Lorsque Dimitri raccompagna Katherine à la maison, Vladimir les attendait dans l'entrée. De joie, Dimitri serra fort dans ses bras son fidèle serviteur qu'il laissa pantelant.

— Elle a dit oui, Vladimir.

— C'est ce que je comprends, monseigneur. Mes félicitations, et à vous aussi, my lady.

— Merci, Vladimir, dit Katherine avec un hochement de tête. Inutile d'être aussi guindé. Ce n'est pas parce que je serai votre nouvelle maîtresse que beaucoup de choses vont changer. Je ne suis pas du genre rancunier, vous savez. Je promets de ne vous faire fouetter que le samedi.

En voyant Vladimir pâlir, Dimitri laissa échapper un gloussement.

— Il ne sait pas que vous plaisantez, Katya. Vous devriez choisir vos cibles avec un plus grand soin.

— Sottises. Il le sait fort bien. Il a simplement mauvaise conscience. N'est-ce pas, Vladimir ?

— Oui, my lady.

— Eh bien, cessez donc de vous torturer, mon ami. En vérité, je vous dois beaucoup et je vous remercie.

Elle se détourna pour enlever ses gants et son chapeau. Seul Dimitri entendit Vladimir pousser un soupir de soulagement. Sa future épouse allait être une véritable terreur dans la maisonnée. Ses gens ne sauraient jamais s'il fallait la prendre au sérieux ou non. Du moins, ils se tiendraient à carreau. Il songea qu'il en allait de même pour lui. Son sourire s'élargit. Peu lui importait. Tant qu'elle serait auprès de lui, heureuse et amoureuse, il ne verrait aucun inconvénient à ce qu'elle le taquine à loisir.

— La duchesse m'attend pour déjeuner, dit-il à Vladimir. Tu lui apprendras... Non, pas encore, dis-lui plutôt de venir ici. Cela vous convient-il, Katya ?

Elle fit une grimace.

— Naturellement, mais je dois vous prévenir, Dimitri. La nouvelle ne va pas l'enchanter. Nous ne nous sommes guère entendues lors de notre premier entretien. J'ai refusé de lui montrer Alek et cela lui a déplu.

— Elle savait donc ?

— Elle savait que j'étais rentrée en Angleterre avec un fils. Elle a simplement soupçonné que c'était le vôtre. Sonya lui avait écrit pour se plaindre de moi.

Il eut un bref éclat de rire.

— Pourquoi cette bonne vieille... Je savais qu'elle me cachait quelque chose. Mais vous vous trompez. Elle admire beaucoup votre cran, à ce qu'elle dit. Elle ne souhaite qu'une chose : notre réconciliation. Maintenant, je sais pourquoi. Elle a envie de cajoler son arrière-petit-fils.

Georges St. John apparut au haut de l'escalier.

— Oh, c'est toi, Kate ! Il me semblait bien entendre parler mais je ne saisissais pas un mot de ce charabia. Tu t'exerces au français, c'est cela ?

— Descendez, père. J'aimerais vous présenter votre futur gendre.

— Le Russe ?

— Oui.

— C'était donc lui, dit Georges l'air triomphant.

— Oui, c'était lui.

Katherine adressa un rapide coup d'œil à Dimitri pour voir s'il était irrité que le père et la fille bavardent en anglais. Mais non. Cela n'allait pas être facile. Le comte ne parlait pas un mot de français.

— Je me demande bien pourquoi tu as mis tout ce temps pour avouer, dit Georges en arrivant au bas de l'escalier. Je lui aurais mis la main dessus plus vite, tu sais.

— Je me suis débrouillée toute seule, merci.

— Et moi qui croyais être le chasseur, dit Dimitri en un anglais parfait. Enchanté de faire votre connaissance, my lord, ajouta-t-il, se tournant vers le comte.

Katherine le regarda, ses yeux jetant des étincelles.

— Comment ? Espèce de...

— Mufle ? Malotru ? Goujat ? Oh, et n'oublions pas débauché. Ce ne sont là que quelques-unes des insultes que vous m'avez adressées alors que vous me croyiez incapable de comprendre un seul mot d'anglais.

— Vous trouvez cela correct ?

— Correct, chérie ? Non. Mais amusant, oui. Vous êtes adorable lorsque vous maugréez toute seule dans un accès de colère.

— En effet, acquiesça Georges. C'est bien mon avis. Une habitude qu'elle a héritée de sa mère. C'était une femme capable de se livrer toute seule aux conversations les plus intéressantes.

— Bon, fit Katherine, j'abandonne.

Puis, désireuse de changer de sujet, elle ajouta :

— Warren et Beth sont là ? Ils voudront faire la connaissance de Dimitri.

— Cela devra attendre ce soir, Kate. Ta sœur a parlé de faire les magasins et Warren est à son club, je crois. Je m'apprêtais à sortir, moi aussi. Venez dîner ce soir, d'accord ? dit-il à Dimitri. Il faudra discuter des formalités du mariage.

— Un rendez-vous que je ne manquerai pas, assura Dimitri.

Au même moment, la porte d'entrée s'ouvrit sur Elisabeth.

— Déjà de retour ? fit le comte. Ta sœur a une nouvelle à t'annoncer.

— Oh ?

Jetant un coup d'œil par-dessus l'épaule de son père, Élisabeth aperçut Dimitri et Katherine tout près l'un de l'autre.

— Oh ! répéta-t-elle en entrant d'un pas vif tandis que son père s'éloignait en riant.

Katherine fit les présentations et annonça la bonne nouvelle. Mais sa sœur ne semblait pas l'écouter. Elle regardait bouche bée Dimitri, comme ensorcelée. Katherine lui donna un coup de coude pour la rappeler à la réalité. Élisabeth se ressaisit, le visage écarlate.

— Oh, pardon ! Je suis heureuse de faire enfin votre connaissance, non pas que j'aie beaucoup entendu parler de vous. Kit était fermée comme une huître et... Allez-vous emmener Kit vivre en Russie ? Il fait si froid là-bas.

— Au contraire, dit Dimitri en souriant. J'imagine que nous allons passer la majeure partie de notre temps en voyage d'affaires. Je dois m'occuper de certaines entreprises qui en ont besoin. On m'a prévenu de ce qui se produirait si je ne surveillais pas mes investissements.

Il lança à Katherine un coup d'œil dont le sens échappa à Élisabeth.

— Sensationnel ! Kit a toujours voulu voyager. Et elle a un tel sens des affaires… Vous lui permettrez de vous aider, n'est-ce pas ?

— Je ne l'envisage pas autrement. Mais pour l'instant, bien que je désire de tout cœur connaître la famille de Katherine, je vous prierai, ma petite Beth, de nous excuser. Votre sœur vient à peine d'accepter de m'épouser et j'ai encore beaucoup à lui dire.

— Naturellement, dit Élisabeth qui était si transportée par ce coup de théâtre qu'elle aurait dit oui à tout. J'ai des choses à ranger. À plus tard, j'espère.

Le comportement de sa sœur amusait Katherine sans toutefois la surprendre. Combien de fois ne s'était-elle troublée sous le regard sensuel de Dimitri ? Elle se sentait en fait dans un état de choc des plus agréables et dont elle doutait fort de ne jamais se remettre. Il disait l'aimer. Elle. C'était incroyable. Pourquoi avait-elle autant de chance ?

Comme Élisabeth venait de monter l'escalier, Dimitri, un bras passé autour de sa taille, conduisit Katherine dans une pièce qui ressemblait à un salon.

— Vous n'aviez pas de projets pour ce soir, n'est-ce pas ? s'enquit-elle. Mon père ne vous a pas laissé le choix.

— Tous mes projets tournent autour de vous, chérie.

Il ferma la porte, ce qui avertit Katherine de son intention immédiate, intention qui se confirma dans son regard.

— Dimitri ! Vous n'êtes pas chez vous. Ici, les domestiques ne s'arrêtent pas à une porte fermée.

Il résolut ce problème en bloquant la poignée de la porte avec une chaise.

— Vous êtes terrible !

— Oui, dit-il en la prenant dans ses bras tandis qu'elle se lovait contre lui, tout contre lui. Mais vous aussi, mon amour.

AVENTURES & PASSIONS

« Je vous propose un mariage de convenance. Je financerai votre pépinière, vous me donnerez un héritier, et chacun sera libre de mener sa vie à sa guise. » Poppy Cavendish est enchantée de cet accord jusqu'à ce qu'elle tombe éperdument amoureuse de son mari, le duc de Westmead, qui s'est fait la promesse de ne plus jamais succomber à l'amour…

✦

Petite-fille d'un comte, Arabella Knightley est une jeune femme parfaite. Mais, à la nuit tombée, elle se transforme en Robin des Bois en jupon, volant aux riches pour donner aux pauvres. Adam St. Just est l'un des célibataires les plus convoités de la société. Lassé par les règles imposées par son milieu, il se met en tête de démasquer l'insaisissable voleur…

✦

Après avoir été abandonnée par son fiancé, lady Mairi MacKenzie, humiliée, décide qu'elle ne donnera sa main à personne et sûrement pas à ce laird Duncan MacRae ! Elle ne veut ni de sa pitié ni de sa charité, même si son regard de velours la fait fondre de désir…

Lisa Kleypas
Les Ravenel - Lady Phoebe
Inédit

Lady Phoebe déteste West Ravenel, pourtant elle ne l'a jamais rencontré. Des années plus tôt, il a fait vivre un enfer à son défunt époux. Lors d'une fête de famille, elle croise un séduisant inconnu qui la trouble au premier regard et qui n'est autre que... West Ravenel ! Ces deux êtres, que tout sépare, vont-ils succomber à la passion qui les dévore et parvenir à balayer les spectres du passé ?

✦

Celeste Bradley
Le club des Menteurs - Une charmante espionne

Rose ne regrette pas d'avoir abandonné sa vie de domestique pour devenir apprentie espionne au club des Menteurs. Elle s'exerce maintenant au combat et se plonge dans les études pour devenir la meilleure. Tout serait parfait sans Collis Tremayne un aristocrate bourré de charme et son plus grand adversaire.

✦

Judith McNaught
Garçon manqué
La bibliothèque idéale

Sheridan Bromleigh a passé la majeure partie de sa vie à voyager à travers le monde avec son père, puis a été confiée à sa tante qui lui a inculqué les bonnes manières. Quelques années plus tard, Sheridan est chargée de chaperonner, en Angleterre, la jeune Charise Lancaster. Elle est loin de se douter que ce voyage est le prélude à des bouleversements inespérés dans son existence…

Mary Jo Putney
Porte-bonheur
Les introuvables

Michael est secrètement épris de Catherine depuis qu'elle lui a sauvé la vie lors de la guerre d'Espagne, mais elle est mariée. Ce militaire au sens de l'honneur pointilleux lui propose alors son amitié. Un jour, elle lui demande de se faire passer pour son époux, lors d'une réunion familiale en Cornouailles. À contrecœur, il accepte et ce qui n'était qu'un simple voyage se transforme vite en un tourbillon d'émotions et de désirs, que les amants ne peuvent plus dissimuler.

LOVE ADDICTION

6 novembre

Lauren Layne
La thérorie du tombeur - Périlleuse situation
Inédit

Ellie Wright a déposé sa candidature pour l'émission *Serial Largueur*. Son objectif ? Faire de la pub incognito pour sa société de tee-shirts. Le candidat à séduire ? Gage, acteur en vue à Hollywood, qui a abandonné à deux reprises ses fiancées devant l'autel. Voilà qu'Ellie est sélectionnée pour le second tour des sélections à Maui, mais elle n'a pas le droit de faire de pub à l'antenne. Telle est prise qui croyait prendre... Cerise sur le gateau, ses échanges avec Gage ont une saveur inattendue, car à la différence des autres candidates cherchant à se faire aimer par tous les moyens, Ellie n'a aucune envie de finir avec...

illicit'

6 novembre

Tawna Fenske
Relation publiques, rapports privés - Mon envie et folie
Inédit

Spécialiste des relations publiques, Miriam lustre la réputation de mauvais garçons. Jason Sanders, grimpeur reconverti en chef d'entreprise, ne devrait pas lui donner de fil à retordre. Or, chaque fois que Miriam essaie d'aider Jason à s'affirmer, ils se retrouvent au lit... Où diable a-t-elle la tête ? Toute relation avec cet homme est impossible, Jason étant un client aux passions dangereuses ! Elle ne va tout de même pas ouvrir son cœur à un homme qui risque de disparaître du jour au lendemain...Une relation purement sensuelle, n'est-ce pas donc la solution toute trouvée ?

Sélection

6 novembre

Jo Davis

Cœurs de braise
Les combattants du feu 1 & 2

Dans la ville de Sugarland, le destin de deux combattants du feu : Howard Paxton et Zack Night. Deux personnalités courageuses, marquées par la vie et entièrement engagés dans leurs mission : Sauver ou périr. Lorsque l'amour fait irruption dans leurs existences, pourront-ils le maîtriser, sans se brûler ?Réunis en un seul volume, *L'épreuve des flammes* et *Flamme fatale*, sont deux romances sexy dans l'univers périlleux des pompiers.

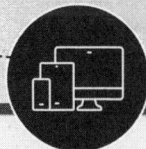

J'AI LU

3091

Composition
FACOMPO

Achevé d'imprimer en Italie
par 🐎 GRAFICA VENETA
le 2 septembre 2019

Dépôt légal : octobre 2019
EAN 9782290214671
OTP L21EPSN002122N001

ÉDITIONS J'AI LU
87, quai Panhard-et-Levassor, 75013 Paris

Diffusion France et étranger : Flammarion